GW01605945

IL N'Y A PAS DE PASSÉ SIMPLE

www.lemasque.com

IL N'Y A PAS DE PASSÉ SIMPLE

François-Henri Soulié

ÉDITIONS DU MASQUE
17, rue Jacob 75006 Paris

Toute ressemblance avec des faits réels
ou des personnages ayant existé,
ne peut être que le fruit d'une coïncidence fortuite.

Maquette couverture : Sara Baumgartner | Design visuel
Conception graphique : WE-WE.

ISBN : 978-2-7024-4574-7

FRANÇOIS-HENRI SOULIÉ. Dilettante professionnel. Né en 1960, à l'âge de sept ans, en jouant dans *La vie est un songe* de Calderon. A choisi dès lors la fiction et plus particulièrement le théâtre comme patrie d'élection. Écrivain, comédien, marionnettiste, scénographe, metteur en scène, scénariste, il décore la vie de mille façons en s'amusant le plus possible.

À Florian d'Hokers

« Dans un monde sans mélancolie,
les rossignols se mettraient à roter. »
Emil Cioran, *Syllogismes de l'amertume*

1

Faut pas dire merde. Il paraît que je dis merde trop souvent. M. Berland, qui dirige l'agence locale du *Courrier du Sud-Ouest*, m'a conseillé de châtier mon langage. J'aime bien le verbe châtier. C'est costaud à conjuguer, surtout au subjonctif. Un de ces jours je ferai une séance d'entraînement pour ma collègue Milly... Mais j'aurais voulu l'y voir, le père Béber, comme on l'appelle au journal. Tomber en panne en rase cambrouse avec pas l'ombre d'un garage dans le plissement des vignes qui s'étendaient à perpète. Et même pas d'ombre du tout. Sauf peut-être loin, tout en bas, du côté des peupliers cotonneux, près de la petite rivière. La superbe avance que j'avais sur l'heure de mon rendez-vous risquait de se transformer en retard irréparable.

Pourtant ma belle Morini 69 ne manque pas d'amour. Faut voir comment je l'entretiens. D'ailleurs, on porte le même nom, tous les deux : Corsaro. Moi, c'est Skander Corsaro. Elle, c'est Morini Corsaro. La plus belle moto à cent kilomètres à la ronde. Je ne suis pas allé vérifier, mais ce n'est pas la peine. Je me fais confiance.

Là, je me suis dit, c'est la durite. C'était la durite. Chacun ses faiblesses. Tout ça pour dire que la journée avait mal commencé. La seule personne à qui j'aurais pu téléphoner en temps normal, mon pote Tonio, qui y tâte fort dans les arbres à cames, se trouvait très exactement de l'autre côté de la terre, quelque part dans la banlieue de Mexico. Voyage de noces, disait-il. Sauf que je savais bien qu'il était parti tout seul. C'était son truc à lui. Un voyage de noces tous les ans à l'autre bout du monde, en célibataire, dans le fol espoir de trouver le grand amour. Bref. J'imaginais déjà ce qu'allait me coûter un dépannage en règle avec des professionnels de la TVA. C'est là que j'ai crié merde, plusieurs fois, très fort. Excusez-moi, monsieur Berland, mais ça soulage.

— Inutile, jeune homme, a fait une voix derrière moi. On n'a jamais vu une engueulade faire démarrer un moteur.

Je savais bien que ce n'était pas monsieur Berland. Je l'avais laissé à l'agence une demi-heure plus tôt et à moins de téléportation... Mais je me suis quand même retourné très lentement, d'un mouvement presque aquatique. J'ai eu raison de ne pas me précipiter. Il y a des rencontres qui méritent un ralenti.

Le gars en face de moi, dans son véhicule invraisemblable, était un pur monument monté sur roulettes géantes. La cinquantaine, taillé à la serpe et au burin avec du bleu dans le regard qui évoquait le grand large et les goélands comme au cinoche. Il était assis dans un fauteuil roulant, d'un genre que je n'avais jamais vu. Un engin électrique ultra sophistiqué tout équipé de boutons, de manettes et de voyants de science-fiction. Plus proche du véhicule lunaire que du siège d'infirme. Mais le plus bizarre c'était le parasol au dessus. Un grand rectangle de toile écrue dans le style baldaquin à franges, monté sur un système télescopique qui recouvrait le pilote et sa machine.

— Je suis d'accord avec vous, ce n'est pas de très bon goût, le pape a presque le même. Mais c'est tellement pratique pour peindre en plein soleil…

Comme je devais avoir l'air extrêmement stupide, il m'a tendu la main en ajoutant : « Léo. »

— Heu… Skander, bredouillai-je en tendant la mienne.

— Ça devrait pouvoir s'arranger…

Je sais bien que je devrais m'empêcher de garder la bouche ouverte comme un crétin lorsque je suis devant quelque chose que je ne comprends pas. Léo s'est mis à rire en pointant un doigt vers le prétexte de notre rencontre.

— Votre Morini. Ça devrait pouvoir s'arranger, non ?

— Vous connaissez les motos Morini ?

— Pas du tout. Mais c'est écrit dessus… J'ai quelques outils dans mon atelier, si vous avez le courage de la pousser jusque chez moi. C'est à cinq cents mètres.

Puis, sans attendre ma réponse, il a redémarré son fauteuil qui s'est mis à glisser doucement sur l'asphalte, presque sans bruit, le parasol ondulant légèrement dans l'air comme le tapis magique dans l'histoire d'Aladin.

Je ne sais pas où ce type avait appris à compter, mais ses cinq cents mètres faisaient bien un kilomètre et demi. Ça paraît tellement léger quand on vole à califourchon dessus qu'on oublie à quel point c'est lourd à pousser, une Morini grand style.

— Un rafraîchissement, ça vous dirait ? a demandé le vieux Léo en m'invitant à m'asseoir sur la terrasse couverte qui longeait la façade.

Sans attendre ma réponse, il a replié le parasol à franges et pivoté sur son fauteuil roulant, disparaissant par la large baie vitrée, à l'intérieur de la maison.

Vraiment sympa, la baraque. Une de ces vieilles fermes typiques de la région, larges et trapues, qui ont l'air d'être paisiblement accroupies sur leurs arcades de brique rose et festonnées au bord du toit d'une frise dentelée « à la génoise ». C'est le genre d'expression qui plaît bien à monsieur Berland. J'en glisse par-ci par-là dans mes papiers... N'empêche que je commence à être moins mauvais en architecture depuis que je bosse au *Courrier*.

Le vieux Léo était de retour avec un plateau pétillant de sodas bien frappés dans deux immenses verres vernis de buée fraîche. Un délice. Tandis que je buvais je remarquais qu'il m'observait avec l'air de se marrer en douce. Plus tard, je saurai que ce sourire bizarre est sa façon à lui, Léo, de dire à la vie qu'il l'aime bien malgré tout. Mais sur le coup, je me suis senti mal à l'aise.

— Fayoum ! a-t-il lancé soudain.

— Pardon ? fis-je tout en me demandant s'il n'aurait pas mieux valu répondre « à la vôtre ! » ou « prosit ! » comme dit mon collègue Jules qui a fait un séjour en Germanie. Exotisme pour exotisme.

— Ça faisait un moment que je me demandais à quoi tu me faisais penser, a enchaîné Léo. Tu permets qu'on se tutoie ?

— Je vais essayer… Alors, je vous fais… je te fais penser à quoi ?

Je ne suis jamais à l'aise pour tutoyer les gens qui étaient là bien longtemps avant que je débarque sur la planète.

— Aux portraits du Fayoum.

— Qui est-ce ?

— Personne. C'est une région d'Égypte qui a donné son nom à un genre de peinture. Ça date de l'Antiquité. Tu ressembles à ces portraits de là-bas.

— Cool ! dis-je, en n'ayant pas la moindre idée de ce dont il s'agissait. Heu… à propos d'antiquité, il va être urgent que je m'occupe de ma bécane…

Du doigt, Léo m'a indiqué une petite porte à l'autre bout de la terrasse. « C'est le placard à outils. Tu trouveras tout ce qu'il te faut. Fais comme chez toi. »

Vingt minutes plus tard, ma Corsaro vrombissait comme si de rien n'était, la garce. Les machines aussi font des caprices. J'avais les doigts pleins de graisse mais mon rendez-vous était sauvé. Après avoir remis les outils à leur place, je suis retourné sous la terrasse couverte. Léo n'était plus là. La large porte vitrée baillait en grand. Je suis entré.

Mon premier souvenir, c'est l'odeur. Je n'avais jamais senti ça. Il y avait de la résine, là-dedans, de la colle, de l'essence, des épices, du caramel peut-être et mille autres choses indéfinissables qui composaient un mélange un peu écœurant et délicieux. Ça m'a pris aux narines dès l'entrée et c'est monté direct dans mon cerveau comme une bouffée d'euphorie. Le deuxième souvenir, c'est le bordel. Colossal, somptueux. Une explosion de formes, de matières, de couleurs. Des objets, il y en avait partout, jonchant le carrelage de terre cuite, les uns bien alignés, les autres en vrac perchés sur des tables ou des coffres, d'autres encore entassés sur des étagères, certains accrochés aux poutres ou fixés aux murs. Ça tenait à la fois des réserves d'un vieux musée, d'un vide grenier cosmopolite et de l'entrepôt d'un pillard obsessionnel. Contre l'un des murs, s'empilaient des dizaines de toiles, faces retournées, montrant leurs châssis boudeurs. Le troisième souvenir, c'est la chanson. Une mélodie qu'un chanteur à la voix chaloupée roucoulait sur un vieux tourne-disque contemporain des débuts du be-bop.

Toujours assis dans son fauteuil roulant d'extraterrestre, un pinceau dans une main, Léo me tournait le dos, tapotant machinalement du bout des doigts le rythme de la mélodie sur son accoudoir. Devant lui, posé sur un haut chevalet, une toile à peine commencée montrait quelques coups de pinceau dispersés formant une espèce de mosaïque bleue. À sa gauche, perché sur un socle, un oiseau empaillé semblait regarder de ses prunelles de verre noir le tableau en train de naître. Quant à moi, je venais d'entrer pour la première fois de ma vie dans l'atelier du peintre Léo Orson.

— Si tu veux te laver les mains, le lavabo est derrière, dit-il en pointant son pinceau vers un paravent de toile peinte. Alors, cette moto ?

— Comme neuve ! Je vous re... Je te remercie, vraiment. Sans toi ma journée était foutue.

— Une journée n'est jamais foutue.

Rien à répondre à ça. Je pressentais que ce mec en savait plus long que moi sur la vraie valeur des choses. Et puis le parfum du savon en forme d'olive fixé au dessus du lavabo venait de rajouter sa pointe de citronnelle aux mille senteurs de l'atelier, distrayant mes narines et mes idées. L'eau coulait sur mes mains, emportant dans la bonde la mousse crasseuse tandis que le tourne-disque chantait : « *Yo te quiero, yo me muero por tu amor.* » J'éprouvais une étrange sensation d'ébriété. J'ai coupé le robinet d'un coup sec et je suis revenu du côté de Léo.

— Je suis désolé, Léo, mais je vais devoir partir. Encore merci pour…

— Tu connais cet oiseau ?

Il me tendait la bestiole empaillée sur son perchoir. Je l'ai pris pour ne pas le vexer, mais il fallait vraiment qu'il comprenne que j'étais pressé. Drôle de piaf. L'air d'un merle de chez nous, mais avec des reflets bleutés dans son plumage sombre et un bec qu'il semblait avoir piqué à un autre. Léo a poursuivi la présentation :

— C'est un oiseau jardinier d'Australie. Un grand artiste. Il fabrique d'extraordinaires jardins décorés. Je fais son portrait.

La toile piquetée de dizaines de taches bleues ressemblait à tout ce qu'on voudra sauf à un oiseau. Léo, qui remarque tout, a aussitôt rajouté :

— Plus exactement je fais le portrait d'un de ses jardins. Tant il est vrai que nos actes sont notre vrai visage.

Il a des phrases comme ça, Léo, qui tombent d'on ne sait où avec la tranquillité d'une averse et qui vous laissent une impression de fraîcheur inattendue. C'est en relevant la tête de la toile que j'ai découvert la photo de la fille. Un cliché aux couleurs d'aquarelle punaisée sur la planchette d'une étagère, juste au dessus du chevalet. De longs cheveux bruns mouchetés de soleil avec des luisances de vermillon, un sourire qui donnait envie de lui répondre illico et des yeux d'un bleu si clair qu'on aurait dit que le ciel vous regardait par les trous d'un masque charmant. Ravissante. Absolument ravissante.

— C'est ma fille, Sandra, a dit Léo à qui mon propre ravissement n'avait pas échappé.

— Elle est très belle.

— Et tu vas rater ton rendez-vous... Tiens, prends ça...

Il me tendait un petit livre. « Les reproductions ne sont pas fameuses, mais ça te donnera une idée de ce que sont les portraits du Fayoum. Tu me le rapporteras à l'occasion, allez file ! »

J'ai pris le bouquin, j'ai remercié encore pour tout et j'ai serré la main qu'il me tendait. Une poigne de sportif qui me fit penser que mon hôte n'avait pas passé toute sa vie sur des roulettes. Le tourne-disque achevait sa ritournelle « *En tu boca la miel pusó su dulzor... Ven a mí que te quiero y que todo tesoro eres tú para mí...* » On s'est quittés comme ça, à la va-vite, le vieux peintre handicapé, la chansonnette, la jeune fille sur la photo et moi.

Trop court. Trop de choses à la fois, trop de sensations et pas le temps de faire le tri ni d'aller au fond de ce qui se passe. En sortant, je sentais le regard de Léo dans mon dos. J'avais l'impression de marcher comme les zombies dans les séries B. Un peu à côté du décor.

2

Non pas austère la bâtisse, telle que je me l'étais imaginée à partir du catalogue de l'office de tourisme, mais plutôt secrète, énigmatique. J'avais arrêté un instant la Morini au sommet de la colline d'où la vue portait jusqu'aux lointaines montagnes. En contrebas, l'abbaye de Morlan, toute de pierres blanches, lovée dans le méandre d'une petite rivière ombrée de saules immenses et cernée de prairies rases, avait l'air d'une maquette abandonnée sur le gazon. Presque un jeu de cubes avec ses différents corps de bâtiments dominés par la nef et clos d'un mur d'enceinte ondoyant.

En dépit du contretemps, ou plutôt grâce à lui, j'étais arrivé à la bonne heure. Celle où le soleil printanier irisant le décor allait peindre de couleurs chatoyantes mon palpitant article dans le *Courrier du Sud-Ouest*. Clic-clac, ai-je fait en prenant la photo. Parce que les appareils d'aujourd'hui ne font plus clic-clac tout seuls. Faut les aider. Une jolie miniature, cette abbaye de Morlan, me suis-je dit en regardant l'écran de mon canon à images.

Maintenant, de près, c'était moi qui ressemblais à un modèle réduit. Une muraille d'une hauteur vertigineuse et capable de résister aux assauts les plus féroces. Vu d'ici, je veux dire d'aujourd'hui, on n'imagine pas la galère que c'était, le XIIe siècle. Le pays morcelé en petits États ingouvernables, d'une cité à l'autre des conflits incessants, d'un château à l'autre des vendettas héréditaires et, partout, la forêt inextricable où le loup affamé était certainement la rencontre la plus sympathique qu'on pouvait faire. Je passe sur les disettes, les épidémies buboniques et l'absence totale de téléphone portable ou d'aspirine. Et au beau milieu de ce dangereux merdier, (pardon, monsieur Berland) il y avait quoi ? Les abbayes. Des îlots préservés où se réfugiait ce qu'on appellerait maintenant « la culture ». C'est-à-dire les rares mecs pour qui la lecture et les idées signifiaient encore quelque chose après la fin de Rome l'intellectuelle, laminée par les sportifs écervelés du Danube et d'ailleurs. Pour faire court : les abbayes étaient des oasis où les neurones avaient encore la primauté sur le biceps. C'est en tout cas ce que j'avais conclu en parcourant rapidement quelques données sur Internet pour préparer mon reportage.

Sur le parking, j'avais garé ma Morini auprès de deux voitures solitaires. On était encore loin de l'affluence estivale. L'abbaye était pour l'heure fermée aux visiteurs. C'était écrit sur la pancarte.

J'aurais aimé, faute d'un bois de cerf claironnant mon arrivée, au moins une volée de cloches, à la rigueur un carillon tintinnabulant. Au lieu de quoi j'eus droit à l'œillade électronique et modernissime d'un portier-vidéo. L'abbaye était classée au patrimoine. On y installait le XXIe siècle à grands renforts de rénovations et de subventions afférentes. Il faudrait sans doute que je célèbre ce bel effort dans mon papier journalistique.

On devait m'attendre car la porte s'est ouverte assez vite sur un beau gosse à peine plus âgé mais nettement plus grand que moi, en jean patiné et tee-shirt métalleux. Sur le coup j'ai cru au fils du concierge.

— Monsieur Corsaro ?

— Lui-même, ai-je dit en serrant la main qu'il me tendait.

— Je suis Thomas Hayon, le conservateur. C'est moi que vous avez eu l'autre jour au téléphone. Bienvenu à l'abbaye.

C'est marrant les idées fausses qu'on peut se fabriquer. En prenant rendez-vous avec le conservateur de l'abbaye, je m'étais imaginé un personnage vénérable ayant passé de longues années dans l'ombre de bibliothèques poussiéreuses et au teint hésitant entre l'endive et le vieux cierge. J'avais devant moi un play-boy en mode glamour, souriant et bronzé, comme une publicité pour parfum ruineux sur papier glacé. C'est vrai qu'en y repensant, sa voix au téléphone m'avait paru empreinte d'une franche virilité dont le dynamisme aurait dû me mettre sur la piste. C'est mon côté benêt. J'en ai d'autres. Plein.

— Nous sommes très flattés que le *Courrier du Sud-Ouest* nous fasse l'honneur de ses colonnes. Ce n'est pas si fréquent.

Le joli conservateur avait lancé ça sur un ton très affable tout en me précédant d'un pas souple et décidé dans la cour d'honneur. Ça voulait dire quoi ce « nous » de majesté ? Parlait-il pour lui-même ou bien s'exprimait-il au nom de toute une équipe de collaborateurs chagrinés de ce que la presse locale ait fait jusque-là peu de cas de leur existence ? Je m'en voulais de ne pas m'être documenté sur l'organigramme de l'abbaye ni sur les relations que le journal entretenait avec elle. Amateur et dilettante.

Ça augurait bien de mon avenir dans la profession. Essayons d'arranger ça, me dis-je.

— Cette chronique culturelle est toute nouvelle. C'est une idée de notre rédacteur en chef. Si l'occasion s'en présente, je me ferai un plaisir de revenir vous voir plusieurs fois dans la saison, monsieur Hayon.

Il avait pilé net et s'était retourné vers moi, souriant avec une sincérité juvénile :

— Ce serait vraiment très sympa de votre part. L'abbaye a besoin d'une bonne promotion et nous n'avons pas les moyens d'une communication digne de ce nom. Et puis laissons tomber le « monsieur » entre nous. Nous avons à peu près le même âge, n'est-ce pas ? Appelez-moi Thomas, ce sera plus simple.

— Ok, Thomas. Je ferai de mon mieux pour vous aider... Moi, je m'appelle Skander.

— Formidable ! Vous êtes déjà venu à Morlan, Skander ?

— C'est la première fois.

— Alors tant pis pour vous, je vais être obligé de tout vous montrer.

À son air mi-narquois mi-engageant, j'ai compris que je n'allais pas y couper d'un après-midi cent pour cent cistercien. Après tout j'étais là pour ça.

— L'amélioration génétique des moutons, l'escalier à vis, les lunettes, le savon... On n'imagine pas toutes les découvertes que l'on doit à nos bons moines. Sans compter les échanges internationaux du nord de l'Angleterre au fin fond de l'Espagne. La véritable invention de l'Europe économique, c'est à eux qu'on la doit. Imaginez-vous qu'en dehors des heures très contraignantes de la prière, ils avaient pour ainsi dire l'éternité devant eux !... Une cigarette ?

Thomas venait de sortir de son jean un paquet de blondes et un minuscule cendrier portatif.

— Merci. Peut-être un peu plus tard. J'essaye de ralentir...

— Il est interdit de fumer ici, bien entendu... Mais si l'on pense aux nuages d'encens qui se sont élevés pendant des siècles dans cette nef, je ne crois pas qu'une petite fumée de cigarette puisse choquer les narines de Dieu.

— Il a dû en renifler d'autres, assurai-je, conciliant.

— Vous ne croyez pas si bien dire. Tenez, vous voyez là-haut, la couleur gris sombre des fûts de colonne ?

Je me suis tordu le cou vers le sommet de la croisée d'ogives au-dessus du chœur. La pierre, ocre pâle, y prenait des teintes grisâtres donnant une impression de moisissure.

— Souvenir de l'incendie que des protestants pyromanes et quelque peu revanchards ont allumé ici en 1585. L'abbaye d'origine a été en grande partie détruite. Il ne reste que peu d'éléments architecturaux datant de sa fondation. Comme vous le voyez, nous avons installé un chantier de restauration qui va reprendre son activité la semaine prochaine...

Le conservateur désignait un haut échafaudage habillé de grandes bâches de plastique transparent. Je lui demanderai sûrement l'autorisation de monter là-haut pour prendre une photo. La vue sur l'ensemble de l'église abbatiale doit y être superbe.

Tout en écoutant les propos très documentés de mon guide, je m'étais assis sur un bloc de pierre posé dans une travée latérale, afin de prendre mes notes plus commodément. Je dois dire que j'étais un peu troublé. Mon play-boy de feuilleton pour midinettes s'était transformé dès les premières minutes de la visite en un professeur d'histoire très érudit et plein d'humour. *Corbeaux, modillons, absides et absidioles*... J'inscrivais sur mon carnet toute une flopée de termes nouveaux pour moi avec la bénévolence appliquée du bon élève que je n'avais jamais été. Un peu agacé aussi. Comment un type qui avait tout au plus un ou deux ans de plus que moi avait-il pu se remplir de cerveau d'un tel paquet de connaissances ? En comparaison, avec mon bac pro en « communication multimédia », j'étais vraiment à la ramasse. Admiratif, certes, mais un peu jaloux... Soudain j'ai sursauté.

— Levez-vous, monsieur !

La voix avait claqué fort dans mon dos. Trop surpris, je n'ai pas réagi sur l'instant.

— Je vous prie de vous lever.

Il n'y avait là aucune prière. C'était un ordre, sec et glacial. J'ai obtempéré. La voix qui l'avait proféré émanait d'un homme en costard anthracite et à l'expression aussi avenante et enjouée qu'une entrée de funérarium.

— Vous l'ignorez sans doute, mais vous êtes assis sur un chapiteau historié du XIIe siècle. Du calcaire très fragile et une œuvre de toute beauté.

Et, sans plus se soucier de moi, il s'est tourné vers Thomas :

— Monsieur le conservateur, je vous serais infiniment reconnaissant de faire respecter à vos visiteurs les strictes consignes de vigilance dont nous avons parlé ensemble. Par ailleurs il est plus qu'urgent de mettre nos trésors à l'abri des iconoclastes, fussent-ils involontaires. Vous me ferez un plaisir extrême en déplaçant de toute urgence ce chapiteau dans les réserves... Je vous en remercie.

Puis, après avoir jeté un bref coup d'œil vaguement dégoûté sur le cendrier où Thomas venait d'écraser sont mégot, il s'est détourné sans attendre de réponse et a disparu dans les profondeurs de l'abbaye aussi soudainement qu'il était apparu.

L'air un peu pincé, le conservateur a glissé le cendrier dans sa poche.

— Mon cher Skander, je me serais fait un plaisir de vous présenter M. Lormel, notre architecte des Bâtiments de France, si seulement il m'en avait laissé le temps...

— Je pourrais toujours le demander comme ami sur Facebook. Il m'a l'air d'un gai luron.

Thomas a poussé un petit soupir désabusé.

— M. Lormel n'est pas exactement un champion en relations humaines, mais ne vous y trompez pas. C'est un grand architecte et un des esprits les plus brillants que j'ai rencontrés. Je lui dois beaucoup. Je l'ai connu à la fac où il donnait des cours et c'est lui qui m'a aidé pour ma soutenance de thèse... J'ai eu de la chance de le retrouver ici sur notre projet de rénovation... Vous aurez sûrement l'occasion de faire sa connaissance.

En mon for intérieur j'espérais bien que non, mais comme disait mon ami Alfred de Musset, « il ne faut jurer de rien ». Cependant Thomas m'entraînait à sa suite dans le dédale de l'abbaye.

Le cloître au fines colonnettes, le réfectoire, la cuisine, la salle du chapitre, le dortoir médiéval et les cellules « Renaissance » et jusqu'au jardin où des claies de bois tressé délimitaient le potager et le carré des herbes médicinales... Visiblement Thomas aurait manqué à tous ses devoirs s'il m'avait épargné le moindre détail de cette abbaye qu'il semblait connaître comme sa poche. Proverbe kangourou. Mais, malgré l'intérêt de sa présentation et toute ma bonne volonté professionnelle, j'avais un peu de mal à partager son enthousiasme pour l'art roman et le dépouillement cistercien. La pierre brute, les monstres naïfs et les Christs au faciès d'olive me laissent dubitatif. Je suis sûr qu'à ma place, ma mère aurait été ravie. Elle adore le zen, l'art « habité » comme elle dit et les plates-bandes coiffées au cordeau. Tout en accordant une attention un peu affectée à la taille géométrique d'une palme sculptée au linteau d'une porte, je pensais avec une pointe de nostalgie au bazar fantaisiste et joyeusement foutraque dans lequel vivait le peintre Léo Orson. Nos décors nous révèlent. Celui-ci me parlait d'ascèse et de renoncement, de contemplation méditative et de mysticisme végétarien. Pas vraiment ma tasse de thé. D'ailleurs j'ai horreur du thé.

— Mais vous n'avez pas vu le plus étonnant ! s'est exclamé Thomas alors que nous sortions de l'armarium, une pièce carrée, vide, froide et déserte où les moines conservaient autrefois leurs précieux manuscrits. En français contemporain : la bibliothèque.

— De quoi s'agit-il ?

— Suivez-moi...

Il venait de pousser une porte assez basse aux lourdes planches de chêne cloutées de métal martelé. Ça manquait un peu d'huile dans les gonds. J'entrai : stupeur.

La pièce aux perspectives de hall de gare semblait avoir été transportée d'un coup de baguette magique déjantée directement de Versailles à ici. Une débauche de stucs, de moulures dorées à la feuille, de miroirs biseautés, de marbres polis, de cuir marouflé, de soieries polychromes et de pendeloques étincelantes ruisselant en grappes aux branches de lustres convulsifs. Et avec ça, surgissant de quelques alcôves, une cavalcade de nymphes et de faunes en bronze, pétillant d'allégresse dans des postures suggestives qui ne devaient rien à la règle monastique de saint Benoît. De tous côtés des meubles précieux à faire saliver un congrès d'antiquaires et des bibelots à tire-larigot dont le moindre devait valoir un demi-siècle de piges au *Courrier du Sud-Ouest*. De la peinture, il y en avait jusqu'au plafond où des anges pastellisés batifolaient à qui mieux mieux dans une farandole de culs nus. J'en restais bouche bée.

— Je vous avais prévenu, dit Thomas. C'est le côté inattendu de Morlan.

— Vous pouvez m'expliquer ?

— Nous sommes ici dans la partie habitation de l'abbaye et plus précisément dans la salle de réception de l'abbé Joseph-François d'Apre. Il fut le dernier prieur de Morlan juste avant la Révolution de 1789. Cet aménagement très particulier est son œuvre. Mais il faut d'abord que je vous explique le paradoxe du mouvement cistercien qui connut une telle réussite économique qu'il passa en quelques siècles du dénuement de ses pères fondateurs à la fortune outrancière de ses derniers héritiers...

Le conservateur avait pris place dans un vaste fauteuil tendu de toile de Jouy, m'invitant d'un geste à m'installer dans le vis-à-vis. C'est ainsi que pendant près d'une heure j'ai noirci des pages entières de mon carnet. Je ne me souvenais pas d'avoir écrit autant en un trimestre de lycée. Enfin Thomas en était arrivé à l'histoire de ce fameux prieur d'Apre, mélange parfait de l'abbé de cour et du collectionneur d'art qui avait fait de l'abbaye de Morlan une somptueuse résidence, avant de disparaître mystérieusement, une nuit de 1789.

— On a retrouvé son corps pris dans la roue à aube du moulin.

— Un accident ?

— Ou peut-être un suicide... À moins qu'il ne s'agisse d'un assassinat. La Révolution a malheureusement causé la perte de tout document précis à ce sujet. Si tant est qu'il en ait existé.

Je m'étais arrêté un instant de griffonner sur le carnet, histoire de me dégourdir le poignet quand le portable du conservateur s'est mis à sonner.

— Oui ?... Non... Nous étions sur le point de prendre congé... J'arrive tout de suite. Le temps de raccompagner le journaliste.

Thomas venait de jaillir du fauteuil comme si un ressort en avait soudain traversé le tissu.

— Excusez-moi, je... je dois vous quitter. M. Lormel, que vous avez entrevu tout à l'heure, me réclame urgemment. Je ne peux pas le faire attendre. J'espère que vous nous écrirez un bel article, mon cher Skander. S'il vous manque un détail, n'hésitez pas à me recontacter... Mais je pense que vous ne manquez pas de matière, n'est-ce pas ? La sortie est de ce côté...

Deux loquets, un couloir, une autre porte, un échange de poignée de mains et je me suis retrouvé de l'autre côté du mur d'enceinte sans avoir eu le temps de comprendre ce qui se passait. En même temps, je n'étais pas vraiment fâché que prenne fin cet éreintant cours d'histoire qui avait duré plus de deux heures. Un peu sidéré, toutefois, par la façon plus qu'abrupte dont Thomas Hayon m'avait soudainement congédié. C'était d'autant plus étonnant qu'il m'avait manifesté jusque-là une réelle sympathie. Quelque chose ne collait pas dans ce brusque revirement d'attitude.

C'est en arrivant près de ma moto que je me suis rendu compte qu'il manquait le capuchon d'obturateur à mon appareil photo. Merde ! J'ai eu beau me scotcher lourdement à la sonnette vidéo de l'abbaye, la porte est restée close avec l'obstination forcenée d'une huître. Pour ne rien arranger, le numéro de téléphone que j'avais enregistré sur mon portable répétait en boucle les horaires d'ouverture de l'abbaye. Le pire était que je me souvenais parfaitement de l'endroit où j'avais déposé ce maudit capuchon : sur la margelle du puits, dans le potager des moines. Pas question de partir sans lui. Il ne me restait pas d'autre solution que de trouver une autre entrée.

L'avantage des cuirasses, c'est qu'elles ont toujours un défaut. Il n'est pas nécessaire d'être preux chevalier pour s'en rendre compte. En l'occurrence j'ai tout de même mis quelque temps à trouver la brèche. En longeant sur plus de deux cents mètres la muraille d'enceinte, je suis enfin parvenu sur la berge de la rivière où la fortification s'interrompait à l'à-pic d'un étroit chenal d'écoulement. Par là, les eaux détournées pour l'usage du moulin de l'abbaye regagnaient le cours de la rivière. Un bond et j'étais de l'autre côté. Le potager déployait devant moi ses parterres odoriférants. Il m'a suffi de remonter l'allée centrale bordée de cyprès taillés façon cubisme pour me retrouver auprès du puits où m'attendait sagement mon capuchon de plastique noir. Et hop ! dans la poche. C'est au même instant qu'un bruit de voix m'a fait pointer l'oreille. Cela venait d'une des baies sans vitraux qui donnait dans l'église abbatiale. Et c'était, reconnaissable entre mille, la voix aussi chaleureuse qu'une fraise de dentiste de monsieur l'architecte des monuments historiques. Sur un ton plus qu'irrité, ce cher Lormel était en train de passer un savon musclé à mon ami le conservateur.

— Je vous l'ai déjà dit, Hayon, nous n'avons que très peu de temps pour poursuivre nos recherches.

— Je le sais, monsieur Lormel.

— La visite interminable que vous avez accordée à ce journaliste frôle l'inconséquence. Je ne pourrai pas interrompre les travaux éternellement et vous savez bien que j'ai besoin de votre aide pour déplacer certains blocs.

— C'est lui qui avait sollicité le rendez-vous. Je ne pouvais pas refuser. Nous avons besoin de la presse. Je me permets de vous rappeler que cela fait partie de mes attributions. J'ai des comptes à rendre.

— Je me méfie de cette engeance de laborieux plumitifs. J'espère au moins que vous ne lui avez pas parlé de l'abbé Soeuil, ni de son livre.

— Pas un mot, évidemment.

— C'est parfait... Donnez-moi le plan et remontons sur l'échafaudage. Nous avons assez perdu de temps comme cela.

La discussion était close et compte tenu de ce que je venais d'entendre, je n'avais aucune envie que l'on me découvre dans le potager. Avant que les deux compères aient eu le temps de grimper aux échelles métalliques, j'avais filé comme un zèbre jusqu'à la brèche dans la muraille.

3

À mon arrivée au journal, il n'y avait plus grand monde dans les locaux. Le père Béber avait déjà mis les bouts sous prétexte de week-end surchargé. Il ne restait dans les bureaux que les fameux duettistes : Jules le webmaster et Milly la secrétaire. Derrière son écran d'ordi, Jules affichait cet air douloureusement préoccupé qui le caractérise quand il est au bord de perdre une partie de mah-jong. Milly était en train de taper d'un doigt distrait la rubrique nécro tout en consultant la Wonderbox que l'équipe lui avait offerte la semaine dernière pour son anniversaire.

— Salut, les surmenés, lançai-je gaiment.

— Me déconcentre pas, tu veux ? a fait Jules sans lever le nez.

— Tant que t'es là, tu peux zieuter l'orthographe ? a demandé Milly en pointant le texte qu'elle venait d'inscrire.

Un coup d'œil a suffi, comme d'habitude.

— « Ni fleurs ni couronnes », il faut un « s » partout.

— T'es sûr ? Même quand y en a pas ?

— Pas de quoi ?

— Ben, pas de fleur et pas de couronne...

— Hé, oui.

Je n'étais au journal que depuis deux mois, à peine, et j'avais déjà abandonné toute velléité d'instruire ma sympathique collègue sur le mystère de l'accord du participe et autres acrobaties grammaticales. Ça me prenait moins de temps de rectifier moi-même et puis c'était aussi une monnaie d'échange non négligeable. Un corrigé impeccable du dernier édito contre la rédaction de « la galette des rois au Club des Aînés » ou « la soirée de gala chez les pompiers ». Donnant-donnant.

Je me suis assis devant la table de camping qui me servait de bureau. « Du provisoire, avait dit le patron, vous vous installerez dans l'ancienne cuisine dès que le peintre aura fini. Vous aurez une fenêtre pour vous tout seul. » Super. Le problème, c'est qu'on ne savait pas quand le peintre allait commencer. Après tout, je n'étais encore que stagiaire.

J'ai ouvert l'ordinateur et sorti le carnet de mon sac, bien décidé à me mettre tout de suite au boulot. Battre le fer, etc. J'hésitais entre deux titres : « Morlan, la mystérieuse » ou bien « Le mystère Morlan »... Aussi mauvais l'un que l'autre. Faute de mieux, j'ai conservé les deux. Berland choisirait.

C'est en me plongeant dans les notes que j'avais prises que ça a commencé à divaguer partout dans ma tête. J'avais pourtant tout ce qu'il fallait pour pondre mon article et même bien davantage. De quoi faire un véritable feuilleton sur au moins quatre éditions hebdomadaires. Mais j'avais beau lire et relire les lignes prises quasiment sous la dictée du conservateur, aucun début ne me venait, pas même l'ombre d'un premier mot. Autant dire tout de suite que l'angoisse de la page blanche ne figure pas dans l'inventaire de mes névroses. Moi, ce serait plutôt l'inquiétude de la page noircie. Le trop plein en quelque sorte. Trop d'idées, trop de phrases, trop de mots, trop de tout. Ce qui me saute aux yeux chaque fois que je me relis, c'est le côté « farci » de ma prose. Épure, mec, épure ! Si je devais faire mon blason, j'y planterais une gomme et un effaceur.

Mais là, rien. Le grand vide cistercien. Yeux fermés, le front appuyé contre mes mains croisées, je tâchai de me projeter le film de ma rencontre avec Thomas Hayon. En lieu et place, c'était l'image de mon dépanneur providentiel qui s'imposait sous la doublure de mes paupières : le peintre handicapé Léo Orson. Et en guise de bande-son, seul résonnait dans mes oreilles le nom de « l'abbé Soeuil » que j'avais entendu fortuitement, prononcé par le déplaisant architecte Lormel.

— Ben alors, poulet, tu cales ?

Pas mauvais bougre le Juju, mais doté d'un humour bien à lui qui tapait assez vite sur les nerfs. Sans compter cette manie ridicule d'appeler tout le monde « poulet ». Une séquelle incurable de son enfance campagnarde, sans doute. Tant que ça n'était pas « mon cochon »...

— Je fais quelque chose que tu ne peux même pas imaginer, ai-je rétorqué du tac au tac.

— C'est quoi ?

— Je pense.

Milly est partie aussitôt d'un rire pointu tout en lançant vers Jules un « mon pauvre chat, t'aurais pas dû quitter ta panière ! » faussement apitoyé. Avec Milly, c'est toujours « mon pauvre chat ». Une vraie ménagerie à eux deux. Jules a fait semblant d'être vexé pour de bon et j'en ai profité pour me lever de ma chaise et couper court à leur pseudo scène de ménage.

— Il est 18 h 15, les copains, et en ce qui me concerne, je n'ai pas encore négocié mes heures supplémentaires. Alors si ça vous dit de m'accompagner célébrer le prélude de l'été à la terrasse du Sporting, pour moi ce sera un Kir à la mûre...

Sous le tendre feuillage des marronniers renaissants, au bout de la deuxième tournée générale, l'existence avait pris cette douceur savoureuse des urgences remises à plus tard. Mes deux collègues avaient enfin cessé de jouer au couple infernal et débattaient mollement du week-end quatre étoiles qu'il s'offriraient un de ces jours grâce à la Wonderbox de Milly. Quant à moi, gentiment affalé dans le fauteuil au cannage en plastique style rustique, je laissais mon regard papillonner d'une passante à l'autre, toutes fesses, poitrines et jolies gambettes confondues. Des connexions intermittentes jouaient dans mon cerveau la rengaine de la nostalgie : « *Yo te quiero, yo me muero por tu amor…* » Impossible de retrouver la suite. Tandis que des images en puzzle voltigeaient dans le flou des branches à contre-jour : le piaf jardinier d'Australie… un éclat de pierre romane… les faunes priapiques du salon doré ou encore la brèche de la muraille par où j'avais filé comme un voleur. Pour un peu, le Kir aidant, je me serais endormi. « *Yo me muero por tu amor…* »

— Tu fais quoi, ce soir ? a gentiment tonitrué Jules dans mes oreilles, me ramenant aussi sec dans le monde des fêtards en panne de cacahuètes.

— Et vous ?

— Sans doute une petite soirée en amoureux chez Milly.

— Ah, non ! a fait Milly. La dernière fois c'était déjà chez moi. Chacun son tour.

— Ça me dit toujours pas ce que tu fais ? a insisté Juju.

— Comme vous : une soirée en amoureux… Chez moi. Et avec moi.

— Narcisse, va, a minaudé Milly.

— Un grand poète l'a dit : « S'aimer soi-même est une idylle qui dure toute la vie ! »

Sur ce, un petit billet posé dans la soucoupe, puis je me suis extirpé en douceur du fauteuil de bistrot et j'ai tiré à leur endroit un feu d'artifice d'amicales révérences. Je vous en prie, gardez le pourboire. Tout en me disant que pour un célibataire hyperactif, rien n'est plus crispant à fréquenter qu'un couple d'amoureux désœuvrés.

Vite, d'un bond gracieux, j'ai enfourché ma fidèle Morini qui piaffait d'impatience au bout de la terrasse du saloon et je me suis enfui dans le couchant mordoré de mon western personnel.

4

Chez moi, enfin... C'est super cool, chez moi. T2 bis, disait l'annonce. Le plus sympa, c'est le bis. À peine un mètre carré de balconnet en plein ciel, surplombant les toitures basses du centre ville tartinées de pigeons. J'ai tapissé l'endroit d'un rectangle de gazon synthétique et j'ai meublé d'un siège pliant en toile rayée, récupéré dans le grenier de ma mère. Avec la tablette fixée à la balustrade, assez large pour y poser une cannette et un sandwich, ça fait un vrai morceau de villégiature. C'est là que je comptais passer ma soirée. Bien peinard avec le bouquin que m'avait prêté le peintre Léo, en remettant soigneusement à demain ma rédaction de l'article sur l'abbaye de Morlan. Mais d'abord une pincée de daphnies pour Blb. Il vient de loin, mon pote Blb. Famille des *carassius auratus*, endémique du lac Utah, dit cyprin doré et qui m'a été vendu sous le pseudonyme éhonté de « poisson rouge ». Il est jaune. Flamboyant, certes, mais jaune. Nous nous entendons très bien. Mon ex trouvait que nous nous ressemblions. Selon elle, nous aurions tous deux une tendance naturelle à l'agitation circulaire, une propension à vivre en vase clos et une capacité de mutisme qu'on ne rencontre que chez les carpes, nos cousines. Tout cela est faux, bien entendu. Surtout en ce qui me concerne. Pour ce qui est de Blb, je veux bien reconnaître que parfois... Mais allez donc raisonner une étudiante en psychologie, certaine de ses arguments et persuadée qu'elle avait sous la main un panorama des pathologies caractéristiques du post-adolescent attardé. Je me suis lassé, elle aussi... C'est quand elle est partie que j'ai acheté ma moto Morini... J'y ai passé toutes mes économies, plus un microcrédit à la banque. Il fallait bien ça pour laver mon honneur. Je t'en fiche du vase clos et du circulaire !

L'avantage de Blb, c'est que lorsqu'il a ses daphnies, il manifeste un inintérêt souverain pour le reste du monde. J'ai fait pareil de mon côté, sandwich dans une main, livre dans l'autre et, les pieds posés sur le rebord de la balustrade, je me suis plongé dans la lecture.

Un truc de dingue, ces portraits du Fayoum ! La bouche pleine, je tournais tranquillement les pages pour regarder les illustrations et c'est là que j'ai eu un choc. Je n'ai pas pu m'empêcher de me relever et d'aller vérifier dans le miroir de la salle de bains. Léo avait vu juste, il y avait bien une réelle ressemblance. Surtout avec l'un d'eux. En imaginant ce que ça donnerait sans le fond doré et la couronne de feuillage que le type portait sur le front, j'ai cru voir une photo de mon jumeau. Un gars de mon âge, à deux mille ans près, rasé d'avant-hier avec des yeux un peu trop grands, brun, frisé de la tignasse et une couleur de peau plus proche de Tunis que de Stockholm. Ma mère m'a dit que je tenais ça de mon père qui était d'importation. Ma mère, elle, est de Clariac-sur-Orge depuis les Gaulois. Mon père, on ne sait pas trop d'où il venait et encore moins où il est parti.

Je suis revenu sur mon balcon. Songeur. Ça fait tout drôle de ressembler à ce point à un mec qui a peut-être croisé l'empereur Titus... Quelle bizarre idée de peindre ces visages uniquement destinés à recouvrir des momies. Des visages que personne ne devait jamais revoir, enfouis dans leurs sarcophages, au plus profond de la nuit des tombeaux. Des portraits faits pour la mort. Je suis revenu à l'image de « mon frère jumeau ». Mon frère mort il y a presque vingt siècles. Une espèce de frisson pas net, pas agréable du tout, m'a glissé tout le long de la colonne vertébrale. Je venais de penser à un truc de dingue. Et si ce mec n'était pas mon frère ? Et si c'était tout bonnement moi, mort il y a presque vingt siècles ? N'importe quoi ! J'ai balayé dans le vide les miettes du sandwich et j'ai refermé le bouquin.

Par-delà le balcon, les vaguelettes des toitures plongeaient peu à peu dans le mauve. Un peu plus loin, au-dessus du dôme vert-de-gris de la cathédrale, la pleine lune baladait son gros lampion. Demain on passerait à l'heure d'été. Cool. Tandis que je refermais la fenêtre, toute la fatigue de la journée m'est soudain tombée sur les épaules. Pour aujourd'hui j'avais eu ma dose d'émotions et de rencontres, sans compter les kilomètres dans les bras. C'est que ça secoue, une Morini Corsaro !

Au passage, machinalement, j'ai refilé une pincée de daphnies dans le bocal de Blb. Il n'a pas frémi d'une nageoire, le crétin. Sans doute devait-il déjà dormir avec ses gros yeux grands ouverts. Ses yeux écarquillés, fixes, sans paupière. Des yeux qui vous regardent sans vous voir, comme un poisson crevé du Fayoum. Merde ! Réveille-toi ! J'ai frappé contre la paroi de verre. Il a sursauté. Ça m'a fait plaisir.

Quelques minutes plus tard, à poil sous la couette, entouré de mon rempart de livres, ça allait beaucoup mieux. Le petit verre de vieux rhum qui me tient lieu de tisane commençait à faire son effet et la fatigue m'enveloppait de sa pesante langueur. Une dernière image est venue flotter devant moi comme un papillon se posant sur mes paupières à moitié closes : la photo de la charmante fille de Léo. Une promesse avant de m'endormir. Revoir le plus vite possible cette exquise brune aux yeux d'azur. Et en vrai, cette fois. En chair et en os. Comment s'appelait-elle, déjà ?

5

Dans un calendrier idéal, il ne devrait y avoir que des samedis matin. Le ciel de l'aube avait tenu les promesses radieuses du couchant. Du bleu partout et cette lumière tellement transparente qu'on dirait que les objets sont pris dans une résine translucide. Connaissant ma propension à m'incruster dans l'oreiller, je m'étais levé tôt, étrillé sous une bonne douche et vêtu de frais avec un sweat-shirt qui sentait la lavande comme quand on est môme. « T'as pas honte, à ton âge, de laisser ta mère repasser ton linge ? » m'avait demandé mon ex sur son ton le plus réprobateur avant de se lancer dans une théorie brillante au sujet de l'inconscience des mères qui fabriquent des machos... Eh bien, non, pas honte du tout. En plus il n'y a pas la moindre place dans mon T2 bis pour une planche à repasser. Et puis, c'est un rituel auquel nous tenons beaucoup, ma mère et moi. Elle vient tous les mardis soir avec la panière à chat où elle a rangé mon linge propre et je la lui rends avec le linge sale ; ensuite nous allons au restau, dîner tous les deux. Non, mais de quoi je me mêle ?

Un des nombreux avantages de mon appartement, c'est qu'il est situé juste au dessus d'un bar-tabac des plus accueillants. C'est là que je prends mon petit déj le samedi matin. Orange pressée, café au lait et croissant au beurre. « Vous êtes tombé du lit, monsieur Corsaro ? Ou bien vous aviez peur de vous faire avoir par le décalage horaire ? » m'a demandé gentiment le vieux Max qui est à la fois patron, serveur et buraliste, avec une moustache énorme à la Mario Bros.

— J'ai une grosse journée, aujourd'hui, monsieur Max. Je commence la rubrique culture que m'a confié le journal. Faut que je remette ma copie lundi matin.

— Vous me direz quand ça sort.

— Mercredi, si tout va bien.

— À propos, si vous pouvez leur toucher un mot au sujet de mon trottoir... Ça ferait pas de mal qu'ils en causent un peu dans le *Courrier*... Tant qu'il est pas réparé, je peux pas installer ma terrasse, moi... J'ai fait trois courriers à la mairie. On dirait bien qu'ils ouvrent pas les lettres... Un petit article dans la presse, ça leur apprendrait peut-être à lire.

— Tout ça c'est politique, monsieur Max. On est en période pré-électorale et même si je leur en parle, je ne suis pas sûr que...

— Oh, je disais ça comme ça... Je sais bien qu'on s'en fout du petit peuple... Vous avez assez de lait ?

— C'est parfait, merci.

Monsieur Max est retourné bougonner derrière son comptoir, en donnant au passage un petit coup de torchon révolutionnaire sur l'accoudoir en cuivre. J'avais terminé mon croissant et jeté sans résultat quelques mots sur mon Smartphone. J'ai eu brusquement envie de tenter ma chance :

— L'abbé Soeuil, ça vous dit quelque chose, monsieur Max ? ai-je lancé dans sa direction.

— Comment vous dites ?

— Soeuil. Un abbé.

— Je crois bien que j'ai pas vu un curé depuis ma première communion à l'époque du Général...

— Ça devait être quelqu'un de la région. Il a écrit un livre sur l'abbaye de Morlan, mais je ne trouve rien sur lui dans les moteurs de recherche. Je me disais que peut-être...

— Pour les vieux bouquins, y a qu'une adresse. Faut aller voir le vieux Chon-Chon.

— Chon-Chon ?

— Le bouquiniste de la rue du Lycée. S'il est fermé, vous le trouverez demain aux Puces, il a un stand. Ça m'étonnerait qu'il ait pas quelque chose sur ce que vous cherchez... Dites que vous venez de ma part. Ça ira plus vite.

Je n'y connais pas grand chose en tôle ondulée, mais le volet roulant de la boutique Au vieux grimoire devait dater de l'époque où les volets roulants n'existaient pas. Quant au vieil homme qui s'efforçait de le lever en ahanant, il aurait bien mérité un classement d'urgence dans les espèces en voie d'extinction.

— Monsieur Chon-Chon ? ai-je fait en l'abordant délicatement pour ne pas causer un infarctus.

— C'est ce qu'il en reste, répondit-il en se détournant vers moi, son épaule bloquée sous le bas du volet pour éviter qu'il retombe.

— Enchanté, je suis Skander Corsaro...

Tout en faisant les présentations, j'ai balancé un uppercut radical dans la tôle récalcitrante qui s'est enroulée sur elle-même avec une étonnante docilité. Ça faisait longtemps qu'on ne l'avait pas traitée comme ça. Les objets ont une âme, dit ma mère.

— Merci beaucoup, jeune homme, a dit le vieux Chon-Chon de son accent traînant qui rappelait le pays des pendules à coucou. Vous savez lui causer, vous, à la ferraille !

— À votre service !... Si ça ne vous ennuie pas, j'aurais un renseignement à vous demander. C'est monsieur Max qui m'a conseillé de m'adresser à vous...

— Mon Dieu ! Ça fait si longtemps que je ne suis pas passé à La Grivette. Comment va le petit Max ?

C'est là que j'ai vraiment compris que Chon-Chon datait de l'éclairage à la bougie. Pour qualifier le vieux Max de « petit » il fallait au moins frôler le centenaire.

— Il est en pleine forme, merci pour lui, fis-je tandis que nous entrions dans la boutique, dont le bouquiniste venait d'allumer les néons.

C'était une sorte de couloir aussi étroit qu'interminable qui ressemblait davantage à un tunnel qu'à un magasin. Quand je pense combien je suis fier de ma bibliothèque avec ses 872 livres bien classés, là, je me suis senti tout minable. Des livres, il y en avait des milliers. Du sol au plafond et jusque sur des étagères pendues aux poutres. Pour circuler entre les bacs, il fallait avancer à l'égyptienne, à la fois de face et de profil. C'est ainsi, en zigzagant, que j'ai suivi le vieux Chon-Chon jusqu'à l'antique meuble à partitions qui lui servait de comptoir. Il s'est hissé tant bien que mal sur un tabouret à vis puis il a sorti d'un étui ancestral une paire de lunettes rafistolées avec un bout de sparadrap au travers desquelles il m'a observé comme si j'étais une curiosité intégrale.

— Que puis-je donc pour vous, jeune homme ?

— Je suis à la recherche d'un livre sur l'abbaye de Morlan écrit par un certain abbé Soeuil. Ça vous dit quelque chose ?

J'ai vu le vieux Chon-Chon ouvrir et fermer plusieurs fois la mâchoire en essayant d'articuler : « Hé ben... hé ben... hé ben... », un peu comme s'il n'arrivait pas à démarrer. Finalement il y est arrivé.

— Eh ben, ça alors ! Si on m'avait dit...

— Si on vous avait dit quoi ?

— Il y a de ces coïncidences, tout de même !... Notez que je ne l'ai pas connu personnellement, mais je crois que c'était un bonhomme pas ordinaire, l'abbé Soeuil. Passionné de musique ancienne, il avait créé une chorale qui connut son heure de gloire dans les années 1930, si j'ai bonne mémoire. Il fut aussi un temps président de la société locale d'archéologie qui n'existe plus aujourd'hui. Pensez donc, les vieux cailloux ça n'intéresse plus grand monde... C'était, en outre, un fin pinceau dont j'ai eu l'occasion de voir quelques aquarelles d'assez bonne facture. Il m'est aussi passé entre les mains – je vous parle d'il y a longtemps – une plaquette de poèmes qu'il avait composés... Vous l'aurez compris, ce brave abbé était avant tout un artiste et...

Je sentais que si je n'intervenais pas, j'allais avoir droit à une biographie complète avant d'en arriver à l'objet de ma visite.

— Et son fameux livre sur l'abbaye ?

— Mais justement, c'est là que je voulais en venir. Vous allez voir comme c'est étrange. Figurez-vous que j'en avais acquis tout un stock. En fait, le terme de livre est un peu abusif. Il s'agissait d'un petit fascicule d'une trentaine de pages que l'abbé avait édité à compte d'auteur chez un imprimeur d'ici, dans l'immédiat avant-guerre. Or voici quelques années, ou peut-être davantage, une de mes vieilles clientes, qui devait entrer en maison de retraite pour raisons de santé, m'a cédé à un prix très avantageux tout un lot de livres neufs dans leurs cartons d'origines. En fait, il s'agissait du texte sur Morlan écrit par ce cher abbé.

Pour tout vous dire, ma cliente était sa jeune sœur, Mlle Soeuil. Une célibataire endurcie doublée d'une bien brave femme. Les livres étaient les invendus qu'elle avait hérités à la mort de l'abbé, au début des années 1940. Si tant est qu'il ait jamais cherché à en vendre. Je crois plutôt qu'il les distribuait à ses amis.

— Et ce stock, où est-il ?

— Figurez-vous que je l'ai vendu il y a quinze jours environ...

Ça s'est mis à tilter un peu partout dans ma cervelle comme sur les vieux panneaux des flippers d'antan. Mais qui donc avait bien pu acquérir ce qui restait de l'édition intégrale d'un bouquin que personne n'avait acheté pendant plus de soixante-dix ans ?

On aurait dit que j'avais posé la question à voix haute, car le vieil homme a poursuivi :

— Il me semble que le monsieur qui m'a pris le lot s'est présenté comme étant architecte. Un certain Lemer ou Romer... Quelque chose comme ça...

— Ça ne serait pas plutôt Lormel ?

— Maintenant que vous le dites, c'est bien possible, oui.

L'architecte Lormel avait donc récupéré tous les livres de l'abbé Soeuil. Mais dans quel but ? J'insistai auprès du bouquiniste :

— Vous êtes sûr qu'il ne vous en reste pas un exemplaire ?

— Hélas, j'en suis certain, jeune homme. Je suis désolé de ne rien pouvoir pour vous. Honnêtement j'étais trop content de m'en débarrasser. Je n'ai même pas l'adresse de mon acheteur, qui m'a payé en liquide. Mais puisque vous semblez connaître son nom, vous arriverez peut-être à le retrouver...

Inutile d'expliquer au vieux Chon-Chon que j'étais venu dans sa boutique précisément parce que Lormel ne voulait pas que je découvre ce livre. Malgré tout je voulais en savoir plus.

— Vous-même, vous l'avez lu ? Vous pourriez me dire ce qu'il raconte ?

— Franchement ce n'était rien de très extraordinaire. Une petite nouvelle, je dirais presque une fantaisie littéraire autour de l'histoire de l'abbaye. Pour être plus précis, cela racontait de façon très romancée l'histoire du dernier prieur.

— Joseph d'Apre ?

Chon-Chon a baissé légèrement ses lunettes pour me regarder par-dessus les verres. À croire qu'il y voyait mieux sans elle. Ou qu'il voyait autre chose. J'ai senti qu'il me scrutait.

— Vous êtes bien documenté, jeune homme. Peu de gens ont entendu parler du prieur d'Apre...

Ses prunelles un peu voilées par la cataracte me fixaient avec un intérêt amusé. Autant jouer franc-jeu.

— Je suis en train de préparer un article sur Morlan pour le *Courrier du Sud-Ouest*. J'étais hier à l'abbaye. J'ai entendu parler du livre et je suis arrivé jusqu'à vous.

— Je comprends mieux. Mais je ne suis pas sûr, si vous le trouviez, que vous puissiez en tirer grand-chose. Rien de sérieux, en tout cas. L'abbé Soeuil s'était plu à imaginer une affaire criminelle autour de la mort du prieur. On aurait tué ce dernier pour lui dérober son argent. Mais l'assassin n'était jamais parvenu à mettre la main sur le magot toujours caché quelque part dans l'abbaye. C'était d'ailleurs le titre du fascicule : *Le Trésor de Morlan*. Je suppose que l'abbé Soeuil était grand amateur d'Alexandre Dumas ou de Ponson du Terrail... Je vous l'ai dit, c'était une amusette.

Si l'architecte en chef des Bâtiments de France avait tenu à conserver ce livre pour lui seul c'est qu'il devait avoir une valeur bien autre que littéraire. J'insistai :

— Pensez-vous qu'il puisse exister d'autres exemplaires de ce livre ? Ici, ou ailleurs...

— Certainement. Je vous l'ai dit, l'abbé avait coutume d'offrir ses œuvres à ses relations. Il doit bien s'en trouver quelque part s'ils ont échappé aux rats, aux déménagements ou à que sais-je encore ? Mais il vous faudrait, pour cela, fouiller toutes les bibliothèques voire toutes les caves et les greniers de la ville ! L'enjeu ne vaut pas la chandelle, croyez-moi.

Je n'étais pas loin de penser que le vieux bouquiniste avait raison. À moins d'un miracle, je n'arriverais jamais à trouver ce fichu bouquin. En revanche je ne partageais pas son avis sur le contenu. Ne m'avait-il pas dit que l'abbé Soeuil était féru d'histoire et d'archéologie ? Pourquoi ne pas imaginer que le vieil érudit avait découvert quelque chose et que le trésor existait bel et bien ? Mais si lui-même ne l'avait pas trouvé, c'est qu'il était probablement encore enfoui quelque part à Morlan. C'était aussi très certainement ce que Lormel devait penser. Je ne voyais pas d'autre mobile à cet achat pour le moins compulsif.

Bredouille, mais plutôt satisfait de mes déductions qui donnaient un singulier piquant à mon enquête journalistique, je remerciai sincèrement le vieux Chon-Chon et m'apprêtais à quitter sa boutique lorsqu'il me demanda de patienter un peu.

Avec ses petits doigts de souris il se mit à farfouiller dans un bac, près de lui, rempli d'un tas de vieux papiers d'où il finit par brandir avec un sourire de vainqueur olympique une carte postale aux teintes sépia délavées.

— Tenez ! Cela pourrait faire une illustration originale pour votre article, n'est-ce pas ? C'est Morlan aux alentours de 1900... Je ne crois pas que l'on en trouve encore beaucoup.

La carte montrait la façade principale de l'abbaye, depuis la cour d'honneur, envahie par la végétation et dans un état de délabrement d'un romantisme déchirant. Il est vrai qu'en regard d'une des photos que j'avais prises la veille, cela créerait un contraste superbe. Futé, le bouquiniste. Cependant, au revers, il y avait un prix écrit au crayon. Pharaonique.

— Elle est magnifique, mais je n'ai vraiment pas les moyens.

Le vieux Chon-Chon s'est mis à tressauter sur son tabouret avec un petit hoquet syncopé. Sans doute sa façon de rigoler.

— Ce sont des anciens francs, jeune homme !... Vous pensez bien que je ne vais pas perdre le peu de temps qui me reste à changer les prix de tous ces vieux machins...

Gentiment, il m'a converti la somme dans la monnaie de nos jours. Cela faisait à peine plus cher qu'un petit crème à *La Grivette*.

Je me suis empressé de poser les pièces sur le comptoir et j'ai fourré la carte dans mon sac. Mon marchand semblait aussi ravi que moi de la transaction. Nous nous sommes serré la main comme si on venait de conclure l'affaire du siècle et il m'a souhaité d'écrire un beau papier. C'est à l'instant où j'allais sortir qu'il m'a lancé tout excité :

— Attendez ! Attendez, il me vient une idée...

— De quoi s'agit-il ?

— Vous allez certainement penser que les vieillards ont de la bouillie pour chat à la place du cerveau et vous n'aurez pas tort !

J'ai pas pu m'empêcher de sourire. Il a enchaîné :

— Cette Mlle Soeuil, la sœur cadette de l'abbé... Elle est fort âgée, mais toujours vivante. Avec un peu de chance, vous pourriez peut-être la rencontrer. Je me souviens qu'elle avait emporté à la maison de retraite quelques livres auxquels elle tenait. Il est possible qu'elle ait pris l'ouvrage de son frère entre autres choses... Avouez que j'aurais pu y penser plus tôt !

— Monsieur Chon-Chon, vous êtes génial et si je peux me permettre, côté bouillie pour chats, vous ne risquez absolument rien.

On s'est marrés tous les deux, puis je lui ai laissé le temps de reprendre son souffle pour qu'il me donne l'adresse de la maison de retraite.

— Si Mlle Soeuil est en état de vous recevoir, ce que j'espère sincèrement, dites-lui que vous me connaissez. Chon-Chon est un pseudonyme que m'ont donné les copains d'autrefois. Je m'appelle Arthur. Arthur Schoenberger. C'est Mlle Soeuil qui m'a recueilli quand je suis rentré d'Auschwitz à quinze ans.

6

D'après mon pote Tonio, le globetrotteur, journaliste c'est un peu comme flic. Ça m'énerve mais il n'a pas tout à fait tort. De l'interview à l'interrogatoire, il y a à peine de quoi glisser une feuille de papier à rouler. À la différence près que, chez nous, les aveux sont en général spontanés. Le pourcentage de mensonges n'est guère plus élevé ici que là d'après ce que dit le commissaire Dubourg qui est très ami avec mon patron Béber. Dubourg, c'est le mec qui nous branche sur les faits divers croustillants. Je n'ai pas encore compris comment tout ça fonctionnait, ni de quelle façon le journal rétribuait notre collaborateur assermenté. De toute façon, j'en ai rien à cirer. Bref.

De retour chez moi, attablé devant une pizza aux fruits de mer avec la belle carte postale de l'abbaye sous les yeux, et Blb tout à côté en train de faire sa tournée du bocal, j'ai dressé l'inventaire de ma matinée. Très satisfaisant. Non seulement je progressais à pas de géant dans mon enquête, mais en plus je tenais le titre du papier : « Le trésor de Morlan ». Pour le coup, j'étais assuré de faire ça en plusieurs épisodes. Moitié reportage, moitié fiction. Le tout, bien sûr, était d'avoir entre les mains le fameux bouquin de l'abbé Soeuil. Mais j'avais la quasi certitude que cela ne saurait tarder.

Mentalement, je faisais aussi le compte réjouissant de mes clients potentiels. En premier lieu, l'architecte Lormel. Celui-là allait bondir rien qu'en voyant le titre de l'article. Son ancien élève, Thomas le play-boy, serait sûrement pas mal étonné aussi. J'ajoutais monsieur Max de La Grivette, le bouquiniste Arthur Schoenberger dit Chon-Chon et, bien sûr, ma mère. Cinq lecteurs pour moi tout seul ! Je comptais pour peu de choses les quelques milliers d'abonnés anonymes et mes collègues du canard. Aucune illusion sur d'éventuels retours. S'il y en avait, ce serait la surprise. Bien sûr, avant tout, il fallait que ça plaise au patron. Sur ce point, je n'étais pas trop inquiet. Il aimait bien mon style, Berland. Sinon comment m'aurait-il embauché à la seule lecture de ma lettre de motivation à l'humour un tant soit peu décalé ? In extremis, tout en touillant mon café, j'ai rajouté à la liste le peintre Léo. Mon article l'amuserait peut-être. Quant à sa fille, la merveilleuse Sandra... Il fallait d'abord que je la rencontre. De toute urgence.

Allait-elle seulement s'intéresser à moi ? Avec son physique miraculeux, ça devait se bousculer au portillon de l'espérance. Je voyais d'ici la cohue des prétendants frétiller dans le sillage affriolant de la belle sirène. Mais même si je devais m'embarquer pour le râteau du siècle, j'étais prêt à me jeter du haut du bastingage pour tenter ma chance.

Quoi qu'il en soit, avant de courtiser le Petit Chaperon rouge, je me devais d'aller trouver Mère-Grand. Mais, prudence. Pas de précipitation, me suis-je dit, inutile de me ruer sur ma Morini qui m'attendait en bas, précautionneusement garée dans le couloir de l'immeuble. Je sentais que le rendez-vous avec cette vieille dame nécessitait un minimum de préparation. Après un deuxième café et une rapide recherche sur le Smartphone, j'ai sonné au bon numéro.

— Ici L'Ange de la Miséricorde, bonjour. Que puis-je pour vous ?

Une formidable envie de me marrer m'a empêché de répondre tout de suite.

— Que puis-je pour vous ? a répété la voix féminine avec une pointe d'agacement.

J'étais tombé sur un ange un peu speedé.

J'ai repris mon sérieux et j'ai jugé qu'il valait mieux y aller franco.

J'ai déballé tout mon cabas dans la tunique de l'ange que j'imaginais bleu marine et finement plissée. Je lui ai livré en vrac mon statut – légèrement anticipé – de journaliste, et mon vœu pieux d'interviewer une de ses pensionnaires en la personne de Mlle Soeuil.

J'ai eu droit à une déferlante en retour. Que c'était hors de question, que je ne manquais pas de toupet, qu'après les rumeurs de maltraitance que des gens de mon espèce avaient fait courir sur l'établissement, ce n'était pas demain la veille qu'un journaliste en franchirait les portes. Et ça a raccroché. Apparemment, cette créature de Dieu avait l'angélisme féroce. Du coup j'ai pris un troisième café. Léger, cette fois.

Skander Corsaro, à toi de jouer ! J'aime bien me dire des trucs comme ça. J'ai l'impression d'être dans une bande dessinée. Passons à la vignette suivante. Le héros en gros plan. Réflexion, supposition, improvisation. Ça n'a pas traîné. Re-sonnerie, re-Ange de la Miséricorde, re-bonjour... La même. Action. Cette fois je ne comptais pas me laisser traiter d'espèce. J'ai envoyé d'une traite :

— Excusez-moi d'insister, vous ne m'avez pas laissé le temps de vous dire que j'appelais pour une médaille.

— ...

Un grand blanc. L'ange devait être en train de se gratter l'auréole. J'ai explicité.

— Notre journal prépare une série de portraits des personnes de la région qui ont joué un rôle important pendant la Résistance. Vous n'ignorez pas que Mlle Soeuil a caché des juifs. Notre démarche devrait encourager certains organismes officiels à lui décerner une décoration bien méritée. Je ne pense pas exagérer en soulignant qu'un article rendant hommage à cette héroïne sera tout à fait bénéfique pour l'établissement qui a l'honneur de l'héberger.

Très léger flottement, puis l'ange a répondu.

— Écoutez, monsieur, je comprends mieux votre démarche que je ne peux, bien entendu, qu'approuver. Cependant, Mlle Soeuil aura cent ans le mois prochain et...

— Mais c'est magnifique, ai-je interrompu. Nous ferons d'une pierre deux coups, cela n'en sera que plus émouvant.

— Certainement. Mais, notre pensionnaire, voyez-vous, est dans un état de grande faiblesse. Elle n'a pas non plus toujours toute sa tête.

— Pensez-vous qu'elle serait capable néanmoins de répondre à quelques questions ?

— Pour ce qui touche à la mémoire lointaine, Mlle Soeuil manifeste encore une certaine vivacité.

Il arrive même qu'elle nous étonne par sa pertinence. Mais ce ne sont que des lueurs très brèves. Elle est malheureusement en train de s'éteindre.

— Dans ces conditions, ne pensez-vous pas qu'il vaudrait mieux hâter la rencontre ? Quitte à ne sortir l'article que plus tard…

— Vous avez sans doute raison.

— Pourrais-je passer dans la journée ?

— Oh mon Dieu non ! C'est bien trop tôt et la décision ne m'appartient pas. Je ne suis que l'adjointe. Je dois en référer à ma directrice.

— Pourriez-vous lui en parler rapidement ? Voyez-vous, ce serait épatant si je pouvais rencontrer votre pensionnaire demain matin.

« Épatant », c'est un adjectif qui fonctionne super bien avec les catholiques intégristes. Allez savoir pourquoi ? J'avais remarqué ça chez les parents d'une de mes petites copines de lycée. Il y avait des tas de trucs qu'ils trouvaient épatants : la messe en latin, l'ancien pape, les militants anti-avortement… Ça m'avait épaté. Ça n'a pas loupé. L'ange de la Miséricorde m'a invité fort aimablement à rappeler vers 20 heures. D'ici là, on allait voir ce qu'il était possible d'envisager. J'ai remercié avec effusion. J'ai toujours été impressionné par ma propre faculté d'affabulation. Mon ex appelait ça du mensonge. Grave erreur. Chez moi, c'est spontané. Aucun calcul vicieux ni intention de nuire. C'est de l'imaginaire à l'état pur. Ce qui est excitant, quand on invente une chose, c'est de la rendre vraie, après coup. Du grand art. Elle devait être allergique à l'art. Changeons de sujet. La vaisselle d'abord, le ménage ensuite.

Un soleil magnifique éclaboussait le balcon. Pas question de gâcher un tel après-midi à des activités ménagères. Ma piaule étant tapissée sur ses quatre petits murs par les étagères portant ma collection de bouquins – une bibliochambre en quelque sorte –, il y reste juste la place du futon et d'une mini table basse. Quand j'ai bien tiré la couette, tout est en ordre. Dans le séjour, c'est plus laborieux. J'allais m'enquérir du balai à l'instant où un message a réveillé mon écran : « Slt sa va. »

Sans même lire le nom de l'expéditeur, j'ai tout de suite reconnu l'orthographe. « Ou T » ai-je fait dans la même langue barbare. « Areoport ». Aucun doute c'était bien Tonio. « J'arrive. Attends-moi. » J'étais déjà en bas.

7

Tonio s'était transformé en homard. Rouge vif. Quand je l'ai vu traverser le hall de l'aéroport et hâter le pas vers moi, je me suis demandé un instant s'il n'était pas contagieux. Pas étonnant : un blondin comme lui ne pouvait pas avoir un épiderme adapté aux tropiques.

— Tu t'es échappé d'un barbecue ?

— M'en parle pas. L'horreur !... Bisou !

Il a tendu la joue, j'ai fait semblant d'hésiter. Il m'a regardé, la mine faussement apitoyée, tout en gémissant :

— Toujours hétéro ?

— Toujours...

— Montre-moi.

On s'est serrés très fort dans les bras comme deux amoureux. On est plus que potes, comme frangins. Même mieux que frères. Aucune concurrence entre nous. Nous avons fait connaissance en classe de sixième. Dès la première récré on s'est repérés direct et on s'est flanqué une branlée gratinée, à propos de rien du tout. On ne s'est plus jamais quittés. Le petit blond costaud et le fluet exotique. Inséparables. Depuis, Tonio a minci et je me suis remplumé. Après la troisième, mon copain a bifurqué vers l'apprentissage. J'ai continué du côté du bac. Sans jamais se perdre de vue. Ça nous fera bientôt quinze ans de fidélité. Dire que je n'ai jamais tenu plus d'un an avec la même fille ! Mon ex disait que c'était ma faute : « Si tu y mettais un peu plus du tien ! » Je crois au contraire que je devrais y mettre un peu plus de quelqu'un d'autre... En vérité, si ça tient depuis si longtemps entre Tonio et moi, c'est peut-être parce qu'il n'y a qu'un Tonio alors que le monde est rempli de filles désirables... Verrai-je un jour la fin de ce fatal divorce entre l'amour et le cul ?

Nous avons récupéré son sac à dos, qui pesait deux tonnes, sur le tapis-tourniquet puis on s'est embarqués tous les deux à bord de la Morini.

— Va pas trop vite, hein ? Tu sais que j'aime pas ça.

— Fais pas chier et attache bien ton casque.

Cinquante kilomètres plus loin, j'ai stoppé devant chez mon pote. Ce n'est plus tout à fait la banlieue mais pas vraiment la ville non plus. Une vaste avenue bordée de platanes qui, un peu plus au nord, se transforme en départementale et longe une zone mi-industrielle, mi-maraîchère. Parti de pas grand-chose, le père de Tonio dirige à présent une entreprise florissante de vente de ferrailles en tout genre. La maison familiale est contiguë aux entrepôts. Tonio s'est aménagé un loft dans un des hangars. L'ensemble est un magnifique exemple de l'architecture industrielle du XIXe, tout en briques élégamment agencées. Une ancienne usine de biscuits. Rien à voir avec l'immonde tôle ondulée dont l'empire clinquant défigure les alentours de nos modernes agglomérations.

— Prends les clés du loft et va m'attendre chez moi, je file embrasser mes vieux, a dit Tonio en sautant de la Morini. Pas la peine d'attacher ton vélo, ici ça risque rien...

Mon vélo ! Quel crétin, ce Tonio !

Le coin salon du loft est environ deux fois plus grand que mon T2 bis. Je me suis laissé choir dans l'immense canapé de cuir fauve devant la table basse en pâte de verre et pieds de bronze sculpté. Mon Tonio est blindé de thunes. Petit à petit, son père lui passe les rênes de l'entreprise et il s'en sort plutôt très bien. Dans quelques années il sera le premier patron à la fois millionnaire et anarchiste dans l'histoire de la quincaillerie. « Tu verras, je leur en ferai baver, moi, à ces enfoirés du Cac 40 ! » C'est sa déclaration de guerre préférée. Je n'ai pas la moindre idée de la façon dont il compte s'y prendre, mais je suis sûr qu'il tiendra sa promesse. « La politique, mec, c'est l'outil le plus performant que ces salauds de riches ont trouvé pour entuber les pauvres. Particulièrement ce qu'ils appellent la démocratie. Et la plus grosse arnaque du monde c'est la révolution. Rien à cirer de leurs magouilles. Là où ça fera très mal, c'est quand on saura tous utiliser les réseaux. La mondialisation, crois-moi, y'a que ça de vrai. La mondialisation de l'anarchie en se servant du système lui-même. Alors là... boum ! »

Je ne suis pas sûr de tout comprendre à ses théories. Mais je ne suis pas insensible à ses démonstrations. Quand j'étais gamin, on voyait parfois sur les murs des traces d'anciens tags « No future ». C'était la génération de nos parents. Aujourd'hui, le no future, c'est nous.

Je m'étais plongé dans la lecture d'une bande dessinée quand Tonio a fait irruption.

— Mission bisous-câlins accomplie ! a-t-il fait en se laissant tomber en vrac en face de moi. Il était temps que je rentre parce que mes darons s'en vont demain. C'est leur tour de se payer des vacances. Je prends le relais de la boutique en leur absence.

Tout en parlant, il s'est penché vers son sac à dos dont il a extrait un paquet rond enveloppé dans du papier-bulles.

— Tiens, c'est pour toi. Un souvenir du Mexique. Regarde si ça te plaît sinon je retourne l'échanger...

En rigolant j'ai déballé le machin qu'il avait posé sur la table basse et qui pesait vraiment lourd.

— Tu as dévalisé une pyramide aztèque ?

— Mieux que ça…

Les derniers bouts de Scotch ont fini par sauter et un magnifique caillou est apparu au grand jour.

— Je te présente un rocher de la plage de Zihuatanejo ! s'est exclamé mon pote avec un sourire majestueux. Ramassé tout spécialement pour toi. Regarde-moi cette merveille : tout creusé et poli par le Pacifique. Alors, mon Skander, tu en dis quoi ?

Le morceau de roche était de toute beauté. Dans un minéral légèrement bleuté, finement veiné de rose pâle et patiemment creusé par le burin des vagues millénaires.

— C'est magnifique ! Tu es complètement dingue.

— Tu peux pas savoir combien ils m'ont fait chier à la douane. J'ai dû raconter que je les avais achetés dans une boutique et que j'avais perdu le ticket.

— Les ?

— Ben oui, j'en ai ramassé un autre pour mes parents. Je viens de le leur donner.

Je n'ai pas pu m'empêcher de jeter un coup d'œil au sac à dos de Tonio. Il était vide.

— Mais… et tes affaires ? Elles sont où ?

— Quelles affaires ?

— Ben, je sais pas… tes vêtements, tes trucs de toilette, tout ça, quoi.

— J'aime pas m'encombrer. J'ai tout acheté sur place. En partant j'en ai fait cadeau à un cireur de chaussures qui en avait plus besoin que moi. Faut voyager léger… Enfin presque !

En regardant Tonio je me suis demandé si c'était nécessaire d'avoir du fric pour inventer la liberté et la fraternité. Mais non, il était déjà comme ça quinze ans plus tôt, à l'époque où son père écumait les décharges de la région pour ramasser des bouts de cuivre. Quand je lui payais des carambars, il en volait d'autres pour me les offrir le lendemain.

Il s'est déplié en s'étirant dans un grand bâillement

— Tu sais quoi, Skander ? Je crois bien que je vais aller me pieuter. Ce décalage horaire, ça m'a déglingué... Si tu veux j'ai encore toute la journée de demain pour qu'on se voie. Je te raconterai le Mexique et tu me raconteras comment tu t'es fait virer du journal.

— Mais, ils ne m'ont pas viré !

— Ah bon ? Ils sont vraiment inconscients, les mecs...

— Enfoiré, va ! Tiens, à propos, je vais sans doute avoir un rendez-vous important demain matin. Ça t'ennuierait de me prêter une veste un peu classe pour que je me déguise ?

— Bouge pas. Je vais voir ce que j'ai en magasin...

Il a fait coulisser un panneau mural qui a dégagé son dressing. Un placard à peine moins grand que ma bibliochambre. Il en est ressorti avec deux splendides vestes en lin. Une légèrement plus claire que l'autre.

— Laquelle tu préfères ?

— Celle-ci, j'ai fait en pointant la plus claire.

— T'as raison, ça ira super bien avec ton joli teint de p'tit beur.

Il m'a collé la veste dans les bras en baillant de nouveau.

— L'essaye pas devant moi, ça va m'exciter... On s'appelle demain quand tu as fini ?

8

L'énorme caillou mexicain trônait à présent sur mon balcon. Finalement, j'avais opté pour la sagesse en rentrant chez moi travailler à mon papier. Ça me laisserait l'après-midi de demain pour me détendre. De temps en temps, je levais les yeux depuis la table du séjour, histoire de voir tourner les ombres et les reflets au gré du soleil sur le splendide cadeau de Tonio. J'étais content. Mon pote était rentré et l'écriture fonctionnait bien. Les mots déroulaient sans peine leur petite farandole sur la feuille du calepin et il me semblait avoir retrouvé le fil de ma visite avec le conservateur et l'excitation de la nouveauté. Je comptais composer une série de trois articles : le Moyen Âge, l'époque classique et la restauration d'aujourd'hui. Si la chance restait avec moi, j'espérais pouvoir joindre à chaque épisode un extrait du livre de l'abbé Soeuil. L'auteur étant mort depuis plus de soixante-dix ans, cela ne devrait pas poser de problème en ce qui concernait les droits.

Phrase à phrase l'après-midi s'est écoulé dans le sablier des mots. Il ne me restait plus qu'à jeter tout ça sur l'ordinateur, histoire de passer la dernière couche de vernis. Je suis sans doute le seul mec de ma génération à écrire encore au stylo. Au journal ils me chambrent pas mal là-dessus. Moi, j'aime bien quand les idées se mettent en forme au bout de mes doigts. Ensuite, quand le texte s'affiche en corps 12 sur l'écran, j'ai l'impression de lire quelqu'un d'autre. Il me semble que c'est plus facile à rectifier... J'en étais au moment où les moines plantaient ciboulette et romarin quand mon téléphone s'est mis à sonner.

— Monsieur le journaliste ?...

C'était la voix empesée de l'ange de la Miséricorde. Elle avait donc enregistré mon numéro.

— Bonsoir madame, c'est moi-même, Skander Corsaro.

— Je me permets de vous rappeler, cher monsieur, car je sors à l'instant du bureau de Mme la directrice à qui j'ai transmis votre demande et je tenais à vous dire qu'elle est très enthousiasmée par ce projet.

— Je le suis moi-même, madame.

— Pardon ?

— Je veux dire que je suis très enthousiasmé par la réaction de Mme la directrice.

— Bien sûr, bien sûr... Aussi nous vous proposons de passer demain vers 11 heures dans notre établissement. Si cela vous convient...

Tu parles, si cela me convenait ! Je me suis répandu en remerciements enrubannés tout en garantissant de ma plus ponctuelle présence.

C'est le genre de moment où je regrette de ne pas savoir faire des claquettes. Je regrettais presque que mon ex m'ait quitté, tellement j'étais prêt à fêter ça avec n'importe qui.

J'ai enfilé directement sur mon sweat-shirt la veste que Tonio venait de me prêter. Coup d'œil dans le miroir. La classe ! Et j'ai dévalé l'escalier pour aller me pavaner dans le secteur.

Quand je suis apparu sur le trottoir, ainsi vêtu de mes plus beaux atours d'emprunt, ça n'a ému personne parce que c'est une rue extrêmement tranquille et que La Grivette ferme à 19 heures le samedi soir. Je n'allais pas me laisser démoraliser pour si peu. La chance, lorsqu'on a mon âge et qu'on réside dans une ville d'environ soixante-dix mille habitants, c'est de sentir que les pourcentages sont avec vous. En enlevant les personnes âgées, disons les plus de trente-cinq ans, et les autres, ados, enfants et nourrissons, il doit bien rester quelques milliers de rencontres ludiques potentielles. Soyons stricts, mettons au minimum cinq mille. Ôtons les presque cinquante pour cent de mecs. Ça fait dans les deux mille huit cents. J'enlève encore la moitié pour des raisons d'attirance personnelles et autres considérations d'esthète. Sur ce nombre, et compte tenu de ma très grande émotivité, j'imagine très vraisemblable de trouver au moins quatre cents occasions de prendre un dernier verre chez toi ou chez moi. Quatre cents, me répétais-je songeur tout en descendant le boulevard qui menait au Grand Ring. Ce n'est tout de même pas énorme.

En entrant dans le bar de nuit le plus tumultueux de la ville, j'ai senti chuter les statistiques de façon inquiétante. Une épidémie avait dû éclater, dont on ne m'avait pas informé. Ou alors elles était toutes parties au bord de la mer, aspirées comme la rosée du matin par ces premiers rayons de soleil estival. Quelques couples tragiquement unis et clairsemés bavardaient autour de guéridons monotones tandis qu'une demie douzaine de lycéennes hystériques continuaient sur la piste leurs exercices de fitness collectifs. Rien à tenter de ce côté-là. La lycéenne en troupeau est aussi inabordable qu'une salutiste derrière son chaudron. Au fond de la salle, deux ou trois renards isolés dans mon genre, yeux baissés, semblaient chercher sur leurs Smartphones les créatures virtuelles qu'ils n'avaient pas trouvées au magasin de la réalité. Désespérant.

Comme je m'approchais du bar, deux charmantes personnes à l'élégance raffinée m'adressèrent à l'unisson un sourire aussi avenant que professionnel. Je ne suis pas encore sûr que l'une des deux ne fût pas un homme... Je leur ai rendu leur salut en soulevant au-dessus de ma tête un chapeau imaginaire tout en m'inclinant avec courtoisie et j'ai foncé vers le barman. Dans les naufrages, on agrippe la bouée qu'on peut.

— Une vodka-banane, Joe, s'il te plaît. Une double...

— Salut Skander. Tu attaques fort ce soir !

— Tu as vu le désastre ? fis-je avec un petit coup de menton en direction de l'ambiance neurasthénique.

— M'en parle pas. Si tu savais ce que j'ai eu comme pourboire, tu me ferais l'aumône. Une misère !

Joe connaît tout le monde, tutoie tout le monde, est ami avec tout le monde et dénonce tout ce qu'il peut. Il s'est fait plusieurs fois casser la gueule. Mais il prend ça avec flegme et arbore ses cicatrices avec une certaine fierté.

— File-moi quelques olives, mais ne compte pas trop sur ma charité, ai-je répondu en m'accoudant au zinc.

J'étais pas d'humeur. Et puis la charité me gonfle. Comme dit Tonio, c'est à cause de la charité que les pauvres restent tranquilles. Ça m'énerve. Et Joe n'est même pas pauvre.

J'en étais là de ma rêverie politico-philosophique, toujours accoudé au bar, le museau plongé dans mon verre de vodka-banane, quand un quidam à la tronche en biais s'est approché, l'air teigneux.

— Toi, le touriste, dégage ! Tu vois pas que t'encombres ?

Compte tenu qu'il n'y avait dans les parages que les deux charmantes créatures de tabouret et moi-même, le zinc, long de plusieurs mètres, offrait une totale liberté d'accès. J'ai mis un peu de temps à calculer la situation.

— C'est moi, le touriste ? ai-je demandé ingénument.

— T'en vois d'autres ?

Le type était de l'espèce à poils ras et mâchoire cubique avec un poignard tatoué sur un avant-bras velouté. Sans céder aux généralités, c'était le genre de physique qu'on rencontre plus souvent aux abords des stands de tir forains que dans les concours de Scrabble. Des petites veinules éclatées ornaient son blanc de l'œil et son haleine pesante vaporisait aux alentours des relents hautement inflammables. J'en restais coi. Il en a rajouté :

— Barre-toi, j't'ai dit ! Retourne en Bougnoulie et viens pas nous faire chier ici...

— Fiche-lui la paix, beau gosse... viens plutôt siroter une prune avec nous..., a minaudé la plus pimpante des deux souris d'amour dans un élan de fraternité pacifiste.

— Toi, la morue, tu la boucles ou j'te fais bouffer ton Tampax, a-t-il répliqué dans une soudaine montée de testostérone.

C'est là que j'ai commis une erreur. Sans doute à cause de ma passion conjointe pour le flegme et l'humour anglais, j'ai levé mon verre en direction de ma voisine et j'ai lancé en souriant : « À la vôtre, chère madame ! » C'était un anglicisme de trop.

Avec le battoir qui lui servait de main, le mec m'a écrasé le verre sur la figure. Fragile, le verre. Éclaté contre ma pommette. D'instinct j'ai remonté vivement le genou vers les parties douillettes de mon agresseur. Il s'est plié en deux. Son front a heurté mon thorax. Ma nuque a cogné sur le rebord métallique du bar. Noir.

9

Gris anthracite, gris souris puis blanc de neige.

Blanc, le plafond, blancs les murs, blafard le néon au-dessus de moi que j'entrevoyais dans le flou de mes paupières entrouvertes. Et au premier plan déformé comme dans l'optique d'un objectif fisheye, la bonne bouille joviale et rondouillette du commissaire Dubourg.

— Comment se porte le journalisme ? a demandé le policier.

— Horizontalement, commissaire.

Histoire de me contredire, j'ai redressé le buste un peu trop vite. Un douloureux élancement derrière la tête a bloqué mon geste illico. Je suis retombé mollement sur le lit-civière. Bien qu'embrumé et vaseux, je me souvenais que la syncope avait été de courte durée. Je soupçonnais Joe le barman, toujours prévoyant et efficace, d'avoir appelé le Samu avant même que le type m'ait frappé. Ensuite, la routine. Flics et premiers secours aussi synchrones que possible, embarquement la gueule en sang, dans le camion siréneux des pompiers direction les urgences, anesthésie, points de suture, etc. J'avais appris pendant le transport que les autres consommateurs avaient empêché le mec de me rouer de coups alors que je m'étais effondré sur le carrelage du Grand Ring, rarement si bien nommé. À l'approche de la police, mon agresseur s'était enfui sans laisser de traces comme on dit dans les faits divers. J'avais un mal de crâne carabiné, la pommette recousue me cuisait douloureusement mais je ne pensais qu'à une chose : la belle veste en lin de Tonio toute maculée de sang. Où était-elle passée ? Et tous mes papiers dedans...

— Vous comptez vous faire mettre en arrêt maladie ? m'a demandé le commissaire avec une expression de sincères condoléances.

— Hors de question. J'ai un rendez-vous incontournable demain matin et je compte bien être au journal lundi.

— C'est peut-être mieux ainsi et très courageux de votre part... Vous souhaitez déposer une plainte contre X ? Aucun des témoins présents ne le connaissait... Il n'était probablement que de passage en ville. Bien sûr, nous avons sa description, mais ce n'est pas grand-chose...

— Insulte raciale, coups et blessures volontaires... C'est vrai que ce n'est pas grand-chose. Je ne suis même pas mort !

— Ce n'est pas ce que je veux dire... Notez qu'une simple main courante peut suffire, si votre type se fait pincer pour autre chose, il n'est pas impossible que votre affaire remonte et...

L'urgentiste de service a fait irruption, brandissant un cliché radio.

— Vous êtes un sacré veinard, vous ! m'a-t-il lancé, admiratif. Aucun traumatisme, aucune lésion. Vous êtes passé à deux doigts de la catastrophe. Une fracture du rocher, ça ne pardonne pas. Sans compter l'éclat de verre qu'on vous a retiré à quelques centimètres de l'œil... Vous auriez pu finir borgne... Un sacré veinard, je vous dis !

J'ai failli sourire, mais ça m'aurait fait trop mal. En m'appuyant sur l'épaule du commissaire, je me suis glissé hors du lit roulant, m'efforçant de ne pas chanceler.

— Où est ma veste ?

L'urgentiste m'a regardé, sidéré.

— Mais... vous ne comptez tout de même pas partir ? Dans votre état...

— Docteur, vous venez de m'annoncer que j'allais très bien. J'ai une totale confiance dans votre diagnostic. Si vous voulez me dire à présent où est passée ma veste, je m'en vais voir ce que mon oreiller peut faire pour moi.

Le toubib et le flic ont échangé un regard dubitatif, puis le commissaire a tranché :

— Je pense que nous pouvons faire confiance à ce jeune homme... S'il se sent en état de rentrer chez lui...

— Dans ce cas, il faudra me signer une décharge.

J'étais prêt à signer tout ce qu'on voulait, pourvu que je retrouve ma veste et qu'on me laisse sortir.

L'urgentiste s'est baissé pour ramasser sous le charriot un sac en plastique qu'il m'a tendu l'air pincé.

— Toutes vos affaires sont là.

Ces cuistres avaient mis ma belle veste en lin dans un sac poubelle avec mon portefeuille, mes chaussures et mes clopes ! Mais j'étais tellement pressé de m'extirper de cet endroit que je n'allais pas chipoter sur les détails.

Paperasses, gribouillis et autres pinaillages réglementaires ont encore pris une bonne vingtaine de minutes. Enfin, à minuit pétant, je sortais de l'hôpital.

— Vous ne trouverez pas de taxi à cette heure-ci. Si vous voulez, je peux vous déposer chez vous.

C'était le commissaire Dubourg qui m'attendait dans sa voiture garée le long du trottoir. Devant mon air quelque peu éberlué, il a insisté :

— C'est mon véhicule personnel et je ne suis plus en service. Je peux transporter qui je veux...

— C'est très aimable à vous.

C'était la première nuit de l'été, mais l'air était encore vif. Vêtu de mon seul sweat-shirt, je commençais à frissonner et sous le pansement, la blessure m'élançait. Sans plus hésiter, je me suis engouffré sur le siège avant, mon précieux sac poubelle sur les genoux.

— Il ne vous a pas raté, le salaud !

— Vous parlez du toubib ?

Le commissaire a rigolé. Je lui ai donné mon adresse et on a démarré.

— Quand mes subordonnés m'ont dit qu'un journaliste du *Courrier du Sud-Ouest* venait de se faire agresser, j'ai tenu à m'en occuper personnellement. Sur le coup, j'ai pensé à votre patron, mon ami Berland, puis on m'a dit que c'était vous...

— Merci d'être venu quand même.

Ma petite impertinence n'a pas eu l'air de le perturber.

— Vous avez choisi un métier à risques.

— Vous aussi, commissaire.

— Exact. Mais j'ai la sécurité de l'emploi... Blague à part, des agressions comme celle dont vous venez d'être victime, nous en enregistrons pratiquement une par jour rien que dans notre ville. Vous imaginez, monsieur Corsaro ? Une par jour !...

— J'imagine. Mais je ne m'appelle pas Corsaro. C'est un pseudo, mon nom de plume pour le journal.

— Je sais, j'ai vu votre feuille d'admission... Vous êtes maghrébin ?

— Je suis français. La moitié de mes ancêtres sont de Clariac-sur-Orge et je crois que l'autre moitié vient du Fayoum.

— Connais pas.

— Une région d'Égypte.

— Beau pays, l'Égypte. Nous avons fait une croisière sur le Nil, il y a quelques années, ma femme et moi...

J'avais de plus en plus mal à la joue et aucune envie de m'étendre sur les splendeurs d'un Orient où je n'avais jamais glissé mes babouches. Aucune envie non plus de me lancer dans un vaste débat sur les thèmes sécuritaires éculés jusqu'au trognon. De son côté, le commissaire s'était tu, probablement plongé dans ses photos-souvenirs de Louxor ou d'Abou-Simbel et guère plus désireux que moi d'échanger des banalités. Nous avons traversé la ville en silence. J'étais pas mal sonné par ce qui venait de m'arriver et je me demandais si je n'aurais pas mieux fait de donner l'adresse de ma mère. Un besoin soudain de me faire dorloter. C'est con, l'âge adulte. Au bout d'un moment la voiture a ralenti.

— Ah, je crois que nous sommes arrivés. C'est bien ici, n'est-ce pas ?

— Pile poil ! Merci beaucoup, commissaire.

— Pour la plainte, passez nous voir demain... Et transmettez mon amical bonjour à Pierre Berland...

— Je n'y manquerai pas... Encore merci pour tout.

— Soyez prudent, Corsaro. Soyez prudent !

Il m'a fait un petit bye bye, tout en remontant la vitre de sa voiture, puis il a démarré.

Il m'a fallu encore une bonne heure pour enlever le sang sur la veste de Tonio. Grâce à un truc trouvé sur l'Internaute, à base d'eau oxygénée. Lavage, rinçage, essorage et suspension à la fenêtre du balcon en comptant sur les premiers rayons de soleil pour que ce soit sec à temps. Il y avait des traces mais le plus gros était parti.

J'avais faim mais plus la force d'avaler quoi que soit. La joue boursoufflée et un œuf de perdrix derrière l'oreille droite, je me suis effondré sous la couette salvatrice en guise de câlin et pour toute consolation.

10

— Oh putain ! Vous êtes tombé de moto ?

— Je suis tombé sur un con, monsieur Max.

— Eh bien, il vous a pas raté !

— S'il ne m'avait pas raté, je serais sans doute mort.

Le patron de La Grivette a dû comprendre que je n'avais pas envie de m'étendre sur le sujet. Il s'est détourné vers la machine à café. Je n'ai même pas eu besoin de passer la commande. Orange pressée, croissant et café au lait sont arrivés en un clin d'œil.

— Tenez, aujourd'hui c'est la maison qui régale.

— Merci, monsieur Max, c'est vraiment sympa.

Il m'a regardé avec un espèce de bonheur triste dans les yeux. Un regard qui venait de loin et que je ne lui avais jamais vu auparavant. Je me suis demandé tout d'un coup s'il avait, ou plutôt s'il avait eu, un fils...

— À propos, vous avez le bonjour de votre ami Chon-Chon. Merci pour le tuyau.

— Ah ! Et comment va cette vieille fripouille ?

— Ça a l'air d'aller.

— Il ne vous a pas trop escroqué, au moins ?

— Pas du tout. Il m'a même fait cadeau d'un renseignement très précieux.

— Ça ne m'étonne pas de lui. C'est vraiment un drôle de bonhomme. Vous n'avez sans doute pas deviné qu'il était plein aux as, le Chon-Chon. Un vrai Crésus ambulant sous ses airs de traîne-savate ! Mais moi je le connais bien et je peux vous assurer que c'est un blindage de coffre-fort avec un cœur d'or à l'intérieur... Surtout, si vous le revoyez, ne lui répétez pas ce que je viens de vous dire !

— Promis.

Monsieur Max s'est éloigné en se marrant. J'avais l'impression qu'à l'évocation de son pote Chon-Chon, ses moustaches étaient remontées d'au moins cinq centimètres et qu'il avait soudain cinquante ans de moins. De dos, j'ai cru apercevoir « le petit Max », comme l'appelait Arthur Schoenberger dit Chon-Chon. Un monsieur Max très loin de celui d'aujourd'hui. Très loin de La Grivette, des p'tits noirs serrés ou allongés et des bières avec ou sans faux-col. Mais d'où venait-il donc, « le petit Max » ? Plus ça va, plus je suis intrigué par l'épaisseur de mystère qui entoure les êtres que je croise dans la banalité des jours.

C'est en relevant la tête que je me suis vu dans la glace sur le mur d'en face. Et merde ! C'est vrai que l'ampoule de ma salle de bains est un peu faiblarde. Au réveil, tout appliqué à changer la grosse compresse ronde de l'hosto pour un sparadrap plus discret, je n'avais pas trop prêté attention à l'état des lieux. À présent, dans la lumière crue du matin, la vision frôlait le cauchemar. Côté gauche, je me ressemblais encore mais sur l'autre profil on aurait dit que j'avais passé la tête dans une centrifugeuse. L'œil entrouvert sous la paupière tuméfiée et tout le reste dans un vilain camaïeu de vert et de jaune tournant au bleu malsain. Ce qu'il y avait de plus humain, c'était le sparadrap. Un instant j'ai eu la tentation d'appeler la maison de retraite et d'annuler mon rendez-vous. Dégonflé, va ! Je me suis vite ressaisi. Compte tenu de l'âge de ma cliente, je ne pouvais pas courir le risque de la laisser filer au panthéon des Justes sans lui avoir soutiré ce que j'espérais. Ça m'apprendrait à exercer un métier de truand. Il était déjà 10 h 30. Plus que temps d'enfourcher ma Morini. J'ai rapporté le plateau sur le comptoir, remercié monsieur Max et lancé un dernier coup d'œil à mon image dans le miroir avant de me jeter dans la gueule de L'Ange de la Miséricorde. Sur la veste encore un peu humide, les taches de sang avaient à peu près disparu. Avec ma chemise impeccable et mon futal bien coupé, ça pouvait faire la blague. En rajoutant la chute de moto que m'avait innocemment suggérée monsieur Max, je pouvais même prétendre à un zeste de compassion. La moindre des choses de la part d'un ange.

Le seul truc auquel je n'avais pas pensé, c'est la difficulté à enfiler un casque de motard quand on a un œuf de perdrix ultra-sensible derrière l'oreille. J'ai fini par y renoncer tout en espérant échapper à la fois aux dérapages intempestifs et aux flics matinaux.

11

La banlieue sud de la ville est la seule à peu près indemne de panneaux publicitaires. L'œil y retrouve des faubourgs presque intacts que le XIXe siècle a parsemés de pavillons et de résidences cossues entourés de haies obscures froufroutantes d'oiseaux et de grilles régulièrement repeintes dans ces teintes discrètes qu'affectionne la vieille bourgeoisie de province.

De génération en génération, on s'y espionne à l'abri derrière des persiennes mi-closes et bien pensantes, tout en échafaudant des projets d'unions fructueuses. Plus récemment quelques piscines couvertes sont apparues au coin des parcs où l'on fait des soirées barbecue, bordées de citronniers en pots, là où on organisait jadis des thés dansants et des rallies. On y est moderne et branché juste ce qu'il faut. On s'y ennuie beaucoup avec beaucoup d'argent, ce qui est tout de même plus plaisant que de galérer sans un rond.

Je connais un peu ce joli monde car ma grand-mère y a joué du plumeau et de la serpillère et ma mère m'y a conduit deux ou trois fois quand j'étais môme. La servitude crée des liens très affectifs.

L'élégante propriété mouroir où s'achève ce quartier est à l'unisson de l'ensemble. Au bout d'une allée interminable entourée de mûriers centenaires, l'ancien couvent des Carmélites rebaptisé L'Ange de la Miséricorde a été prolongé de deux ailes plus modernes qu'angéliques, en conformité avec les normes imposées.

J'ai freiné avec délicatesse pour éviter de déranger les gravillons puis je me suis présenté, l'appareil photo en bandoulière, au guichet d'entrée.

— Skander Corsaro du *Courrier du Sud-Ouest.*

— Madame Lombard, a dit la réceptionniste en me tendant la main. Bonjour, monsieur. C'est moi que vous avez eue, hier, au téléphone.

Sans aucun rapport avec mes idées préconçues et l'image que je m'en faisais, la dame de l'accueil, en dépit de son ton haut perché, avait un gentil visage de mémé-confiture qui émergeait d'un chemisier à fleurs, avec quelque chose d'enfantin dans la pétillance du regard. J'avais presque honte de mes préjugés de la veille.

— Mme la directrice vous attend. Je suis son adjointe. Suivez-moi, s'il vous plaît.

Nous avons parcouru ensemble un interminable couloir encaustiqué, agrémenté le long d'un mur de grandes vasques de fougères exubérantes, disposées tous les deux ou trois mètres, en alternance avec des reproductions de paysages peints d'assez bonne facture. L'autre mur, entièrement vitré, longeait le cloître transformé en jardin d'agrément. J'ai eu à peine le temps de distinguer deux silhouettes cacochymes, discutant sur un banc à l'ombre d'une glycine. Déjà, la dame toquait de l'index contre une porte vernissée. « Entrez ! »

Et là, nous y étions. Cette fois, pas question de poignée de mains. Jupe bleu-marine à plis, au-dessus des mollets gainés de bas beige triste, cardigan croisé à double boutonnage, lunettes cerclées façon hublot de sous-marin et chignon tiré à trente épingles. Sans oublier le crucifix pendouillant au bout de sa chaînette à la hauteur de ce qui fut peut-être, un jour, une poitrine. Et au-dessus, la mine crispée d'une personne qui vient de boire une citronnade sans sucre. Le tout accompagné d'un « bonjour » astringent et compassé.

— Madame la directrice, je vous présente M. Corsaro ; le journaliste…

— Tout d'abord, madame, je vous prie de m'excuser de me présenter ainsi devant vous… Une chute de moto bien malencontreuse, hier au soir.

Ma mère aurait sûrement apprécié le choix de l'épithète.

Regard de la directrice au travers de ses hublots, avenant comme un tir de Scuds. Puis ça s'est adouci. L'inspection avait semblé satisfaisante. Je n'ai pas pu m'empêcher de penser que, finalement, cet « accident » tombait bien. Premier bon point.

— Je vous en suis d'autant plus reconnaissante de vous être déplacé, monsieur.

— C'était la moindre des choses...

— Ainsi vous souhaitez rencontrer Mlle Soeuil ?

Le moment était venu de parfaire mon mensonge.

— Comme je l'ai dit à Mme Lombard, notre journal envisage de publier une série de portraits-souvenirs en hommage aux grandes figures locales de la Résistance. En m'étant un peu documenté sur le sujet, il m'a paru tout naturel de commencer par cette dame.

— Il est grand temps en effet de s'intéresser à ces chrétiens qui ont payé cher de leurs personnes pour l'honneur de la France. Nous avons beaucoup souffert des oublis mensongers de l'Histoire, cher monsieur. C'est à croire que la foi n'avait guère sa place sur le podium de l'héroïsme résistant.

— Il est du devoir d'un journal démocratique de contribuer à rétablir la vérité.

— C'est ce que pense le *Courrier du Sud-Ouest* ?

— C'est... tout au moins mon opinion personnelle, madame.

Re-coup d'œil inquisiteur. J'ai détourné un chouia le visage afin de mettre en valeur mon profil boursouflé tout en faisant semblant de rajuster la courroie de mon appareil. Re-bon point.

— Vous n'ignorez pas que l'état de Mlle Soeuil est fragile. Aussi je vous demanderai de la fatiguer le moins possible. J'espère toutefois qu'elle sera en mesure de répondre à quelques questions.

Mémé Lombard-confiture est alors venue à la rescousse.

— Elle était assez sereine tout à l'heure. Bien qu'elle n'ait pas eu la force d'assister à la messe, elle a reçu M. l'abbé dans sa chambre après l'office.

— Très bien. Vous ne m'en voudrez pas de ne pas pouvoir vous accompagner, mais je dois recevoir la famille d'un futur pensionnaire avant midi. Le dossier est encore incomplet... Mme Lombard restera avec vous... Vous serez bien aimable de me prévenir de la parution de l'article.

— Bien entendu, comptez sur moi. Je vous remercie beaucoup pour votre accueil, madame.

Bref salut de part et d'autre. Mouvement de chignon. L'entretien était clos. C'est à l'instant de sortir que j'avisai un cadre accroché près de la porte. Je n'ai pas pu m'empêcher d'en rajouter une louche.

— *Saint François et les oiseaux*, par Giotto. Très belle reproduction.

— Vous aimez Giotto ?

— J'avais cette image au mur de ma chambre quand j'étais enfant.

Petit frémissement de plaisir chez les dames. Grands sourires de part et d'autre. Rien ne vaut une certaine connivence culturelle entre gens de goût. Je nous sentais au bord de l'effusion. Pour un peu, on m'aurait pris dans les bras. Cette fois, ce n'était plus des bons points, c'était une médaille. J'avais menti, bien sûr. Je connaissais le tableau parce qu'il faisait partie de mes fiches sur les Beaux Arts que je collectionnais, gamin. Pas question de la part de ma mère de coller une image pieuse au-dessus de mon lit.

Je suis quand même sorti avec plus d'assurance que lorsque j'étais entré. Je n'avais plus qu'une pensée en tête : pourvu que Mlle Soeuil ait conservé le livre écrit par son frère !

Nous avons remonté le couloir en sens inverse et au bout de quelques pas, ma guide a poussé le panneau d'une porte en tout point semblable à celle du bureau directorial et elle s'est effacée pour me laisser entrer.

Assez vaste, haute de plafond, et joliment décorée, la chambre dégageait une impression de confort et presque de luxe. De nombreux meubles anciens couverts de bibelots y gommaient toute idée d'hospice. Devant mon regard étonné, Mme Lombard m'a expliqué :

— Nos pensionnaires, voyez-vous, sont ici comme chez eux. Ils peuvent apporter tout ce qui leur fait plaisir afin de conserver un peu de leur ancien cadre de vie… Après le départ de l'être cher, les familles nous laissent souvent quelques objets, cela finit par remplir les chambres…

Je parcourai furtivement des yeux l'ensemble de la pièce, m'efforçant de deviner où pourrait bien se trouver le livre de l'abbé Soeuil si seulement il y en avait un.

— Qui est là ?… Qui est là ? a insisté une voix aigrelette provenant du lit.

— C'est madame Lombard. Je suis avec le monsieur dont je vous ai parlé… Puis ajoutant plus bas, à mon intention : « Approchez-vous pour qu'elle vous voie. Elle n'entend plus très bien mais sa vue est encore bonne… »

Le lit médicalisé avec ses abattants chromés tranchait vilainement sur le mobilier de bois ciré.

J'ai fait quelques pas vers le chevet et j'ai vu Mlle Soeuil.

C'était un peu comme la momie de Sésostris mais sans les bandelettes. Un fantôme de corps où la peau cireuse semblait posée à même les os et comme enveloppée d'un fine résille violette de veines et de veinules. Son buste adossé à de volumineux oreillers émergeait des couvertures sous lesquelles les jambes se dessinaient à peine plus que les ondulations du couvre-pied. On l'avait habillée pour l'occasion d'un cache-cœur mauve au crochet, retenu au col par un camée d'opale à l'effigie du Sacré-Cœur. Un parfum de papier d'Arménie flottait autour d'elle comme une odeur de sainteté. Sans doute destiné à masquer des relents plus triviaux. De rares cheveux blancs soigneusement peignés encadraient de leurs mèches presque translucides un visage aux paupières closes, à peine plus gros qu'une tête réduite par les Jivaros. Enfin, sous le nez droit et pincé, deux lèvres trop fines avaient été repeintes d'un rose à lèvres très pâle, dernière coquetterie ou tentative dérisoire pour effacer l'esquisse du masque mortuaire à venir. D'ailleurs, si je ne l'avais pas entendue parler quelques secondes plus tôt, j'aurais pu croire qu'elle était morte. Puis elle a ouvert les yeux. Deux iris parfaits d'un gris tirant vers le vert où l'éclat des pupilles sombres irradiait tout ce qui restait en elle de vivant. Un regard d'une acuité incroyable, empreint d'une immense bonté.

C'était donc la dame que j'étais venu voir avec la ferme intention de la piller. Je me faisais soudain l'effet d'un petit voleur à l'arrachée minable.

Sa main a décollé du drap. Une feuille morte soulevée par le vent.

— Prenez ma main jeune homme... Asseyez-vous près de moi.

J'ai saisi la tiède feuille morte avec toute la délicatesse dont j'étais capable et je me suis perché du bout des fesses au bord du lit.

— Vous vouliez me poser des questions ?

Je ne savais plus quoi dire.

— Je... J'aimerais que vous me parliez de ce que vous avez fait pendant la guerre... la Résistance... l'aide aux réfugiés...

— Je n'ai fait que mon devoir. Ce n'est pas très intéressant.

— Je crois que cela ferait du bien à beaucoup de gens de connaître votre histoire. C'est M. Schoenberger qui m'a parlé de vous...

— Vous connaissez Arthur ?

J'ai senti la main de feuille morte frissonner sous la mienne.

— Je l'ai rencontré.

— Je les avais cachés chez moi, sa petite sœur et lui, pendant l'Occupation. Les Allemands l'ont arrêté dans la rue alors qu'il avait à peine quinze ans. On est imprudent à cet âge... Par miracle il a survécu aux camps... Cher Arthur...

— J'aimerais que vous me parliez de cette époque.

— Non, non... Je n'ai plus la force. Et puis, vous comprenez, il y a trop de morts... Trop de morts... Tout cela a été vécu, c'est passé. J'ai tout écrit...

— Écrit ?

La vieille dame venait de refermer ses paupières dans un souffle qui aurait pu sembler le dernier.

Mais sous mes doigts, je sentais battre ses veines à fleur de peau. Elle a fini par rouvrir les yeux.

— Madame Lombard...

La directrice-adjointe, qui se tenait assise sur une chaise en retrait au pied du lit, s'est vite levée pour s'approcher du chevet.

— Mademoiselle ?...

— Pourriez-vous ouvrir le tiroir de la petite commode ? Il y a un dossier marron, parmi les papiers... Vous seriez bien aimable de me le porter, je vous prie...

Le tiroir en question n'avait pas été ouvert depuis bien longtemps. Il a fallu s'y mettre à deux pour le faire avouer. Enfin, sous quelques strates de vieux journaux, nous avons découvert un cartonnage assez volumineux attaché par un lien de coton effiloché. Mme Lombard l'a déposé sur le lit près de Mlle Soeuil qui me regardait avec une douceur troublante.

— Ouvrez-le, jeune homme. Je n'ai plus la force. Il y a dedans tout ce qu'il vous faut...

Le dossier renfermait tous les documents qu'elle avait conservés de ses activités de résistante pendant l'occupation nazie. Des coupons de rationnement, des cartes d'identité vierges, des laissez-passer aux armes du Reich, diverses feuilles de papier à lettres dont la moindre aurait sans doute pu coûter la vie à son détenteur. Au fur et à mesure, la vieille demoiselle commentait ce que je lui présentais sans jamais se tromper, parfois songeuse un instant, puis retrouvant un nom, un pseudo du maquis... Parmi des coupures de presse de journaux clandestins, s'étaient glissées quelques photos du temps de sa jeunesse. Sur l'une d'elles, elle était seule, puis en compagnie d'autres jeunes femmes et d'un ecclésiastique sur les deux ou trois autres clichés. Je me suis attardé sur son portrait en gros plan. Sous une chevelure brune soigneusement ondulée, on reconnaissait très bien son petit visage pointu et surtout ses grands yeux translucides, inchangés. Je suis revenu vers son visage d'aujourd'hui. Un visage souvenir. Sur le coup, j'ai eu une envie féroce d'adopter Mlle Soeuil. Pour moi tout seul. Nous nous sommes souri. Plus j'avançais dans cette fouille où toute une vie oubliée et secrète se donnait au grand jour et plus je me faisais la promesse d'écrire cet article pour de bon. Toujours la même histoire. On ne peut rien faire de mieux avec un mensonge que de le rendre vrai.

En poursuivant l'exploration du carton j'ai trouvé ce dont elle parlait : une dizaines de feuillets attachés par un trombone rouillé dont la page de garde dactylographiée sur une machine ancestrale portait « *Ce que j'ai fait* » et, juste en dessous du paquet de feuilles, le miracle ! La brochure de son frère l'abbé Soeuil *Le Trésor de Morlan*. Chon-Chon avait vu juste. Cependant il m'était impossible d'emporter le livret dont le contenu était sans rapport avec l'objet de ma visite.

Mine de rien, j'ai posé le petit fascicule parmi les autres documents éparpillés sur le lit. Je me suis tourné vers Mme Lombard en brandissant les feuillets dactylographiés.

— Ce sont les souvenirs de guerre de Mlle Soeuil. Pensez-vous que je pourrais en avoir une photocopie ? Ce serait l'idéal pour faire un papier au plus près de la vérité.

— Mais certainement, nous avons une photocopieuse à l'accueil. Il n'y a qu'à remettre tout cela dans le carton.

D'autorité, Mme Lombard s'est emparée des papiers qu'elle a commencé à remettre en place. L'angoisse. Jamais je n'allais pouvoir récupérer le petit livre de l'abbé. Vite, trouver quelque chose...

— Attendez !... Je... Je voudrais prendre un cliché de cette photo...

J'ai saisi le portrait en noir et blanc de Mlle Soeuil en ajoutant précipitamment :

— Ce sera parfait pour illustrer l'article. Ça ne donnera rien en photocopie, tandis qu'avec mon appareil...

Et c'est là que j'ai eu l'idée. Le flash m'est venu en sortant le capuchon de l'obturateur. Ce qui m'était arrivé par hasard à Morlan, j'allais m'en servir maintenant pour pouvoir revenir plus tard dans la chambre de la vieille dame et organiser le vol du petit livre. Tout en disposant la photo sur le lit, j'ai glissé sous la couverture la rondelle de plastique. Clic-clac. Mémé Lombard-confiture n'y avait vu que du feu.

J'ai salué Mlle Soeuil qui n'a pas bronché, perdue sans doute dans une autre époque. Ensuite nous sommes sortis, direction l'accueil et la photocopieuse.

— Si cela ne vous ennuie pas, j'aimerais bien avoir aussi une ou deux photocopies des faux papiers et des tickets de rationnement. Ce sont des documents étonnants. Nos lecteurs n'en ont probablement jamais vus...

— Bien sûr...

— Oh !...

— Qu'y a-t-il ?

— Je... je suis tellement distrait ! Je viens de m'apercevoir que j'ai oublié le capuchon de mon appareil dans la chambre de Mlle Soeuil. Vous me permettez d'aller le chercher ?

— Allez-y, je vous en prie, je termine les photocopies pendant ce temps. Vous connaissez le chemin.

En quelques secondes j'étais de retour au chevet de la vieille dame. Elle semblait dormir. Sans faire de bruit, je suis allé direct à la fenêtre. C'était une de ces huisseries modernes à panneau coulissant avec un système de blocage intégré dans le montant vertical. Il m'a suffi de glisser dans la rainure un bout de carton de mon paquet de cigarettes et de repousser le panneau. De l'intérieur la fenêtre paraissait verrouillée. Il suffirait d'une pression pour l'ouvrir du dehors.

— Ces salauds de miliciens ! Ils vous ont salement abîmé !

Mlle Soeuil s'était redressée dans son lit et me regardait en secouant la tête, l'air révoltée.

J'ai tout de suite compris que nous étions en 1943.

— Ne vous inquiétez pas. Je leur ai échappé. Ils ne sont pas près de me retrouver.

— Surtout gardez bien les documents à l'abri. S'ils tombent entre les mains de la Gestapo tout le réseau est perdu.

— Comptez sur moi.

— Soyez prudent... Soyez très prudent !

Je lui ai envoyé un petit bisou du bout des doigts et j'ai filé en récupérant au passage mon capuchon d'obturateur.

À l'accueil, Mme la directrice adjointe rassemblait les photocopies.

— Vous avez retrouvé votre bouchon ?

— Il avait roulé sous le lit. Mlle Soeuil dormait, je ne l'ai pas dérangée.

— Je crois que votre visite lui a fait du bien. Je l'ai trouvée ragaillardie.

J'avais sorti un petit billet pour régler les photocopies mais Mme Lombard a refusé vivement.

— Cher monsieur Corsaro, c'est un plaisir pour L'Ange de la Miséricorde de vous aider dans votre projet. Vous, au moins, vous faites honneur à votre profession.

Je l'ai regardée avec un petit pincement au cœur ranger tous les papiers dans le cartonnage en terminant par le fascicule de l'abbé Soeuil. Mais ce n'était qu'un au revoir provisoire. Je savais que je n'aurais pas de mal à le récupérer.

Nous nous sommes quittés, moi avec les photocopies sous le bras ; elle, avec les sincères remerciements du plus bel arnaqueur de la profession.

12

Il paraît qu'institutrice, ça ne se dit plus. On dit « professeur des écoles ». Je trouve ça assez con, mais c'est comme ça. Ça n'empêche pas ma mère d'être institutrice. Pour elle c'est un titre honorifique. J'ai donc été élevé, éduqué et instruit par un hussard noir de la République. Un hussard femelle. À sept ans, je connaissais Péguy, à seize j'adorais Camus et à vingt-cinq Descartes m'éclairait encore de ses lumières rationnelles. C'est un peu dommage pour la fantaisie, mais ça aide à se poser certaines questions.

Et des questions, ce n'était pas ce qui manquait dans ma petite tête encore douloureuse des évènements de la veille. Un de mes problèmes est de penser aux choses avec toujours un temps de retard.

De retour chez moi, j'avais commencé à parcourir les écrits de Mlle Soeuil, de plus en plus convaincu que j'avais entre les mains une matière formidable pour rédiger un beau papier, quand, peu à peu, au fil de la lecture, mes pensées ont pris des chemins de traverse, parsemés de points d'interrogation…

Question numéro un : que venait faire, dans ce carton contenant des documents de l'Occupation, le livre de l'abbé Soeuil sur Morlan ? Ça me semblait d'autant plus bizarre qu'il y avait dans la chambre une étagère garnie de quelques livres où celui-ci aurait eu parfaitement sa place. Question numéro deux : pourquoi à douze heures d'intervalle, la vieille résistante et le commissaire Dubourg m'avaient-ils dit exactement les mêmes mots : « Soyez prudent » ? Ils me font marrer avec leur prudence. Est-ce que c'est prudent d'être né ?... Et enfin, question numéro trois : pourquoi ce même commissaire pour qui je n'étais rien m'avait-il manifesté autant de prévenance ? Plus j'y repensais, plus son mutisme pendant notre trajet en voiture pesait lourd. Plus exactement, la vraie question me semblait être : qu'avait-il renoncé à me dire ? Et pourquoi ? J'étais persuadé qu'il ne m'avait pas attendu à la sortie de l'hôpital pour mes beaux yeux. Alors comment expliquer ce silence que j'avais attribué sur l'instant à la lassitude ? Je m'en voulais de cette manie ridicule de coller sur les autres mes propres sentiments. C'était moi qui n'en pouvais plus, hier au soir, pas lui.

Dans son bocal, Blb observait le vide avec ses grandes prunelles écarquillées. Ce n'était pas ça qui allait m'aider. Il était une heure de l'après-midi et je n'avais toujours pas appelé Tonio. J'ai saisi mon portable.

— Tu fais quoi ?

— J'attendais que tu m'appelles... Alors, ça s'est passé comment ?

— Super ! Je me suis fait exploser la tête par un dingue, j'ai passé une partie de la nuit aux urgences, j'ai bousillé ta veste et je te propose de participer à un casse, ce soir avec moi... (Un silence.) Tu m'aimes toujours ?

— Tu es chez toi, là ?

— Oui.

— Bouge pas, j'arrive.

C'est un rapide, mon pote Tonio. Surtout quand il conduit la Jaguar de son père. Dix minutes après, top chrono, il franchissait la porte de mon T2 bis. Je passerai sur son expression quand il a vu mon maquillage spécial Halloween. Lui en Peau-Rouge et moi en mort-vivant, ça faisait un carnaval sympa. Comme Tonio n'avait pas déjeuné, nous avons pique-niqué ensemble sur le balcon, à côté du caillou mexicain. Là, j'ai dû passer aux aveux. Toute l'aventure dans les moindres détails. Il était le premier à qui je racontais tout ça, mais je sentais bien que ce n'était que le début d'une série de conférences que j'allais devoir donner sur le sujet. Demain avec les collègues de l'agence, mardi avec ma mère et qui sait combien d'autres encore ?... J'entrevoyais déjà la lassitude du héros répétitif. Tonio a le sang vif. Ma mésaventure, on aurait dit que c'était à lui qu'elle était arrivée. Il aurait voulu partir illico à la recherche de mon agresseur et en découdre à la tronçonneuse. Paradoxe des tendres. Je l'ai convaincu qu'en l'absence totale de piste, il valait mieux économiser le carburant. Puis, histoire de le brancher sur autre chose, je lui ai raconté en détail ma visite à L'Ange de la Miséricorde et l'excellent effet qu'y avait produit sa veste passablement ruinée.

— Tiens regarde... pourtant j'ai frotté autant que j'ai pu, mais le sang, c'est coriace... Faudra peut-être que je la porte au pressing ?

— On s'en fout. Si elle te va bien, garde-la. En plus ça me fait marrer que tu sois entré dans la Résistance avec un costume nazi.

— Pardon ?

— T'as pas vu la marque ?... Hugo Boss.

— Et alors ?

— Eh bien, Hugo Boss c'était le costumier de la Wehrmacht.

— Sans blague ?

— Il a commencé par faire les jolies chemises brunes des milices d'Hitler, puis les uniformes des jeunesses hitlériennes. Toujours super chic, super bien coupé... Les nazis étaient les tortionnaires les plus élégants que la terre ait portés...

Ça nous a laissés songeurs. Puis nous nous sommes consolés en trinquant à notre future expédition nocturne avec la bouteille de blanc qu'avait apportée Tonio. Mon plan était très simple. Lors de mon entrevue avec Mlle Soeuil, j'avais eu amplement le temps de faire mon repérage. Il suffisait que mon pote me dépose en voiture, tous phares éteints le long de la petite route qui longeait un côté du parc de L'Ange de la Miséricorde. La pleine lune de ce soir serait largement suffisante pour éclairer notre forfait. Je n'avais ensuite qu'une étroite bande de pelouse à traverser pour atteindre en quelques pas la fenêtre de la chambre située au rez-de-chaussée et très facile à enjamber. Le temps, ensuite, d'ouvrir le tiroir et de récupérer le livre et l'affaire était dans le sac.

— Et tu vas en taule à quelle heure ?

Tonio était sceptique. J'ai dû lui garantir qu'il n'y avait ni vigile, ni caméra de surveillance, ni clôture électrifiée, pas même l'ombre d'un piège à taupe sur le gazon, pour qu'enfin il concède que mon plan n'était pas tout à fait irréalisable.

— Je te préviens, à la moindre sirène qui se met à hurler, je te plante là sans t'attendre. Je te rappelle que je suis un honnête commerçant avec des employés sous ma responsabilité et que je n'ai pas le droit de les laisser sur le carreau.

— Honnête commerçant, c'est un oxymore.

— C'est ce que tu voudras, mais ton plan, c'est de la daube.

— Enfin, c'est rien à côté de ce que tu faisais quand tu étais môme, ai-je protesté avec indignation.

— Quand t'es môme, t'es invincible.

— Eh bien moi, mon cher Antoine, je n'ai pas l'impression d'avoir vieilli. Si tu ne veux pas m'accompagner, ce n'est pas grave.

Ce n'était pas très fair-play de ma part de l'appeler Antoine. C'était le prénom pour l'état civil. Le truc sérieux pour le monde des adultes. Pas entre nous. On l'avait baptisé Tonio en classe de cinquième, pendant un cours d'Espagnol, tellement il était nul dans la langue de Cervantès. Ça lui avait beaucoup plu. Ce prénom de Méditerranée sur sa face de blondin wisigoth, c'était comme un pied de nez à la génétique, aux origines et à toutes les identités claniques. Il l'avait adopté au point d'obliger ses propres parents à ne plus l'appeler autrement.

— Corsaro, si tu me cherches, ton caillou mexicain, je vais te le faire bouffer !

Ça voulait dire oui.

— Et pour cet après-midi, tu as un plan ?

— Je vais au commissariat.

— Tu préfères pas attendre qu'ils te chopent eux-mêmes ?

— Je veux porter plainte contre l'acéphale qui a vandalisé mon frais minois. Ensuite on va où tu veux...

Nous avions terminé l'apéritif vin blanc – chips à la crevette. Nous pouvions attaquer l'une des pièces majeures de ma gastronomie, la chose au monde pour laquelle je suis sans doute le plus doué : les célèbres œufs au bacon à la mode Skander.

Pas cool, la déposition flicaillesque. Pour un peu j'aurais eu l'impression que c'était moi le délinquant. Heureusement qu'il y avait les papiers de l'hôpital et les témoignages recueillis au Grand Ring. Un peu désorienté par l'absence du commissaire Dubourg qui – m'a-t-on dit – passait le week-end en famille, j'ai dû batailler avec un handicapé de l'ordinateur à qui j'ai appris à poser les accents circonflexes et les virgules là où il fallait. Je me serais cru à l'agence. Qui plus est, le malheureux semblait rechigner sur l'insulte raciste. Il a fini par céder quand je lui ai demandé de me montrer sur une carte où se trouvait la Bougnoulie. J'imagine que tout ça lui posait des problèmes statistiques. Le racisme ne devait pas entrer dans la même case que les coups et blessures volontaires sur les documents administratifs. Ça risquait de compliquer le dépouillement. Nous avons fini par nous mettre d'accord sur une version des faits, à peu près exhaustive, dont la syntaxe aurait sans doute chagriné ma mère, mais l'essentiel y était.

13

On a beau ne pas être fanatique des voitures de luxe, une balade en Jaguar sous un soleil mirobolant, ça donnerait presque envie d'être riche. Tonio, lui, s'en moque royalement. La première fois qu'il m'avait invité à bord du bolide paternel, il m'avait demandé :

— Tu sais à quoi ça sert, ce genre de bagnole ?

— Heu... Je ne dis pas ça pour toi, mais je suppose que pour certains mecs, ça aide à emballer les filles ?

— Pas du tout. Une Jaguar, ça sert à y foutre le feu...

Et il avait rigolé pendant un bon moment avant de rajouter :

— Les gens qui respectent leur propre fric ne méritent pas qu'on les respecte.

En attendant les prochaines émeutes, nous sommes partis en goguette le long des méandres moelleux de la Gardance.

Cette vallée encaissée dans un somptueux écroulement de calcaire, on en connaissait les moindres recoins, Tonio et moi. La rivière y avait creusé son lit dans le sillon des glaciers du pléistocène. Nous en avions fait le territoire expérimental de nos rêves aventureux. À bicyclette d'abord, puis avec la première voiture de Tonio et surtout à pied par toutes les sentes ravinées au travers des falaises pleines de grottes propices aux émerveillements.

Tonio a garé la voiture au bord de la Gardance, près d'un petit bistrot qui fait guinguette les soirs de beau temps. Pantalons retroussés aux genoux on s'est promenés sur la grève de galets plats. L'eau était trop froide pour se baigner, mais il faisait assez chaud pour s'engourdir au soleil dans la promesse de l'été.

Tonio m'a raconté son Mexique.

— Une sensation étrange... quand tu débarques à Mexico, tu as l'impression que la révolution va éclater dans cinq minutes. Et puis au bout d'un moment tu piges que c'est comme ça depuis l'époque de Zapata... Après j'ai traversé tout le pays en diagonale dans un autobus qui était une espèce de village roulant surpeuplé. Il y avait autant de bétail de toutes sortes que d'humains là-dedans. Tout ça avec 40° à l'ombre. On a pris des raccourcis en suivant les lits asséchés de rios improbables, avec des haltes au milieu de nulle part, des hameaux miséreux engloutis sous la poussière, et tout d'un coup des hôtels de luxe entourés de grillages sous les hibiscus... C'est là que j'ai un peu compris.

— Compris quoi ?

— Que l'humanité est foutue. C'est pour ça qu'il faut se battre pour elle...

J'ai vu passer une drôle d'expression dans les yeux de mon pote, comme s'il était très loin de nous, quelque part au pays des cactus cierges, des chiens chihuahua et des filles que la mafia assassine à la frontière du Nouveau-Mexique. Il a lancé une longue bouffée avec sa cigarette, avant de poursuivre :

— Là-bas, tu as des femmes qui mendient à la porte des hôtels. Elles ont souvent un bébé emmailloté dans les bras. Parfois un flic vient et défait les chiffons qui entourent le gosse.

— Pourquoi ?

— Pour vérifier s'il est vivant. Ça rapporte plus de mendier avec un môme. Il arrive que des mères gardent un bébé mort, tant qu'il ne pue pas trop. Je me suis fait expliquer ça… Tu vois, j'ai fait de gros progrès en espagnol.

Je me rappelais quand j'étais gamin et que nos voisins nous invitaient, ma mère et moi, aux séance diapos de retour de vacances. Ils avaient « tout fait » : l'Inde, la Thaïlande, le Pérou, Madagascar… « Vous pouvez nous croire : rien que des paradis sur terre. Et les gens sont aimables, toujours prêts à rendre service. Ah, ça n'est pas comme chez nous, hein Lisette ? Tu te souviens quand on avait perdu le guide… c'était où déjà ?… »

Pour débrancher Tonio de sa projection personnelle ultra-déprimante j'ai lancé :

— Et l'amour ?

D'un coup, il a retrouvé le sourire.

— Un mec de rêve, brutal et tendre, pur descendant d'un de ces Aztèques que les Espagnols très chrétiens ont oublié de tuer. Pêcheur de langoustes du côté de Puerto Escondido. Une peau de satin marron glacé sur des muscles de bête fauve qui donnait sous la langue l'impression de lécher l'océan. Et puis un rire… Il s'appelle Margarito. Ça a duré huit jours.

Mon Tonio poète s'est tourné vers moi en me lançant un gravillon taquin.

— Et toi ?

— Quoi, moi ?

— Tu as fait des rencontres, en mon absence ?

— La plus belle fille du monde... C'est bien comme ça qu'on dit quand on est amoureux, non ?

— Et dans quel coquillage niche cette nouvelle Vénus ?

Quand nous étions gamins, je partageais avec Tonio mes fiches Beaux Arts. C'est chez les peintres que nous avons appris à bander.

— J'en sais rien. Pour tout dire je l'ai rencontrée en photo chez son père.

— Dis donc ! Torride, l'aventure !

Pour le coup, c'est moi qui lui ai balancé une poignée de graviers.

— Te moque pas. Dès que je peux, je retourne voir son père et je te jure que je ne repartirai pas sans son adresse ou son numéro de téléphone.

— Il ne reste plus qu'à espérer qu'elle soit infirmière...

Et là, Tonio s'est franchement marré en pointant son index sur sa joue en miroir de ma blessure.

— T'inquiète pas, mec, je cicatrise hyper vite !

Je lui ai raconté ma rencontre fortuite avec Léo Orson. La visite de son incroyable atelier. Lui m'a décrit les mygales géantes apparaissant soudain en travers de la route dans les phares de l'autobus tropical. Et puis nous avons parlé, parlé, comme à notre habitude, à en user jusqu'à la griserie des mots eux-mêmes.

L'heure d'été, pour enthousiasmante qu'elle soit, a le tort de précipiter le temps. Un peu plus haut, au bord de la grève, la guinguette allumait déjà ses lampions. La terrasse sur pilotis, pareille à une grosse araignée d'eau, plongeait dans la rivière le reflet tremblant de ses pattes grêles. On entrait dans la douceur du soir avec les fantômes de l'enfance autour de nous. Je n'osais pas demander à Tonio s'il pensait à la même chose : toute la farandole des souvenirs de l'époque déjà lointaine où notre argent de poche ne nous permettait pas de consommer autour d'un guéridon. Étions-nous en train de vieillir ?

— Viens, m'a dit Tonio en me mettant la main sur l'épaule, je t'invite à dîner... Ton dernier repas d'homme libre ! À moins que tu n'aies changé d'idée.

— Pas question. Je sais que je peux compter sur toi. Tu viendras me voir au parloir avec le colis du prisonnier.

— Promis, mais ne compte surtout pas sur moi pour changer l'eau du poisson rouge.

— Tu es très décevant, Tonio... Je t'ai dit cent fois que Blb était un poisson jaune.

14

N'en déplaise à l'oiseau de mauvais augure qui me tenait lieu de chauffeur, tout s'est exactement passé comme je l'avais prévu. Phares éteints, Tonio a rangé la Jaguar sur le bas-côté du petit chemin en bordure du parc. Au ralenti, le moteur faisait à peine plus de bruit qu'un gros chat qui ronronne. J'ai traversé la haie façon Sioux puis la pelouse en quelques enjambées. Pas une lumière, ni un bruit aux alentours. En bon volatile, L'Ange de la Miséricorde avait glissé la tête sous son aile et dormait d'un sommeil de poule. À peine une pression de la main et la fenêtre a coulissé en silence comme sur du velours. J'ai récupéré mon petit morceau d'emballage de cigarettes. Pas de traces...

Appui, détente et réception en souplesse au chevet de Mlle Soeuil. Je me suis immobilisé un instant pour la regarder. Tirée sous le menton de la vieille dame, la couverture au crochet bougeait imperceptiblement au rythme de son souffle. Le reflet de la lune bleuissait la petite tête bien sagement posée au creux du profond oreiller. Il ne manquait plus que le couvercle de cristal et on était chez les sept nains. Mais je ne me sentais pas le cœur de réveiller, fût-ce d'un chaste baiser, cette princesse bientôt centenaire. Vite, le tiroir...

L'ouverture a été beaucoup facile que celle du matin. Il m'a d'ailleurs suffit de l'entrebâiller pour sentir du bout des doigts la couverture du cartonnage. J'exultais en remerciant d'une pensée émue la rigueur ménagère de Mme Lombard. Tout était bien à sa place et je tenais enfin le précieux livre de l'abbé Soeuil. J'ai refermé le carton et repoussé le tiroir.

— Arthur ?... Arthur, c'est vous ?

J'ai sursauté. Mlle Soeuil s'était redressée dans le lit. Yeux grands ouverts, elle regardait dans ma direction. Les vieux ont des sommeils de chats.

— C'est moi, mademoiselle Soeuil. N'ayez pas peur.

— J'ai peur pour vous, Arthur…

— Les Alliés ont débarqué. La guerre est finie. Je ne risque plus rien.

J'avais compris que j'étais devenu Arthur. Le jeune Schoenberger de 1945. Tout en chuchotant, je m'étais penché vers elle pour la rassurer, une main posée sur son bras. Ses yeux se sont portés vers la petite brochure.

— Vous pouvez garder le livre de mon frère. Nous n'en avons plus besoin. Si cela vous fait plaisir, je vous l'offre…

— Merci, mademoiselle… Dormez bien, je reviendrai vous voir…

— Ne m'oubliez pas, Arthur.

— Je vous le promets.

Je me suis reculé doucement vers la fenêtre sans la quitter des yeux. Ses doigts ont esquissé un petit au revoir amical. J'ai sauté d'un bond sur la pelouse.

En refermant le panneau vitré, j'ai jeté un dernier regard vers l'intérieur de la chambre. C'est là que mon sang s'est glacé.

Sur la chaise au pied du lit de la vieille dame, une jeune fille se tenait assise, immobile. Merde !

J'ai filé comme un zèbre avec un lion aux trousses, sans chercher à comprendre. J'ai retraversé la haie de fusain tellement vite qu'une branche a arraché mon pansement. Sur le coup, je ne m'en suis même pas rendu compte.

— Tu saignes ! a dit Tonio quand je me suis engouffré en trombe dans la voiture.

— T'inquiète, démarre ! Démarre, vite !

Tonio n'a rien répondu. Il a ouvert la boîte à gant et m'a tendu un paquet de Kleenex. J'en ai froissé quelques feuilles en boule contre ma pommette. La douleur est arrivée au même moment.

On a bien roulé un kilomètre avant que j'aie pu retrouver mon souffle et calmer les battements de mon cœur.

— Tonio, il vient de m'arriver un truc de dingue…

— Je m'en doute. Quelqu'un t'a vu ?

— Non… enfin, oui… mais c'est pas ça.

— En langage clair, ça donne quoi ?

— Justement, il n'y a rien de clair… Figure-toi que j'ai vu quelqu'un qui n'était pas là.

— De toute façon on va s'arrêter à la pharmacie de garde. Tu peux pas rester comme ça.

— Tu comprends pas. J'essaye de te dire que j'ai vu un fantôme.

15

Tonio a tenu à me suivre jusqu'à l'appartement. Avec infiniment plus de délicatesse que l'interne de service, il nettoyé ma plaie et refait le pansement avec la trousse d'urgence qu'il avait achetée à la pharmacie de garde.

— Tu as un point qui a sauté. Il vaudra mieux que tu retournes à l'hosto te faire recoudre.

— Jamais de la vie.

— Tu auras une cicatrice.

— Ça plaît aux filles.

Il a haussé les épaules tout en allant vers la cuisine pour jeter à la poubelle les cotons imbibés de sang. Une vraie nounou. Puis il est revenu s'asseoir en face de moi, de l'autre côté de ma table de travail.

Sitôt mon pansement refait, incapable d'attendre, je m'étais mis à feuilleter d'un doigt fébrile le livre de l'abbé Soeuil.

— C'est pour ça qu'on a fait tout ce cirque ? a demandé Tonio en jetant un œil un peu dépité sur le papier jauni du fascicule.

— Je te remercie vraiment de m'avoir aidé. Sans toi je n'aurais pas osé.

— Tu parles !... Et maintenant, si tu m'en disais un peu plus sur cette histoire de fantôme ? Sans blague, je t'avais jamais vu aussi pâle...

Je me suis levé pour aller remplir deux verres de mon vieux rhum-tisane. Honnêtement, je ne savais pas quoi dire. J'ai essayé de simplifier :

— Écoute, quand j'étais dans la chambre avec la vieille dame, il n'y avait personne d'autre qu'elle et moi... Une fois dehors, quand j'ai regardé par la fenêtre, il y avait quelqu'un.

— C'était qui ?

— J'en sais rien. J'ai vu une... quelque chose qui ressemblait à une jeune fille, assise sur la chaise au pied du lit.

— Tu as vu ou tu as cru voir ?

— À présent je ne peux rien jurer. Mais sur le coup, j'ai eu vraiment peur. C'est ridicule, hein ?

— C'était peut-être quelqu'un qui est entré au moment où tu sortais.

— Impossible. Elle m'aurait vu, elle aurait réagi.

Tonio a avalé son rhum cul sec et s'en est servi un autre. Sourcils plissés, il semblait plongé dans une intense réflexion.

— Comment était cette chaise quand tu es entré dans la chambre. ?

— Mais j'en sais rien. Je n'ai pas remarqué. Je ne pensais qu'à récupérer le bouquin et à ne pas faire de bruit. Quelle importance, la chaise ?

— Je pensais à un truc... Ça m'arrivait, parfois, tout gamin, quand j'étais au lit. J'avais laissé mes vêtements en vrac sur la chaise et une fois la lampe éteinte, s'il restait un peu de lumière dans la chambre, une veilleuse, ou la lune, eh bien tout d'un coup les vêtements devenaient un visage de sorcière ou bien une tête de monstre qui me foutait une trouille bleue...

— Je n'ai plus six ans et j'étais bien éveillé.

— Mon pauvre Skander, il ne reste plus que trois solutions... La plus simple : tu as été victime d'une illusion d'optique ; quelque chose comme un reflet dû à la vitre. La deuxième, plus inquiétante, c'est que tu as eu une hallucination. Après le coup que tu as pris sur le crâne, ce n'est peut-être pas si étonnant.

— À l'hôpital, ils m'ont fait une radio, il n'y avait rien.

— À ta place je ferais une IRM.

— Merci, j'y penserai... Et ta troisième solution, c'est quoi ?

— Eh bien, je lève mon verre à l'existence des fantômes !

On s'est un peu forcés à se marrer mais de mon côté, le cœur n'y était pas vraiment. Comme une sensation de malaise. Et puis il était tard, j'étais épuisé et ma joue me faisait mal. J'ai souhaité bonne nuit à Tonio qui avait lui aussi une journée de boulot en perspective ; on s'est fait la bise et je me suis couché avec *Le Trésor de Morlan* en guise de somnifère. Quelques lignes plus loin je ne savais plus que je dormais.

16

J'ai peur. Je ne peux pas me l'expliquer. C'est une peur sans raison, sans objet. Une peur diffuse qui me parcourt comme un frisson interminable. L'impression de prendre soudain conscience de ma circulation sanguine, sauf que ce n'est pas du sang qui coule dans mes veines, mais de la peur.

Pourtant je connais le bâtiment, je sais que je suis bien caché. Personne ne peut me trouver. Personne ne sait que je suis là. Personne ne me cherche non plus. Alors pourquoi cette peur ? Mon propre souffle m'inquiète. Il me semble qu'il résonne comme un vent sifflant sous une porte. Si je me retiens de respirer, je vais étouffer. Je ne bouge pas. J'évite même de ciller. Cela semble durer une éternité. Et enfin ça arrive.

Une lourde porte qui grince et qui se referme lourdement. Puis des pas. Lents et pesants. Un homme de haute stature avance dans ma direction. Ce n'est pas son propre poids qui fait résonner les dalles sous ses bottes. C'est le fardeau qu'il porte à bras-le-corps. Il s'agit sans doute d'une boîte ou d'un coffre emmailloté dans un sac de toile épaisse qui souligne les angles de l'objet. L'homme s'approche, il est vêtu d'un ample manteau dont les pans battent le long de ses jambes. Ce doit être du cuir. Un large chapeau noir dont les bords projettent une ombre sur son visage achève la silhouette. D'où je suis, je ne distingue pas ses traits. Il passe pesamment devant ma cachette. Je tremble qu'il me découvre.

Et soudain je m'apaise. Une voix très douce, très rassurante me parle à l'oreille. « Tu ne risques rien. Il ne peut pas te voir. Il est mort… Il est mort. »

17

Je me suis réveillé en sursaut, trempé de sueur. La migraine battait à mes tempes. Un coup d'œil embrumé sur le réveil : 8 heures. Plus que temps de me lever. Je ne m'étais plus souvenu du passage à l'heure d'été.

Il a fallu une aspirine et une douche brûlante pour que je reprenne pied dans la réalité. Les images du cauchemar se sont peu à peu diluées sous le jet revigorant. Moins les images elles-mêmes, d'ailleurs, que l'impression angoissante et poisseuse qu'elles dégageaient. Il me restait surtout l'écho obsédant de cette voix répétant : « Il est mort... » Dans le miroir de la salle de bains, ma joue avait pris des reflets de moisissure. Une auréole mauve cernait mon œil droit. Bref, j'avais la tête de quelqu'un qui aurait dû se faire enterrer. Était-ce moi le mort du cauchemar ?

Tout en enfilant mes vêtements, j'essayais de raccrocher ma vision onirique à un film que j'aurais vu et peut-être oublié. Mais aucun titre ne me venait. Non, je n'avais jamais entendu cette voix, ni ces mots auparavant. Une lecture, alors ? Un temps, j'ai beaucoup lu de nouvelles d'épouvante... Mais rien de ce côté-là non plus ne me revenait en mémoire. C'était un pur fantasme. Quelque chose sorti d'on ne sait où, du plus profond de la mystérieuse machine à fabriquer des monstres qui se trouve quelque part dans les replis de notre cerveau. Quel était ce personnage ? Que signifiait-il ? Très vite, bien sûr, j'ai pensé à Morlan et son fameux trésor. Était-ce la cassette que l'homme portait dans mon rêve ? Mais pourquoi cette histoire m'obsédait-elle à ce point ? D'ordinaire je ne me souviens pas de mes rêves. Ou seulement par bribes informes. Je ne m'y attarde jamais. Celui-ci faisait tache d'huile dans l'état de veille. Pour me sortir ça de la tête, j'ai tenté en vain de me souvenir de la chanson entendue chez le peintre Léo. Mais l'air m'avait totalement échappé. Seule la petite phrase me revenait, lancinante et inepte : « *Yo me muero por tu amor...* » Moi qui déteste d'ordinaire toute cette quincaillerie sentimentale de bazar...

J'ai fourré en vitesse dans mon sac tout ce qui traînait sur la table, les photocopies du temps de l'Occupation, mon carnet, la carte postale ancienne de l'abbaye, mes chers stylos à encre et le maudit petit bouquin, fruit de mon larcin nocturne que j'avais récupéré au pied du futon... Une pincée de daphnies dans le bocal de Blb pour que les poissons continuent de croire à l'existence de Dieu. En tout cas le mien. Et j'ai filé à l'agence.

Ça n'a pas loupé.

— Oh, pauvre chat ! s'est exclamée Milly dès que j'ai eu poussé la porte.

Insupportable.

— MIAOUOUOUOU ! ai-je hurlé en imitant le cri du chat qu'on écrase.

Hurlé, vraiment. Quelque chose qui sortait des tripes avec la violence d'une explosion. Je ne sais pas ce qui m'a pris. Derrière sa paroi vitrée, Jules s'est retourné et tous les deux m'ont fixé avec stupeur. Presque aussitôt la porte du bureau de Berland s'est ouverte. Il a très vite capté la scène : mes collègues en mode arrêt sur image comme frappés par le regard de Méduse et moi étonné par mon propre cri, planté au milieu de la salle de rédaction avec ma tête aux couleurs défraîchies. Je devais vraiment avoir l'air grotesque.

— Bonjour, monsieur Berland.

— Bonjour Corsaro... Vous pouvez venir me voir, s'il vous plaît ?

Il n'a pas attendu la réponse. Je suis entré dans son bureau et j'ai refermé la porte.

Autant le dire tout de suite, M. Berland est un humaniste « *old style* ». La cinquantaine bien portante et bien portée, une calvitie shakespearienne, avec au coin de l'œil une malice désabusée qui rappelle un peu Montaigne. Un mec d'un autre siècle et pourtant tout à fait à l'aise dans le nôtre. D'un geste courtois il m'a invité à m'asseoir dans un profond fauteuil en face de lui.

— Vous savez, Skander, vous pouvez rentrer chez vous, vous reposer. Inutile de me présenter un certificat médical.

Ça, c'est du Berland typique : « Corsaro » en public et « Skander » en privé.

— Monsieur Berland, je vous demande de m'excuser. Je... j'ai pété les plombs, je crois bien...

Et là, je ne sais pas ce qui m'est arrivé, mais je me suis mis à chialer comme un gosse. Ça a coulé à gros flots. Hoquets, sanglots, tout le tralala lacrymogène. Incoercible. Bienvenu au Crocodile's club.

M. Berland n'a rien dit. Il a ouvert son petit frigo, en a tiré une bouteille de whisky et m'en a servi une dose peu compatible avec la législation du travail. Quelques gorgées plus tard ça allait mieux. J'avais réappris à respirer et à m'exprimer dans un français plus convivial.

Je ne lui ai pas tout raconté de mes dernières quarante-huit heures. Il y a des limites à la confession en l'absence d'avocat. Mais je lui en ai fait un résumé suffisamment copieux pour qu'il saisisse l'essentiel de la situation. J'avais retrouvé une certaine assurance. J'ai pu terminer mon exposé de la façon la plus professionnelle possible :

— Si vous êtes d'accord, je vais boucler aujourd'hui mon premier article sur l'abbaye de Morlan et j'aimerais commencer à plancher sur le papier en hommage à Mlle Soeuil...

— Quand m'avez-vous dit qu'elle fêterait ses cent ans ?

— Je ne vous l'ai pas dit. La directrice-adjointe de la maison de retraite m'a parlé du mois prochain sans préciser la date.

— Ce serait bien de vous renseigner. Nous pourrions sortir le papier au jour J.

— Merci beaucoup... et pour Morlan, l'idée d'une série vous paraît intéressante ?

— Avez-vous quelque chose, Skander, contre les papiers peints des années 1960 ?

— Pardon ?

— Vous savez, ces abominables motifs géométriques orange sur fond marron ?

Malgré le pansement qui me tiraillait, je n'ai pas pu m'empêcher de sourire. Berland a poursuivi :

— Vous savez que j'attends toujours le devis de l'entreprise qui doit rénover la pièce d'à côté, l'ancienne cuisine... Si la laideur de la tapisserie ne vous rebute pas trop, je vous propose de vous y installer. Vous pourrez y travailler au calme sur votre série.

— Je crois que je raffole de ces abominables motifs géométriques. Merci beaucoup, monsieur Berland.

— Avant de vous mettre au travail, vous devriez aller saluer vos collègues. Il me semble que vous êtes entré un peu précipitamment tout à l'heure...

18

— Allô, maman ?... Oui, très bien et toi ?... Je voulais te dire que nous avons un boulot énorme à l'agence cette semaine et demain je vais probablement finir très tard... Oui, ce serait mieux qu'on remette ça à mardi prochain... Ne t'inquiète pas pour le linge, je peux me débrouiller. J'ai tout ce qu'il faut... Super, j'ai vu Tonio, hier. Il est rentré du Mexique, je te raconterai... Il t'embrasse... Si tu ne bouges pas le week-end prochain, dis-le-moi, je passerai dimanche... Au fait, achète le *Courrier* de mercredi, il y aura quelque chose qui pourra t'intéresser... Tu verras, c'est une surprise... Toi, ça va ? Les têtards ne sont pas trop crisiques ?... Tu sais bien que j'adore ça, les néologismes ! Puriste, va !... Bon j'entends que ça sonne, je suppose que la récré est finie. Je te laisse... Oui, bisous, maman, bisous... Ah, oui, un dernier truc : il faudra qu'on parle du Fayoum, tous les deux un de ces jours... Allez, à plus !...

19

À l'extrémité de la galerie du premier étage, près du dortoir, perché sur un petit échafaudage de bois, un peintre travaillait « à fresque » un pan de mur orné de gypseries.

En ce matin de juin de l'an 1789, un soleil déjà ardent irradiait les vitraux de la grande nef. À peine le dernier chant des matines finissait-il de résonner sous les voûtes, que le prieur Joseph-François d'Apre quitta l'assemblée des frères et se dirigea d'un pas vif vers l'escalier qui montait à l'étage des cellules monacales. En quelques enjambées il franchit la volée de marches et déboucha dans la galerie qui surplombait le cloître.

Le prieur était un homme de haute taille aux traits anguleux avec quelque chose de l'oiseau de proie dans la vivacité de ses prunelles sombres. Curieusement, cette âpreté du regard, caractéristique de l'homme d'autorité, était comme démentie par une lippe gourmande, presque débonnaire, qui trahissait à la fois la frivolité du libertin et la nonchalance du voluptueux. Ôtant d'un geste désinvolte son surplis de toile fruste, il apparut soudain dans un élégant habit de velours noir gansé de fils d'argent qui n'eût pas détonné au milieu de la Cour.

Du haut de son échafaudage, à l'approche de l'homme d'église, le peintre se détourna à peine de son ouvrage, le saluant d'un mouvement du pinceau dans lequel un œil avisé aurait assurément pu lire l'esquisse d'une impertinence. Le prieur ne parut pas y prêter attention et, dardant son regard dans celui du jeune homme, il lança d'un ton satisfait :

— Ainsi, monsieur le peintre, l'aube vous surprend à votre palette !

— Et vous, monsieur le prieur, ne devrait-elle pas vous trouver encore à votre prière ?

Joseph-François d'Apre ne put cette fois réprimer un léger pincement des lèvres et répliqua presque aussitôt, en tempérant sa répartie d'un petit rire acide :

— La belle qualité, que l'insolence !

Sans se démonter le moins du monde et soutenant hardiment le regard du prieur, le jeune peintre se mit à sourire.

— Nous autres, artistes, aimons bien à la pratiquer. C'est une sorte de supplément qu'il nous amuse de faire payer à ceux qui nous emploient.

En homme d'esprit, le prieur goûta le mot bien qu'il vînt d'un homme qu'il considérait comme une espèce particulière de domestique et, parodiant le geste d'une sainte bénédiction, il traça en l'air un signe de croix d'autant plus impie qu'il se voulait comique.

— À tout péché miséricorde ! Tenez, on vous pardonne et même on vous bénit…

— Amen, répondit le peintre en baissant les paupières d'un air faussement contrit tout en joignant les mains dans une feinte dévotion.

Quiconque doté de sens moral et qui eût surpris cette scène n'eût pas manqué de deviner la complicité scandaleuse qui devait unir ces deux hommes d'extraction si différentes, non seulement dans le blasphème mais aussi dans bien d'autres bassesses tout aussi scélérates et criminelles.

C'était la première page du livre de l'abbé Soeuil. Je me souvenais parfaitement de la fresque en question qui avait été récemment remise au jour et restaurée au plus près de l'état d'origine. Thomas Hayon m'en avait commenté la symbolique. « À première vue, l'œil profane regarde l'image et que voit-il ? Une scène forestière avec un cerf et une licorne dans un sous-bois. » Mise à part la présence de l'animal chimérique, le sujet pouvait sembler simplement décoratif et sans autre intérêt qu'une banale scène de genre. Toutefois, le conservateur m'avait expliqué la signification alchimique de l'image. L'ensemble de la fresque devait se lire comme une représentation de l'Homme. La licorne figurait l'esprit, le cerf était l'âme et la forêt, le corps. C'était aussi le mercure, le soufre et le sel, constituants de la matière selon la vision qu'en avaient les alchimistes.

J'avais déchargé sur l'ordinateur les photos prises pendant ma visite de l'abbaye. Je me suis arrêté sur celle de la fresque de la grande galerie, histoire de laisser vagabonder ma pensée autour de la question qui m'intriguait. Pourquoi l'abbé Soeuil avait-il choisi d'ouvrir son récit sur cette scène, montrant le prieur et le peintre dans une complicité crapuleuse et devant une image aussi fortement chargée de sens ? N'était-ce pas afin de mettre d'emblée le lecteur sur la piste d'un personnage hors du commun ? Un homme initié aux secrets du « grand œuvre alchimique », probablement fasciné par la transformation de la matière en or grâce à la fameuse pierre philosophale... Un homme capable aussi de bafouer les rites de l'église dont il portait l'habit et, par voie de conséquence, imprégné des nouvelles « lumières » de son siècle, frôlant l'athéisme... À moins qu'il ne se soit agi de tout autre chose ?

Lentement, ma réflexion s'orientait vers une rêverie plus personnelle. La haute silhouette du prieur d'Apre, telle que la dépeignait l'abbé Soeuil, m'évoquait irrésistiblement l'homme de mon cauchemar. Le personnage de fiction et la créature fantasmatique finissaient par se confondre tout à fait dans mon imagination en une seule et même figure. Ça me paraissait d'autant plus étrange que je n'avais fait, la veille, que feuilleter en hâte le petit livre au papier jauni. Mon cerveau avait-il capté davantage de choses que ce que mon œil avait vu ? Je finissais par n'avoir plus de doute. L'homme sans visage était le prieur d'Apre et portait bel et bien dans ses bras le trésor de l'abbaye. Je n'arrivais cependant pas à comprendre pourquoi j'avais rêvé d'une scène pareille, ni pour quelle raison elle m'avait autant angoissé.

— La pizza, tu la préfères au saumon ou quatre fromages ?

C'était Jules qui venait de passer la tête dans l'encadrement de la porte.

— Heu... Fromages, s'il te plaît... Mais en quel honneur ?

— Y'a tellement de taf aujourd'hui qu'avec Milly on se bricole un pique-nique sur place. Comme tu as l'air un peu débordé aussi, ça nous ferait plaisir de t'inviter...

— Trop cool, les amis ! Si ça ne vous coupe pas l'appétit de voir ma tête de faits divers d'épouvante au-dessus de la pizza...

Jules a rigolé en me tapant sur l'épaule.

— T'inquiète, poulet, j'ai l'habitude. C'est pas pire que quand Milly se fait un masque de beauté.

— Je termine ma phrase et j'arrive.

Quelques minutes plus tard, nous étions tous les trois autour de la table de rédaction occupés à rendre un hommage vorace à la gastronomie italienne. Sympas, mes collègues m'avaient pardonné ma crise de dinguerie matinale.

Je n'étais tout de même pas complètement dupe de leur générosité inattendue. Je me doutais qu'ils brûlaient tous les deux de curiosité et d'envie de savoir ce qui m'avait mis dans un état pareil. Beau joueur, en échange de l'invitation à déjeuner, je leur ai raconté ma mésaventure au Grand Ring. Après les apitoiements de circonstance et les mots gentils de consolation, Jules a pris un air soucieux.

— Le mec qui t'a agressé... Tu nous as bien dit qu'il t'avait traité de « touriste » ? C'est bien ça ?

— *Verbatim*, comme disait Cicéron.

— Tu as entendu parler du Regain Tricolore ?

J'ai émis un petit pet dubitatif avec la bouche en cul de poule, exprimant ma totale ignorance dudit « Regain ».

— C'est un nouveau club de fachos qui rêve de devenir un parti politique. Des types dans la mouvance de l'intellectuel de latrines qui s'appelle Zorel. Tu vois le genre ?

— J'imagine, oui…

— Ça claironne partout sur Facebook et Twitter au sujet de la fin de l'Occident chrétien et du complot judéo-islamo-pédo-coco-maçonnique.

— Quel rapport avec ce qu'il m'est arrivé ?

— Ils ont sorti un article la semaine dernière intitulé « Des touristes indésirables ». Il s'agit, bien sûr, de tous les basanés qui viennent nous bouffer les Assedic en douce France.

— Tu penses que le mec qui m'a traité de touriste viendrait de là ?

— J'en sais rien, mais je pense qu'y'aurait peut-être quelque chose à observer de ce côté…

Milly a bondi.

— Non mais ça va pas Juju ? Tu trouves pas qu'il s'est assez fait massacrer comme ça, le pauvre chat ?

Je l'ai rassurée tout en faisant un clin d'œil à Jules.

— T'inquiète pas, Milly, je ne me sens pas suffisamment évangélique pour tendre l'autre joue… Ça ne m'empêche pas de suivre d'un œil discret les activités de ce club tricolore.

Ensuite, nous sommes chacun retournés dans nos pénates laborieuses. Finalement, le père Béber m'avait fait un très beau cadeau avec ce cagibis pourri pour moi tout seul. Non seulement je bénéficiais d'une fenêtre donnant sur les platanes en bourgeon, mais j'avais en plus un petit évier dont le robinet prostatique fonctionnait tant bien que mal avec une paillasse de céramique où j'allais pouvoir me bricoler un frichti personnel les jours de nécessité. Le tout dans l'endroit le moins bruyant de l'immeuble. Bref, une sorte de paradis pour un plumitif dans mon genre.

Malgré le tiraillement sous le pansement et une certaine difficulté à basculer la tête en arrière, j'ai abattu un boulot de malade. En quelques heures, mon premier article sur Morlan était achevé et j'avais sérieusement amorcé le deuxième. En plus de cela, j'avais pris le soin de scanner entièrement le petit livre de l'abbé et d'en envoyer une copie à Tonio. Je n'étais pas sûr qu'il le lirait, mais il méritait bien d'en avoir un exemplaire lui aussi, après les émotions que je lui avais infligées.

Il ne me restait plus qu'une dernière relecture histoire de peaufiner, puis d'inclure mes illustrations dans le corps du texte pour mâcher le boulot à Jules.

J'étais tellement absorbé que je n'ai pas entendu la porte s'ouvrir.

— Vous savez quelle heure il est, Skander ?

C'était la voix de Berland.

— Autour de 19 heures, ai-je fait en pivotant vers lui.

— Il est presque 22 heures, mon garçon. Vous allez me faire le plaisir de plier boutique et de rester chez vous demain vous reposer.

— Monsieur Berland, vous pourriez me faire le plaisir de jeter un coup d'œil à mon papier ?

Sans dire un mot, il s'est assis à la place que je venais de libérer et s'est scotché devant l'écran pendant cinq bonnes minutes. Je me suis approché de la fenêtre et j'ai fait semblant d'écouter pousser les bourgeons de platanes sur l'avenue. Je ne voulais surtout pas le distraire. L'enjeu était quand même assez gros. Si ça lui plaisait, mon statut de stagiaire ferait un gros bond en avant, en revanche si j'étais passé à côté de la plaque, je serais condamné aux chiens écrasés et aux inaugurations de pissotières *ad vitam aeternam*. Au bruit de la chaise qui raclait sur le parquet, je me suis détourné de la fenêtre.

— Monsieur Corsaro, faites attention…

Un pli soucieux barrait le front de Berland tandis qu'il tapotait le bout de ses doigts en ogive, avec des points de suspension interminables dans la voix.

— … faites bien attention. On commence gratte-papier dans un canard de province et on finit Prix Pulitzer. Ça peut vous bousiller une existence… c'est arrivé à d'autres.

— Monsieur Berland, c'est… c'est juste un article.

— Et un article très juste ! Bravo, mon cher Skander, c'est documenté, charpenté, sans graisse et qui plus est : intéressant. Je vous félicite, bien sûr, mais si vous continuez comme ça nous ne pourrons pas vous garder avec nous.

— Je… je ne comprends pas.

— Eh bien si la direction régionale vous lit, j'ai très peur qu'ils vous réclament au siège pour travailler avec eux.

— Au cas où cette tragédie nous arriverait, je pense qu'à nous deux nous finirions bien par trouver une parade !

Avec le plus grand sérieux Berland a opiné du menton, avant de rajouter :

— Je serais quand même curieux de savoir où vous avez déniché cette histoire étonnante sur le prieur de l'abbaye. Ce n'est pas un faux au moins ?

— Rassurez-vous, l'auteur a bien existé. Mais vous m'accorderez qu'un journaliste digne de ce nom se doit de garder ses sources pour lui, n'est-ce pas ?

— Cette fois, je me demande si ce n'est pas moi qui devrais me méfier… Parti comme vous l'êtes, vous ne serez pas long à me piquer ma place.

Cette idée a dû vraiment le réjouir car il s'est marré pendant un bon moment.

20

Donc, je suis facilement entré dans la chambre. Je sens dans mon dos la présence de Mlle Soeuil. Je sais qu'elle dort. Le tiroir s'est ouvert facilement, je tiens enfin le précieux document que je suis venu dérober.

— Vous pouvez le garder, Arthur, je vous l'offre… À présent nous n'en avons plus besoin.

J'ai sursauté à la voix de la vieille dame. Mais la jeune fille qui se tient au pied du lit, assise sur la chaise, a mis son doigt sur la bouche pour me faire taire. C'est elle qui parle, d'une voix très douce, presque fluette :

— Prends-le, puisqu'elle te l'offre. C'est toi qui vas en avoir besoin, à présent. Mais fais attention, c'est un livre dangereux.

Ça y est ! Je reconnais cette jeune fille. Je sais qui elle est ! Je crie :

— Sandra ! Sandra !...

Ce mystère des lampes de chevet, ça m'étonnera toujours. C'est presque aussi étrange que la fameuse énigme des chaussettes orphelines quand on les sort de la machine à laver. On sait bien pourtant, qu'on avait mis la paire dans le tambour ! Et bien les lampes de chevet, c'est le même cirque. On a beau savoir où elles sont, quand on s'éveille en sursaut en pleine nuit, on met un temps fou à trouver la poire pour allumer. Cette fois, j'ai tâtonné encore plus longtemps que d'habitude avant que la lumière jaillisse dans la chambre. Heureusement, je ne dors jamais très loin de mon carnet. À toute vitesse, encore englué de sommeil, j'ai noté le rêve d'où je sortais à l'instant.

Cette vision que je venais d'avoir en songe perturbait celle que j'avais eue au sortir de mon cambriolage. Il était évident qu'à l'instant même je venais de rêver. Aucun doute là-dessus. Mais alors que s'était-il vraiment passé hier au soir dans la chambre de l'Ange de la Miséricorde ? Est-il possible d'avoir la prémonition d'un rêve ? Si Tonio avait raison et si j'avais eu une hallucination, alors mon subconscient venait de retravailler les images irréelles qu'il avait déjà fabriquées en collant par-dessus le souvenir que je conservais de la fille de Léo, aperçue seulement en photo. Il y a des moments comme ça où l'on regrette de ne pas avoir fait médecine. Spécialité neuro-psy.

Contrairement au cauchemar de la nuit précédente, cette nouvelle aventure onirique me laissait une confuse sensation de bien-être, voire de volupté. J'arrivais à me remémorer sans difficulté la voix de cette fille que j'appellerai désormais Sandra. Elle aussi me mettait en garde. « Fais attention, c'est un livre dangereux. » Mais il y avait une telle quiétude dans le phrasé que les mots sonnaient au contraire paisibles et consolants, comme ceux d'une berceuse ou d'une comptine. Et puis les rêves ne signifient-ils pas souvent l'inverse de ce qu'ils paraissent raconter ? En quoi le livre de l'abbé Soeuil pouvait-il représenter une menace ou un péril quelconque ? J'en connaissais presque l'histoire par cœur. À l'évidence, il s'agissait d'un texte parfaitement inoffensif. Même si, aux yeux de l'auteur, sa narration présentait peut-être un aspect « sulfureux ». Notre époque se délecte d'écrits autrement pimentés ! Et puis je me sentais protégé. J'étais certain que la voix de Sandra était celle qui m'avait déjà rassuré lors du rêve d'hier, me murmurant à l'oreille : « Tu ne risques rien… il est mort… »

Plus que jamais je voulais rencontrer Sandra. La hantise de cette jeune fille devenait obsessionnelle. Elle, évidemment, ne se doutait de rien. Elle ignorait jusqu'à mon existence. Comment allait-elle prendre mes visions nocturnes ? Devais-je les lui raconter ou les garder secrètes ? Je n'arrivais pas à trancher, comme si la rencontre elle-même n'était qu'une pure formalité et que je sois déjà face à elle en train de déballer mes plus intimes convictions...

Donnez-moi une pelle, un râteau, un bac à sable et vous verrez quels châteaux espagnols je suis capable d'édifier ! Quel crétin je fais !... Mais puisque mon patron m'avait offert la journée, j'allais en profiter pour retourner chez Léo sous le prétexte de lui rendre son bouquin des portraits du Fayoum. Première étape dans l'incontournable conquête du cœur de Sandra inconnue. Mais pour l'heure, dodo encore...

21

Se réveiller sous un ciel d'azur, c'est déjà chouette. Mais le cœur trempé dans la délicieuse mélasse d'un sentiment amoureux, c'est encore mieux. Comme l'a dit cette géniale pourriture de Céline : « L'amour c'est l'infini à la portée des caniches. » Mais que c'est bon de se sentir homme et caniche en même temps ! On aimerait cueillir chaque instant de la vie pour les remettre en bouquet entre les mains de la personne aimée. Calme-toi, Skander !

C'est l'humeur toute batifolante que je plongeai mes tartines dans le café au lait. J'avais réussi à changer mon pansement sans m'arracher la moitié de la figure et la cicatrice commençait à prendre une tournure humaine. Le moche arc-en-ciel qui bleuissait mon tour de l'œil s'estompait nettement tandis que la perdrix qui m'avait pondu derrière le crâne semblait avoir repris son œuf.

Même Blb me paraissait explorer son bocal du matin d'une nageoire folichonne.

En feuilletant le livre sur les visages du Fayoum, je suis tombé sur une carte de visite coincée entre la jaquette et la couverture qui m'avait échappé de prime abord. Tout y était : le nom, l'adresse et – merveille – le numéro de téléphone de Léo Orson. La dernière bouchée avalée, je me ruai sur mon Smartphone. C'est tout de même plus élégant d'annoncer sa visite que de tomber comme un poil dans le yaourt.

— Allô, monsieur Orson ?... heu, Léo ?... C'est Skander, à l'appareil, le motard en panne... Je ne sais pas si vous vous souvenez... C'est vrai on se tutoie. Excuse-moi... Écoute, je ne voudrais pas te déranger mais j'ai un jour de congé exceptionnel aujourd'hui et je me suis demandé si je ne pourrais pas en profiter pour passer te rendre ton livre... Oui, ça m'a vraiment impressionné... Une drôle de ressemblance... C'est d'accord, je peux passer vers quelle heure ?... Merci. Merci beaucoup...

J'exultais. Tant que j'avais le Smartphone en main, je suis allé consulter la fiche de mon ami peintre sur Wikipédia. Ce n'est pas plus mal de se renseigner un peu sur les gens qu'on veut fréquenter. Je cite : « Léo Orson (Alger – avril 1953) né de mère française et de père d'origine irlandaise, naturalisé français, Léo Orson est un peintre spécialisé dans l'illustration de livres pour enfants.

JEUNESSE : Issu d'un milieu aisé il est initié de bonne heure aux arts plastiques par sa mère qui fréquente, lors de séjours parisiens, l'atelier de Nicolas de Staël. Rentré en France après la guerre d'Algérie, il est reçu à l'école des Beaux Arts de Paris en 1971, qu'il quitte quelques mois plus tard pour suivre une formation en atelier auprès du maître graveur italien Tullio Pinelli. Il s'inscrit dès lors dans la mouvance néo-réaliste tout en explorant les divers courants de la nouvelle figuration.

MATURITÉ : En 1999, à la suite d'un accident de voiture, il perd l'usage de ses deux jambes et se consacre désormais à l'illustration de livres pour la jeunesse. Traumatisé par le décès, lors de ce même accident, de sa femme et de sa fille... »

Merde, merde, merde ! Le Smartphone m'avait glissé des doigts. Je l'ai repris, j'ai regardé à nouveau, j'ai relu : « le décès, lors de ce même accident, de sa femme et de sa fille... » J'ai relu. J'ai relu. J'ai relu. À devenir dingue. À ne plus savoir ce que les mots signifiaient. Ce que représentaient les lettres. Pourtant, du premier coup j'avais compris. Ç'aurait été bien si j'avais pu chialer comme hier matin dans le bureau de Berland. Tout larguer dans le flot des larmes. Mais non, rien ne voulait sortir. L'impression d'étouffer avec un chagrin énorme alors que je remâchais ce constat stupide et tragique : la belle Sandra avait été tuée dans un accident de voiture. J'étais tombé amoureux d'une morte.

J'ai enfilé mon blouson, fourré le téléphone et le livre du Fayoum dans mon sac et je me suis rué en bas de l'escalier, vers ma chère Morini.

22

Nous nous sommes assis, Tonio et moi, dans le coin salon du loft. Quand il m'a vu débarquer à l'improviste dans son bureau quelques minutes plus tôt avec ma tête de tsunami, il a tout planté là et m'a amené chez lui. Tout en faisant tourner les glaçons dans son verre de whisky, il essayait tant bien que mal de rationnaliser la situation.

— Le seul truc intelligent qu'il te reste à faire, c'est de tomber très vite amoureux de quelqu'un d'autre. Genre quelqu'un qui soit pas six pieds sous terre.

— Je comprends très bien ce que tu veux me dire, Tonio. Mais ce qui ne colle pas dans tout ça, c'est le mot « intelligent »... Si l'amour était une chose intelligente, tout le reste le serait aussi.

— Remarque, nécrophile, ça peut ouvrir des perspectives.

Celle-là, je ne l'avais pas volée ! J'ai un peu atterri.

— Tu te rends compte à quel point je suis atteint ? J'ai vu cette fille une fois en photo ; depuis j'ai des hallucinations et elle apparaît dans tous mes rêves. C'est du pur délire, non ?

— C'est peut-être ce coup que tu as pris sur la tête, Skander. Sincèrement, à ta place, j'irais voir un toubib.

— Je vais y réfléchir... Aujourd'hui je n'ai pas le temps. J'ai rendez-vous ce soir avec le père de Sandra. Il m'a invité à prendre l'apéro.

— Sandra ?

— Mon fantôme... C'est bizarre, je croyais t'avoir dit son prénom.

— Tu ferais pas mieux d'annuler ?

— Non. Il faut que je me guérisse de ça. Je pense que ça me sera utile de parler avec lui... Désolé de t'avoir dérangé... Mais je sens que ça va un peu mieux.

— J'y suis pour rien, c'est le whisky... Excuse-moi, mais je dois retourner au boulot. On a une montagne de livraisons à préparer. Si tu veux, tu peux mater des films ici, jusqu'à l'heure de ton rendez-vous. Je reviendrai faire une pause. On déjeunera ensemble...

Tonio m'a laissé seul. Je me suis affalé dans l'immense canapé de cuir fauve en laissant le whisky me bercer dans ses bras somnifères. Et j'ai dormi.

23

La vidéothèque de mon ami Tonio dérouterait le cinéphile le moins conformiste. Constituée exclusivement de trois catégories de films : militantisme LGBT, super-héros post-Marvel et documentaires flippants sur les misères du monde. Le fleuron synthétique de cette cinémathèque étant un docu affriolant sur les acteurs hollywoodiens avec scènes de films ostracisés pour cause de sexualité non maccarthyste.

Désorienté par l'embarras du choix, je m'étais prudemment rabattu sur une série traitant de la diminution des ressources planétaires et des émeutes de la faim prévisibles pour les décennies à venir. Rien que du festif...

Nous étions sortis de table, Tonio et moi, après un repas constitué d'une salade verte et d'un croque-monsieur pâlichon pris sur le bar du loft. Tonio était pressé. Juste le temps de débattre sur l'éventualité d'un au-delà auquel nous avons beaucoup de mal à croire autant l'un que l'autre. L'immortalité de l'âme et autres fariboles consolatrices nous semblent à tous deux relever de la simple panique à bord. Puis, après un café corsé et hâtif, mon ami était à nouveau parti vers ses obligations de chef d'entreprise intérimaire ; il ne me restait plus qu'à tuer le temps, ce qui restera toujours un crime universellement impuni. Faute de mieux, je m'étais dit que la faim dans le monde ne pèserait pas trop sur ma propre digestion. Il me semblait aussi que la contemplation morose de malheurs bien réels me soignerait un peu de mes propres souffrances imaginaires. Je me trompais.

Il n'est hélas pas suffisant de se sentir repu pour être indifférent. En tout cas pas pour moi. J'ai donc passé un après-midi épouvantable, sans pouvoir fermer l'œil devant des images cauchemardesques dont l'horreur ne devait malheureusement rien à l'affabulation. Le troisième film de la série traitait de l'élevage intensif des pauvres bêtes destinées à l'abattoir. À peine des bêtes. Tout juste des organismes biologiques martyrisés, boostés aux amphétamines et massacrés à la chaîne. En pleine projection, et au bord de la nausée, j'ai déclaré forfait. D'un mot laissé sur la table basse, j'ai remercié Tonio pour son hospitalité en lui fixant rendez-vous pour le week-end prochain. De l'air, du soleil, de la moto, voilà ce qu'il me fallait au lieu d'empiler noir sur noir.

Au fil des kilomètres, dans le vrombissement félin de ma Morini, j'ai peu à peu renoué avec l'azur et la douceur des choses. Le beau temps des derniers jours avait précipité la saison. Partout le printemps cognait aux écorces. Des verdeurs d'une tendresse folle apparaissaient aux rameaux des arbustes. Certains buissons d'aubépine pétillaient déjà d'une floraison légère comme du popcorn. Derrière une haie basse, un troupeau de vaches immobiles ruminait en rêvant à des trains improbables. En quittant la ville vers l'est, j'avais pris la route des coteaux que je savais quasiment déserte à cette heure de la journée. J'avais l'impression de rouler dans un monde innocent. Cette nature, qu'un peu partout l'humain était en train de bousiller, s'étalait à perte de vue avec la naïve certitude de son éternité. Quelle magnifique planète, me disais-je et quel coup de bol d'y habiter ! Qu'avais-je besoin de m'encombrer de fantômes ?, moi qui étais vivant, né du bon côté de la Méditerranée, pas tout à fait blanc, certes, mais enfin doté de quelques atouts suffisants pour prétendre faire de mon existence une vie digne de ce nom.

Malgré tout, le visage délicat de Sandra flottait quelque part dans ma mémoire. Comme j'aurais aimé dévaler avec elle ces pentes piquetées de pâquerettes ou m'enfoncer, main dans la main, dans les sentiers bruissant de merles ! Profitant d'une petite clairière en bordure du chemin, j'ai garé la moto et je me suis aventuré sous les arbres. Le nez empli d'odeurs boisées, à fouler les mousses moelleuses, à sentir sous les pieds craquer les brindilles sèches, j'éprouvais une espèce de plénitude sereine semblable à celle qu'on ressent aux premiers moments de l'amour. Je n'étais plus seul dans ma solitude. Naissance d'un schizophrène, aurait sûrement asséné Tonio. Et pourtant c'était bien ce qui me comblait à cet instant. Un amour. Rien d'autre qu'un amour. Un sentiment si total qu'il était à la fois le désir et l'assouvissement du désir. J'étais peut-être effectivement en train de devenir dingue.

En garant la moto devant la maison de Léo, j'ai eu l'impression que j'arrivais non pas chez lui, mais chez sa fille. Je ne sais pourquoi, mais tout me parlait d'elle : les massifs de jonquilles lumineuses, le couple de pigeons-paons qui se pavanait dans l'allée, les coussins disposés sur les chaises de la véranda. Je n'aurais pas été autrement surpris de la voir sortir de l'atelier et m'accueillir sur le pas de la porte. Mais avait-elle seulement vécu dans cette maison ? C'était probable car l'aménagement de l'atelier, dont j'avais tellement apprécié le riche désordre, ne semblait pas dater d'hier. J'aurais donné toute la fortune que je n'avais pas pour simplement entrer dans sa chambre.

— Salut, Skander ! Heureux de te revoir...

Depuis son fauteuil roulant, Léo me tendait une main chaleureuse. Nous sommes entrés dans l'atelier. Aussitôt les parfums m'ont envahi. J'inspirais à pleins poumons les effluves d'huile de lin et d'essence de térébenthine. S'il existait un paradis et s'il avait une odeur, pour moi ce serait celle de l'atelier d'un peintre.

— Regarde, j'ai terminé le portrait de l'oiseau jardinier.

Sur le chevalet, trônait la toile dont j'avais vu les prémices quelques jours plus tôt. La constellation de petits éléments bleus qui m'avait étonné lors de ma première visite formait à présent une sorte de parterre délicat sur fond de feuilles mortes et de lichens, donnant l'impression d'une mosaïque ou d'un vitrail constitué de mille pièces. Au centre du tableau le curieux petit oiseau sombre dansait, ailes déployées, les plumes du cou en corolle et son bec comique tourné vers le ciel dans l'attente de quelque chose. En observant de plus près, on distinguait chaque élément bleu qui n'était pas une simple tache de couleur, comme je l'avais cru hâtivement, mais un élément précis : éclat de verre, morceau de papier, capuchon de stylo ou encore déchet de plastique froissé… Et le tout, lorsqu'on prenait un peu de recul, dessinait le visage de Sandra. Exactement celui de la photo punaisée sur l'étagère un peu au-dessus. J'ai relevé la tête. La photo n'y était plus.

— Il est magnifique ce tableau…

— Ce n'est pas exactement une anamorphose, mais c'est un peu le principe… Dürer a été le premier à travailler ce type d'images. Tu vois d'abord une chose puis une autre apparaît.

— Le visage, c'est… c'est celui de ta fille ?

— Tu te souviens de sa photo ?

— Oui.

Difficile de lui avouer que son image ne m'avait quasiment pas quitté depuis le premier jour. Un sac de nœuds dans la gorge. Il a dû sentir qu'il se passait quelque chose de l'ordre du malaise. Il a vite enchaîné :

— Et ton rendez-vous ?… Ça s'est bien passé ?

Sa question m'a libéré. J'ai pu enfin parler. Je lui ai raconté ce que je faisais, mon entretien avec le conservateur de l'abbaye et puis la sale histoire avec le pauvre type au Grand Ring. J'ai passé sous silence le vol du livre à la maison de retraite. J'ai fini par lui dire que je lui porterais mon article. Il y avait peu de chance qu'il soit abonné au *Courrier*.

— Tu crois en Dieu ?

Je m'attendais à tout sauf à ça. J'ai eu mon air d'un lapin de trois jours surpris qu'on le choppe par les oreilles.

— Ben... Je crois bien que non. Je veux dire que s'il existait une instance supérieure qui s'intéresse à nous ça devrait se savoir... J'ai rencontré un homme qui est rentré d'Auschwitz à quinze ans. Ce n'était pas grâce à Dieu mais parce que les Russes avaient libéré le camp.

— Exact. Cependant tu ne peux rien comprendre au Moyen Âge, si tu ne sais pas que dans les consciences de l'époque, Dieu était partout et tout le temps.

— Ça ne les empêchait pas de s'entre-tuer aussi tranquillement qu'aujourd'hui.

— Non, mais ça leur faisait bâtir des abbayes... Je crois qu'il avaient compris que Dieu c'est l'autre nom du vide. Ils bâtissaient autour du vide... Tu vois, je me demande si toute forme de création, ça n'est pas simplement une façon de combler le vide ou l'absence. Et c'est peut-être la vraie recette du bonheur.

Les propos de Léo se percutaient dans ma tête. Ça allait un peu vite pour moi. Trop d'idées à la fois. En même temps, j'avais envie d'écrire, de noter tout ça et de m'en servir pour la suite de mon article. Léo me donnait du talent. Tout au moins le désir de dépasser mes petites facilités personnelles.

— Tu sais, Léo, l'autre jour tu avais mis un disque pendant que tu peignais... Une chanson en espagnol...

— *Siboney* ?

— Je ne connais pas le titre. Mais ça m'a beaucoup plu.

Il a fait pivoter son fauteuil, a saisi un disque dans un des multiples tiroirs de son plan de travail puis a mis le tourne-disque en marche. La chanson tropicale a envahi l'atelier.

« *Siboney... yo te quiero, yo me muero por tu amor...* » Ça y était, j'avais retrouvé l'air et les paroles. C'était comme se plonger dans un bain chaud. J'étais incroyablement heureux. Cette chansonnette sirupeuse totalement démodée – ringarde, aurait dit Tonio – me remplissait d'une joie parfaite. Je n'ai pas pu m'empêcher de demander :

— Sandra aimait cette musique ?

— Beaucoup... Tu es au courant pour Sandra ?

— Oui. Et pour ta femme aussi.

Il m'a regardé, droit dans les yeux. Il a souri. Nous avons écouté la chanson sans rien dire. Quand le disque s'est arrêté, Léo a commenté.

— Siboney, c'est une ville dans l'île de Cuba. Le type qui a composé ça s'appelait Ernesto Lecuona. À cette époque, il était loin de Cuba. Il chantait l'absence, la nostalgie... Ce n'est pas de la grande musique, mais il y a quelque chose de charmant dans cet air. Ça a quand même été un tube international dans les années 1930... En fin de compte, c'est peut-être la même histoire que pour les abbayes. Une œuvre nous touche d'autant plus qu'elle est une réponse au manque, au vide. Disons qu'elle fait résonner en nous quelque chose qui est de l'ordre du mystère. Moi non plus je ne crois pas en Dieu, en tout cas pas en ce que les religions appellent par ce nom, mais je crois que le mystère nous baigne de toutes parts. Mystère du temps et de l'espace, mystère de la matière et de la conscience...

J'en mourais d'envie mais je n'osais pas lui avouer à quel point ses paroles faisaient écho en moi qui venais de traverser quelques évènements pour le moins étranges. Il s'est interrompu dans sa lancée philosophique pour me demander à brûle-pourpoint :

— Porto ou Martini ? Et si Martini, blanc ou rouge ?

— Porto, s'il te plaît...

J'aime bien cette expression « à brûle pourpoint ». J'imagine toujours des embrasements carnavalesques, des « Bals des Ardents » somptueusement tragiques. Des torches enflammant des costumes chamarrés et plongeant de frivoles danseurs au cœur d'un brasier infernal.

— À quoi penses-tu ?

— Aux portraits du Fayoum... Tiens je t'ai rapporté le livre... Tu sais que ça m'a fait un choc de voir mon frère jumeau d'il y a deux mille ans !

Léo installait un plateau d'apéritif sur une petite table déjà encombrée de pots contenant des pinceaux et des couteaux de peintre. J'allais poser le livre qu'il m'avait prêté quand il m'a retenu d'un geste :

— Garde-le, si tu en as envie. Cela te concerne peut-être plus que moi. Dès que je t'ai vu, j'ai été frappé par la ressemblance entre toi et ce garçon couronné de lauriers... Nous parlons bien du même, n'est-ce pas ?... Après tout, qu'est-ce qui nous dit que ce n'est pas ton propre portrait ?

Sur le coup, j'ai ressenti la vilaine sensation que j'avais éprouvée lorsque je m'étais fait moi-même la réflexion. Une roulette de piquants glacés qui me serait descendue le long de la colonne vertébrale. Léo a poursuivi :

— Je crois beaucoup à ce que l'on appelle la mémoire génétique. Que savons-nous de ce que nos cellules ont retenu de nos ancêtres ? Il peut arriver que des traits physiques réapparaissent à l'identique à plusieurs générations d'intervalle. Sans parler de comportements, de pensées et, pourquoi pas, de rêves ?

— Ce serait ta vision de la vie éternelle ?

— N'allons pas jusque-là. Mais si l'on peut imaginer une continuité de la matière, pourquoi ne pas envisager la possibilité d'une transmission de l'esprit ?

J'ai pris le verre qu'il m'avait servi, je l'ai levé vers la toile de l'oiseau jardinier. Vers Sandra.

— À la vie !

— À la tienne, Skander.

C'était notre première soirée ensemble mais je me promettais qu'il y en aurait d'autres. Beaucoup d'autres. J'aimais cette conversation avec Léo car il n'y avait entre nous aucune ombre de compétition. Rien de ce besoin de se chambrer l'un l'autre qui faisait toujours tourner court mes discussions sérieuses avec Tonio. Avec Léo, je communiquais d'égal à égal, ou presque. En tout cas il n'y avait aucun sous-entendu. Je n'étais pas tout à fait dupe non plus. Je savais très bien qu'il me manquerait toujours un père puisque celui-ci m'avait toujours manqué. Léo aurait pu m'en fournir un de substitution tout à fait acceptable. J'imaginais que de son côté aussi il y avait probablement une absence à combler. Mais je n'aimais pas cette idée. Ce qui me plaisait, c'était la possibilité d'un échange qui m'aiderait à devenir moi-même. Plus que par n'importe qui d'autre, j'avais envie d'être lu par Léo. Je voulais qu'il me renvoie la balle sur ce que j'essayais de faire en étant journaliste. À la lecture de mes articles, ma mère allait forcément cacher son admiration et me parler de style, M. Berland aurait toujours un point de vue de marchand de journaux, quant à Tonio, il me couvrirait bien sûr d'éloges aussi moqueurs que profondément sincères. Rien qui fasse avancer. Avec Léo, en revanche...

Ce n'est pas ce soir-là que je lui ai parlé de Sandra. Je n'ai pas osé. Sous prétexte d'apéritif, le peintre avait préparé un véritable petit dîner. Entre moules à l'escabèche et fromage de chèvre, nous avons poursuivi loin dans la soirée les chemins de traverse de notre fantaisie picturale et littéraire. Léo s'étonnait de mon amour des livres, rare selon lui, chez quelqu'un de ma génération. Ma mère m'en avait transmis la passion, c'était aussi simple que cela. Il s'est montré sincèrement admiratif quand je lui ai dit qu'à partir d'aujourd'hui, ma bibliochambre compterait, grâce à lui, 873 volumes. À un moment de la discussion je lui ai demandé comment lui était venu le goût d'illustrer des livres pour enfants.

— Parce que après l'enfance, on est toujours en exil, toujours loin de Siboney.

24

— Formidable, votre article !

Les moustaches de monsieur Max frétillaient comme les vibrisses d'un gros chat. Il venait de poser sur le guéridon, en même temps que le café au lait, un exemplaire du *Courrier du Sud-Ouest* soigneusement plié de façon à mettre mon papier en évidence. L'article occupait la moitié de la feuille avec une belle typo et, pour une fois, la quadrichromie ne bavait pas. J'étais assez satisfait des photos, particulièrement de la carte postale ancienne reproduite à la perfection.

— Merci, monsieur Max. C'est un peu à vous que je dois ça. L'image, là, c'est votre ami Chon-Chon qui me l'a vendue.

À côté du texte que j'avais écrit figurait le récit de l'abbé Soeuil dans un encart sur fond un peu jauni imitant un document ancien. Il s'agissait du premier chapitre traitant de la rencontre entre le prieur et le peintre. En dessous des derniers mots, la mention « à suivre... » s'inscrivait en onciales d'un goût un peu kitsch. J'étais quand même très fier de l'ensemble et surtout de cette promesse d'une suite. La rédaction avait donc accepté l'idée d'un mini-feuilleton. J'avais gagné.

À l'agence, Jules et Milly m'ont témoigné dès l'entrée leur amical enthousiasme.

— Ben dis-donc, poulet, pour une première c'est une belle ! Il va pouvoir se gargariser de sa page culture le père Béber. Tu la lui as servie sur un plateau.

— J'en conclus qu'il n'est pas là ?

— Il est en rendez-vous à la mairie pour les prochaines élections. C'est lui qui couvre la campagne.

À cet instant le téléphone a sonné. Milly a décroché.

— Allô, oui... Oui, il est arrivé, je vous le passe. (Et, masquant le combiné) C'est pour toi, un mec qui a déjà appelé...

J'ai pris l'appareil, vaguement intrigué. Personne ne m'avait encore jamais appelé au journal depuis mon embauche.

— Bonjour, oui, c'est moi-même... Ah, c'est vous, Thomas ! Comment allez-vous ? Que me vaut le... Comment ?... Oui, bien sûr, si c'est tellement important... Écoutez, je quitte mon travail vers 18 heures. Voulez-vous que nous nous retrouvions dans un café ?... Je vous propose le bar-tabac La Grivette. J'habite tout près... Disons vers 18 h 30. Très bien, à ce soir, Thomas.

J'ai raccroché, songeur. Je devais avoir une drôle de mine. Milly s'est inquiétée.

— C'est grave ?

— Honnêtement, je n'en sais rien... C'était le conservateur de l'abbaye de Morlan. Il a, paraît-il, quelque chose de très important à me dire. Quelque chose qui doit rester confidentiel.

— C'est super excitant !

— Bof... Je te dirai ça demain. Bon, c'est pas tout mais j'ai un feuilleton sur le gaz. J'y retourne.

Allumer l'ordi, sortir le carnet de notes, commencer par revoir le premier jet du deuxième article commencé lundi avant que Berland ne vienne me virer gentiment de mon placard à écrire. Surtout ne pas me reposer sur mes lauriers. Les lauriers, c'est bon pour mon frère du Fayoum... Mais qu'est-ce que je raconte ? Noter d'abord l'équation soufflée par Léo Orson : Dieu = Vide. Je n'avais pas la moindre idée de ce que j'en ferais. Ni même si j'en ferais quoi que ce soit, mais cela me séduisait. Je me suis mis à suçoter mon stylo, longuement. Très mauvais signe. Quelque chose clochait. Je me sentais irrité alors que j'aurais dû continuer de planer, radieux, au vent plaisant de ma toute fraîche réussite. Tu parles ! Pourquoi cet agacement soudain ? Je me suis mis à repenser au conservateur... Mais bien sûr ! Voilà ce qui me chagrinait : ce petit enfoiré de Thomas ne m'avait pas dit un seul mot sur mon article. Exactement comme s'il ne l'avait pas lu. Or c'était, à l'évidence, ce qui avait déclenché son appel. De plus, il savait parfaitement ce que je lui devais. C'était lui qui m'avait appris les trois quarts de ce que j'avais écrit sur Morlan. Il n'y avait que trois possibilités : l'article lui avait déplu, mais dans ce cas pourquoi ne pas me le dire tout de suite au lieu de jouer les mystérieux ? Ou bien il en avait été satisfait et qu'est-ce que ça lui aurait coûté de me féliciter ? Aucune de ces deux solutions ne tenait debout. La vérité qui me semblait évidente, c'était que Thomas Hayon se fichait éperdument du contenu de l'article. C'est tout autre chose qui l'avait incité à me téléphoner. Mais quoi ? Je regrettais, à présent, de lui avoir donné un rendez-vous si tardif. Je bouillonnais à la pensée de devoir attendre la fin de la journée pour connaître ce qu'il avait à me dire. De dépit, je me suis jeté sur le livre de l'abbé Soeuil. J'allais commencer par sélectionner la suite de notre feuilleton *Le Trésor de Morlan*.

Un courant d'air vif s'engouffrait par la haute porte de chêne. Le prieur venait d'entendre, porté par le vent, le tintement de la petite sonnaille qui devait lui signaler une visite hors de l'ordinaire. Il se hâta de descendre le grand escalier menant à l'abbatiale. Au pied des marches, frère Pierre, un moine dont il avait fait son factotum, l'attendait en effet, la tête basse et comme empêtré par la mauvaise nouvelle dont il était l'involontaire messager. Devant son hésitation, Joseph-François d'Apre s'impatienta.

— Eh bien, frère Pierre, quel ennui venez-vous m'annoncer ?

Le moine se gratta la gorge à plusieurs reprises, s'efforçant par ce dérisoire subterfuge de différer un peu ce qu'il avait à dire.

— La voiture de Monseigneur de Terrefort vient d'entrer dans la cour d'honneur, finit-il par lâcher d'une traite.

— Terrefort, dans nos murs ! bondit le prieur. Il ne pouvait rien nous arriver de pire !

Quelques marches en retrait, le peintre de fresque qui, poussé par une maladive curiosité, avait suivi le prieur à distance, ne put s'empêcher de questionner :

— Qui est-ce ?

Le prieur fit volte-face et foudroya l'impertinent d'un regard furieux. Mais soucieux de se ménager une complicité qui pourrait lui être précieuse, il expliqua la situation en quelques mots.

— Terrefort est notre abbé commendataire. Il est aussi l'évêque de Fontesaigues, grand amateur de finances devant l'Éternel. Morlan doit lui verser annuellement une part exorbitante de la dîme et divers autres revenus. Nous sommes en retard de quelques saisons... J'imagine qu'il est venu réclamer son dû. Certainement voudra-t-il inspecter l'abbaye. Tâchez de dissimuler au mieux votre travail tandis que je m'efforce de le retenir.

Sans plus attendre, Joseph-François d'Apre remonta la nef de l'église et sortit d'un pas décidé dans la cour principale.

La voiture aux portières marquées des armoiries épiscopales rutilait sous le soleil. Le cocher, avec l'aide d'un moine convers, s'affairait déjà à étriller les chevaux d'attelage au poitrail luisant d'écume, tandis que l'évêque arpentait la cour de long en large, froissant dans son dos deux mains nerveuses qui trahissaient déjà sa colère...

J'en étais là de ma relecture quand Milly est entrée, le téléphone à la main, l'air épuisée après avoir traversé un bureau et un demi-couloir.

— C'est encore pour toi !... Faudra dire au père Béber de t'installer une ligne...

Je lui ai lancé un clin d'œil compatissant tout en récupérant le combiné.

— Skander Corsaro, bonjour... Monsieur Lormel ? Bien sûr, je me souviens parfaitement de vous...

Après le conservateur, j'avais droit à l'architecte en chef. Mon article avait eu un effet indéniable sur le personnel de Morlan.

— Que puis-je pour vous, monsieur ?... Non, je ne suis pas libre dans l'immédiat mais je peux venir vous voir demain matin si c'est possible pour vous aussi... Qu'appelez-vous la première heure ?... C'est parfait, à 9 heures donc... À quelle adresse ?... C'est noté. Au revoir, monsieur.

Je suis allé rapporter le téléphone à Milly qui n'avait pas eu la patience d'attendre. Ces deux appels presque consécutifs m'intriguaient beaucoup.

— T'as l'air soucieux, pauvre chat, y'a rien de grave au moins ? a fait Milly toujours à l'affût d'un scoop.

— Pas soucieux, non. Étonné, plutôt... Le mec qui vient de m'appeler m'a semblé inquiet. Or, d'après ce que j'ai pu observer, ce n'est pas du tout son genre. Il est plutôt distant, autoritaire et sûr de lui.

— Ah Corsaro ! Je ne sais pas si vous êtes allé sur le site du journal, mais vous y faites un tabac, mon cher. Nous avons récolté plus d'une cinquantaine de commentaires sur votre papier. Si l'on enlève les deux ou trois ronchons de service, vous n'avez droit qu'à des éloges... Morlan peut vous bénir. Ça va être la ruée quand ils vont rouvrir l'abbaye.

J'ai plaisanté :

— Espérons que les chercheurs de trésors ne vont pas la mettre à sac !

— Sans rire, vous y croyez à cette histoire ?

— Hé !... ai-je fait, énigmatique, avant de m'en retourner vers mon bureau.

Dans ma poche, mon Smartphone glougloutait. Un message de ma mère : « Félicitations mon chéri, je suis fière de toi. Maman. » Yes ! Je me doutais bien que lorsqu'on se retrouverait tous les deux j'aurais droit à quelques petites critiques sur la syntaxe, mais son compliment était sincère et me faisait un vrai plaisir de gosse. Est-ce pour cela qu'on fait quelque chose ? Pour un « bravo, mon chéri » ? Et plus tard, peut-être, pour un « bravo » tout court... Je repensais à ce qu'avait dit Léo : « On est toujours en exil de Siboney. » *Yo me muero por tu amor...*

Et aussitôt, Sandra. *Pienso en tí...* Je m'en voulais de ne pas avoir osé interroger son père. Finalement je ne savais rien de cette fille. Rien de ce qu'elle aimait, rien sur ses études. Je n'étais sûr que de son absence. Tout le reste n'était que la vague fumée d'un feu que j'étais seul à entretenir. Coupons court... Après la minute de crétinisme de Skander Corsaro, voici à présent un nouvel épisode de notre feuilleton cistercien, pensais-je en me remettant au boulot.

Son Excellence, Monseigneur l'évêque de Terrefort, était de ces hommes en qui cohabitent la parole melliflue des Évangiles et l'intransigeance du soldat du Christ. Ceux qui avaient eu la malchance de lui déplaire déclaraient volontiers qu'il eût fait merveille dans l'Inquisition.

Pour l'heure, lèvres serrées, il inspectait les échafaudages couvrant la façade de l'habitation sur lesquels, d'étages en étages, s'affairaient maçons et tailleurs de pierre. Parvenu à sa hauteur, le prieur s'inclina dans un salut révérencieux.

— Morlan s'honore de votre visite, Monseigneur. Votre Excellence a-t-elle fait bonne route depuis Fontesaigues ?

— Les désagréments du voyage ne sont rien en comparaison de ce que je trouve ici, répliqua le visiteur d'un ton glacial.

À cet instant, au bas de l'échafaudage, une bâche se souleva, écartée par la main d'un apprenti qui s'effaça pour laisser sortir un homme portant de lourdes planches. D'un geste impérieux l'évêque fit signe au gamin de soutenir la toile puis, sans un regard pour le prieur, il s'engouffra dans le passage. Joseph-François d'Apre, fort inquiet à plus d'un titre, pénétra à sa suite dans le bâtiment.

Le hall d'entrée dans lequel ils venaient de pénétrer offrait un spectacle plus effervescent encore que celui de la cour. Ici, les plâtriers et les staffeurs travaillaient au coude à coude avec les compagnons menuisiers. L'évêque, battant l'air de sa main gantée, toisa l'infortuné prieur.

— Des échafaudages de tous côtés, une armée d'artisans... M'expliquerez-vous ce mystère, monsieur le prieur ?

— Que Votre Excellence se rassure. Il n'y a rien là de mystérieux.

— Eh bien, à quoi devons-nous ce chantier, monsieur ?

— À la grêle, Monseigneur... Nous avons eu l'an dernier un formidable orage de grêle qui a grandement endommagé la toiture.

Devenu soudain plus rouge que la pourpre dont il était vêtu, l'évêque montra qu'il n'était pas dupe de ce mensonge éhonté.

— Ce devaient être de prodigieux grêlons pour avoir abattu des pans de murs entiers ! grinça-t-il entre ses dents.

D'Apre comprit qu'il aurait fort à faire face à un adversaire qui le perçait à jour. Il tenta de s'expliquer tant bien que mal dans une formule maladroite où l'hypocrisie le disputait à l'embarras.

— Il nous a semblé qu'en retrouvant un peu les perspectives d'origine, cela produirait un ensemble d'une plus belle harmonie.

La réplique fusa, cinglante :

— Et ces gypseries, ces moulures, ces marbres, sont aussi affaire d'harmonie, je suppose ?... Entrerait-il dans vos projets de faire de Morlan un nouveau Versailles ?

Le prieur baissa la tête, vaincu et blessé, car pour cet homme pétri d'orgueil, une défaite morale était plus cruelle encore qu'un coup de poignard. C'est à peine s'il osa un timide « Monseigneur, je... » que l'évêque interrompit aussitôt d'un signe lui intimant l'ordre de se taire.

— Il suffit, monsieur... Au scandale des dépenses que vous avez engagées, n'ajoutez pas le ridicule de les défendre. J'ordonne

qu'à l'instant vous arrêtiez les travaux. Vous congédierez sur l'heure tous les artisans et ouvriers...

Tout en parlant le prélat avait fait demi-tour pour regagner la cour d'honneur où il fit signe à son cocher de dételer les chevaux. Puis il rajouta à l'intention du prieur :

— Avant de reprendre la route, je souhaite me reposer un peu. Votre frère convers m'indiquera mes appartements. Vous m'y rejoindrez ensuite afin que nous fassions ensemble les comptes de vos travaux somptuaires augmentés de ce que vous devez à l'évêché. Après quoi, pour votre mortification, vous resterez en prière dans l'oratoire où vous veillerez et jeûnerez jusqu'à demain. Songez que cette pénitence est bien douce. Un autre siècle vous eût donné le fouet... Et espérons qu'à l'avenir vous saurez vous garder de vouloir être magnifique avec l'argent de Dieu !

Joseph-François d'Apre dut ensuite s'agenouiller et baiser l'anneau que l'évêque lui tendait sans plus lui prêter d'attention qu'à un animal domestique.

Tout en le tapant sur l'ordinateur, j'avais relu ce passage avec une attention particulière. Si je n'arrivais pas à deviner pourquoi Thomas Hayon souhaitait me rencontrer avec une telle urgence, je pressentais en revanche que l'architecte Lormel voulait sûrement m'entretenir de cet écrit. C'était là que je cessais de comprendre. Plus je relisais le texte de l'abbé Soeuil, moins je saisissais pourquoi Lormel en avait acheté tous les exemplaires.

L'histoire, malgré sa fin dramatique, était plutôt amusante, mais elle ne recelait aucun mystère. Elle n'apportait pas non plus la moindre révélation sur l'emplacement du fameux trésor. Tout au plus suggérait-elle habilement quelques pistes concernant l'assassin potentiel du prieur. L'abbé terminait son récit sur une « fin ouverte », laissant au lecteur le soin d'imaginer la solution qui lui plairait. Rien de nouveau par rapport à ce que Thomas Hayon m'avait succinctement raconté de cette affaire. M. Berland pouvait être rassuré, ce n'était pas avec ça que les lecteurs du *Courrier du Sud-Ouest* allaient se ruer sur l'abbaye armés de poêles à frire pour détecter les métaux précieux… À moins qu'il n'y ait eu dans le corps même du texte un code caché, *Le Trésor de Morlan* n'était d'aucune utilité pour personne.

Et là, j'ai eu un flash. À l'instant même où le mot « utilité » me venait à l'esprit, je me suis souvenu des paroles de Mlle Soeuil. Non pas celles qu'elle prononçait dans mon rêve, mais bien les mots qu'elle m'avait dits dans la réalité alors qu'elle me prenait pour le jeune Arthur Schoenberger : « Vous pouvez garder le livre de mon frère. Nous n'en avons plus besoin… »

« Nous n'en avons plus besoin. » Cela signifiait clairement qu'à un moment donné quelqu'un en avait eu besoin. Mais qui ? Cela avait forcément à voir avec la Résistance. Je m'étais trompé en pensant que le petit livre avait été placé fortuitement dans le carton où la vieille dame gardait tous ses papiers de l'époque de l'Occupation. Il était là parce que c'était sa place. *Le Trésor de Morlan*, écrit par l'abbé Soeuil en 1938, avait servi à un réseau de résistants quelques années après. Quel usage en avaient-ils fait ? C'était ce que mes amis de l'abbaye m'aideraient à découvrir. Tout au moins je l'espérais.

25

— M'sieur Corsaro, y'a quelqu'un pour vous, m'a fait monsieur Max alors que je venais à peine de pousser la porte de La Grivette. Du doigt, il désignait une silhouette installée à la dernière table tout au fond de la salle. C'était Thomas Hayon qui faisait un petit signe de la main dans ma direction. Bizarre, le choix de cette table. Il avait donc très envie de me voir puisqu'il était arrivé en avance, mais il ne désirait pas tellement être vu.

Toujours aussi beau gosse, la mèche au-dessus de l'œil de velours, le sourire dentifrice, la chemise entrouverte sur une peau de satin ; mais quelque chose dans l'expression qui trahissait comme un désarroi.

— Qu'est-ce que je vous offre, Skander ?

— Le droit de vous inviter, Thomas... Ici vous êtes presque chez moi.

— Je vous remercie. J'ai déjà pris une bière.

— Une autre ?

— D'accord.

— Deux bières, s'il vous plaît, monsieur Max ! Deux blanches.

Je me suis assis en face de lui. Il a remarqué mon pansement.

— Vous êtes blessé ?

— Oh, rien de grave... Une chute de moto. Ça fait encore un peu mal, mais c'est en train de guérir, ai-je ajouté histoire de ne pas trop jouer les cow-boys.

— Votre article est formidable. Morlan n'a jamais eu un aussi beau papier dans la presse.

— Ce n'est pas le dernier et merci pour le compliment.

Monsieur Max a apporté les bières. Je me suis détourné un instant pour déposer de la monnaie dans la coupelle qu'il me tendait. À peine le temps de capter dans le miroir qui nous faisait face, le regard de Thomas planté sur moi. Un regard d'une acuité, je dirais presque d'une violence, hors du commun. La seconde d'après, je revenais vers lui. Ses yeux avaient repris leur expression normale, aimable et chaleureuse. Je lui ai souri.

— Cet article vous doit beaucoup. Sans vous...

— C'est à mon tour, Skander, de vous demander un service.

— Si c'est dans mes moyens, ce sera volontiers...

— Pourriez-vous me prêter votre exemplaire du livre de l'abbé Soeuil ?

Nous y étions. La réponse était : non. Hors de question que je le confie à quiconque tant que je n'aurais pas résolu moi-même l'énigme de ce livre. J'avais prévu le coup. Avant de quitter l'agence, j'avais fait un tirage de l'exemplaire de Mlle Soeuil.

C'était l'intégralité du texte que j'étais en train de taper sous forme de feuilleton.

— Bien sûr. Tenez... Je lui ai tendu la petite pile de feuillets agrafés que je venais de sortir de mon sac. Son visage s'est décomposé.

— Non... vous m'avez mal compris. Je voudrais l'original... je veux dire le livre lui-même dans son tirage d'époque.

C'était donc bien l'objet d'imprimerie et non pas son contenu qui était la solution.

— Excusez-moi, Thomas, mais je ne peux rien pour vous. Je n'ai jamais eu rien d'autre en ma possession que des feuillets photocopiés...

— Qui vous les a donnés ?

Le ton sec, nerveux était presque celui d'un interrogatoire. Le jeune conservateur avait peine à contenir son dépit. J'ai joué franc-jeu. Ou presque.

— Je n'ai rien à vous cacher, Thomas... Après notre rencontre, j'ai poursuivi mon enquête à la recherche de documentation. Vous avez vu la carte postale que j'ai trouvée pour illustrer le papier ? Elle est belle, n'est-ce pas ?

— Oui, très belle.

— Eh bien, c'est par le bouquiniste qui me l'a vendue que je suis arrivé jusqu'à la sœur de l'abbé. Une très vieille dame qui est en maison de retraite. C'est elle qui m'a confié l'histoire du trésor de Morlan, tapée à la machine. J'ai gardé une copie de ses documents et je les lui ai rendus. Mais je vous assure que je reste fidèle à la virgule près au texte qu'elle m'avait remis et que le journal publiera.

— Vous n'avez donc jamais eu entre les mains le véritable livre ?

— Jamais, à mon grand regret. Le bouquiniste par qui j'ai appris son existence m'a dit qu'il en avait eu un stock qu'un client lui avait acheté dans son intégralité. Un collectionneur maniaque, je suppose...

— Lormel.

Thomas Hayon venait de lancer le nom comme un crachat.

— Pardon ?

— Vous avez été sincère avec moi. Je vais l'être avec vous. Vous le savez, Lormel a été mon prof à la fac. Quand nous nous sommes retrouvés sur le vaste chantier de l'abbaye où je venais d'être nommé comme conservateur, il m'a fait lire le bouquin de Soeuil. Au début j'ai cru qu'il s'agissait d'une petite curiosité littéraire, rien de plus qu'une fantaisie écrite par un érudit local. Mais Lormel a fini par me convaincre qu'il y avait là une vérité... archéologique, si je puis dire. Pour faire bref, selon lui, le trésor de Morlan n'est pas une fiction. Le dernier prieur aurait bien accumulé un véritable magot en pièces d'or et d'argent, peut-être même en pierres précieuses. Tout porte à penser que le malheureux prieur a été assassiné mais que le trésor n'a pas quitté l'abbaye.

— Il s'y trouverait encore ?

— C'est ce dont Lormel est persuadé. Vous imaginez la notoriété que conférerait sa découverte à celui qui la ferait ?

— Je suppose que l'abbaye a dû passer en de nombreuses mains depuis la Révolution française ? Comment se fait-il qu'aucun des propriétaires successifs ne l'ait trouvé ?

— Quelqu'un l'a trouvé : l'abbé Soeuil... Quand les biens nationaux ont été vendus en 1789, c'est une famille d'agriculteurs proches de Morlan qui en a fait l'acquisition. La famille s'est installée dans la partie habitation et le reste de l'abbaye a été transformé en bâtiments de ferme. Morlan s'est ensuite transmis de mains en mains au sein de la même famille. Puis, après la guerre de 14-18, l'entreprise agricole a périclité et les derniers descendants ont fini par quitter Morlan dans les années 1930. Le lieu a été livré ensuite aux pillages et aux vandalismes de toutes sortes jusqu'à ce que les collectivités locales le rachètent. La reconstitution à l'identique du salon d'apparat que vous avez vue a nécessité de longues années de recherches qui ont été menées par le conservateur qui m'a précédé.

— Mais si l'abbé Soeuil a découvert le trésor, pourquoi ne l'a-t-il pas emporté ?

Thomas Hayon a levé les sourcils, l'air dubitatif.

— J'imagine qu'un homme d'église a quelque scrupule à piller une église ?... Et puis il était très malade au moment de la rédaction de son récit. Il est mort peu après la publication. Mais je suis persuadé qu'avant de mourir il a transmis le secret à sa sœur. Vous avez eu beaucoup de chance de la rencontrer. Ni Lormel ni moi-même n'avons été autorisés à la voir.

— Nous avons très peu échangé. J'ai eu surtout la chance de tomber à un moment où elle était à peu près consciente. Elle m'a prêté les feuillets dont je vous ai parlé. Je les lui ai rendus. Pour tout vous dire, ils étaient dans un dossier où elle conserve des papiers du temps de la Résistance et des maquis.

Le visage de mon interlocuteur s'est éclairé d'une expression de triomphe.

— J'en étais arrivé exactement à cette conclusion. Vous venez de m'en apporter la preuve. Je suis sûr que la sœur de l'abbé a utilisé le trésor pour planquer des juifs ou pour aider les maquisards !

— Vous ne pensez pas qu'elle peut avoir dilapidé tout le trésor ?

— Cela m'étonnerait beaucoup. En tant qu'historien de formation, j'ai une vraie passion pour la documentation. Les archives départementales conservent beaucoup de documents sur les activités de la Résistance et les actions engagées par cette dame. J'ai appris qu'elle n'était véritablement entrée dans les réseaux qu'à la toute fin de l'année 1942 et, vous le savez, à l'automne 1944 tout était terminé. En tout cas dans cette région. Je vous le répète, le trésor accumulé par le prieur d'Apre était considérable ! Par la suite Mlle Soeuil a mené une existence tout à fait modeste. Rien à voir avec une vie de millionnaire...

— C'est effectivement une femme pieuse et intègre. Une fois sa mission accomplie, peut-être s'est-elle dit qu'il valait mieux refermer la cassette, si vous me permettez l'image, et laisser dormir le trésor pour le cas où d'autres, dans le futur, pourraient y avoir recours.

— C'est probable. Les mystiques ont souvent des comportements irrationnels. De toute façon, nous n'en aurons le cœur net qu'en trouvant la cachette.

Ces derniers propos, où Thomas lâchait le fond de sa pensée, m'indiquaient qu'il avait, quant à lui, un sens très personnel du rationalisme. M'abstenant de tout jugement, je souhaitais en savoir un peu plus sur son avancée dans la recherche qui nous préoccupait tous deux.

— Vous m'avez dit que votre collègue Lormel vous avait montré le livre...

— Il n'est pas mon collègue... Cela s'est passé il y a six mois environ. J'imagine qu'il devait tourner en rond avec ce bouquin dont il n'arrivait pas à percer le secret. Il me l'a confié pensant que je trouverais peut-être. J'ai dû le décevoir. Il a repris le livre et je ne l'ai plus jamais eu entre les mains. Mais figurez-vous que moi aussi j'ai mené mon enquête. J'ai fini, comme vous, par atterrir chez le bouquiniste juif. Et j'ai appris que Lormel avait racheté toute l'édition existante.

— Savez-vous ce qu'il en a fait ?

— Il l'a brûlée.

— Il tient vraiment à être le seul possesseur de ce livre.

— Je crois qu'il tient surtout à être le seul propriétaire du trésor.

Là, il fallait vraiment que je marque une pause. Je venais de soupçonner quelque chose qui me rendait ce charmant conservateur de moins en moins sympathique. Deux expressions qu'il avait employées spontanément dans le feu de la discussion m'avaient mis un troupeau de puces à l'oreille. Parlant de Mlle Soeuil, il avait dit qu'elle « planquait des juifs » et il venait à l'instant d'évoquer Arthur Schoenberger en tant que « bouquiniste juif ». Rien de très choquant en soi, mais j'aurais plus volontiers employé le verbe « cacher ». Quant au mot « bouquiniste » il se suffisait à lui-même. Je n'ai jamais entendu personne parler d'un plombier catholique ou d'un épicier protestant. Je suis pourtant formel : il en existe ! Thomas Hayon était très certainement antisémite.

— Excusez-moi, Thomas, je m'absente une minute… Les effets secondaires du houblon !

— Je vous en prie…

J'ai filé vers les toilettes où j'ai aussitôt sorti mon Smartphone. SMS : « Tonio suis à la Grivette. Si tu es libre attends-moi devant la porte en voiture et file le mec qui va sortir en même temps que moi dans un quart d'heure environ. Discret. » Là-dessus j'ai tiré la chasse d'eau.

J'ai pris, en regagnant ma place, la mine du mec soulagé. Thomas a souri. J'ai enchaîné.

— Vous pensez sérieusement que l'architecte Lormel veut faire main basse sur le magot ? N'est-ce pas un peu surprenant de la part d'un homme qui m'a paru très à cheval sur les principes ?

— Apparences, mon cher Skander, apparences… Ce monsieur est moins limpide qu'il n'en a l'air. Jusqu'à présent il m'avait associé à ses recherches. Il évoquait souvent la publication que nous pourrions faire ensemble une fois le trésor mis au jour. Mais il a dû se convaincre que je ne lui serais d'aucune utilité. J'ai la certitude que depuis quelques temps il me tient à l'écart et poursuit l'aventure tout seul. Pour quelle raison si ce n'est pour récupérer l'argent pour lui ?

— Pensez-vous qu'il ait pu découvrir dans ce livre quelque chose qui lui avait échappé jusqu'à présent ?

— Je n'en sais rien. C'est possible. C'est pourquoi j'avais espéré que vous pourriez m'en prêter un exemplaire.

— Je suis vraiment désolé... Mais je suppose que vous avez beaucoup réfléchi à la nature du code caché dans le livre, si tant est qu'il y en ait un. Or si le code n'est pas dans le texte lui-même, c'est qu'il se trouve dans l'objet livre, n'est-ce pas ?

Le beau conservateur m'a regardé avec une sorte de considération étonnée.

— Belle déduction. C'est exactement la conclusion à laquelle je suis arrivé.

— Mais où faut-il le chercher, ce fichu code ?... dans la composition même du papier ? Quelque chose comme un filigrane peut-être ?

— À la vérité, je n'en sais rien. Lorsque Lormel m'a prêté son exemplaire je me suis contenté de le lire. Plusieurs fois. Ce matin, par acquit de conscience, je me suis de nouveau penché sur le premier chapitre que vous avez publié dans le journal. J'ai essayé différentes grilles de décodage, bien entendu sans aucun résultat... Le texte est totalement neutre. Non, je confirme que si vous n'avez pas le document original, c'est sans espoir. Il ne me reste plus qu'à tenter de récupérer celui de Lormel, peut-être que...

Mon téléphone a vibré. Thomas s'est interrompu :

— Je crois qu'on vous appelle...

— Un message...

J'ai jeté un coup d'œil sur l'écran. « Suis devant la porte – Tonio. »

— Pardonnez-moi, Thomas, on vient de me rappeler que je suis attendu. J'ai juste le temps de passer chez moi me changer...

— C'est moi qui vous prie de m'excuser pour ce dérangement.

Nous nous sommes levés synchrones. Aucun de nous deux n'avait envie de prolonger un entretien stérile. Thomas allait partir visiblement convaincu que je lui avais tout dit, moi convaincu qu'il me cachait quelque chose. J'avais donc une longueur d'avance.

En lui serrant la main sur le trottoir, j'ai aperçu la voiture de Tonio stationnée un peu plus loin en double file. Cette fois il avait laissé la Jaguar paternelle au garage. C'était un petit utilitaire marqué au logo de sa société. On ne pouvait pas faire plus banal.

Au moment de s'éloigner, Thomas a fait un brusque demi-tour.

— Une dernière chose... Lormel ne vous a pas contacté ?

— Je vous l'aurais dit.

— Oui, cela m'aurait étonné de sa part. Si jamais il le faisait, vous seriez très aimable de me prévenir, Skander.

— Comptez sur moi, Thomas.

Très souriant, il m'a refait un petit salut de la tête puis il est parti vers sa voiture en remontant la rue dans le bon sens. Coup de bol. Quelques instants après il démarrait. Le temps que je traverse vers mon immeuble, j'ai vu Tonio démarrer à son tour et passer devant moi sans un regard. On se serait cru au cinoche.

26

Ce n'est pas faute de m'être renseigné, mais je n'ai rien trouvé de bien convaincant sur le problème du célibat chez les poissons de bocal. La grande question est de savoir si Blb est vraiment satisfait de son sort. Il m'arrive de penser qu'une compagne ou un compagnon pourrait lui ouvrir des perspectives. Mais que sait-on des besoins sexuels d'un poisson jaune ? À le regarder tourner en rond puis s'arrêter pour m'observer avec ses grands yeux placides, je me suis dit qu'il était urgent que je rencontre quelqu'un. J'étais en train d'ouvrir la boîte de daphnies quand mon téléphone a bourdonné.

— Tonio ?

— J'ai suivi ton mec, il vient de se garer. Il sonne à une porte.

— Où es-tu ?

— Rue Alsace-Lorraine.

— Merde ! Ne me dis pas qu'il sonne au numéro 78.

— Exact. Comment tu as deviné ?

— Je t'expliquerai. Il entre ?

— Non. Il a insisté mais personne ne répond. J'ai l'impression qu'il renonce. Qu'est-ce que je fais ?

— Laisse tomber… Tu as un plan pour ce soir ?

— Je te vois venir…

— On se retrouve au Grand Ring ?

— La victime retourne sur le lieu de son martyre ?

— Y'a de ça.

— OK. Dans une demi-heure. Le temps que je change de bagnole.

— OK. Le temps que je me change tout court.

Le numéro 78, rue Alsace-Lorraine était très précisément l'adresse où j'avais rendez-vous le lendemain matin avec Lormel. C'était son bureau. Je n'étais donc pas le seul à avoir menti. Pour quelqu'un qui était censé être en froid avec l'architecte, Thomas Hayon me semblait bien pressé de le retrouver. Ce garçon était décidément très ambigu. Allait-il faire un rapport à Lormel sur ce que je lui avais dit ? S'ils étaient complices, à quoi bon vouloir me rencontrer séparément ? Au fond, ça m'était totalement indifférent. Cette affaire commençait à me saouler. J'étais content de mon article, heureux qu'il ait été bien accueilli. Le reste m'était égal. Qu'il y eût un trésor ou non dans les cryptes de Morlan ne changerait rien à la rotondité de mon bocal et à ma solitude de poisson jaune. En fait, je n'avais qu'une envie : baiser. Si Tonio voulait bien m'accompagner, on pourrait passer un moment ensemble à L'Eden. Un des rares lieux de perdition de notre ville où musiques et mœurs cosmopolites se fondent dans une ambiance à la bonne franquette. Plusieurs générations s'y mélangent pour la plus grande joie des petits et des grands alcooliques. Moyennant un prix d'entrée modique, il n'était pas impossible qu'une âme esseulée dans mon genre puisse en rencontrer une autre dans un genre complémentaire. L'établissement avait les faveurs du *Guide du Grand Futé*. C'est tout dire... Un dernier ajustement de mon sparadrap sur la pommette et j'étais en route pour une soirée torride à tarif réduit.

Au Grand Ring, Tonio était déjà attablé au bar en compagnie d'une double portion de tapas. Joe, avec qui il était en grand débat sur la fraîcheur des calamars, m'a accueilli avec son enthousiasme de bonimenteur.

— Skander ! Ça fait plaisir de te revoir, vieux ! Ben dis-donc, tu t'en es plutôt bien tiré. T'as vraiment bonne mine ! J'suis content pour toi.

— Je ne suis pas mécontent de moi non plus, ai-je répliqué en lui serrant la main, tout en tendant ma joue disponible vers Tonio pour une bise indolore.

— On s'installe ?

Nous avons transporté les tapas vers une petite table basse isolée.

— Dis-donc, il est plutôt canon le mec que tu m'as demandé de filer ! s'est exclamé Tonio entre deux bouchées de jambon serrano. Quand tu as des amis comme ça, n'hésite pas à me les présenter.

— Ce n'est pas vraiment un ami et je ne suis pas sûr qu'il soit très clair.

— Bof, à l'horizontale on est moins regardant sur les détails.

— Il s'est embarqué dans une histoire pas mal embrouillée et je crois qu'il espérait se servir de moi pour résoudre un sérieux problème. L'adresse à laquelle tu l'as suivi est celle d'un monsieur que nous connaissons lui et moi mais qu'en bonne logique il n'a aucune raison de fréquenter en ce moment. J'ai rendez-vous chez ce monsieur demain matin. Je ne suis pas mécontent qu'il ne l'ait pas trouvé. Quand je t'ai demandé de le filer, je ne m'attendais pas du tout à ce qu'il te conduise là.

— Où pensais-tu qu'il irait ?

— Chez un bouquiniste que je connais ou bien chez notre Ange de la Miséricorde préféré.

— Je ne pige absolument rien à ton affaire.

— Si ça peut te rassurer, moi non plus... Disons que depuis la parution de mon article ce matin, on dirait qu'il se passe des trucs bizarres... Au fait tu l'as lu ?

— Oui... Il est super !

— Menteur.

Mon pote Tonio et moi, on ne pourra jamais se la jouer. Impossible de se cacher quoi que ce soit l'un à l'autre. C'est démoralisant, mais c'est ainsi. De se voir démasqué aussi vite, ça l'a fait se marrer.

— OK, c'est ma tournée, a-t-il fait en remplissant mon verre. Mais je te promets que je le lirai demain.

Je me suis levé pour saisir le numéro du *Courrier du Sud-Ouest* qui traînait sur le comptoir. Je le lui ai collé sur les genoux.

— Tiens, lis-le maintenant. Je reviens, il faut que je demande quelque chose à Joe. Et ne fais pas semblant. Il y aura interrogation écrite !

— On le sait que ta mère est institutrice !

Je l'ai laissé bougonner pour revenir près du barman.

— Dis-moi, Joe... Je me suis rendu compte que j'étais parti un peu vite, l'autre soir. J'ai complètement oublié ton pourboire...

J'avais sorti un billet de 10 que j'ai glissé délicatement sous la boule à sucres. Joe l'a récupéré avec un doigté de prestidigitateur.

— C'est sympa de ta part, Skander. Ces temps-ci, c'est pas la gloire.

J'ai pris l'air compatissant en poussant un petit soupir solidaire. Puis j'ai enchaîné :

— Faut bien s'entraider, hein ?... Par exemple, moi en ce moment, j'aurais besoin d'un truc qui m'aiderait à cicatriser plus vite...

Tout en regardant Joe bien dans les yeux, j'ai promené un doigt sur ma pommette.

— L'hôpital, le médecin, les médocs, tout ça, ça coûte cher... Si on pouvait trouver le type qui m'a cogné, ça activerait peut-être les remboursements.

— J'suis désolé, Skander, mais je connais pas tout le monde. Je l'ai dit aux flics, d'ailleurs...

— Bien sûr, Joe, bien sûr... Je sais bien que tu ne le connais pas... Mais je me disais que tu as peut-être une idée des endroits où peuvent traîner des mecs de ce genre...

Comme moi aussi j'aime bien les tours de magie, j'ai fait apparaître un second billet de 10 avec beaucoup de discrétion dans les phalanges. C'est à peine si j'ai vu Joe le faire encore plus discrètement glisser de ma main dans la sienne.

— Café de France. C'est au bord des quais de l'autre côté de la Gardance... Mais je ne te conseille pas d'y aller.

Il avait déjà fait demi-tour pour s'occuper d'un couple qui s'approchait du bar. Personne n'aurait pu témoigner qu'il y avait eu le moindre échange entre nous.

— Super, ton papier, a dit Tonio en reposant le journal. Mais ce trésor, c'est du pipeau ou il existe pour de bon ?

— P'têt ben qu'oui, p'têt ben qu'non... Tu as gardé la copie du texte que je t'ai envoyé par mail ?

— Je ne jette aucun de tes courriers.

— Tu ferais mieux de les lire ! Figure-toi qu'il n'est pas impossible que la carte du trésor soit cachée quelque part dans ce texte. Je te propose qu'un de ces quatre on se mette sérieusement à l'éplucher. En attendant, tu te sens prêt pour l'Eden ?

— Tu connais mon côté scout : toujours prêt ! Mais je te préviens, à minuit, je rentre.

— Aucun problème. À minuit, je serai au lit depuis longtemps.

C'est sans doute pour justifier sa pancarte que l'Eden a été décoré façon jardin de paradis par un ensemblier nostalgique de l'œuvre de Walt Disney. Les tables sont déguisées en buissons cubiques et les banquettes molletonnées imprimées de bouquets de roses s'allongent sous des frondaisons de feuillages artificiels. Par-ci, par-là des quinquets à peine plus lumineux que des culs de lucioles diffusent un éclairage propice aux erreurs judiciaires. Il est permis d'y gazouiller discrètement sur fond de musique papier peint. Des dames à la ménopause pimpante viennent y dragouiller des jeunes gens désœuvrés tandis que des lolitas au nombril apparent zigzaguent du string sous l'œil concupiscent de messieurs au bord de l'infarctus. Ça, c'est pour le côté soft de l'établissement, version rez-de-chaussée.

Au sous-sol, c'est nettement plus hard. De la brique crue badigeonnée rouge boucherie, des lumières stroboscopiques à vous décrocher la rétine, des vidéos hystérisées, des sonorités déchirantes de rock métalleux pour mélomanes sourdingues et DJ spasmophiles. C'est branché, c'est moderne, moitié gay, moitié *straight*. On y frissonne un peu. On y transpire beaucoup. On y picole énormément. Il y a même une *back-room* en cas d'affinités pressantes. Pour les frissons illicites, ça se passe dehors, sur le parking. Quelques toxicos en panne d'extase y attendent, selon les soirs, la visite bénie du dealer ou la descente de police. Banals rituels des étourdissements de province.

Tonio et moi, nous avons pris direct l'option *underground*. Narines sensibles s'abstenir. Dès l'entrée, phéromones en surchauffe, sudations précoïtales et haleines post-tabagiques, le tout baignant dans des senteurs artificielles de déodorant corporel et de désodorisant d'atmosphère. Rien que de l'ambiance. Le premier haut-le-cœur surmonté, on s'accoutume. Merveille de l'espèce : l'humain s'adapte à tout. Nous nous sommes scindés en deux groupes distincts : Tonio de son côté, moi du mien. Assez peu adepte des tressautements sur place et des attaques de Parkinson sur caisson de basses, j'ai choisi une stratégie d'observation dos au mur, dans une position d'angle offrant une vue diagonale sur la piste. Pour un soir de semaine, l'endroit était plutôt giboyeux. Parmi le troupeau convulsif, je n'ai pas été bien long à remarquer une nymphe au regard de biche point trop effarouchée. Elle dansait bras tendus en l'air comme si elle cherchait à tester la hauteur sous plafond. Elle aussi m'avait repéré. Nous nous sommes souri. Elle a disparu un instant pour reparaître dans un soudain ressac des corps en mouvement. Re-sourires. Inutile de tergiverser. J'allais me lancer dans l'arène trépidante quand la charmante s'est dirigée vers moi. Son déhanchement chaloupé semblait sortir d'un clip publicitaire haut de gamme. Tandis qu'elle s'approchait, des promesses de baisers fleurissaient sur ses lèvres avec un naturel désarmant. Pas de doute possible : de prédateur, j'étais devenu proie. Rien de plus plaisant, à mon goût.

— Ça donne soif, a dit la belle entreprenante.

— Terriblement soif !

Nous nous sommes laissés glisser sur les vagues de la musique jusqu'aux rondeurs moelleuses d'un sofa. J'ai proposé d'initier l'inconnue de mon cœur aux délices de la vodka-banane. Elle a ri. Nous avons trinqué.

— Je m'appelle Cora.

— Je m'appelle Skander et j'apprécie beaucoup les filles-pirates.

— Moi, j'aime bien les garçons naufragés avec une balafre sur la joue.

Sauvé ! Une pointe d'humour allait permettre d'éviter l'enlisement dans les banalités d'usage. Tonio est passé juste devant nous dans le sillage déterminé d'un petit mec baraqué aux allures de rugbyman. Je les ai vus disparaître tous les deux dans la direction de la *back-room*. Cette facilité des câlins entre mecs m'a toujours paru des plus déconcertantes.

— J'en ai assez de cet endroit, a repris Cora. J'ai une voiture, ça te dirait qu'on aille ailleurs ?

— Chez moi, si tu veux ?

— Tu vis seul ?

— Avec un poisson jaune, mais il n'est pas jaloux.

Elle a ri de nouveau. J'ai envoyé un texto à Tonio pour qu'il ne me cherche pas et nous avons quitté les délices de l'Eden.

27

Je ne sais pas combien d'escaliers a monté Georges Clémenceau, mais c'est bien vrai que c'est le meilleur moment de l'amour. Dans la voiture nous n'avions pas été très bavards, Cora et moi. Nous nous étions dit l'essentiel pour que l'étreinte à venir ne se résume pas au simple rut de deux mammifères voluptueux. C'est à peine si je lui ai effleuré le genou dans un virage, à peine si elle a caressé ma main entre deux changements de vitesse. Ainsi pourrions-nous sans remords, une fois à poil, laisser la courtoisie s'en aller à vau-l'eau. Elle savait que j'étais apprenti-journaliste. J'avais appris qu'elle était avocate-stagiaire. Elle aimait les mangas et les sushis. Moi non plus. C'était autant de raisons suffisantes pour essayer de se faire du bien sans présumer de l'avenir.

C'est en arrivant sur le palier du troisième étage que tout est parti en vrille. Je suis resté comme un crétin, la clé pendant au bout des doigts devant la porte de mon appartement fracturée au pied de biche. Le bois avait volé en éclats. La serrure gisait au sol.

Je n'ai même pas eu besoin d'allumer la lumière : « on » était parti sans éteindre. Dans le T2 bis régnait le bordel le plus total. Je ne sais par quel miracle le bocal de Blb était resté intact. Sans doute étais-je tombé sur un vandale aquariophile. Pour le reste, ça tenait de la reconstitution historique genre « La bataille de Stalingrad » ou « Verdun – Vision d'histoire », les tranchées en moins. Dans ma bibliochambre, le futon avait disparu sous la montagne de livres éparpillés en vrac, les meubles-étagères écroulés par-dessus ; c'est à peine si la porte pouvait s'entrouvrir. Tout ce qui existait en matière de tiroir avait été renversé, le contenu éparpillé au sol. De la cuisine à la salle de bains ce n'était qu'un amoncellement d'objets abandonnés par un raz de marée. On avait même démonté la chasse d'eau !

— C'est personnel, comme déco, a lâché Cora devant ma mine effondrée.

Fair-play, elle a gentiment attendu l'arrivée des flics pour témoigner au cas où… J'ai eu du bol. Il devait y avoir une patrouille dans le secteur, ils n'ont pas trop tardé à arriver. Ils m'ont tout de suite reconnu. C'étaient les mêmes qui étaient intervenus au Grand Ring.

— Eh bien, monsieur Corsaro, on ne se quitte plus !

— Jamais deux sans trois ! ai-je lancé.

Ça n'a fait marrer personne.

— Vous a-t-on dérobé quelque chose ?

— Pour le moment une nuit d'amour... Pour le reste je n'ai pas fait l'inventaire.

Ils ont pris des photos, fait des relevés d'empreintes, noté l'identité de Cora et la mienne qu'ils avaient déjà en magasin. Puis ils m'ont proposé de passer le lendemain au commissariat pour porter plainte. La routine.

— Vous vous connaissez des ennemis ?

— Je ne peux pas vous dire. Je n'ai pas encore commencé de psychanalyse.

— Vous ne devriez pas plaisanter, monsieur Corsaro. Deux agressions en moins de huit jours, c'est inquiétant.

Il était un peu tard pour tenter de leur expliquer que l'humour est une excellente technique d'autodéfense et qu'il vaut mieux se marrer que chier de trouille. J'ai renoncé. Cora m'a proposé de m'héberger pour la nuit ; c'était sympa de sa part. J'ai renoncé aussi. Je ne connais rien de plus antiérotique que l'irruption de deux flics en uniforme dans un projet libidineux. Nous nous sommes quittés sur le palier. Elle m'a gentiment glissé dans le creux de la main un bout de papier avec son numéro de portable. Je lui ai gentiment glissé la pointe de ma langue entre ses lèvres nacrées en guise d'au revoir. Elle a dévalé l'escalier. J'ai ravalé ma déception.

Les flics stagnaient mollement dans l'appartement dévasté. « Vous êtes sûr qu'on ne vous a rien volé ? » Comment leur expliquer qu'ils avaient sous les yeux l'étalage intégral de mes biens et propriétés et qu'à moins de se mettre à ranger ensemble les petites cuillères et le contenu du frigo je serais bien en peine de leur dire si c'était ma rivière de diamants ou mes quatre Rembrandt qui avaient disparu ? Et tout d'un coup j'ai bondi. Ma Morini ! Record de vitesse de descente d'un escalier sans toucher à la rampe. Record d'acrobatie avec un superbe rétablissement en vol plané au bas des marches... Elle était là ! Ouf ! Intacte, à sa place, au bout du couloir sous la cage d'escalier. Je n'ai pas pu m'empêcher de lui tapoter gentiment le réservoir. D'où me venait ce geste stupide, encore ? Séquelle d'un souvenir de mon ancêtre flattant l'encolure de son cheval, quelque part dans les plaines du côté de Louxor, peut-être ? C'est à cet instant que je me suis senti accablé. Vidé, lessivé. Avec une espèce d'amertume au cœur, je me suis détourné de mon tas de ferraille chéri, terrassé par un sentiment de solitude infinie.

Vers 3 heures du matin, après avoir tant bien que mal dégagé le futon du tas de planches et de livres qui l'encombrait, j'ai enfin pu me glisser sous ma couette. Double dose du vieux rhum-tisane. Tourné, retourné façon steak sur le grill de l'insomnie pendant encore une bonne demi-heure. Morphée est un dieu farceur. N'est-ce pas à cela qu'on reconnaît les dieux ? C'est lorsqu'on espère le plus que...

28

Cette douceur, cette tiédeur du corps inconnu à la lisière de son propre corps, je ne connais rien de meilleur. La caresse est la révélation de la peau. On n'a pas assez de doigts pour éprouver tout le soyeux d'une chair offerte, pas assez de langue pour en explorer tous les frémissements, pas assez de frissons sur les mille cordes des nerfs pour en jouer toute la symphonie déchaînée. Une rosée embue les muscles, les souffles s'accélèrent dans l'emballement des cœurs, les membres dansent leur nage de bêtes folles sur la plage froissée des draps, l'onde électrique creuse les reins. Yeux dans les yeux, bouche contre bouche, doigts noués. La vraie vie de la chair. L'ardente explosion de la joie.

29

J'ai fait l'amour avec Sandra. J'ai fait l'amour avec un fantôme. J'ai fait l'amour avec un songe.

Dès le premier instant du rêve, j'ai su que c'était elle. Amour muet. Instinctive reconnaissance de l'autre. Et tout au long de la danse d'Éros, une absolue confiance dans sa présence aimante, toute de violente tendresse et d'abandon. Je n'avais pas été aussi heureux dans les bras d'une fille depuis longtemps. Peut-être jamais autant depuis la première fois avec la première fille. Et la fille de cette nuit n'existait pas. Elle n'était qu'une pure fiction.

Pourtant le plaisir avait eu lieu, bel et bien. Au réveil, couette en boule, reins humides, torse moite, nombril poisseux. Cela n'avait pourtant qu'une lointaine ressemblance avec certaines agitations nocturnes de mon adolescence qui me laissaient pantelant et assouvi. Là, j'étais comblé, dans la certitude d'avoir vécu pour de bon cet amour illusoire. Ce n'était pas qu'une simple affaire de plaisir physique ; c'était véritablement une plénitude de l'âme. De vieilles histoires d'incubes et de succubes me revenaient en mémoire, que j'avais prises jusqu'ici pour de purs fantasmes d'écrivains érotomanes gentiment déjantés. Pas de doute, le Moyen Âge m'aurait brûlé pour hérésie, diablerie et fornication satanique. Ce que je venais de vivre en rêve appartenait davantage à l'hallucination qu'à une activité onirique normale. Aucun objet extérieur ne venait étayer ma perception, ni lui apporter le moindre crédit. J'en étais conscient. À force de me chanter la chanson de l'amour, se pouvait-il que j'aie pu faire naître l'amour lui-même ? Étais-je entré dans une telle dépendance affective à l'égard d'une Sandra imaginaire que mon cerveau lui conférait l'apparence d'une existence sensorielle véritable ? Je comprenais subitement que certains aient pu jurer de la réalité de leurs visions, qu'il s'agisse de Shiva ou de la Sainte Vierge. Tonio avait sans doute raison : quelque chose avait dû se détraquer dans mon cerveau à la suite du choc contre le bar du Grand Ring. Le fait est que je n'avais aucune envie de m'en assurer. Encore moins de m'en guérir. Je savais désormais qu'il y avait en moi la possibilité de faire surgir une jeune fille qui me ravissait. Peut-être arriverai-je bientôt à la susciter à volonté. Après tout, l'imagination est un muscle. Il suffit de s'entraîner. En tout cas, j'en formulais l'espoir ardemment. Et en mettant les choses au pire, c'est-à-dire même s'il fallait que je sois endormi pour que l'enchantement se produise, je me disais que la radieuse présence de Sandra pourrait peupler mes nuits et chasser à tout jamais ce sentiment d'infinie solitude qui m'avait dévasté la veille, au pied de l'escalier. Il ne me restait plus qu'à m'endormir pour atteindre le nirvana et faire de mes veilles sans charme le prélude d'un merveilleux sommeil.

Le soleil était déjà haut et projetait la croisée de la fenêtre au plafond de ma bibliochambre vandalisée. Il était plus de 10 heures ! J'avais copieusement raté mon rendez-vous avec Lormel. En temps ordinaire, j'aurais jailli du lit et me serais précipité dans la tourmente du réel. Mais l'expérience que je venais de traverser me laissait comme indifférent à tout le reste. Le beau temps semblait s'être installé à tout jamais sur mon balcon. Encore une illusion, bien sûr. Il pleuvrait bientôt, forcément. Était-ce une raison pour cesser de croire à l'éternité de l'instant présent ? Je me suis levé avec la tranquillité du type qui a survécu à un accident d'avion ou à une tempête. J'ai traversé d'un pas serein mon île déserte au paysage ravagé par la tornade. J'ai pris ma douche et préparé mon petit déjeuner au milieu des débris épars du naufrage. Assis devant mon bol de café au lait avec Blb derrière sa vitre qui me regardait comme si on se connaissait par cœur, je me sentais parfaitement heureux. Certes, en jetant un coup d'œil autour de moi, l'incroyable foutoir qui jonchait le sol me donnait la juste mesure de mon futur emploi du temps. Mais cela m'était totalement égal. Ma mère appelait ça mon « je-m'en-foutisme intégral ». J'appellerais plutôt cela ma joie de vivre. Nos pires défauts sont sans doute les qualités qui nous aident le mieux à résister aux intempéries… Cependant, le devoir m'appelait de sa petite voix flûtée de sirène aguicheuse échouée sur mon rivage.

D'abord appeler Lormel. Présenter non pas des excuses mais des explications. Une secrétaire fort courtoise m'informa que M. l'architecte m'avait attendu puis qu'il avait dû retourner à l'abbaye pour y achever un travail en cours, mais qu'il serait ravi de m'y recevoir dès que je pourrai m'y rendre. Évidemment, elle comprenait, vu les circonstances, que… Après quelques minutes de tergiversations, elle a bien voulu me donner le numéro de portable de M. Lormel afin que je puisse m'entendre directement avec lui. Merci beaucoup. Je l'appelle au plus vite.

Ensuite, appeler mon assurance, appeler le propriétaire, appeler l'agence, appeler un fabricant de portes, enfin appeler Tonio. C'est-à-dire d'abord appeler Tonio. Je lui ai balancé mon flash d'info sans jingle ni précaution liminaire. Il y a eu un blanc au bout du sans fil. Puis :

— Des horoscopes pourris, j'en ai vus quelques-uns, mais comme le tien, ça dépasse les prédictions les plus dépressives ! Mais tu es sûr qu'on ne t'a rien piqué ?

— Si j'exclus mes 873 bouquins un peu compliqués à transporter, en fait d'objets de valeur, il n'y a chez moi que mon ordi, mon appareil photo et le caillou que tu m'as offert... Rien ne manque à l'appel.

— Celui ou ceux qui ont fait ça cherchaient bien quelque chose ?

— Je suis persuadé qu'il s'agit encore une fois du livre de l'abbé Soeuil. Sinon pourquoi aurait-on mis à sac ma bibliothèque ? Je ne m'attendais pas à ce que mon article déchaîne autant de passions !

— Tu penses que ça pourrait être le type que tu m'as demandé de filer ?

— Thomas Hayon ? Non... Je l'ai vraiment convaincu que je ne possède qu'une copie du livre en question... Peut-être y a-t-il plus de gens que je n'imagine qui croient eux aussi à l'existence du trésor.

— T'en as pas un peu marre de jouer dans « Fantômette et la cassette du curé » ?

— À propos de Fantômette, il faudra que je te raconte quelque chose d'intéressant. Je te dirai ça plus tard.

— Je m'attends au pire... En attendant y a-t-il quelque chose pour ton service ?

— Si tu pouvais venir me chercher avec ta fourgonnette après ton boulot, ça me ferait très plaisir que tu m'accompagnes acheter une porte.

— Ah, justement je me disais que ça faisait longtemps qu'on n'avait pas acheté une porte ensemble. Ça tombe pile poil ! Je serai là dès que possible. Ciao !

C'est toujours agréable d'être honnêtement connu des services de police. Cette fois, je suis tombé sur mon pote le commissaire Dubourg. Ses argousins l'avaient mis au parfum. Il m'a reçu directement comme si j'étais une affaire importante. Il devait savoir que Berland m'avait à la bonne.

— Je vous avais prévenu, monsieur Corsaro. Votre métier n'est pas de tout repos. Savez-vous que j'ai vu des journalistes se faire massacrer par des maris jaloux simplement à cause d'un compte-rendu d'audience au tribunal ? Ils n'avaient pourtant écrit que des choses que tout le monde avait entendues à la barre…

— Rassurez-vous, commissaire, j'ai eu beaucoup moins mal cette fois-ci que l'autre jour.

Il a réprimé un sourire en coin puis il a recueilli ma déposition, l'air dubitatif.

— Si on ne vous a rien pris, c'est qu'on a juste voulu vous intimider ou vous impressionner…

Pour le coup, c'était moi qui étais impressionné par sa déduction à dix balles. Il ne lui était même pas venu à l'idée que mon casseur n'avait tout simplement pas trouvé ce qu'il cherchait. Je n'allais pas pour autant le mettre sur la piste. Chacun son job. Il a poursuivi :

— Vous êtes sur un sujet brûlant en ce moment ?

— L'abbaye de Morlan, XIIe siècle. On peut trouver plus chaud...

— En effet. Et parmi vos collègues, vous avez suscité des inimitiés, des jalousies ?

— Pas que je sache.

— Méfiez-vous. Dans les trois quarts des crimes, les victimes connaissaient bien leur assassin.

— C'est encourageant.

— C'est statistique.

Je pensais que nous nous étions tout dit au sujet du cœur humain en général et de mon effraction en particulier. Je l'ai remercié car l'heure tournait. Il me tardait à présent d'aller en finir aussi avec mon assureur ; et puis cela ne me plaisait pas trop d'avoir laissé mon appartement grand ouvert. C'est à l'instant où je sortais qu'il m'a lancé :

— Au fait, monsieur Corsaro, si vous trouvez le trésor, n'oubliez pas de nous faire signe !

Ça m'a scié. Non seulement il avait lu mon article, mais en plus il devait soupçonner quelque chose. Bien plus finaud que je ne le pensais, le commissaire. Je me suis vite ressaisi.

— Comptez sur moi, je ferai un don aux œuvres de la police, c'est promis.

Nous nous sommes quittés là-dessus. Ma fidèle Morini m'attendait, tranquille, sur son parking policier. Je l'ai enfourchée sans plus attendre, direction les assurances... Pour le reste, je ne voudrais pas que l'on croie que j'ai quoi que ce soit contre les trous du cul – j'en ai rencontré de fort plaisants – mais c'est bien vrai que les assureurs sont de tristes trous du cul. Voilà déjà une profession qui n'a d'autre justification que la trouille omniprésente. À part banquier, je ne connais pas plus malhonnête. D'ailleurs, ce sont les mêmes. Même déguisement cravaté sobre et chic pour endormir la confiance de l'innocent qui tombe entre leurs pattes. Même discours cauteleux. Mêmes desseins sournois : vous piquer du fric avec une règle du jeu établie par eux seuls. Et hypocrites, avec ça ! Bon, je sais que je manque d'objectivité, mais il faut quand même être sacrément faux-jeton, par exemple, pour appeler assurance-vie un truc qui sert à rembourser un cadavre. Sans compter tous les cas mortifères que ladite assurance ne couvre pas. Et la « franchise » ! Parlons-en de la franchise. C'était écrit nulle part dans mon contrat que ma porte avait droit à une franchise. Je l'ai appris en direct. Pas vraiment franc du collier, tout ça. De même que j'ai appris que mon assurance allait se retourner contre l'assurance de mon propriétaire, qui elle-même pourrait sans doute se retourner contre je ne sais qui. Et merde ! J'ai fini par leur dire que quand ils en auraient marre de se retourner dans tous les sens, je serais enchanté qu'on se retrouve face à face pour discuter entre hommes de l'argent qu'ils me devaient. Et je suis parti. Zorro, c'est un métier qui m'aurait beaucoup plu.

Dans les trépidations vrombissantes de la moto, je sentais Sandra fière de moi. Elle s'appuyait, tendrement blottie contre mon dos, ses merveilleux cheveux de soie flottant librement au vent de l'aventure. Sans casque. Car c'est ainsi, les fantômes font de la moto sans casque.

30

— Skander Corsaro – écrit en gros sur la sonnette de la porte d'entrée de mon immeuble, ça n'était pas une bonne idée. La première chose que j'ai faite de retour chez moi, ça a été d'enlever cette étiquette stupide. Le rez-de-chaussée et le premier étage sont occupés par les bureaux d'une société de maintenance informatique, l'appartement du second appartient à un militaire qui n'est jamais là et le troisième étage, c'est chez moi. Compte tenu qu'il suffit de tourner la poignée de la porte sur la rue pour entrer, l'attaque-surprise de mon T2 bis n'a pas dû poser trop de problèmes.

En revanche, la remise en état des lieux m'a coûté trois bonnes heures de transpiration. Et encore, j'ai remis au lendemain le classement alphabétique de mes romanciers préférés. Les essayistes, les poètes et les historiens m'avaient épuisé. J'ai profité d'une pause pour appeler Lormel. J'ai été très surpris par le ton inhabituel de l'architecte :

— Monsieur Corsaro, ma secrétaire m'a informé de votre mésaventure... C'était exactement le genre de choses que je redoutais après avoir lu votre article hier. Croyez bien que je suis sincèrement désolé de ce qui vous est arrivé. Je m'en veux de ne pas vous avoir mis en garde...

— Vous n'y êtes pour rien, monsieur, personne n'aurait pu prévoir que...

— Détrompez-vous. C'était parfaitement prévisible. En tout cas, moi, j'aurais pu le prévoir.

— Permettez-moi de vous demander un éclaircissement...

— Ce sont des choses dont je ne souhaite pas m'entretenir au téléphone mais je suis prêt à vous en parler de vive voix dès que vous le souhaiterez.

— Je peux me libérer demain matin, si c'est possible pour vous.

— Je vous propose de passer me voir à Morlan. J'y serai seul car M. Hayon a posé deux jours de congés. Ne perdez pas de temps à sonner à la porte, selon l'endroit où je serai je risque de ne pas vous entendre ; vous n'aurez qu'à m'appeler sur mon portable dès votre arrivée, je viendrai vous ouvrir.

— Très bien. Je vous remercie, monsieur. Le temps de passer à mon agence et je serai à Morlan vers 10 heures.

J'avais à peine raccroché qu'un texto s'affichait sur l'écran : « Je suis en bas de chez toi. » J'ai vaguement rajusté le panneau de bois explosé qui me tenait lieu de porte et j'ai filé rejoindre Tonio dans sa fourgonnette des grandes équipées.

— Ça te réussit les emmerdes ! Tu as une mine splendide, m'a-t-il dit en me faisant la bise.

— Effets secondaires de l'amour, mon chéri !

— Tu es amoureux ? Et contre qui ?

— C'est un secret entre elle et moi.

— Ça serait pas la mignonne petite souris avec qui je t'ai aperçu dans les vapeurs de L'Eden ?

— Pas du tout... Et à propos de L'Eden, ton rugbyman, il était comment ?

— Comme un rugbyman. Passionné par les théories alternatives au néo-libéralisme et l'émergence d'une nouvelle conscience de classe altermondialiste.

— Arrête, ça m'excite !

— Bon, avec tout ça, tu ne m'as pas dit où on allait.

— Chez Ferro-Bois, c'est en zone sud. Je me suis renseigné, ils ont exactement le genre de porte qui me va bien au teint.

— Accroche-toi, on est partis !

L'avantage d'avoir un pote homme d'affaires, c'est qu'il sait faire des affaires. Moi, à part les virages en moto, je suis incapable de négocier quoi que ce soit. Le malheureux vendeur de chez Ferro-Bois qui est tombé sur nous a eu droit à une magistrale leçon de vente infligée par l'impitoyable professeur Tonio. Ça ne lui a coûté que 20 % du prix de la porte. Il a eu de la chance : nous étions pressés. Si nous étions restés un peu plus je crois qu'il aurait dû nous faire cadeau de la porte tout entière. Nous sommes repartis moins d'une demi-heure plus tard avec un très beau panneau flambant neuf auquel Tonio avait trouvé tous les défauts de fabrication les plus inattendus. Preuves à l'appui. « Tu comprends, m'a expliqué mon copain, commerçant c'est la même chose que voleur, avec beaucoup de risques en moins. Ça se paye. » Je ne peux pas m'empêcher d'avoir des doutes sur ce genre d'assertions mais la mauvaise foi fait aussi partie du charme de Tonio. Sur le trajet du retour, j'étais tellement fier de nous que je n'ai pas pu me retenir de fredonner *Siboney*.

— « *De mi sueños si oyes la queja de mi voz...* »

— Cool, ton truc ! a fait Tonio admiratif.

— Tu ne trouves pas ça ringard ?

— Ça me rappelle le Mexique.

— C'est cubain.

— Tu m'étonnes ! Et tu sors ça d'où ?

— Je l'ai apprise chez la plus belle fille du monde.

— Ah, je vois : la mystérieuse...

— Tu ne crois pas si bien dire.

Et tout d'un coup, j'ai crié : « Stop ! Arrête-toi ! » Tonio a pilé net. Heureusement, il n'y avait personne derrière nous.

— Qu'est-ce qui te prend ?

Je venais de me rendre compte que nous avions pris une voie à sens unique qui longeait la Gardance. Nous étions en train de rouler sur le bord des quais. Précisément là où devait se trouver l'adresse que m'avait refilée Joe le barman.

— J'aurais un dernier service à te demander.

— Qui allons-nous escroquer encore ?

— Personne... Ça me ferait juste plaisir que tu ailles boire un pot à ma santé dans un troquet qui s'appelle Le Café de France et qui doit être à moins d'une encablure d'ici.

— Tu ne préférerais pas qu'on le prenne ensemble, ce pot ?

— Le pot on s'en tape. On en prendra un autre ailleurs tous les deux. Ce qui compte c'est Le Café de France. D'après mes renseignements, c'est le genre de tanière où on peut débusquer le blaireau qui m'a esquinté le profil. Si jamais il s'y trouve, il vaut mieux qu'on ne se rencontre pas, lui et moi. Mais je serais bien content de donner de ses nouvelles à mon pote le commissaire. Je t'attends dans le fourgon. Tu commandes n'importe quoi de rapide, histoire de jeter un œil et tu me racontes ce que tu as vu. Le type est assez repérable. La trentaine tirant sur la fin, un mètre quatre-vingt-dix environ, coiffé skinhead, un poignard tatoué sur l'avant-bras droit. Une caricature, c'est facile à repérer.

— C'est complètement naze, ton idée. Il y a une chance sur mille pour qu'il y soit.

— Tant que ça ? Tu es encore plus optimiste que moi... Alors, c'est d'accord ?

— Tu as vraiment du bol que j'aie justement envie de pisser.

— La nature fait toujours bien les choses, mon Tonio.

Tonio a redémarré en douceur et nous avons descendu les quais très en dessous de la vitesse autorisée. Environ trois cents mètres plus tard, l'antique établissement Café de France étalait devant nous les fastes de sa terrasse déglinguée aux sièges en bois écaillé. L'enseigne avait dû être fraîchement repeinte au tout début des années soixante tandis que le rideau de perles en plastique qui obstruait l'entrée évoquait une époque où les mouches se suicidaient spontanément sur des rubans adhésifs. Le vrai bon vieux temps dans toute sa patine crasseuse. La France rance des profondeurs. À quelques tours de roues de distance, Tonio a garé la fourgonnette au bord du trottoir défoncé.

— Bouge pas, je vais, je tire et je reviens, a-t-il dit en refermant la portière.

Je l'ai observé dans le rétroviseur s'éloigner d'un pas décidé et écarter le rideau emperlousé du rade douteux. Ce serait vraiment trop beau s'il pouvait trouver mon agresseur. Bizarrement, après ce qui venait d'arriver à mon appartement, j'avais l'impression que la chance était de mon côté. Une sensation diffuse de bien-être m'envahissait comme si Sandra était près de moi. Fantasme, bien sûr, mais il me semblait percevoir une sorte de présence quasi physique ; comme si elle se tenait réellement dans mon dos à l'arrière du fourgon. Je me suis dit qu'il ne fallait pas que je me retourne si je ne voulais pas que le charme se dissipe. Étais-je en train d'incarner à ma façon une nouvelle version du mythe d'Orphée ? J'ai fermé les yeux pour donner plus de champ à ma rêverie. Par la vitre entrouverte, le bruissement de la jetée sur la Gardance faisait une espèce de bruit blanc pareil à un ressac. Pour un peu je me serais endormi. Brusquement la sonnerie de mon téléphone m'a tiré de ma torpeur. C'était un texto de Tonio : « Planque-toi ! » Instinctivement, j'ai plongé sous le tableau de bord, tassé en boule, les mains protégeant ma tête, ainsi qu'il est recommandé aux futures victimes d'un crash aérien. Compte tenu de la hauteur de la fourgonnette, depuis le trottoir, il était pratiquement impossible de me voir. Le nez sur les pédales, je m'efforçais de reprendre une respiration normale tout en réfléchissant à la situation. Pourquoi Tonio m'avait-il envoyé un tel message ? Même en imaginant qu'il était tombé sur le cinglé du Grand Ring, celui-ci ne le connaissait pas et ne pouvait donc établir aucun lien entre lui et moi. Il devait s'agir d'autre chose… Des pas qui s'approchaient ont coupé court à mes cogitations. Ce devait être un groupe. Au moins trois ou quatre personnes à en juger par les voix et le martèlement des chaussures sur le trottoir. J'ai eu peur. Une espèce de panique irraisonnée, peut-être due à ma posture d'animal traqué. Le groupe en marche est arrivé à la hauteur de la fourgonnette puis, alors que je m'attendais à ce que la portière s'ouvre violemment, les bruits de pas et les voix ont lentement décru. Les types s'éloignaient. Je regrettais déjà de n'avoir pas davantage essayé de saisir quelques bribes de leur discussion qui semblait animée. J'entendais de nouveau le bruit du courant de la Gardance. La peur s'en allait au fil de l'eau. Je suis malgré tout resté tassé en boule au pied de mon siège avec la sale impression de l'avoir échappé belle... Quelques secondes plus tard, trois petits coups secs espacés retentissaient contre le métal de la carrosserie. Je n'osais pas relever la tête. La portière s'est ouverte. J'ai reconnu le pantalon de Tonio. Ouf !

— Tu peux arrêter de brouter la moquette, y'a plus de danger.

Pendant que je me relevais, il s'est installé au volant avec un air sérieux qui ne me disait rien de bon. Il a fait durer le suspense en tapotant longtemps du bout des doigts sur le tableau de bord avant de démarrer.

— Tu sais qui j'ai vu là-dedans ?

Ça avait l'air tellement grave que je n'ai pas pu m'empêcher :

— Heu... au hasard : notre ancien prof d'espagnol ?

— Arrête tes conneries ! Je t'explique... Je rentre, il y avait trois mecs à l'angle du bar, en train de discuter avec la patronne. Je m'approche du zinc pour commander un diabolo et là, un des mecs se retourne, c'était le type que tu m'as demandé de filer hier à la sortie de La Grivette.

— Thomas Hayon ?

— Il ne s'est pas présenté, mais une gueule d'amour dans ce genre, quand on est un mec à mecs, ça reste imprimé quelque temps. Évidemment, il ne m'a pas calculé. Il s'est retourné presque aussitôt pour reprendre la discussion avec ses potes.

— Mais qu'est-ce qu'il faisait là ?

— J'en sais rien. J'ai juste entendu l'un des deux autres – un petit moche, la tronche en biais avec une moustache en forme de ficelle – lui dire : « Tes plans foireux ça commence à faire ! » J'ai mal entendu la réponse parce que la patronne venait de me servir et paraissait pressée que je la paye. Il m'a semblé que le beau gosse disait que quelqu'un l'aurait quand même dans l'os aux prochaines élections... J'ai posé la monnaie puis je me suis éloigné vers les toilettes assez lentement pour entendre la tenancière leur lâcher d'une voix sourde : « Messieurs, un peu de discrétion, s'il vous plaît, y'a du monde... »

Quand je suis revenu siroter mon diabolo, j'ai compris que les « messieurs » étaient sur le départ et je t'ai envoyé le message. J'allais pas leur filer le train, ça aurait fait suspect. J'ai bu le verre peinard, à mon rythme, tout en profitant du décor.

— Tu as appris quelque chose ?

— Eh bien, figure-toi qu'il y a une digue immense qui protège le port d'Oran.

— Tu trouves ça intéressant ?

— Plutôt, oui. C'est pas si fréquent dans la région, une belle vue panoramique du port d'Oran, visiblement prise dans les années 1950, avec un petit drapeau tricolore planté sur le côté. Ça fleure bon l'Algérie française et les revanchards du « Je vous ai compris... » La photo est au-dessus du bar. Sur le côté, tu as un cadre avec des portraits de militaires dedans, mais j'ai reconnu personne.

— Et les gens qui étaient avec Thomas Hayon, c'était quel genre ?

— Genre beauf... Je t'ai dit, un petit moche poivre et sel avec une tentative de moustache, sapé catalogue par correspondance, dans les cinquante piges, et l'autre nettement plus âgé style vieux politicard-maquignon comme on les aime bien par ici, le menton à trois étages et la bedaine spécialisée dans les vins d'honneur.

— Je te parie que tout ce beau monde a sa carte du Regain Tricolore.

— Tu t'intéresses à la politique, toi ?

— Disons que c'est la politique qui s'intéresse à moi... D'après mon collègue Jules, le type du Grand Ring doit être sympathisant du club.

— Et d'après ce que j'ai vu, le joli Café de France est pour le moins un lieu « ami ». tu crois que tout ça a un lien avec la mise à sac de ton appart ?

— Si j'en crois mon ami le peintre Léo, dans la vie tout a à voir avec tout... Mais ce qui m'intrigue, c'est la présence du conservateur play-boy dans un troquet post-OAS. Je n'aurais jamais imaginé qu'il soit dans ce genre de trip ; mises à part ses deux réflexions antisémites au cours de notre échange à La Grivette... Il faudra que je vérifie s'il est sur une des listes aux prochaines élections.

— C'est tout le problème avec ces mouvements néo-fascistes, c'est bourré de gens très sympas. Le pire c'est qu'on a souvent envie d'être d'accord avec eux... C'est là que ça commence, la vraie merde.

Nous étions arrivés aux abords de mon *sweet home*. Il ne restait plus qu'à nous lancer dans la menuiserie haut de gamme. Finalement, c'est assez fastoche de remplacer une porte équipée d'un blindage trois points quand on n'y connaît rien. Ça ne prend vraiment pas plus de quatre heures. Heureusement Tonio était outillé. Vers 22 heures nous avons commandé nos pizzas préférées. Blb a eu droit à sa pincée de daphnies puis nous avons trinqué au bonheur d'avoir une porte qui ferme.

Tout au long de la soirée, nous avons beaucoup débattu du sens qu'il fallait trouver aux évènements pour le moins embrouillés des dix derniers jours. La succession d'actes de violence dont j'avais été la victime, l'agitation singulière de l'architecte cul-pincé et du conservateur néo-fasciste après la parution de mon article, et surtout – de mon point de vue – les manifestations paranormales dont j'avais été le témoin ravi, tout cela faisait beaucoup pour un seul homme. À force de tourner dans tous les sens les pièces du casse-tête, plus rien ne paraissait vouloir s'emboîter. Quelques verres de Lambrusco plus tard, tout était clair : la vie est une aventure tellement stupide qu'il faut être prodigieusement intelligent pour en tirer quelque chose d'acceptable. Malheureusement ce n'était pas mon cas. Un peu lassé sans doute par mes digressions oiseuses sur les femmes fatales, les opportunités érotiques de l'au-delà et les comploteurs de comptoir, Tonio est sagement rentré chez lui avant la fin de la bouteille. Quant à moi, je suis resté sagement chez moi afin de la finir.

31

— Savez-vous, Corsaro, que j'envisage sérieusement de vous faire placer sous protection policière ?

— Ce n'est pas très sérieux de vous servir de moi pour régler vos comptes avec la police, monsieur Berland.

Il a esquissé son célèbre sourire à la Montaigne, tout en faisant semblant de se concentrer sur son bloc-notes. J'ai enchaîné :

— Je vous remercie, mais si ça peut vous rassurer, je ne me sens pas du tout menacé. Tout au plus un peu malchanceux, ces derniers temps…

— Apprenez que je suis inquiet de nature, mon cher Corsaro… Et sachez qu'il ne faut jamais rassurer un inquiet. Ça ne fait qu'augmenter son inquiétude.

— Je vous promets que je ne ferai qu'un aller-retour entre ici et Morlan. Je crois que ce M. Lormel, dont je vous ai parlé, a des révélations à me faire.

— Soyez prudent avec les révélations. Le Christ Lui-même a très mal fini, voyez-vous ?

— Tout le monde finit très mal, monsieur Berland.

L'heure tournait. J'espérais qu'il allait bientôt me lâcher les baskets. J'étais juste passé à l'agence pour prévenir de mon rendez-vous, pas pour un cours sur les risques du métier. C'est précisément à ce moment que le portable de Berland s'est mis à sonner comme dans un film bâclé quand le scénariste n'arrive pas à finir la scène. Sauvé par le gong. C'était un appel « politique » d'après ce que j'ai compris aux premiers mots de Berland qui m'a fait signe de sortir.

— Ça y est, tu as eu la permission ? m'a lancé une Milly tout émoustillée par le récit que je lui avais fait quelques minutes plus tôt, au sujet de ma porte fracassée et du rendez-vous avec l'architecte. On peut dire qu'avec un garçon comme toi la vie ne doit pas manquer de piquant, a-t-elle ajouté sur un ton un peu plus fort que nécessaire.

Ça n'a pas loupé : Jules a aussitôt levé le nez de son ordi en répliquant :

— Avoir du piquant, c'est un rêve de cactus, ma chère !

Milly a pincé les lèvres tout en haussant les sourcils avec la mine exaspérée de la blanche colombe planant très au-dessus du crapaud baveur, son compère. Je me suis fait galant.

— En tout cas, cette nouvelle coupe te va très bien. Tu es coiffée comme un chrysanthème.

Elle a laissé retomber ses sourcils, l'air mi-figue sèche, mi-raisin confit.

— Je suppose que c'est un compliment ?

— Au Japon, c'est un immense compliment ! Mais là, il faut vraiment que je file à l'abbaye... Si je ne suis pas revenu à midi c'est qu'il m'est arrivé quelque chose. N'oubliez pas de prévenir mon poisson jaune...

— Pauvre chat, va ! a soupiré Milly sans préciser s'il s'agissait de moi ou de Blb.

J'ai dévalé l'escalier, enfilé mon casque et sauté sur ma fidèle Morini.

Une petite pluie de fin de mars tombait depuis l'aube. Aux abords de Morlan elle s'était transformée en crachin, rendant le trajet deux fois plus long que prévu. J'y voyais assez mal derrière le plexiglas de ma visière embuée. Les nids de poule de la chaussée, abîmée par les véhicules agricoles, me forçaient à ralentir davantage. C'est sans doute grâce à ça que j'ai eu la vie sauve. Concentré sur ces maudites ornières pleines d'eau, je n'ai vu la voiture qui fonçait sur moi qu'au dernier moment. Un écart vif, un coup d'accélérateur et je me suis retrouvé mollement enlisé dans le bas-côté herbeux tandis que la voiture disparaissait en trombe dans une gerbe d'eau boueuse. Si le chauffard avait voulu me viser, il ne s'y serait pas pris autrement. Tout s'était passé trop vite pour que je puisse identifier la voiture de couleur sombre. Mais peut-être m'étais-je trompé. S'imaginant seul sur la route de campagne, le type roulait à fond la caisse. À cent mètres de là, une haie dans le virage occultait en grande partie la perspective. Après tout, il n'était pas impossible qu'il ne m'ait vu, lui aussi, qu'au dernier moment, au débouché du virage. Occupé à me désembourber, je repensais à ce que j'avais dit à Milly, en manière de boutade. « S'il m'arrive quelque chose, prévenez mon poisson jaune... » Je me refuse à croire aux prémonitions. Je crois simplement qu'on dit des conneries sans y penser et puis le hasard... Pourtant, à peine quinze jours auparavant, j'aurais traité de guignol quiconque m'aurait soutenu que les fantômes existaient. En était-il de même avec les prémonitions ? Se pourrait-il que tout, absolument tout, soit inscrit dans un gigantesque codage ? Ce que nous appelons coïncidences, pressentiments, hasards, ne seraient en fait que de simples bugs, des interférences entre deux séquences du grand code... L'ennui c'est que la conscience cosmique n'est d'aucune utilité pour sortir une moto d'une ornière. La Morini pesait une tonne. Et avec ce temps de grenouille, il n'y avait bien sûr personne dans les champs alentour. En désespoir de cause, il m'a fallu faire un fagot de branchettes pour finir par revenir sur le macadam au prix d'un effort de dingue. J'étais en nage, crotté jusqu'aux genoux mais vivant. Pourtant, au lieu de me réjouir, je ressentais une ombre de tristesse. Sandra me manquait. Je ne sentais plus sa présence magique à mes côtés. Des images d'elle me revenaient vaguement avec l'imprécision des très anciens souvenirs. Sandra, Sandra, Sandra... Ça finissait par sonner aussi vide que « sans drap ». Ras le bol ! Je me suis remis en selle et j'ai foncé vers Morlan.

32

La voiture de l'architecte était garée sur le parking, à l'emplacement exact où elle se trouvait lors de ma première visite. Ce M. Lormel était un homme d'habitudes, sans la moindre fantaisie. Mon dernier contact téléphonique avec lui me l'avait pourtant rendu sinon plus sympathique, du moins un peu plus fréquentable. Malgré tout, je n'arrivais pas à me le figurer autrement qu'avec des manières empesées, des attitudes scrupuleusement réfléchies, des opinions et des certitudes strictement calculées, au quart de poil de cul de guêpe comme aurait dit Tonio. Le genre de type toujours impeccable avec un pli au pantalon dans la cervelle. Ça ne me déplaisait pas de me présenter devant lui dans ma tenue de motard constellée de gadoue façon léopard. En descendant de la Morini, j'avais réprimé mon premier mouvement qui était de m'essuyer pour me rendre à peu près présentable. Lormel serait bien obligé de me prendre comme j'étais. Après tout, c'était lui qui avait besoin de moi. Je me souvenais de la façon dont il m'avait demandé de bouger mes fesses de son précieux chapiteau roman. J'avais envie de le lui faire payer. Pas très chevaleresque de ma part, ni très généreux. Mais merde ! Je savais très bien pourquoi ce gentleman m'agaçait avec son côté rectiligne. Il incarnait à mes yeux la bienséance, le « comme il faut », la vie à l'abri de tous les désordres et des inconvenances. En un mot il incarnait l'idée paralysante que je me faisais de l'âge adulte. C'est-à-dire une image possible de moi-même, plus tard, bientôt... Une image qui me faisait peur.

Alors que j'allais sonner à la porte d'entrée, je me suis souvenu qu'il m'avait demandé de l'appeler directement sur son portable. Au bout de quatre sonneries, j'ai entendu son répondeur me proposer d'appeler à son bureau. Inutile, bien entendu. Puisque sa voiture était garée devant moi, c'est qu'il se trouvait dans l'abbaye. J'ai recomposé le numéro ; même résultat. Sans doute un problème de réseau. La pluie s'était remise à tomber, plus drue à présent. Je n'allais pas rester planté sous l'averse devant une porte close. D'autant plus que je connaissais le chemin.

Ça ne m'a pas pris plus de trois minutes pour retrouver le passage par où je m'étais introduit, quelques jours plus tôt, dans le potager des moines. Cette fois je n'avais aucun remords à jouer les maraudeurs. Je me disais même que ce serait utile d'indiquer à l'architecte combien il était facile de s'introduire dans l'abbaye. Ça pourrait lui servir pour mieux la protéger contre les intrusions. D'une main assurée j'ai frappé au heurtoir contre la grande porte derrière laquelle se trouvait le couloir donnant dans le cloître. De nos jours, on n'est plus habitué à entendre résonner un lourd panneau de chêne sous une voûte. Impressionnant comme bruit. J'ai écouté l'écho de mes coups décroître dans le silence, puis avec autorité j'ai appuyé sur la poignée de fer forgé. La porte s'est ouverte. Je suis entré.

— Monsieur Lormel !...

Dans la solitude muette du cloître, ma voix prenait une dimension bizarre. Je suis resté immobile un moment à guetter le moindre bruit. Mais il n'y avait que la pluie qui jouait des castagnettes sur les gouttières en zinc. J'ai appelé encore une fois. Pas de réponse. Lormel devait être quelque part dans les profondeurs de l'abbaye où il ne pouvait m'entendre. Machinalement, j'ai jeté un coup d'œil à ma montre. 11 heures. J'avais un tel retard que l'architecte avait dû cesser de m'attendre. Ce n'était pas la première fois que je lui posais un lapin. Soudain j'ai senti tomber ma belle arrogance de jeune crétin sûr de lui. Était-ce le silence des pierres qui m'entouraient ou la grâce imposante de l'architecture cistercienne ? Une espèce de honte m'envahissait. J'avais l'impression de ne pas être à ma place. Décalé. Ma rapacité d'apprenti journaliste en quête de scoop, mes certitudes concernant l'architecte Lormel, ma prétention à vouloir foncer dans l'aventure et convaincre tout le monde que j'allais faire des merveilles ; tout cela s'effondrait comme un soufflé au fromage raté. Devant moi s'étendait la dentelle des colonnettes du cloître encerclant un petit carré de gazon vernissé de pluie. Au-dessus de ma tête, la perspective des croisées d'ogive soutenant la toiture s'estompait dans l'ombre lointaine du déambulatoire. Partout l'immobilité, le silence et le vide. C'était comme si le temps ne s'écoulait plus. Ou plutôt comme si j'étais entré dans une dimension nouvelle du temps. Une procession de moines en robes de bure débouchant à l'angle de la colonnade ne m'aurait pas étonné. Il me semblait que je commençais à comprendre pour de bon ce dont parlait Léo : « Dieu, c'est l'autre nom du vide... » Tout ça me filait le vertige. Je me suis ébroué comme un chien mouillé, secouant à la fois mes idées brumeuses et mes mèches trempées de pluie. Sans trop réfléchir j'ai pris tout droit dans la direction de la grande nef où j'avais rencontré Lormel pour la première fois.

Mon flair ne m'avait pas trompé. L'architecte était bien là. Le problème, c'est qu'il était mort.

J'avais compris au premier coup d'œil. Son corps gisait au pied du grand échafaudage dressé pour la réfection de la voûte, disloqué, un bras cassé dans un angle impossible, le crâne éclaté contre les pierres massives du dallage, une coulée de sang sortant de ses narines. Image parfaite de la marionnette dont on a coupé les fils. Mais ce n'était pas une marionnette. C'était un vrai cadavre. Il était, à l'évidence, tombé du sommet de l'échafaudage.

Instinctivement, je me suis adossé au mur le plus proche. Dans les westerns, le héros ne doit jamais tourner le dos à la porte, sinon il est cuit. J'ai sorti mon Smartphone et j'ai direct appelé les flics. Coup de bol, notre ami Dubourg était dans la boutique.

— Excusez-moi de vous déranger, commissaire, ici Skander Corsaro, du *Courrier du Sud-Ouest*... Je suis en pleine forme, je vous remercie, mais le monsieur qui est en face de moi se porte beaucoup moins bien... Je peux même carrément affirmer qu'il est tout à fait mort. Si vous n'êtes pas trop débordé, ce serait bien que vous veniez faire un tour à l'abbaye de Morlan. La personne qui a été assassinée s'appelle M. Lormel, c'est l'architecte des Bâtiments de France... Oui, je ne bouge pas. Je vous attends. Nous sommes dans l'église abbatiale. Merci de ne pas trop tarder.

J'ai raccroché. Mon second appel a été pour Milly. Pas vraiment un appel, d'ailleurs. Je n'avais aucune envie d'entrer avec elle dans des explications délicates. Je voulais surtout m'éviter une avalanche de « pauvre chat ! » dans le conduit auditif. J'ai préféré lui envoyer un texto : « Je ne serai pas là à midi. Inutile de prévenir Blb. Tout va bien. Skander. » Puis j'ai remis le téléphone dans ma poche. Presque au même instant, je m'en suis voulu de n'avoir pas dit au commissaire que la porte de l'abbaye était fermée. Mais je me suis consolé en pensant qu'il n'allait pas venir tout seul. En équipe, ils finiraient bien par trouver l'entrée. C'est là que j'ai eu un réflexe qui m'étonne encore. J'ai ressorti le Smartphone de ma poche et je me suis mis à faire des photos. D'autant plus curieux que, depuis le premier coup d'œil au cadavre de Lormel, j'avais évité de le regarder. Je n'avais pas peur, non. Pas du tout. La vérité, c'est que je n'avais jamais vu ça auparavant. C'était mon premier mort. Ce qui me choquait le plus, c'est que je n'y comprenais rien. Les vêtements de coupe élégante, avec ce corps en vrac dedans, tout éclaté, ça ne me rappelait rien de connu. J'avais beau faire appel à tous mes souvenirs de polars au cinéma, le mannequin bousillé que j'avais en face de moi n'avait rien à voir avec une mise en scène. La réalité ne ressemblait pas du tout à la fiction. C'était une pure énigme totalement vide de sens. Je repensais à mes jugements féroces sur l'architecte, puis à mes remords ensuite, tout aussi vains les uns que les autres, à présent. Jamais le mot « destin » ne m'avait paru plus ridicule. Le pire était que je ne comprenais pas pourquoi j'avais eu rendez-vous ce matin avec la mort de Lormel. Peut-être était-ce ce rendez-vous raté que j'essayais de prendre en photo ? Quelle impression ça fait de se trouver sur la trajectoire d'une balle perdue ?

Je me suis dit que c'était quand même bizarre de mitrailler un mort, mais c'est pourtant ce que j'ai fait. C'était une sorte de tic nerveux. Un mitraillage émotionnel. Des dizaines de clichés, chaque fois un peu plus près, jusqu'au morceau de cervelle sanguinolent sur le dallage gris. Gros plan. Curieusement, ça m'a rappelé quand je faisais des photos de cul avec mon ex. Quelque chose qui n'est rempli que par le désir qu'on en a. Comme si la réalité en elle-même n'avait pas grande valeur. Comme si seul comptait ce qu'on se raconte à soi-même... Et puis c'est écrit dans tous les bons bouquins de mythologie : Éros et Thanatos sont deux frangins inséparables. Je commençais à me calmer un peu. Je me suis reculé de quelques pas pour faire un plan d'ensemble de la scène. Le corps en amorce au bas de l'image avec en arrière-plan les immenses fûts des colonnes. Et là, j'ai vu Sandra...

33

Elle était assise sur le morceau de chapiteau roman, exactement au même endroit que moi lors de ma première visite à Morlan. Mais Lormel n'a pas ressuscité d'entre les morts pour l'engueuler comme il l'avait fait avec moi. Il continuait de refroidir sur les dalles de l'abbatiale tandis que Sandra me souriait. J'ai rempoché mon Smartphone et j'ai marché vers elle, franchissant sans la quitter des yeux l'espace qui nous séparait. J'avais trop peur qu'elle s'évanouisse, avec cette sale habitude qu'ont les fantômes quand on s'en approche. Elle s'est levée. Je l'ai prise par la main. Je sais que ça n'était pas un rêve, parce que, au même moment, il y avait un moineau qui frappait du bec contre le vitrail de l'abside. Il avait dû s'égarer sous la haute voûte de la nef et ne trouvait plus la sortie. Mon regard est allé plusieurs fois de l'oiseau affolé au visage tendre et serein de Sandra. L'oiseau ne comprenait pas le mystère du verre, de cette transparence qui était aussi sa prison.

— On ne peut pas s'évader d'une prison invisible, a murmuré Sandra comme si elle avait entendu mes pensées. On ne peut pas s'évader de soi-même.

J'ai serré un peu plus fort sa main dans la mienne. Sa peau avait la même fermeté soyeuse que dans mon souvenir de notre nuit d'amour. J'ai fermé les yeux pour approcher mon visage du sien. Au moment où nos lèvres se sont touchées, une mèche de ses cheveux a caressé ma joue. J'avais ôté mon pansement après la douche matinale. Ma cicatrice sur la pommette ne présentait plus qu'une croûte mince. J'avais décidé de la laisser prendre l'air. J'ai frissonné lorsque les cheveux de Sandra l'ont touchée. Cela aussi me prouvait bien qu'il ne s'agissait pas d'un rêve. Dans les songes, le système nerveux ne fonctionne plus. Je me suis serré contre Sandra avec tout mon système nerveux en état de marche. Et je peux garantir que tout ce qu'on raconte sur les fantômes, c'est du bidon. Ils sont charnus, tièdes, odorants, leur haleine est plus légère qu'un zéphyr... Tout en me faisant ces réflexions je cherchais du regard le moineau affolé dont je n'entendais plus le battement d'ailes contre le vitrail. L'oiseau avait disparu. Peut-être avait-il enfin trouvé une issue ?

— C'est toujours le réel qui a lieu, a dit Sandra, rien d'autre. C'est toujours parfait.

— Que veux-tu dire ? Je ne comprends pas...

— Viens...

S'écartant un peu de moi et continuant de me tenir par le bout des doigts avec une extraordinaire légèreté, elle s'est mise à m'entraîner vers la porte basse qui donnait dans le jardin des moines.

Le temps chagrin de tout à l'heure avait fondu. Un soleil lécheur de murailles avait ouvert la porte de l'aventure à deux petits lézards printaniers. Leurs ventres jaune pâle palpitaient dans la chaleur retrouvée. Sandra a souri en les voyant sur la margelle du puits avec leur air ingénu de dinosaures miniatures. Et c'est là que j'ai reçu une baffe formidable sur la joue sans cicatrice. Et merde !

34

C'est encore la face de pomme de terre réjouie du commissaire Dubourg que j'ai vue en ouvrant les yeux. Ça devenait une habitude lassante.

— Commissaire, je vous préviens que si c'est vous qui m'avez collé cette gifle, je porte plainte pour coups et blessures, ai-je dit en me relevant d'un bond.

— C'est moi et il s'agissait à peine d'une petite tape du bout des doigts, pour vous ramener à vous-même, jeune homme. Mais si vous persistez, je souhaite bonne chance à votre avocat avec tous les témoins que je vais pouvoir présenter...

D'un regard circulaire il englobait la bonne demi-douzaine de personnes qui s'agitaient autour de nous dans la nef de l'abbatiale. Flics, pompiers, mecs du SAMU... Il ne manquait même pas la presse puisque j'étais là ! Bien entendu Sandra avait disparu. Dans le tumulte général j'ai pu entrapercevoir la dépouille de Lormel, recouverte d'une couverture de survie. C'est bien une idée de flic de coller une couverture de survie à un cadavre ! Un type ganté de latex s'est approché, me tendant un gobelet plein d'eau. Je l'ai bu d'un trait.

— Merci.

— Ne vous agitez pas inutilement, a dit le type au gobelet, si vous voulez bien relever votre manche je vais prendre votre tension.

— Vous ne prendrez rien du tout et vous allez surtout me foutre la paix !

J'ai sorti fébrilement mon paquet de clopes, je m'en suis vissé une au coin du bec. J'ai tiré trois bouffées coup sur coup, tellement j'avais besoin de me calmer. « Bye bye, les copains, continuez sans moi. » Demi-tour, direction le cloître.

Dubourg a trottiné à ma poursuite :

— Monsieur Corsaro, où allez-vous ?

— Voir ailleurs si vous n'y êtes pas, commissaire.

— Ne déconnez pas. Nous avons besoin de vous.

— Ce n'est pas réciproque, désolé.

— Vous êtes témoin numéro 1. C'est l'étape qui précède suspect numéro 1.

— Suspecté de quoi ?

— Assassinat sur la personne de l'architecte Lormel.

— C'est mon tour de vous dire de ne pas déconner, commissaire. M. Lormel a parfaitement pu tomber accidentellement du haut de l'échafaudage. Ou même se jeter volontairement dans le vide. Absolument rien ne prouve qu'il ait été assassiné. Je me demande bien ce qui peut vous faire dire cela.

— Vous-même, mon cher. Lorsque vous m'avez téléphoné, vous m'avez dit : « La personne qui a été assassinée s'appelle M. Lormel... » Mot pour mot. Je m'en souviens parfaitement. Alors c'est à moi de vous poser la question : qu'est-ce qui vous fait dire qu'il a été assassiné puisque nous n'en avons aucune preuve ?

Le commissaire me fixait droit dans les yeux comme s'il me scrutait avec une sorte d'inquiétude.

J'ai senti quelque chose de bizarre au plus profond de moi. L'impression de perdre pied sans savoir pourquoi. Comme tomber dans un puits sans fond. Le pire était que je ne me souvenais absolument pas d'avoir prononcé les paroles que Dubourg venait de me rapporter. Mais il paraissait tellement sûr de lui que je ne pouvais faire autrement que de le croire. J'ai baissé mon regard et soudain j'ai vu l'oiseau mort. C'était plutôt une carcasse d'oiseau, quasiment vidée de toute chair par le travail des insectes nécrophages, avec juste quelques plumes encore solidaires du cartilage sur le bord des ailes. Un tout petit oiseau, à peine de la taille d'un moineau. Instinctivement j'ai levé les yeux à la verticale. Juste au-dessus, le grand vitrail laissait passer la lumière grise du jour. C'était là que j'avais vu ce moineau tenter de traverser la vitre pour s'enfuir, quelques minutes plus tôt. Mais on n'a jamais vu un moineau mourir, se décomposer, puis se dessécher en quelques minutes… J'ai eu de nouveau ce petit frisson glacial le long de la colonne vertébrale. J'ai dû fermer les yeux une seconde pour chasser la vague d'angoisse qui m'étreignait. Le commissaire a posé la main sur mon épaule, me secouant avec une douceur inattendue.

— Cette fois vous ne pourrez pas dire que je vous ai giflé, Corsaro. Mais je vous demande comme un service personnel de ne pas vous rendormir.

— Je n'ai aucune envie de m'endormir, commissaire. Et certainement pas dans vos bras.

— Depuis quand souffrez-vous de narcolepsie ?

— Qu'est-ce que vous racontez ?

— Je ne fais que vous transmettre le diagnostic du légiste qui vous a examiné. À notre arrivée ici, nous vous avons trouvé effondré sur vous-même, adossé au mur. Mais vous n'étiez pas évanoui. Vous dormiez profondément. Sommeil paradoxal, a dit le médecin. D'après lui, cela ressemble beaucoup à un cas de narcolepsie...

— Merde, merde, merde !

J'avais immédiatement traduit. Cela signifiait que toute mon aventure avec Sandra appartenait tout simplement à l'univers des songes. Contrairement à l'espoir que je berçais malgré tout, il n'y avait rien de réel là-dedans. J'essayais de me remémorer la première fois où elle m'était apparue, derrière la fenêtre de L'Ange de la Miséricorde, dans la chambre de Mlle Soeuil. Était-il possible que je me sois endormi cette fois-là aussi ? Alors que j'étais en pleine action, en train de m'enfuir avec le livre que je venais de dérober ? Seul Tonio détenait la solution. Sur le coup, il ne m'était pas venu à l'idée de lui demander combien de temps il m'avait attendu dans la voiture, de l'autre côté de la haie. Évidemment, pour moi, tout cela n'avait à peine duré que deux ou trois minutes. Mais peut-être m'avait-il attendu bien plus longtemps... Si mon absence avait effectivement duré davantage que je ne le croyais, alors toute mon histoire d'amour s'effondrait. C'était pire qu'une rupture. Cela voulait bien dire que ma relation avec l'au-delà n'était qu'une illusion totale. En d'autres termes, j'étais vraiment en train de devenir dingue. Il fallait que j'en aie le cœur net, le plus vite possible. D'abord me débarrasser du problème policier.

— Qu'attendez-vous de moi, commissaire ?

J'ai remarqué que son expression de bonhomie habituelle avait fait place à une sorte de fatigue qui amollissait les traits de son visage. Il a poussé un profond soupir désabusé avant de me répondre.

— La vérité, Corsaro. Toute la vérité et rien que la vérité. Inutile de lever la main droite et de jurer. Contentez-vous de me déballer, sans rien omettre, ce que vous savez sur ce malheureux Lormel, cette histoire de trésor, vos relations avec la pègre locale et finissons-en avec tout ça. La PJ va vous interroger. Ça simplifiera les choses si vous m'avez tout dit en amont. La déposition, ce sera pour plus tard...

J'avais rarement vu un mec aussi dégoûté par son métier. Il donnait tout à fait l'impression de n'en avoir rien à cirer de ce que j'allais lui dire et d'être obligé de m'écouter à contrecœur.

Sur ma proposition, nous sommes allés nous asseoir à l'écart dans le cloître, sur la petite murette entre deux colonnes. Difficile de trouver un cadre plus adéquat pour une confession. Je lui ai tout raconté. Depuis ma première visite à l'abbaye jusqu'au dernier échange téléphonique avec l'architecte. Évidemment, j'ai passé sous silence ma seconde visite dans la chambre de Mlle Soeuil. Je lui ai simplement dit que c'était par elle que j'avais eu le livre de son frère. Ce qui était vrai. J'ai aussi scrupuleusement décrit la visite que Tonio avait effectuée pour moi au Café de France et la description des joyeux lurons qu'il y avait aperçus. Enfin j'ai achevé le panorama de mes aventures par mon dernier coup de fil avec le défunt architecte et le message entendu sur son répondeur, suivi de la façon dont je m'étais introduit dans la place.

— Voilà, je pense que je vous ai tout dit…

L'œil perdu dans le vague, Dubourg s'est mâchonné les lèvres, en silence, comme s'il lui fallait ruminer ce qu'il venait d'entendre. Machinalement, j'ai fait défiler pour moi seul les photos du cadavre sur mon Smartphone, en attendant son verdict. Avait-il vraiment l'intention de m'inculper ? Il a fini par retrouver la parole.

— Si je comprends bien, mon cher Corsaro, votre ami Thomas Hayon…

— Ça n'est pas mon ami ! ai-je coupé vivement.

— Inutile de vous emporter, c'était une figure de style.

— Mal venue.

Cette fois, mon commentaire a eu le don de l'agacer. Ça s'entendait au ton de sa voix.

— Thomas Hayon, donc, pourrait être, selon vous, un suspect potentiel, si nous retenons votre hypothèse de l'assassinat ?

— Je n'ai jamais rien dit de tel. Tout ce que je sais, c'est qu'il était en concurrence directe avec Lormel dans la course au trésor… Il me semble aussi qu'il nourrissait une certaine animosité à son égard. Tout au moins une rancœur pour avoir été mis à l'écart des recherches entreprises par l'architecte. D'autre part il est à l'évidence antisémite et il fréquente probablement d'assez près les membres locaux du Regain Tricolore.

— Si je comprends bien, vous ne lisez pas les journaux.

J'ai encaissé le coup en m'efforçant de ne pas montrer mon étonnement. Une petite pointe de snobisme n'était pas pour me déplaire.

— Écrire dans un journal et s'obliger à le lire, c'est se condamner à la double peine.

— Dommage, sinon vous auriez appris que M. Hayon est numéro deux sur la liste que présente le Regain Tricolore aux prochaines élections municipales. À ce stade, il ne s'agit plus de fréquentation, mais d'un véritable engagement.

— De là à penser qu'il pourrait être l'assassin de Lormel... Le mobile n'est pas évident.

— D'autant plus qu'à ce stade de l'enquête, les thèses du suicide ou même du simple accident sont loin d'être écartées. Tout au moins si je m'efforce d'oublier ce que l'on pourrait considérer comme des aveux spontanés de votre part, lorsque vous m'avez appelé au téléphone...

Tout en l'écoutant distraitement, je continuais à regarder les images de mon Smartphone. Soudain, j'ai bloqué.

— Je crois, commissaire, que si vous vouliez bien m'aider à chercher un bouton, nous ne serions plus très loin de la vérité, vous et moi.

— Pardon ?

Je lui ai tendu mon appareil :

— Regardez cette photo... Un bouton a été arraché à la veste de Lormel. On perd rarement un bouton en tombant d'un échafaudage et il est encore plus rare d'en arracher un avant de se suicider. C'est très net, il manque aussi un petit bout de tissu... Je vous parie mon innocence contre ce bouton si nous le retrouvons ici.

On aurait dit soudain que Dubourg avait le feu au cul. Il s'est précipité dans l'église, a soulevé la couverture de survie pour vérifier ce qu'il avait vu sur la photo, puis il s'est immédiatement tourné vers le petit personnel flicaillesque, donnant l'ordre de retrouver le bouton manquant et surtout de ne pas y toucher. Aussitôt tout le monde s'y est mis, la truffe à l'air, les yeux au ras du sol, examinant chaque centimètre carré, scrutant le moindre interstice entre les dalles comme s'il s'était agi de débusquer le Saint Graal. Taïaut ! Taïaut !...

J'avais été bien inspiré en prenant cette série de photos. Le résultat ne s'est pas fait attendre. C'est un jeune stagiaire, sans doute plus rapide et moins sujet au vertige que ses collègues, qui avait eu l'idée d'escalader l'échafaudage et qui s'est mis à crier depuis le sommet.

— Je l'ai trouvé, commissaire ! Je l'ai trouvé !

Il exultait, le mec. Moi aussi, mais en mode cool. Il y avait donc bien eu combat sur la dernière passerelle entre Lormel et son assassin. Avec un peu de chance, le bouton présenterait une empreinte ou une trace d'ADN susceptible d'expertise.

Alors que le commissaire Dubourg, le pied sur la première marche métallique, s'apprêtait à affronter sa peur du vide, je lui ai demandé mon congé afin de poursuivre le fil de ma journée professionnelle tout en lui garantissant ma totale disponibilité pour officialiser ma déposition. Il m'a laissé partir tranquillement, ajoutant avec son sourire désabusé :

— Quand vous en aurez assez du journalisme, si vous avez envie de vous recycler...

— Je vous remercie. Ça fait déjà quelques temps que je pense à me lancer dans l'élevage des chèvres. Mais rien ne presse.

35

J'avais traversé la cour d'honneur de l'abbaye sous escorte policière comme si j'étais un guignol de la première importance. Si Tonio m'avait vu, il se serait bien marré... À la porte d'entrée, un serrurier s'efforçait de remettre en place le blindage qu'il avait dû bousiller peu auparavant avec la bénédiction des autorités. Moins astucieux que moi, ou plus pressés, les flics n'avaient pas découvert le passage près de la rivière.

J'arrivais sur le parking quand j'ai vu s'avancer le père Béber, à pied, une charmante fliquette marchant à ses côtés. À l'évidence, son copain Dubourg l'avait mis sur le coup. Il a pilé à ma hauteur, la mine un peu froissée.

— C'est ce que vous appelez un simple aller-retour, Corsaro ?

— Il y a eu un petit imprévu, monsieur Berland. Mais tel que vous me voyez, je suis sur le retour.

— Franchement, vous auriez quand même pu me prévenir ! Un pareil scoop...

— Vous pensez bien que j'allais le faire... mais je me suis endormi.

— Endormi ? Au beau milieu d'un fait divers sanglant !... Vous vous foutez de moi ?

— D'après le commissaire Dubourg, je souffre de narcolepsie.

Berland a marqué un temps d'arrêt.

— Vous ne trouvez pas que vous en faites un peu trop, Corsaro ? Vous vous faites tabasser, on fracture votre appartement, vous découvrez un cadavre… Maintenant vous vous inventez une maladie incongrue. Si ça continue comme ça, je vais devoir vous mettre en repos forcé.

— Laissez-moi juste terminer ma série d'articles, monsieur Berland.

— Je me demande si c'est bien prudent.

— Nous ne le saurons que lorsque j'aurai fini de l'écrire. Et puis la prudence n'est ni de votre âge ni du mien.

Les sourcils du père Béber se sont déguisés en accent circonflexe.

— Vous êtes un séducteur, Corsaro.

— J'aimerais tellement que les filles en soient convaincues !

Il a réprimé un sourire, mais ça se voyait quand même.

— Filez à l'agence. Je tâcherai de revenir assez vite. Je voudrais m'entretenir de diverses choses avec vous cet après-midi.

— Merci, monsieur Berland. À tout à l'heure.

Je l'ai regardé entrer dans l'abbaye accompagné de la jolie dame flic. J'avais quand même du bol d'être tombé sur un patron tel que lui. C'est cool, l'humanisme… En revenant vers la Morini, je me suis rendu compte que le parking et l'allée menant à l'abbaye étaient totalement déserts. Une seule voiture était garée sous les platanes : celle de feu Lormel. Dans la perspective du chemin, une rubalise barrait l'accès principal. J'ai pensé que tous les véhicules devaient stationner le long de la route afin de ne pas brouiller les empreintes éventuelles aux abords de Morlan. Je ne sais pas si c'était Dubourg ou la PJ qui menait l'enquête, mais les choses étaient plutôt bien faites. Le flic qui m'accompagnait m'a aidé à pousser la moto vers la sortie en passant par le bas-côté, entre les arbres. Effectivement, dans la terre boueuse de l'allée, on distinguait nettement diverses traces fraîches de pneus, dont ceux de ma chère Morini. Je me suis souvenu de la voiture qui avait failli me rentrer dedans à un ou deux kilomètres de là. Peut-être une piste à creuser. J'avais oublié d'en parler au commissaire. Un mauvais point pour moi.

Parvenu sur la petite route de campagne où se trouvaient en effet alignés tous les véhicules de police et des secours, j'ai remercié mon garde du corps, puis, avant de remonter en selle, j'ai envoyé un texto à Tonio : « Lormel assassiné. Je rentre à l'agence. On se voit ce soir ? »

La réponse ne s'est pas fait attendre : « Putain ! Fais gaffe à toi, Skander. Rdv à 19 h chez moi. Bisoux. » Cher Tonio ! Il faudra que je lui demande un jour s'il écrit aussi genous, hibous, chous, bijous, caillous et pous au pluriel...

Heureusement, le temps s'était un peu dégagé. Quelques pointes de soleil traversaient parfois le plafond gris. Par endroits, un brouillard bleuté s'évaporait en écharpes au-dessus des champs détrempés. La tentation était grande de faire un détour du côté de chez Léo. Sa ferme-atelier était tout près de là, accueillante, dans le creux d'un vallon voisin. Un verre en sa compagnie m'aurait fait le plus grand bien. Et j'aurais tellement aimé parler de Sandra avec lui ! Allons, un peu de sérieux, Skander, le week-end n'est plus très loin...

C'est en arrivant au point culminant de la route des crêtes que j'ai pigé quelque chose qui m'a légèrement refroidi. J'étais sur la trajectoire exacte de la voiture qui avait manqué me renverser à l'aller. J'occupais donc, à peu de choses près, la place du conducteur. Au débouché du virage, la route présentait un tracé rectiligne qui, contrairement à ce que j'avais imaginé en sens inverse, offrait une vue tout à fait dégagée sur les cinq cents mètres suivants. Compte tenu que ce matin la pluie tombait dans ma direction, dans cet axe-là il était invraisemblable que le chauffeur ne m'ait pas vu. La conclusion était claire : ce salaud avait bel et bien tenté de me renverser. Pourquoi ? Et qui était-il ? Qui donc avait intérêt à m'éliminer ? En toute logique, ce ne pouvait être que l'assassin de Lormel. Impossible qu'il se soit agi de quelqu'un qui m'aurait reconnu. Trop difficile d'identifier un motard, de face, à cette vitesse. Le type avait dû agir sous le coup d'une impulsion. Dans l'idée de supprimer toute personne qui aurait pu signaler une voiture roulant à vive allure, le jour du crime, à peu de distance de l'abbaye. Pas de témoin, pas de trace. Ce pouvait être un mobile suffisant, surtout de la part d'un tueur. Ce n'était pas vraiment une consolation, mais je me sentais tout de même un peu rassuré. Sauf preuve du contraire, personne n'en voulait directement à ma vie. C'est le genre de pensée que je qualifierais volontiers d'enthousiasmante.

36

— Pauvre chat ! a crié Milly en se jetant dans mes bras.

Elle avait l'air totalement bouleversée. Une trace d'eye-liner limaçait au coin de sa paupière. Avant de quitter l'agence, le père Béber avait dû brieffer tout le monde sur mes dernières tribulations. Même Jules a décollé les fesses de son siège pivotant pour venir me saluer. C'est dire si l'annonce du crime avait émoustillé mes collègues. Visiblement, on attendait de moi des détails pittoresques.

— Dis-moi, mon poulet, quel effet ça fait de se retrouver face à un cadavre ? a lancé Jules avec le manque total d'imagination dont il était coutumier.

Je l'ai regardé bien en face tout en prenant un ton lourd de conséquences :

— Ça donne faim, Juju, terriblement faim !

— Sérieux ?

— À part mon croissant du matin, je n'ai rien dans le ventre et comme dirait ma mère : « Je boufferais un curé en soutane ! »

— Pauvre chat ! Tu tombes bien, il me reste un plein Tupperware de riz au lait... C'est la faute à Jules. Figure-toi que j'ai mis un paquet de raisins secs dans le riz parce que j'avais oublié que Jules aime pas ça. Faut avouer, j'suis gourde quand je m'y mets...

— Faute avouée..., a fait Jules, sentencieux.

— J'en connais un qui ferait bien de reconnaître ses torts, lui aussi !

Sentant venir l'orage, Jules s'est rapproché de moi.

— Tu as une idée de qui a fait le coup ?

— Quelqu'un qui a une sérieuse dent contre l'architecture, j'imagine.

Pour une fois, Jules a saisi le second degré.

— Sûr que dans ce genre d'affaire, le mobile n'est pas évident...

— Le coupable l'est encore moins, si tu veux mon avis... En tout cas, le résultat est plutôt moche. Si vous êtes sages, je vous montrerai des images.

— Vrai ? Tu as fait des photos ?

— Réflexe professionnel... Mais je vous préviens, ce n'est pas joli-joli !

— Tiens, en attendant, goûte-moi ça, a dit Milly en collant sous mon nez le riz au lait farci de raisins secs.

C'est vrai que j'avais la dalle. J'ai descendu en quelques cuillerées la moitié du Tupperware devant une Milly toute frétillante.

— Au moins, avec toi, on sait pourquoi on cuisine !

Sentant qu'on allait frôler l'incident diplomatique, j'ai tendu mon Smartphone à Jules.

— Regarde, j'ai affiché le photoreportage de mon rendez-vous raté... J'espère que la cervelle explosée ne te fait pas peur.

Jules s'est emparé de l'appareil sans plus se soucier de prendre la tête à sa copine. C'est curieux, chez l'espèce humaine, cette fascination pour l'horreur. Je crois que le Bien n'intéresse personne. En revanche, le Mal fascine tout le monde. Finalement, nous adorons avoir peur de nous-mêmes.

— À propos de rendez-vous, tu as eu de la visite, a soudain lâché Milly.

— Quel genre de visite ?

— Un très beau type... Il m'a dit qu'il te connaissait et qu'il bossait à Morlan. Un certain Thomas Hayon.

J'ai bondi.

— Quoi ? Thomas Hayon est passé et c'est maintenant que tu me le dis ?

— C'est si important que ça ?

— C'est capital ! À quelle heure est-il venu ?

— Presque au moment où tu es parti. Pour un peu vous auriez pu vous croiser dans l'escalier.

Ça s'est précipité chez mes neurones. Thomas n'était donc pas l'assassin. En tout cas, ce n'était pas lui qui conduisait la voiture qui avait manqué me tuer. Et s'il était ici en début de matinée, il n'avait matériellement pas eu le temps de faire l'aller-retour à Morlan et précipiter Lormel du haut de l'échafaudage... Mais pourquoi donc était-il venu ici ? Qu'avait-il à me dire ou à me demander ?

— Combien de temps est-il resté ?

— J'sais pas... Cinq, six minutes, pas plus. Je lui ai dit que tu étais parti en rendez-vous et qu'on savait pas quand tu allais revenir.

— Il n'a pas laissé de commission ?

— Je l'aurais notée. Je connais mon boulot, tout de même !

— Ben dis-donc ! Même à la télé, ils font pas mieux, a dit Jules en abaissant le Smartphone, l'air dégoûté et ravi.

Milly a tendu une main gourmande :

— Fais voir !...

— Bon, je vous laisse. Quand vous aurez fini de vous rincer les mirettes, ramenez-moi le Smartphone. Je vais bosser un peu... Merci pour le riz au lait, c'était super !

J'ai refermé la porte de mon réduit-cuisine-bureau avec soulagement. Enfin seul ! Assis à ma table, j'ai allumé l'ordi et j'ai commencé à mettre de l'ordre dans les papiers épars. J'avais envie de finir le dernier épisode de ma série sur Morlan avant le retour du patron. Avec le foin qu'allait faire l'affaire Lormel, je savais que mon papier n'en prendrait que plus d'intérêt. Dans les prochains jours, tout ce qui touchait à l'abbaye passionnerait le public. Mon idée était de commencer par retranscrire la suite de l'histoire du prieur. Le parallélisme entre sa disparition mystérieuse au XVIIIe siècle et la mort de l'architecte, aujourd'hui, me semblait des plus intéressants. J'ai soulevé deux ou trois feuillets, ouvert le tiroir de la table et jeté un coup d'œil derrière l'ordinateur. Il m'a suffi de quelques secondes pour me rendre compte que le livre de l'abbé Soeuil n'était plus là. J'ai foncé dans le bureau de Milly.

— Milly ! Qui a touché à mes affaires ?

— Ben, personne !

— J'avais laissé un petit bouquin sur ma table. Une couverture rouge délavé. L'original du *Trésor de Morlan*. Il était là avant-hier. Il n'y est plus. Quelqu'un me l'a pris.

— Mais qui veux-tu que ce soit, pauvre chat ? Je t'assure que personne n'est rentré dans ton bureau !

— Quand Thomas Hayon était ici, tu ne l'aurais pas perdu de vue à un moment ou à un autre, par hasard ?

— Ben non !... Ah, si... Il a demandé les toilettes. Tu penses bien que j'allais pas l'accompagner ! Mais ça n'a pas duré longtemps. D'ailleurs il est parti juste après.

J'étais effondré. La porte des toilettes jouxtait celle de mon cagibi, au fond du petit couloir. Il était parfaitement possible de passer d'une pièce à l'autre sans que Milly s'en aperçoive, son bureau étant situé en biais par rapport à l'axe du couloir. Pour moi, cela ne faisait pas le moindre doute : Thomas Hayon était entré dans ma pièce de travail et s'était emparé du livre. J'avais envie de tuer quelqu'un. Ça devait se voir. J'ai arraché mon Smartphone des mains de Milly, qui a plongé vers son clavier, sans dire un mot, en proie à une soudaine urgence laborieuse.

De retour dans mon bureau, ma décision était prise. Appeler ce petit enfoiré de Thomas Hayon sans plus attendre et jouer cartes sur table. Problème : je n'avais pas son numéro. Il m'avait appelé à l'agence et je ne m'étais pas inquiété de conserver son contact personnel. Il ne me restait qu'une solution. Le coup de bluff en appelant le bureau de Lormel, rue Alsace-Lorraine. Que les flics aient déjà prévenu ou non sa secrétaire, cela n'avait somme toute pas grande importance. Dans les deux cas, le culot avait des chances de payer.

— Allô ? a fait une voix chevrotante.

— Bonjour madame, ici la police judiciaire, inspecteur Froment… Nous souhaiterions un renseignement.

J'avais balancé mon texte en baissant mon timbre d'une octave, en vrai pro de l'arnaque. Il y a eu un petit flottement à l'autre bout de la télécommunication.

— Mais je… J'ai déjà répondu au commissaire Dubourg et…

La secrétaire était donc d'ores et déjà au courant de son nouvel état d'employée orpheline. J'ai chargé, profitant de son émotion.

— Ce n'est pas le commissariat, madame, c'est la PJ. Nous avons besoin de toute urgence du numéro de téléphone portable de M. Hayon Thomas. Pouvez-vous nous le donner, s'il vous plaît ?

— Oui, oui, bien sûr… Bien sûr…

La malheureuse devait trembloter un peu en consultant son répertoire, mais elle a fini par trouver. J'ai noté en vitesse le numéro, remercié et raccroché tout aussi vite. Quand on fait des saletés, il est préférable de ne pas jouer les prolongations. J'ai continué dans la foulée. La sonnerie a retenti deux fois et la voix charmante de Thomas Hayon a caressé mon tympan.

— Allô, oui ?… Qui est à l'appareil ?

— Skander Corsaro.

Il y a eu un blanc. Je lui ai tout de suite redonné des couleurs.

— Vous êtes un voleur, Hayon.

— Et vous, vous êtes un menteur, Corsaro.

Un partout. J'ai repris la main :

— Ne pensez pas que nous soyons à égalité. Dans très peu de temps vous allez être mis en examen pour le meurtre de l'architecte Lormel. Je suis vraisemblablement la seule personne à pouvoir vous disculper.

— Qu'est-ce que vous dites ?

Là, il avait perdu toute sa superbe, le conservateur.

— Je dis que je vous attends immédiatement dans mon bureau au journal. Vous connaissez le chemin, c'est la porte à côté des toilettes. Venez directement, ne répondez entretemps à aucun appel téléphonique et surtout n'oubliez pas de me rapporter notre livre préféré.

J'ai raccroché, pas trop mécontent de moi.

37

En homme avisé, le prieur Joseph-François d'Apre savait faire habilement la part de Dieu et la sienne propre dans les finances dont il avait la charge. En prévision de la visite de son commendataire, qu'il savait aussi inévitable qu'inopportune, il avait préparé à l'avance une tricherie soigneusement machinée. Ainsi, lorsque Monseigneur de Terrefort, évêque de

Fontesaigues, lui demanda non seulement de présenter les comptes d'impôt des deux années précédentes, mais aussi d'ouvrir devant lui la cassette qui renfermait en espèces les revenus de ces impôts, sut-il lui présenter des livres magistralement faussés ainsi qu'une pauvre boîte en peuplier contenant moins de sols que de liards et encore moins d'écus que de sols. Autant dire une somme dérisoire au regard des revenus que l'abbaye était censée engranger. De celle-ci dépendait en effet une vingtaine de hameaux et villages dont le simple paiement de la dîme devait assurer des rentrées sinon régulières, tout au moins confortables. Mais cela n'était rien encore, comparé aux ressources de l'abbaye elle-même qui possédait vignes, labours et pâturages de plusieurs milliers d'arpents. Il est à signaler aussi que, quinze ans plus tôt, l'oncle du prieur, le marquis de Montrieuse, qui était mort sans enfant, avait fait don à l'abbaye de tous ses biens, propriétés et meubles, au nombre desquels figuraient une vaisselle d'argent massif ainsi qu'une collection de pierres rares héritées par sa femme d'un parent aventurier aux Amériques. Le prieur d'Apre, tout homme d'église qu'il fût, était certainement, au temps de notre récit, l'un des hommes les plus fortunés du royaume.

Lorsque l'évêque eut sous les yeux ce qui lui apparut aussitôt comme une duperie flagrante, il fit mine de gober la couleuvre sans sourciller tout en écoutant d'un oreille faussement crédule les raisons que lui donnait l'abbé au sujet de l'état déplorable des finances de Morlan.

— Je vous prie humblement de songer, Monseigneur, à la détresse de nos paysans dont les terres furent plusieurs saisons sous l'eau, rendant impraticables les labours et jusqu'à la pâture elle-même qui devint impossible. Leurs bêtes, à brouter le dernier fourrage, n'avaient plus que la peau sur les os. Ajoutez à cela que ces trois derniers hivers nous vîmes le gel emporter la maigre récolte dans sa première floraison. Dans ces déplorables conditions, nous n'eûmes pas le cœur de prélever une dîme dont le seul effet eût été de précipiter ces malheureux de la pauvreté dans le dénuement le plus extrême.

L'évêque se contenta d'opiner du chef et de transférer dans une bourse de voyage le maigre contenu de la cassette frauduleuse.

Tandis que se déroulait cette entrevue dans le petit salon, frère Pierre, sur ordre de l'abbé, avait promptement congédié les maîtres artisans et leurs équipes d'ouvriers. Un silence strictement monacal baignait l'abbaye tout entière lorsque l'évêque prit place dans sa voiture attelée de chevaux frais. À l'instant où son valet allait refermer la portière il s'adressa une dernière fois au prieur, qui voilait d'un masque impassible sa hâte bouillonnante à le voir s'en aller.

— Vous n'oublierez pas la pénitence que je vous ai donnée mon fils... Ne trahissez pas votre vœu d'obéissance et souvenez-vous

lorsque vous ne serez plus sous mon regard, que celui de Dieu ne vous quitte jamais.
La réponse du prieur, si tant est qu'il en fît une, se perdit dans le crissement des roues et le hennissement des chevaux.

J'avais retrouvé avec plaisir le scan du texte original dont j'avais envoyé une copie à Tonio. Ma sinistre aventure du matin avait ravivé l'intérêt que je portais au récit de l'abbé Soeuil. Plus j'y pensais, plus je voyais dans le destin funeste de Lormel un écho à celui du prieur d'Apre. À l'instant où j'allais reprendre mon travail de copiste, la porte s'est ouverte.

Dans l'encadrement Thomas Hayon paraissait essoufflé. Un peu de transpiration plaquait ses mèches sur ses tempes. Dès l'entrée, il a sorti le petit livre de la poche de sa veste et me l'a tendu.

— Je vous remercie, Thomas, ai-je dit en le posant sur ma table de travail sans plus m'y attarder.

Puis je me suis levé. Il n'y avait qu'un siège dans la pièce. Ça me gênait d'être assis devant ce type pour qui j'éprouvais presque autant de dégoût que de pitié. Debout tous les deux, il me semblait que nous étions à égalité. J'ai refermé la porte et je lui ai proposé de griller une cigarette à la fenêtre ouverte sur la rue.

— Vous êtes venu à pied ? On dirait que vous avez couru...

— Je... Je n'ai pas ma voiture aujourd'hui. Je n'habite pas très loin d'ici.

— Sale histoire pour vous, n'est-ce pas ? À quelques jours des élections, l'assassinat de M. Lormel ne pouvait pas plus mal tomber. Si vous êtes mis en examen, le Regain Tricolore…

— Je ne m'inquiète pas pour notre parti. Tous les sondages nous situent en excellente position.

— Alors pourquoi avez-vous répondu à mon appel ?

— Je n'ai aucune envie de me retrouver en garde à vue. Vous pouvez comprendre cela, monsieur Corsaro ?

— Il me semble que nous n'en étions plus au « monsieur » dans notre relation, mon cher Thomas.

J'ai vu ses lèvres se pincer légèrement. Son regard a hésité un peu avant de se planter dans le mien.

— À mon tour de vous poser une question « mon cher Skander ». Pourquoi m'avez-vous prévenu de ce qui se passait ?

J'ai eu envie de me marrer.

— Le mot « prévenu » correspond parfaitement à la situation… (Là j'ai marqué un temps de suspense avant de poursuivre) Je vais être interrogé dans les heures qui suivent par la police judiciaire. Or, je suis au courant de la concurrence entre vous et Lormel dans la course au trésor. Je peux en témoigner. Il ne me serait pas très difficile de transformer cette compétition en un conflit violent. Aux yeux de n'importe qui, le trésor du prieur d'Apre constitue un mobile suffisant. On peut tuer pour moins cher. Une perquisition à votre domicile aurait permis rapidement la découverte du livre de l'abbé Soeuil, ce qui aurait constitué une preuve gênante. Surtout si l'on y rajoute le saccage de mon appartement avant-hier auquel vous n'êtes peut-être pas totalement étranger. D'ailleurs plus j'y pense...

— Et alors ? Qu'est-ce qui prouve que cet exemplaire vous appartient ?

— Au bas de la dernière page j'ai inscrit mes initiales au crayon à papier : S.C. C'est petit, mais ça se voit. Vous ne l'aviez pas remarqué ? C'est sans importance. À présent que vous me l'avez rendu, il n'existe plus aucune preuve que vous l'ayez jamais eu entre les mains, n'est-ce pas ?

— Pourquoi faites-vous cela ?

— Vous m'êtes tellement antipathique que j'ai envie de faire quelque chose pour vous. Vous ne trouvez pas que c'est touchant : le semi-bougnoule qui vient au secours du fasciste xénophobe ? Une histoire édifiante, non ?

Face à une attaque aussi directe, je m'attendais à le voir s'insurger. Il n'en a rien été. Il a soupiré. J'ai même cru percevoir comme une sorte de tristesse dans son regard.

— Vous vous trompez sur mon compte, Skander. Je ne suis pas ce que vous imaginez. Je me suis engagé en politique parce que je crois sincèrement que la France a besoin d'un renouveau et...

Je l'ai interrompu sèchement.

— Je n'ai rien à cirer de vos opinions, Thomas. Pour moi, quelqu'un qui affirme une opinion catégorique, c'est quelqu'un qui ne s'est pas assez documenté. Les gens qui s'en tiennent à une opinion ont simplement oublié de penser. Je me demande ce qui pousse quelqu'un de brillant comme vous à donner dans le panneau des opinions de caniveau.

Il venait d'écraser son mégot sur le rebord de la fenêtre et s'apprêtait à faire demi-tour, sans un mot. Touché au vif, le mec. Ça me faisait plaisir de voir que j'avais peut-être affaire à un salaud mais certainement pas à un con. Je l'ai stoppé.

— Attendez !

— Il me semble que nous nous sommes tout dit.

— Erreur. La restitution du livre ne vous disculpe pas pour autant.

— Que voulez-vous dire ?

— Il nous reste encore un élément important à effacer pour que vous soyez totalement innocenté... Dans cette affaire, tout est une question de timing. D'après ce que m'ont dit mes collègues, vous êtes arrivé ici quelques secondes après mon départ. Puis vous êtes reparti très vite après avoir commis votre larcin.

— Je suis retourné immédiatement chez moi pour étudier le livre.

— Vous avez des témoins ?

Une lueur de désarroi est passée dans ses yeux. À l'évidence il manquait d'alibi. J'ai poursuivi :

— À cette heure-là, M. Lormel était encore vivant. Vous savez qu'il existe deux routes pour se rendre à Morlan depuis le centre-ville. La première qui passe par les crêtes, la seconde, plus rapide, qui longe le cours de la Gardance. Bien que la route des coteaux soit plus longue et plus cahoteuse, il se trouve que pour des raisons personnelles je la préfère à l'autre. En plus, avec la pluie de ce matin, j'ai dû rouler très lentement. J'ai donc pris pas mal de retard. Techniquement, cela vous laisse tout le temps nécessaire pour arriver à Morlan avant moi, tuer Lormel et repartir sans que je vous croise. Compte tenu que je n'ai pas découvert le corps immédiatement, la police ignore pour le moment l'heure exacte de mon arrivée à l'abbaye. Il n'y a que l'horaire de mon appel qui a été enregistré. Il suffit que j'avance ou retarde d'un quart d'heure le moment où je gare ma moto et vous pouvez être mis en examen pour meurtre avec préméditation. Tout cela, bien entendu, dépendra du fait que je raconte ou non vos démêlés avec Lormel et votre animosité à son égard.

— Puis-je savoir ce qui vous retient ?

— Je suis convaincu que vous n'êtes pas l'assassin.

— Alors pourquoi m'aider à le prouver ?

— Parce que j'ai besoin de vous pour m'aider à retrouver le salopard qui m'a cogné.

J'ai passé un doigt sous la cicatrice qui traversait ma pommette.

— Vous m'aviez dit que vous étiez tombé de moto.

— Vous ne m'aviez pas encore donné l'envie d'être sincère. Mais j'ai changé d'avis depuis que je sais que mon agresseur est un habitué du Café de France. Je crois que la maison ne vous est pas inconnue... Quand je vous aurai décrit le bonhomme, ça m'étonnerait que vous ne trouviez pas rapidement de qui il s'agit.

Thomas Hayon a sorti une autre cigarette de son paquet. Ses gestes étaient nerveux, il s'y est pris à trois fois pour actionner correctement la molette de son briquet.

Mon téléphone a vibré. C'était le commissaire Dubourg. La PJ m'attendait de toute urgence au commissariat. De toute façon, le conservateur play-boy était bien ferré. Je n'ai eu qu'à tirer sur l'hameçon.

— C'est la PJ. Dans un quart d'heure je leur raconte ce qui sera la version définitive des faits. Alors ?... Il s'appelle comment le petit connard tatoué d'un poignard sur l'avant-bras ?

— Garmenty... Franck Garmenty.

J'ai griffonné le nom dans un coin de mon carnet de notes.

— Vous êtes définitivement innocenté, Thomas.

— Pas si sûr.

— Pas si sûr ?

— Il y a une chose qu'il vaut mieux que vous sachiez, Skander. Cela concerne l'architecte Lormel.

— Je vous écoute...

— C'est mon père.

38

En arrivant au commissariat, j'étais encore sous le choc. Dans l'escalier de l'agence, que nous avions descendu ensemble, j'avais donné rendez-vous à Thomas Hayon en fin d'après-midi à La Grivette. Je devais l'appeler dès la fin de mon audition chez les flics. À l'instant de sauter sur ma moto, j'ai hésité. J'avais presque envie de lui serrer la main. Ça ne devait pas être réciproque. À peine sur le trottoir il a tourné les talons en me lançant : « J'attends votre appel. »

Pendant les quelques minutes qu'a duré le trajet, ça s'est bousculé sérieusement dans ma tête. Pourquoi Thomas portait-il un autre nom que celui de son père ? Pourquoi se vouvoyaient-ils ? Je me souvenais très bien que l'architecte lui avait donné en ma présence du « monsieur le conservateur ». Ça signifiait quoi, ces rapports de merde entre un père et son fils ?

Mon entrée dans le bureau des flics a mis un terme à mon tohu-bohu cérébral. J'étais attendu. Il y avait là mon vieux pote le commissaire en compagnie de deux mecs de la police judiciaire. Rien que de la flicaille haut de gamme. Surtout l'inspecteur qui menait l'entretien. Dès le début, j'ai compris qu'on allait la jouer sérieux. Nom, prénom, date et lieu de naissance, profession, domicile, etc. Toute la salade administrative sans sauter un ingrédient. On m'a ensuite invité à narrer par le menu mon emploi du temps de la matinée avec raffinement de circonstances et précision dans les détails. J'en étais à ma rencontre avec la voiture qui avait manqué me renverser quand le commissaire Dubourg m'a interrompu.

— Vous ne m'aviez pas dit ça !

— Excusez-moi, commissaire. J'étais encore sous le coup de ma découverte macabre. J'avais oublié ce détail.

— Vous appelez ça un détail ?

— Dans ma vie de motard, il m'est arrivé plusieurs fois de me trouver face à des chauffards. Mais il ne m'était encore jamais arrivé de découvrir un cadavre. Et puis vous ne m'avez pas interrogé sur mon trajet.

— Pourriez-vous reconnaître cette voiture ?

— Je ne sais pas.

— Il y a une demi-heure, on nous a signalé une voiture accidentée dans un fossé non loin de l'endroit que vous venez de nous décrire. Il pourrait s'agir du même véhicule.

— Tout ce dont je me souviens, c'est qu'elle était de couleur sombre.

— Noire ?

— Je ne crois pas... Je dirais plutôt gris anthracite. Pas très large, trapue...

— Pouvez-vous dire qui la conduisait ? Un homme ? Une femme ?

— Pas la moindre idée.

— Essayez de vous souvenir. Est-ce que cela pourrait être une Chrysler ?

— Une Chrysler, oui, peut-être. Ou une Volkswagen... Ou encore une Seat... Je vous dis que tout s'est passé trop vite. J'essayais d'éviter la chute. Et puis les voitures ne m'intéressent pas. Je ne fais pas attention aux marques.

L'inspecteur a interrompu Dubourg pour reprendre la main sur son interrogatoire.

— Revenons au principal... Vous souvenez-vous à quelle heure vous êtes arrivé à Morlan ?

— Parfaitement. Cet incident m'avait retardé. En descendant de moto j'ai regardé ma montre. Il était 10 h 20.

— Vous avez appelé la police à 11 h 02.

— C'est possible.

— Il s'est donc écoulé pratiquement trois quarts d'heure entre votre arrivée et la découverte du corps. Qu'avez-vous fait pendant tout ce temps ?

— J'ai d'abord sonné à la porte. Puis j'ai attendu. J'ai sonné à nouveau plus longuement mais sans succès. Alors j'ai cherché un moyen d'entrer dans l'abbaye. J'ai mis du temps avant de trouver le passage le long de la rivière. Vous verrez par où je suis passé, il doit y avoir mes empreintes dans la terre, là où j'ai sauté.

— Nous les avons trouvées.

— Ensuite j'ai remonté l'allée qui mène à la porte nord de l'abbaye. Par chance elle n'était pas fermée à clef. Je suis entré. J'ai stationné un moment sous le déambulatoire du cloître. Je ne savais pas où aller. Je me suis souvenu que M. Lormel m'avait donné son numéro de téléphone alors je l'ai appelé.

— Le téléphone de Lormel contient deux appels en absence portant votre numéro. L'un à 10 h 45, l'autre à 10 h 46. C'est-à-dire six ou sept minutes avant que vous trouviez son cadavre.

— C'est exact. J'ai crié en espérant que quelqu'un me répondrait. J'ai mis trois minutes environ à faire le tour du cloître... Puis je suis entré dans l'église abbatiale. J'ai très vite vu le corps.

— Pourquoi n'avez-vous pas appelé Lormel tout de suite en arrivant lorsque personne n'a répondu à vos coups de sonnettes ? Pourquoi avoir attendu d'être à l'intérieur ?

— Sur l'instant, je ne me suis plus souvenu que j'avais son numéro. Et puis il pleuvait des cordes, monsieur, et mon Smartphone n'est pas *waterproof*. J'étais trempé, je voulais surtout me mettre à l'abri le plus vite possible.

La sonnerie aigrelette du téléphone a retenti dans le bureau. L'adjoint de l'inspecteur a pris la communication. Il a gribouillé quelque chose sur un Post-it et s'est approché de l'inspecteur en lui tendant le papier. Celui-ci a laissé s'échapper un mouvement de surprise puis il s'est tourné vers moi.

— Pouvez-vous me parler de Thomas Hayon.

— Je le connais très peu. Nous nous sommes rencontrés trois fois en tout et pour tout. La dernière, c'était il y a moins d'une heure dans mon bureau au *Courrier du Sud-Ouest*. Curieusement, c'est moi qui lui ai appris la mort de son père.

— Vous pouvez répéter ?

— J'ai annoncé à Thomas Hayon que son père, l'architecte Lormel, venait de mourir.

— Putain de merde !

L'inspecteur avait littéralement jailli de derrière son bureau. Il s'est mis à donner des ordres tous azimuts.

— Hébrard, vous appelez le proc pour qu'il vous donne un mandat le plus vite possible. Dites-lui qu'il y présomption de parricide. Ensuite vous filez au domicile de Hayon et vous me l'embarquez. Gardez-le-moi au chaud jusqu'à mon retour.

L'adjoint s'est rué sur le téléphone tandis que l'inspecteur pointait son doigt vers moi.

— Vous venez avec nous. Nous allons voir cette voiture accidentée à quelques kilomètres de Morlan. On vient de me prévenir qu'elle appartient au dénommé Hayon. Peut-être qu'en l'ayant sous le nez, vous serez capable de la reconnaître !

39

L'inspecteur avait accepté que je les suive en moto. J'imagine que Dubourg s'était porté garant de ma fiabilité. Avant de démarrer j'ai eu le temps d'expédier un message à mon complice de fraîche date : « Les flics ont trouvé votre voiture accidentée. » Je prenais un risque mais je misais sur l'intelligence de Thomas. Je savais déjà ce que la police ne tarderait pas à découvrir, à savoir que Thomas Hayon n'était pas à bord de sa voiture. Il n'avait pas menti en me disant qu'il était venu à pied à l'agence. En revanche il devait bien avoir une idée sur la personne qui lui avait emprunté son véhicule et qui avait de grandes chances d'être aussi l'assassin de Lormel. Thomas connaissait le coupable. À lui de se débrouiller. Je pressentais que notre rendez-vous à La Grivette était sérieusement compromis. Dommage, j'aurais bien aimé entendre ses explications concernant sa relation avec son père.

Pour la troisième fois de la journée, je me retrouvais sur la route de Morlan. À présent, de rares nuages flottaient à l'envers dans les flaques d'eau. Je commençais à en avoir un peu marre de cette journée de folie. D'autant plus que mon propre équilibre mental m'inquiétait réellement. Hallucinations, narcolepsie et puis quoi d'autre encore ?... Soudain, à cent mètres devant moi, la voiture de police a mis son clignotant. Pour un peu, je les perdais... Le petit chemin où nous venions de nous engager était celui qui conduisait chez Léo. Passé le dos d'âne, je savais qu'on verrait le toit de tuiles de sa maison au-dessus des prairies. Il y avait un virage après le dos d'âne. C'était là que la voiture accidentée pointait du nez dans le fossé, les roues arrière encore sur le bitume, le capot dans la gadoue avec quelque chose d'obscène dans la posture qui m'a fait rigoler.

Les flics s'étaient garés un peu plus bas devant une autre voiture de police et un véhicule du SAMU. Ça faisait pas mal de monde sur la chaussée, aussi n'ai-je pas aperçu tout de suite mon ami Léo qui grimpait la petite côte à bord de son véhicule lunaire. Brusquement, rien que de le voir, la vie a pris d'autres couleurs. Je lui ai fait un grand signe de la main auquel il a répondu aussitôt. J'ai couru vers lui.

— Léo ! Si tu savais comme ça me fait plaisir de te voir !

— Qu'est-ce que tu fais là, Skander ? Tu couvres la rubrique faits divers ?

Il avait dit ça d'un ton taquin où pointait toutefois un soupçon de réprobation.

— C'est malheureusement presque ça. Mais je ne suis pas là pour une histoire de tôle froissée. Il s'agit d'un crime de sang.

Léo allait me répondre quand un policier s'est approché de lui :

— Eh bien, monsieur Orson, où en sommes-nous du côté de votre voisin ?

— Il est parti depuis dix minutes. Il ne devrait pas tarder à arriver... Tenez ! Voilà le tracteur...

On s'est tous retournés dans la direction que pointait Léo. Un énorme tracteur apparaissait en effet au sommet du dos d'âne, roulant à petite allure.

L'inspecteur de la PJ est venu me rejoindre, l'air pressant.

— On va tirer cette ferraille de là et vous allez nous dire si vous la reconnaissez... Dites-vous bien que votre témoignage est extrêmement important.

Sincèrement, à présent qu'ils en connaissaient le propriétaire, je ne voyais pas bien l'importance que les flics pouvaient attacher au fait qu'il s'agisse ou non de la voiture qui avait tenté de m'écraser. Pour parodier ce grand allumé de Blaise Pascal, je dirais que la police a ses raisons que la raison ne connaît pas... Tout le monde s'est écarté pour permettre au tracteur de manœuvrer. Le paysan a sauté au bas de la cabine, une corde robuste à la main. Un flic s'est avancé pour l'aider à l'attacher sous la carrosserie de la voiture. Pendant le dépannage, Léo s'est approché de moi discrètement.

— Que s'est-il passé, Skander ?

J'ai répondu à voix basse, sans le regarder, le visage toujours tourné vers l'action.

— Un crime à Morlan. L'architecte des Bâtiments de France a été assassiné. C'est moi qui l'ai découvert.

— Témoin numéro 1, donc ?

— On peut dire ça comme ça, oui. Et là, c'est sans doute la voiture du criminel.

— Tu veux dire de la criminelle ?

— Comment ça ?

— La personne qui était au volant est une femme. Elle est venue frapper chez moi pour demander de l'aide. Elle était dans un tel état d'affolement que j'ai prévenu le SAMU. Je crois qu'elle est encore dans le véhicule des secouristes.

Tandis que Léo me parlait, la voiture accidentée émergeait doucement du fossé. On sentait que le conducteur avait une certaine expérience de ce genre de dépannage. Vu la configuration du chemin, les accidents de ce genre devaient être assez fréquents à cet endroit. Quand la voiture s'est retrouvée au milieu de la route, l'inspecteur a fait signe au paysan d'arrêter son tracteur. Il s'est tourné vers le commissaire Dubourg :

— Dites à la femme de prendre place au volant.

Dubourg s'est hâté vers le camion du SAMU d'où est descendue une matrone aux rondeurs affichées, un peu trop apprêtée pour son âge, avec quelque chose d'assez vulgaire dans le maquillage et la coiffure. Tonio, dans son patois fleuri, aurait dit : « Voilà du concentré d'hyper-pétasse. »

La dame a obtempéré à la demande du commissaire et s'est installée sur le siège conducteur. On la sentait nerveuse. Elle s'est mise à frotter ses mains sur le volant comme prise d'un tic. Puis elle a lâché le volant pour remettre en place une mèche dans le reflet du rétroviseur avec la même nervosité dans ses mouvements saccadés.

L'inspecteur s'est tourné vers moi, le menton interrogateur, désignant de l'index la voiture.

— Alors ?

— J'en sais rien.

— Concentrez-vous !

Je me suis baissé pour retrouver à peu près l'axe dans lequel j'étais au moment où j'avais vu surgir la voiture. Ensuite j'ai plissé un peu les paupière pour retrouver la sensation de flou de la pluie sur la visière du casque. Enfin j'ai reculé de quelques pas. Soudain j'ai eu comme un déclic dans les méninges. Il n'est pas impossible qu'une voiture à peu près identique m'aurait fait la même impression, mais sur l'instant, j'ai eu la certitude que c'était bien celle-ci. Je ne pouvais absolument rien dire de la personne qui conduisait ; en revanche, j'étais sûr que l'avant proéminent, le treillis grillagé de la calandre, la ligne de fuite du capot, tout cela reconstituait une image mentale semblable au flash que mon cerveau avait enregistré à l'instant où j'avais croisé le bolide. Je suis revenu vers l'inspecteur.

— C'est ça, c'est bien ça... Pas de doute, c'est la voiture qui a foncé sur moi, ce matin.

— C'est parfait. Je vous fais confiance.

— Mais je suis incapable de vous dire si cette dame était au volant... Je vous le répète, tout s'est passé en quelques secondes. Cela dit, j'imagine qu'il ne s'agit pas d'une voiture téléguidée...

— Faites-nous grâce de votre humour, Corsaro, a dit le commissaire Dubourg qui nous avait rejoints.

Il me semblait pourtant que la situation en avait bien besoin. Une réelle tension régnait autour de moi, dans les visages, les gestes, les attitudes. Ce qu'on appelle une ambiance explosive.

Sans plus m'accorder d'attention, l'inspecteur s'est adressé à Dubourg :

— Commandez la fourrière, cette voiture est un élément de l'enquête. Nous devons vérifier les empreintes des pneus avec celles du parking de Morlan. Je vais ordonner les moulages.

Entretemps la dame était sortie de la voiture. Elle venait d'entendre ce qu'avait dit l'inspecteur et semblait au comble de l'énervement.

— Vous avez aucun droit de prendre ma voiture ! Et puis comment c'est-y que je vais rentrer, moi ?

— D'abord ce n'est pas votre voiture, madame, ensuite nous allons nous faire un plaisir de vous emmener avec nous jusqu'au commissariat.

— J'ai rien à y faire dans votre commissariat !

— Nous n'allons pas vous laisser au bord de la route. Il y aurait non-assistance à personne en danger.

— J'suis en danger de rien du tout. Je vais appeler mon fils, il viendra me chercher lui-même.

— Nous avons besoin de votre témoignage, madame. Votre fils pourra venir vous chercher plus tard.

— Mais il est fait le témoignage ! J'y ai tout dit à vos collègues. Comment que j'ai manqué le virage à cause de ce foutu dos d'âne... C'est tout de même pas ma faute ! Encore heureux qu'il m'est rien arrivé !

— Il ne s'agit pas de ça, madame... (Là, l'inspecteur s'est tourné vers moi avant de rajouter) Ce jeune homme prétend que vous lui avez foncé dessus avec votre voiture, dans la matinée...

Pour le coup, la matrone s'est transformée en virago. Elle s'est mise à vociférer en me dévisageant, l'œil féroce.

— Qu'est-ce que c'est que ces conneries ? J'l'ai jamais vu, moi, ce morveux ! Non mais qu'est-ce qu'il lui prend à çui-là ? P'tit con, va !

— Je vous prie de vous calmer, madame. Personne ne vous insulte... Maintenant vous allez nous suivre, comme je vous l'ai demandé.

— J'vais suivre personne ! Et sans mandat, vous avez pas intérêt à m'obliger. Demandez-y un peu au commissaire Dubourg, si j'ai pas le bras long, moi ! Hein, que vous me connaissez commissaire ?

Le commissaire avait l'air sincèrement embêté, il s'est avancé vers la dame avec un geste d'apaisement.

— Ne vous inquiétez pas, madame Garmenty, c'est une simple formalité. Tout se passera bien, je vous assure.

Quand j'ai entendu le nom de la mégère, ça a fait une drôle de partie de billard dans ma cervelle. Toutes les boules se sont percutées selon des trajectoires totalement inattendues et la boule blanche est tombée dans le trou. Garmenty ! C'était le nom que Thomas Hayon m'avait donné comme étant celui de mon agresseur du Grand Ring.

— Commissaire !

— Qu'y a-t-il, Corsaro ?

— J'ai quelque chose d'important à vous dire en aparté.

Je devais avoir un air particulièrement convaincant car il m'a suivi un peu à l'écart sur le bas-côté. Là, j'ai déballé ma marchandise :

— Vous vous souvenez que j'ai déposé une plainte contre X concernant l'agression dont j'ai été victime ?

— Oui, et alors ?

— Je dois vous dire que je n'ai jamais été très doué en mathématiques, mais là je viens de résoudre une équation à une inconnue. Et dans mon équation, x égale Garmenty.

J'ai vu quelque chose qui ressemblait à des gyrophares s'allumer dans les yeux du commissaire Dubourg.

— Qu'est-ce que vous racontez ?

— Le type qui m'a envoyé à l'hosto s'appelle Franck Garmenty. Je n'ai pas eu le temps de vous en informer car nous avons eu pas mal d'autres sujets de préoccupation ces dernières heures, vous et moi... Garmenty, ce n'est pas un nom si courant. Je me dis qu'il a peut-être quelque chose à voir avec cette dame et...

Des glapissements stridents m'ont interrompu. C'était l'inspecteur qui avait donné ordre qu'on embarque le témoin survolté *manu militari*. Une fois les portières refermées, les glapissements sont devenus moins gênants. Le commissaire s'est de nouveau intéressé à moi.

— J'ai peur que vous n'ayez mis les pieds dans un sacré bourbier, Corsaro.

— Je crois que la police sert à ça, non ?

— À quoi ?

— À aider les gens et les véhicules embourbés.

— Nous allons faire de notre mieux... Vous vous doutez que nous avons encore besoin de vous au commissariat ?

— Je vous rejoins.

Le commissaire s'est éloigné du côté de l'inspecteur qui retournait à sa voiture. Les autres véhicules ont commencé à manœuvrer sur le chemin étroit pour faire demi-tour. Il fallait encore attendre que le tracteur tire la voiture pour dégager un espace suffisant à la circulation. Ça m'a donné le temps de rejoindre Léo qui avait assisté à la scène, un peu à l'écart. Je devais avoir l'air légèrement chiffonné.

— Tout va bien, Skander ?

— Je suis dans une drôle d'histoire, Léo. Une histoire qui pue.

— La vie tout entière est une histoire qui pue, mon ami. C'est pour ça que nous sommes là. Pour inventer les parfums qui font la vie respirable.

— Nous ?

— Toi, moi, tous les autres... Tous les rêveurs, tous ceux qui savent que l'imaginaire est la seule patrie de la réalité.

— Je ne suis pas sûr de comprendre, mais je suis sûr que j'aime ça.

C'était comme un sourire qui m'envahissait de l'intérieur. Mieux qu'un sourire : une tendresse et un espoir. C'est fou comme il est contagieux, Léo ! Nous nous sommes quittés sur la promesse de nous revoir très vite. Peut-être demain ou dimanche. On s'est serré la main. Léo est reparti sur son véhicule extraterrestre. J'ai enfourché ma Morini, direction la patrie de la réalité.

40

Au commissariat, c'était le train-train glamour du quotidien policier. Quand je me suis présenté au guichet, la préposée m'a demandé de m'asseoir et de bien vouloir attendre. Je suis allé me poser sur une des rares chaises libres alignées le long du mur jaunâtre. À quelques détails près, toutes les salles d'attente se ressemblent. Mêmes couleurs fadasses dont aucun peintre ne voudrait sur sa palette, même mobilier démodé avant d'avoir été conçu, même aménagement qui se veut fonctionnel et sérieux alors qu'il est seulement triste et moche.

En face de moi se tenait une jeune femme enceinte à la limite de perdre les eaux. Lunettes noires trop larges, tête baissée pour masquer un peu les marques violacées sur son visage. Séquelles de ce qui avait été, sans doute, une belle histoire d'amour. Assise près d'elle, une vieille indatable

– sa mère, probablement –, le cheveux gras, les chaussettes flasques entortillées sur des chevilles variqueuses, lui pressait sporadiquement la main, puis la lâchait pour la reprendre quelques instants plus tard. Dans l'angle des deux cloisons, un adolescent dans l'uniforme habituel des siens, avec visière en bec de pingouin dépassant de sa capuche, se balançait sur sa chaise d'avant en arrière par petites saccades mécaniques. Il devait avoir des choses dans les oreilles qui lui diffusaient le tempo. À sa droite, un trentenaire terne en costard-cravate, le regard obsessionnellement fixé sur ses chaussures vernies, faisait sauter dans sa main un trousseau de clés attaché à un porte-clés en forme de ballon de foot. Quatre échantillons à filer le blues pour casting de mauvais téléfilm.

En guise de distraction, je m'étais mis à regarder la fliquette d'accueil. Dans les vingt-huit, vingt-neuf ans, guère plus. Les yeux joliment encadrés de deux petites mèches en accroche-cœur, les lèvres rose vif dessinées en ailes d'oiseau. Il lui arrivait parfois de lever son regard, dans le vague, très brièvement mais cela suffisait pour qu'on y lise une expression de gentillesse intelligente. Un petit brin de clarté qui taillait son chemin dans l'épaisseur du noir. J'avais envie de la prendre dans mes bras. Envie de la consoler d'être là. En fait c'était sans doute moi qui avais besoin de réconfort. Tonio me répète à satiété que notre époque est la première dans l'histoire à faire croire aux esclaves qu'ils sont libres... Pas faux. Seulement Tonio est un vrai anarchiste. Ça ne pardonne pas, les vrais anars.

Tandis que moi, il faut toujours que je trouve des circonstances atténuantes. Je ne peux pas m'empêcher de penser qu'il y a de la grandeur dans nos existences minuscules. Le vrai héroïsme c'est peut-être de se lever tous les matins pour aller bosser dans un commissariat, un hôpital ou un supermarché. Mon ex m'a souvent dit qu'il fallait que je me méfie : « Tu as trop besoin d'amour pour être capable d'en donner. Alors tu triches... » La garce. Mais c'est trop compliqué, merde !

À un moment le mec au porte-clés footeux s'est levé pour aller râler auprès de la gentille fliquette derrière son guichet :

— Ça fait une demi-heure que je suis là !... On m'a volé ma voiture, c'est pourtant pas extraordinaire, vous comprenez ? Je sais pas, moi... Y'a pas un formulaire tout prêt pour ça ? Je veux dire, je le remplis et puis on en parle plus... J'ai pas que ça à faire, moi...

Et elle, sans se départir de son sourire, répondant avec légèreté :

— On va enregistrer votre plainte, monsieur... Je vous demande de patienter... Ces personnes attendent aussi.

— Ouais... C'est ça... C'est ça...

Puis il est revenu s'asseoir, reprenant son jeu avec le trousseau de clés, pas mécontent de s'être manifesté pour rien.

La porte du bureau du commissaire était fermée, mais on percevait parfois des éclats de voix dont la stridence dans l'aigu me rappelait quelqu'un. Mme Garmenty devait être en train de faire sa déposition sur le mode hystérique. J'en ai eu confirmation lorsque la porte s'est ouverte. L'adjoint de Dubourg est sorti pour aller chercher un verre d'eau à la bonbonne-fontaine de l'entrée. La porte est restée entrebâillée.

— Mais enfin, la raclette, disait la dame avec véhémence, la raclette vous l'avez bien trouvée dans le coffre de la voiture, non ? Une raclette de tapissier, ça prouve bien que je vous mens pas. C'est avec ça qu'on enlève les affiches des adversaires. Tout le monde il fait ça. À l'aube, je me suis levée, je vous dis, pour aller gratter ces foutus papelards ! Ça se décolle mieux quand il pleut, alors...

La voix de l'inspecteur l'a interrompue :

— Vous enlevez des affiches électorales en rase campagne ?

L'adjoint a refermé la porte, m'empêchant d'entendre la réponse. Puis un flic est venu chercher la femme enceinte et la vieille qui l'ont suivi dans l'escalier menant à l'étage. La femme-flic derrière le guichet tapait inlassablement sur son ordinateur, s'interrompant parfois pour répondre à un appel téléphonique. Le pingouin à capuche et le supporter de foot ont continué leur manège, chacun de son côté ; s'arrêtant parfois, l'un de se balancer, l'autre de faire sauter son porte-clés, puis reprenant le même numéro. On sentait que ça pouvait durer pendant des siècles. C'était peut-être une image de l'enfer : l'éternité dans la salle d'attente d'un commissariat... Environ un quart d'heure plus tard, la future maman d'un futur malheureux est redescendue, la vieille toujours sur ses talons. Elles sont parties sans un mot. Silence des soumis, des humbles à qui tout manque, même la parole. Il faudra que monsieur Berland m'explique ce qu'on peut faire avec l'humanisme d'un point de vue pratique... Mes 873 livres sont remplis de choses extrêmement utiles, mais je me demande si je ne suis pas le seul à les avoir lus. Ce serait vraiment dommage si les livres ne servaient qu'à être lus.

Il n'y a rien de tel qu'une salle d'attente pour vous fusiller le moral. Ne pas se laisser piéger par le décor. Se concentrer, tâcher, par exemple, de connecter divers éléments peu clairs dans toute ma belle aventure. En particulier, diverses questions chiffonnantes au sujet du commissaire Dubourg. Je me souvenais d'une pointe de réticence dans ses propos quand je lui avais dit, à l'hôpital, que je comptais porter plainte contre X. Une attitude assez peu habituelle de la part d'un policier. Sa mise en garde, ensuite, contre les risques qu'il craignait de me voir courir. Précaution reprise d'ailleurs peu après par mon patron au journal... Et puis il y avait son attitude face à Mme Garmenty qui n'avait pas caché publiquement le fait qu'ils se connaissaient. Quel lien pouvait bien avoir Dubourg avec cette famille pour le moins peu fréquentable ? Je n'ignorais pas que la police entretenait des relations plus ou moins nettes avec les milieux politico-maffieux. Difficile de s'impliquer dans le nettoyage sans se salir les mains. Mais qu'en était-il exactement dans l'affaire présente ?

Enfin la porte s'est ouverte à nouveau, laissant passer Mme Garmenty, toujours aussi survoltée, suivie par l'adjoint de Dubourg et un autre flic qui l'ont amenée vers l'étage. Au passage, elle m'a fusillé du regard, ajoutant avant de sortir, pour qui voulait l'entendre :

— Croyez-moi, on va pas se laisser faire par des petits salopards !

Une fois la dame évacuée, l'adjoint est venu me chercher. C'était à moi d'entrer en scène. J'ai entendu l'homme aux clés grommeler mollement :

— Si on se fiche pas du monde, avec ça… J'étais quand même là avant lui ! Au moins, à la Sécu, ils donnent des numéros…

La suite m'a échappé.

41

« J'ai prêté ma voiture hier soir à Franck Garmenty. »

C'était le message envoyé par Thomas Hayon que j'ai découvert en sortant de chez les flics deux heures après y être entré. Je suppose qu'il m'avait envoyé ce texto en réponse au mien où je l'informais que la police avait retrouvé sa voiture endommagée. Bizarre qu'il me soit parvenu avec tant de retard. Mystère des transmissions satellitaires… C'était dommage que je ne l'aie pas vu plus tôt. Mais je n'avais, à présent, aucune envie de faire demi-tour. Fût-ce pour annoncer le scoop à l'inspecteur de la PJ qui m'avait copieusement pris la tête. Cet émule de Sherlock Holmes ne tarderait pas à l'apprendre de la bouche de Thomas Hayon lui-même. J'en avais suffisamment bavé comme ça de ses questions insidieuses farcies de sous-entendus. La déposition, qui tournait de plus en plus à l'interrogatoire, avait carrément viré à l'aigre quand, n'en pouvant plus de me sentir sur la sellette, je m'étais tourné en désespoir de cause vers le commissaire Dubourg :

— Commissaire, auriez-vous l'amabilité d'expliquer à M. l'inspecteur qu'il n'arrivera pas à me faire avouer un meurtre que je n'ai pas commis ?

Ça l'avait fait bouillir, l'inspecteur judiciaire. Porter un inspecteur à ébullition est une expérience désastreuse que je déconseille à tout innocent potentiel. Dubourg, secourable une fois de plus, avait fini par calmer le jeu. Je m'en étais plutôt bien tiré. Fidèle à ma promesse, je n'avais rien dit concernant Thomas Hayon et ses rapports tendus avec son architecte de père. De plus, la trace de son passage à l'agence, à peu près à l'heure du crime, l'innocentait tout à fait à mes yeux. La description précise, quoique légèrement arrangée, de mon timing de la matinée achevait de parfaire l'alibi qui nous mettait hors jeu lui et moi. N'en déplaise à l'inspecteur, l'assassinat de Lormel n'était pas un parricide. Le procureur qu'il avait dérangé sous ce motif quelques heures plus tôt risquait de l'avoir mauvaise. Tant pis pour lui. En revanche, sur le chapitre des mobiles potentiels, je m'étais cantonné au flou le plus artistique possible. L'hypothèse du trésor de Morlan avait été effleurée un moment, mais rapidement abandonnée. J'avais dit qu'il ne s'agissait, à mon avis, que d'une fantaisie littéraire sans aucun fondement. Ce point de vue semblait partagé aussi bien par l'inspecteur que par Dubourg. Visiblement, *L'Île au trésor* et *Le Comte de Monte-Cristo* ne faisaient pas partie de leurs fantasmes. Pourtant, j'étais bien convaincu qu'il ne s'agissait que de cela et de rien d'autre. Les flics avaient ensuite évoqué la piste politique, sans déboucher sur la moindre certitude. Contrairement à son fils, Lormel n'appartenait à aucune formation répertoriée, on ne lui connaissait pas non plus d'activité militante inquiétante, ni même de sympathie affichée. Exit, le mobile politique, alors que j'étais sûr que les deux – trésor et politique – étaient très exactement les causes de sa mort. Tonio serait fier de moi. Je n'avais rien lâché. Sans doute serait-il encore plus fier si j'arrivais à résoudre par moi-même les deux énigmes : trouver le trésor et débusquer l'assassin. Il me semblait que j'avais de fortes chances d'y parvenir. Je me souvenais d'une des jolies phrases que Léo m'avait dites, au cours de notre soirée en tête-à-tête : « Le seul motif estimable qu'on ait de faire quoi que ce soit dans la vie, c'est de le faire pour s'amuser. » À l'évidence, l'inspecteur de la police judiciaire n'avait aucun sens de l'amusement. Ça pouvait me donner une bonne longueur d'avance sur lui.

Un qui n'avait pas l'air de s'amuser non plus, c'était M. Berland. À mon retour à l'agence, j'ai trouvé tout le monde déguisé en cellule de crise.

Il y avait, Jules, Milly, le père Béber mais aussi l'éditorialiste régional du *Courrier du Sud-Ouest*, Arthur Roquebert – surnommé « Camemfort » –, la plume officielle du canard, accompagné d'un petit mec étriqué, sans âge, aux yeux exophtalmiques et aux mains extraordinairement velues. On aurait dit une de ces mygales géantes que Tonio avait vues au Mexique. Ils étaient tous rassemblés autour de la grande table de rédaction, en pleine préparation de l'édition du lendemain. On n'en était pas encore à la franche engueulade, mais l'ambiance était plus tendue qu'un string de strip-teaseuse. Quand j'ai ouvert la porte, Berland interpellait Roquebert :

— Je désapprouve totalement l'idée de faire la une là-dessus ! tempêtait-il. Aussi déplorable soit-il, il ne s'agit que d'un fait-divers. Notre journal a d'autres valeurs à défendre, particulièrement en cette période pré-électorale et je... Ah, vous voilà enfin, Corsaro ! Pas trop tôt !

— C'est ce que j'ai pensé quand ils m'ont relâché, monsieur Berland, ai-je dit en m'approchant de la table. Excusez mon retard...

Je sentais que mon arrivée créait une agréable diversion. Milly en a profité pour proposer : « Thé ou café ? » Jules s'est levé pour s'étirer un peu, le temps que nous fassions les présentations.

— Jean-Sébastien, expert en criminologie..., a dit la mygale d'une voix fluette tout en me tendant sa patte poilue. Je l'ai serrée non sans une certaine inquiétude.

— Skander Corsaro, stagiaire.

À l'énoncé de mon nom, l'œil de Roquebert s'est allumé.

— Ah ! C'est donc vous !

— C'est donc moi.

— Sachez que j'ai beaucoup apprécié votre papier sur l'abbaye, mon cher ! J'imagine que vous allez pouvoir nous donner tous les détails sur cette sombre affaire... Notre ami Berland ne semble pas imaginer le retentissement national de...

— On s'en fout du retentissement, Roquebert ! a interrompu Berland. Laissons la police et la justice faire leur travail sans nous mêler d'agiter l'opinion inutilement. Nous ne savons rien de cette affaire, et M. Corsaro pas davantage. N'est-ce pas ?

Il venait de se tourner vers moi, l'air définitif.

— C'est-à-dire que... Je... j'ai simplement trouvé le corps, voyez-vous et je me suis évanoui ensuite. Ça peut vous paraître bizarre, mais...

— Deux crimes dans le même lieu à plus de deux siècles d'écart, il y a forcément des choses à raconter, insistait Roquebert.

— Je suis en train de travailler sur la suite de mon article.

— Nos confrères vont évidemment s'emparer de l'évènement, mais c'est nous qui tenons le scoop pour le moment. Il ne s'agit pas de le lâcher. Ce serait bien que vous puissiez nous donner quelques lignes pour l'édition de demain et nous passerions votre article complet dimanche en contrepoint de l'analyse de Jean-Sébastien. Réalité et fiction, voyez-vous. Le frisson d'un côté, la poésie de l'autre. Ça nous promet un joli tirage... Et ne me dis pas, mon cher Berland, que tu te fous du tirage !

L'éditorialiste avait pivoté vers mon patron, me permettant, à son insu, d'adresser à ce dernier un clin d'œil complice ; puis il est revenu vers moi.

— Donc, vous nous disiez que vous aviez trouvé le corps... Pouvez-vous nous décrire exactement la situation ?

Et c'est à ce moment précis que ma mère est tombée gravement malade. Je m'explique en trois temps. J'ai d'abord commencé à répondre à Roquebert :

— Je venais d'entrer dans l'abbatiale quand... Heu... Excusez-moi...

Là, j'ai tiré mon Smartphone comme s'il venait de me chatouiller la cuisse. J'ai fait semblant de le consulter, l'œil inquiet. Puis j'ai relevé la tête.

— Excusez-moi, monsieur Roquebert. Un problème sérieux avec ma mère.

De façon tout à fait inattendue, Berland en a rajouté une louche :

— C'est encore son problème cardiaque ? a-t-il improvisé avec un à-propos qui m'a surpris.

— C'est plus grave que la dernière fois. Le SAMU est chez elle, elle me demande de venir. Je suis très ennuyé, mais...

— Pas d'hésitation, Corsaro, une mère on n'en a qu'une. Foncez ! Je compte sur vous pour nous tenir au courant...

— Merci, monsieur Berland... Monsieur Roquebert, je vous prie de m'excuser. Je reste, bien sûr, à votre disposition. Vous aurez mon papier ce soir avant le bouclage.

Roquebert tirait la gueule, mais il s'est incliné face à l'urgence. Ajoutant même quelques vœux de prompt rétablissement.

— Pauvre chat ! a dit Milly.

D'un salut de la tête, j'ai pris congé de la mygale et du reste de la compagnie, puis j'ai quitté l'agence comme si la vie de ma mère en dépendait pour de bon. J'imaginais déjà sa réaction quand je lui narrerais l'anecdote. Sûr qu'on allait bien se marrer elle et moi.

42

— Les empreintes, a dit Tonio. La solution est dans les empreintes !

— À quoi penses-tu ?

— Pneus et bouton.

J'étais arrivé chez Tonio à 19 heures pile, grâce au subterfuge improvisé avec le père Béber. Pour un mec qui avait à la fois l'équerre et le compas dans l'œil, c'était plutôt cool de partager avec moi des sentiers de traverse légèrement biscornus... Cela dit, je me sentais vidé. À la fatigue de la journée elle-même s'était ajoutée celle du récit que je venais d'en faire à mon pote. Je me rendais compte avec épuisement que j'avais vécu en quelques heures de quoi remplir la semaine d'une existence ordinaire. Tonio, qui voulait toujours en savoir plus, avait arrosé ma conférence d'un petit vin italien pétillant dont nous raffolons tous les deux. Au bout de trois quarts d'heure j'écoutais ses commentaires, la paupière lourde et la pensée planante.

— T'endors pas, mec. Je suis sûr qu'on est tout près du but.

— Quel but ?

— Le nom de l'assassin, pardi ! Supposons que les empreintes de pneus sur le parking de l'abbaye appartiennent à la voiture de ton play-boy cistercien, eh bien, je te parie que les empreintes sur le bouton arraché à Lormel, sont celles de la personne qui conduisait la voiture.

— Tu veux dire la mère Garmenty ?

— Je vois pas de qui d'autre il pourrait s'agir.

— Sincèrement, Tonio, que ça soit elle ou pas, je m'en bats totalement le berlingot.

— Attends cinq minutes, avant de te faire du mal inutilement...

Il s'est levé du canapé pour aller fouiller dans une pile de papiers posée sur la table basse.

— Jette un coup d'œil là-dessus...

C'était un prospectus sur papier glacé. Ce qu'on appelle « profession de foi » chez les candidats aux affaires publiques. Et là, stupeur. En quadrichromie s'étalait le portrait de la mégère hystérique : tailleur bleu horizon, écharpe de lin blanc, tronche de cake entièrement reliftée sur Photoshop avec sourire impeccable en céramique et gentiment accompagnée d'un Thomas Hayon encore plus décoratif que nature, stylé « le-gendre-rêvé » ; le tout sur fond de campagne tellement de chez nous qu'il n'y manquait ni la meule de foin ni la tome des alpages. Pour un peu on aurait entendu l'accordéon s'époumoner dans le lointain sur fond d'alléluias descendant du clocher. Mme Garmenty et le pétulant M. Hayon, tous les deux encadrés par les ondulations bleu-blanc-rouge du serpentin tressé dégoulinant hors du logo Regain Tricolore, « c'est beau comme l'antique », aurait dit ma mère. Je me sentais malgré tout un peu à côté de mes pompes. Une fois encore j'étais pris en flagrant délit de balourdise politique. Lorsque Dubourg m'avait annoncé que Thomas Hayon était numéro 2 sur la liste, je ne m'étais même pas enquis de l'identité du numéro 1. Honte à moi ! Un peu agacé, j'ai retourné le prospectus.

Côté verso c'était beaucoup moins glamour. Le programme de nos sympathiques candidats s'y affichait, sobre mais résolu, en une quinzaine de points pouvant combler d'aise n'importe quel quotient intellectuel fossilisé aux alentours de 70. En d'autres termes, à la frontière du crétinisme.

Mon anarchiste préféré a complété ma lecture par une analyse de texte :

— Tu vois, m'a-t-il dit en soulignant du doigt quelques lignes sur le papelard, d'ici à ici, c'est mot pour mot le programme du SOL.

— Le SOL ?

— Service d'Ordre Légionnaire. Une saloperie créée en 1942 par Joseph Darnand. Un an plus tard ce dynamique mouvement devenait la Milice, bien connue pour son efficacité dans les rafles de juifs et l'abattage de résistants…

J'ai reposé le torche-cul, regrettant presque qu'il n'y eût pas en filigrane la célèbre moustache en balai de chiottes du glorieux maréchal. Mais l'intention y était. Tonio était euphorique :

— Tu comprends que si c'est la rombière qui a zigouillé l'architecte, le Regain Tricolore peut se carrer où je pense ses prétentions électorales. Ça nettoierait joliment le terrain !

— Mais pourquoi aurait-elle fait ça ? À quelques jours des élections, c'est plus que stupide, c'est suicidaire !

— Alors, là, sur le chapitre du mobile, je laisserai volontiers s'exprimer les spécialistes. Ce qui compte, c'est qu'elle l'ait fait. Combien tu paries que les empreintes vont me donner raison ?

Il n'est pas impossible que les bulles du vin italien aient fait pétiller quelque chose entre mes oreilles, parce que soudain j'ai eu un flash.

— Tu as vraiment de la chance que je sois ton ami, mon Tonio, sinon tu allais perdre un paquet de fric, avec ton pari !

Il a pris son air renfrogné :

— Qu'est-ce que tu vas me sortir, encore ?

Je venais de me souvenir du geste mécanique de Mme Garmenty en train de passer ses mains sur le volant de la voiture accidentée. Ce que j'avais pris sur l'instant pour un tic nerveux était au contraire quelque chose de tout à fait volontaire. Je revoyais son geste, insistant et régulier. C'était tellement évident ! Elle ne s'y serait pas prise autrement pour effacer des empreintes.

Mon exposé a rendu Tonio songeur.

— Si je suis ton raisonnement, quelqu'un d'autre était donc au volant quand la voiture est tombée dans le fossé...

— C'est exactement ce que je pense. La mère Garmenty a pris la place de son fils, le sympathique

Francky, pour faire croire que c'était elle qui conduisait.

— Mais dans quel but ?

— Je résume : hier au soir, Franck Garmenty emprunte sa voiture à Thomas Hayon. Il se rend ce matin à l'abbaye et assassine Lormel pour un motif que nous ignorons pour le moment. Sur le chemin du retour, après avoir manqué m'écraser, il se plante dans le fossé. Paniqué, il appelle sa mère. Elle le rejoint alors sur le lieu de l'accident avec sa propre voiture...

Tout excité, Tonio a enchaîné :

— Voiture avec laquelle le fiston retourne en ville ni vu ni connu.

— Bingo ! Il ne reste plus à sa mère qu'à courir frapper à la porte de mon ami Léo en jouant les accidentées et le tour est joué : son merdeux est hors de cause... Elle était donc tout à fait sincère quand elle s'est défendue d'avoir tenté de m'écraser. Et je te garantis que s'il y a des empreintes sur le bouton du veston de Lormel, ce sont celles de Franck Garmenty et non pas celles de sa maman.

— C'est émouvant, la famille, tout de même..., a conclu Tonio d'un ton nostalgique.

Quant à moi, je dois avouer que je n'étais pas peu fier. Ce qui m'amusait le plus à présent, c'était de voir combien de temps allaient mettre les flics pour découvrir la vérité. Pas question que je les aide dans cette voie. J'en avais trop bavé au commissariat. J'étais même prêt à retarder de quelques jours mon dépôt de plainte contre Garmenty Junior pour mon agression au Grand Ring afin qu'il ne comparaisse pas trop tôt devant la justice. Je me régalais d'avance : le faire coffrer pour un coup de boule et le voir tomber pour assassinat. Assez jouissif, tout ça. Je me suis approché de Tonio, l'œil câlin.

— C'est trop sympa, ton invitation. J'accepte volontiers.

— Quelle invitation ?

— Ben, le restau que tu vas m'offrir ce soir... Franchement, c'est la moindre des choses pour un pari perdu.

— Peau de cul, va ! On avait même pas topé.

Et, tout en se marrant, il m'a envoyé une chaleureuse bourrade dans l'épaule qui m'a expédié direct au fond du canapé.

— Arrête de te vautrer comme ça, tu vas rater les hors-d'œuvre !

43

Le numéro 78 de la rue Alsace-Lorraine était une de ces petites maisons à un étage toutes bâties sur le même plan que l'on rencontre fréquemment dans les quartiers nord de la ville. Avant même d'être entré dans celle-ci, j'aurais pu décrire le long couloir central desservant quatre pièces de dimensions à peu près identiques, deux de chaque côté, et débouchant sur une salle tout en longueur, fermée d'une verrière par laquelle on accédait au jardin. Maisons de petits rentiers ou de bourgeois modestes, elles avaient poussé sous le second Empire à la lisière du centre-ville devenu alors trop coûteux. À l'époque du collège, j'en avais fréquenté certaines où habitaient des familles de mes copains.

Celle-ci possédait une façade restaurée avec soin jusqu'aux encadrements des fenêtres finement recouverts d'un badigeon ocre laissant deviner la brique biseautée. Au centre de la porte sculptée de motifs végétaux, une élégante main de bronze patiné servait de heurtoir. Sur le montant gauche de la porte, juste au-dessus de la sonnette, une plaque de cuivre portait l'inscription : « C.H. LORMEL – Architecte des Bâtiments de France ». J'allais dédaigner la sonnette et opter pour le heurtoir. Une intuition, sans doute. Mais j'hésitais à frapper. Qu'est-ce que je fichais là ?

Ce matin, sur les coups de 10 heures, alors que j'en étais au classement des derniers volumes de ma bibliothèque, je m'étais brusquement senti pris d'un gigantesque ras-le-bol. La veille, le dîner au restaurant avec Tonio avait été des plus sympas et le menu succulentissime. Une seule ombre avait un peu terni la soirée. C'était lorsque j'avais demandé à mon pote s'il se souvenait combien de temps il m'avait attendu dans la voiture alors que je commettais mon larcin dans la chambre de Mlle Soeuil.

— Tu parles si je m'en souviens ! Pas loin d'un quart d'heure. J'ai même failli venir te chercher. Je craignais que ça ait mal tourné pour toi…

— Un quart d'heure ? Tant que ça ?

— À deux ou trois minutes près, je ne pourrais rien affirmer, mais si je me repasse l'album de rock que j'ai écouté en t'attendant, je pourrais te donner le chronométrage exact... Plus de dix minutes, en tout cas. Deux morceaux en intégralité et une bonne partie d'un troisième. Suffisamment pour que je m'inquiète.

La nouvelle m'avait démoralisé. J'avais donc bien été victime, là aussi, d'une crise de narcolepsie. Tonio venait de me donner la preuve que j'avais tout simplement rêvé ma vision de la belle Sandra. Ce n'était même pas une hallucination. Quand je lui ai expliqué le fond du problème, il a pris ça plutôt à la légère.

— Que tu sois amoureux d'un rêve ou d'un fantôme, je ne vois pas la différence... Et puis ta narco-machin, là, je suppose que ça doit se soigner, non ?

— Tu n'es qu'une brute bassement matérialiste, totalement imperméable à la moindre notion de métaphysique.

— D'accord... La prochaine fois, au lieu de t'inviter au restaurant, je t'organiserai une projection de photos. Rien que de la gastronomie virtuelle et métaphysique.

Devant ma mine renfrognée, il a rajouté, l'œil rigolard :

— Et quand tu trouveras le trésor, surtout n'y touche pas ! Y'a rien de plus matérialiste qu'une poignée de pierres précieuses !

En rentrant chez moi, j'avais envoyé un texto à Thomas Hayon. Il y avait de fortes chances pour qu'il soit en garde à vue et je me doutais bien qu'il ne pourrait pas me répondre, mais j'étais impatient de lui soumettre ma théorie sur l'assassinat de son père. J'avais encore en tête le tract politique que Tonio m'avait montré, tartiné de toutes les ignominies dont Thomas Hayon se faisait le porte-parole. Ce type m'intriguait vraiment. Je me souvenais de ce qu'il m'avait dit : « Vous vous trompez sur mon compte... Je ne suis pas ce que vous imaginez. » À la lecture de son prospectus publicitaire, il me semblait qu'il était encore pire que ce que j'imaginais. Il y avait pourtant quelque chose d'étrange en lui, une sorte de charisme auquel je n'avais pas été insensible moi-même. Était-ce un dommage collatéral dû à sa réelle beauté physique qui le rendait spontanément sympathique ? Ou s'agissait-il de quelque chose de plus subtil, comme une blessure secrète qui aurait agi à son insu ? En tout cas je voulais en savoir plus sur ce personnage singulier.

Au réveil, aucun message de sa part. Cela confirmait la probabilité de la garde à vue. Je savais l'inspecteur tenace. Remettant à plus tard mon désir d'en savoir plus, je m'étais mis au rangement de ma bibliochambre, heureux de vérifier au fur et à mesure qu'aucun livre n'avait disparu. C'était bien l'ouvrage de l'abbé Soeuil que mon cambrioleur était venu chercher. Mais était-ce Thomas lui-même ou bien quelqu'un agissant sur son ordre ? Peut-être Garmenty ? Comme aurait dit Tonio : « La solution est dans les empreintes. » Au bout de deux heures, j'en ai eu marre. J'avais la journée devant moi. Tonio était à une réunion de militants LGBT et ne serait de retour chez lui que tard dans la soirée. La météo toujours maussade ne m'encourageait pas à retourner dans les collines du côté de chez Léo. Je préférais me réserver pour demain dans l'espoir du soleil. C'est alors que j'ai décidé de faire un tour du côté du bureau de Lormel. Avec un peu de chance sa secrétaire me recevrait et peut-être pourrais-je en apprendre un peu plus sur le numéro 2 du Regain Tricolore. À moins qu'elle ne refuse de m'ouvrir... J'étais quand même décidé à tenter le coup.

C'est ainsi que je m'étais retrouvé planté devant le numéro 78 de la rue Alsace-Lorraine en train de tergiverser devant le heurtoir.

J'ai fini par frapper trois coups qui m'ont tout de suite semblé un peu trop théâtraux. Une interminable minute s'est écoulée avant que j'entende des pas sur le carrelage du couloir. Puis la porte s'est ouverte.

— Qu'est-ce que c'est encore ?

La femme qui se tenait dans l'entrebâillement de la porte n'avait ni le visage ni la tenue d'une secrétaire standard, si tant est que cela existe. Vêtue d'un large pull flottant en cachemire dont le décolleté en V bâillait sur une gorge ornée d'un lourd collier indien, elle semblait revenir de Katmandou avec quarante ans de retard et autant de chagrin. Elle avait dû être d'une rare beauté, mais son visage était détruit, comme cuit par trop d'anciens soleils ou trop d'ultra-violets récents. Une tête de paradis artificiel une fois l'artifice dissous. Ses yeux soulignés d'un trait de kohol me donnaient l'impression de regarder très loin, à travers moi, comme si j'avais été un corps transparent. Je lui ai tendu une main à laquelle elle n'a prêté aucune attention.

— Bonjour madame, je suis Skander Corsaro. Je souhaiterais parler à la secrétaire de M. Lormel.

— C'est à quel sujet ?

— Au sujet de M. Hayon... Thomas Hayon.

— Vous êtes une de ces petites ordures du Regain Tricolore ?

La voix était blanche, sans émotion particulière. C'était à peine une question. J'ai sans doute blêmi. J'ai laissé ma main retomber.

— Absolument pas... Je... C'est moi qui ai découvert M. Lormel et je m'inquiète pour Thomas.

Je présume que mon physique du Fayoum l'a convaincue de ma bonne foi.

— C'est inutile...

On aurait dit qu'elle avait laissé sa phrase en l'air, qu'il y avait une suite, quelque chose qu'elle était sur le point de dire. Mais non. C'était son timbre de voix naturel, un phrasé chantant très particulier qui semblait flotter comme si chaque mot était suivi de points de suspension. Elle ne disait plus rien, toujours immobile dans l'encadrement de la porte. Attendait-elle que je m'en aille ?

— Excusez-moi d'insister, madame. Me serait-il possible de voir la secrétaire de M. Lormel ?

— Vous la voyez... J'étais sa secrétaire... J'étais sa femme, aussi...

Le choc. Comment avais-je pu manquer à ce point d'imagination ? Dès le premier instant j'aurais dû comprendre que le bureau de l'architecte était aussi sa maison et que cette femme au visage ravagé partageait sa vie.

— Je vous prie de m'excuser.

Elle a levé lentement la main vers son front pour arranger une mèche que le courant d'air décoiffait, tout en prononçant avec son timbre parfaitement détaché :

— Épargnez-moi, s'il vous plaît, les condoléances. J'ai horreur de cela. C'est tellement vulgaire...

J'allais faire demi-tour quand elle m'a proposé d'entrer. Il y avait toujours le même flottement dans sa voix, mais comme voilé d'une sorte d'anxiété. J'ai cru percevoir qu'elle avait envie que je reste.

Je l'ai suivie dans le couloir aux murs vert olive éclairés par des opalines blanches Art déco. J'aurais aimé m'attarder un peu pour regarder les tableaux accrochés de part et d'autre, mais Mme Lormel ouvrait déjà une porte vitrée et s'effaçait pour me laisser passer dans la pièce située au fond du couloir. Comme je m'y attendais, une vaste verrière donnait sur le jardin. C'était un salon entièrement meublé à l'orientale, envahi de plantes exotiques dont les ramifications luxuriantes grimpaient jusqu'au plafond. Je n'aurais pas été autrement surpris de voir un perroquet perché sur le lustre ou un ouistiti se laisser glisser le long des rideaux de soie beige. En fait c'est un énorme chat persan au poil bleuté qui a jailli des coussins pour venir se frotter contre mes mollets.

— Laisse-nous tranquille, Chester, s'il te plaît.

Le chat l'a regardée puis s'en est allé d'un pas moelleux retrouver ses coussins. Je devais avoir l'air un peu stupide, planté au milieu du salon comme un clou inutile dans une poutre. Mme Lormel l'a senti, poursuivant à mon égard sur le même ton flottant et alangui qu'elle avait eu pour parler au chat :

— Thé au jasmin ou Chaï impérial ?

— Heu… jasmin. Merci beaucoup, ai-je répliqué spontanément, sans même me souvenir que je n'aimais pas le thé.

— Installez-vous, je vous en prie… Je reviens.

Son geste était aussi vague que les inflexions de sa voix. Je ne savais pas si elle m'avait indiqué le divan indien, le fauteuil de rotin tressé ou encore les coussins du chat. J'ai opté pour le fauteuil qui avait l'avantage de se trouver flanqué d'une table marocaine incrustée de nacre. Au moins je saurais où poser ma tasse. Mais qu'est-ce que j'étais venu faire ici ? Je me sentais de moins en moins capable d'interroger cette femme dont le comportement me déroutait. Le chat et moi nous sommes regardés longuement. Lui aussi semblait trouver ma présence incongrue. Peut-être m'étais-je assis dans son fauteuil ? Un silence de coton régnait dans la pièce. Seul le pépiement de quelques merles dans le jardin perçait par moment l'épais vitrage de la verrière. Impossible d'imaginer que la ville palpitait, bruissante, tout autour de la maison. Un silence d'autant plus oppressant qu'il me rappelait que j'étais dans la maison d'un mort et que j'allais prendre le thé avec sa veuve. J'avais l'impression de jouer dans un pur film d'art et d'essai avec des plans-séquences interminables et une bande-son mixée par un sourd.

— Il s'appelle Chester à cause d'Alice. Vous avez lu *Alice au pays des merveilles*, n'est-ce pas ?

Mme Lormel venait de réapparaître avec le plateau portant le service à thé. Il m'a fallu quelques secondes pour comprendre qu'elle parlait du chat. J'ai saisi le plus délicatement possible la tasse qui m'était destinée, pas trop habitué aux gymnastiques mondaines.

— Oui, j'ai lu *Alice*.

— De nos jours ce pauvre Lewis Carroll aurait fini en prison. Tellement passionné par les petites filles...

Elle venait de se poser sur le canapé en face de moi, donnant l'impression non pas d'être assise, mais plutôt perchée, le buste très droit, une main élégamment abandonnée sur l'accoudoir de velours, le regard toujours aussi lointain. Extrêmement séduisante malgré son visage abîmé par la vie. Elle ne ressemblait en rien à l'image que l'on peut se faire d'une femme qui a perdu son mari la veille dans des circonstances tragiques. Elle devait être dotée d'un tempérament tout à fait exceptionnel, ou alors il s'agissait d'une comédienne hors pair.

— Mais vous n'êtes pas venu me voir pour parler de littérature ou de pédophilie, n'est-ce pas ?

Même les dialogues étaient d'art et d'essai. Ce qu'elle venait de dire n'était ni une question ni un constat. Ce n'étaient rien que des mots égrenés dans le vide. J'ai émis une espèce de petit souffle du bout des narines qui pouvait passer pour un rire retenu. Ou un acquiescement. Ou n'importe quoi d'autre. Je me sentais de plus en plus hors sujet.

Entre deux gorgées de thé, tout en tripotant les perles de son collier, Mme Lormel a poursuivi de façon surprenante la phrase qu'elle avait commencée un quart d'heure plus tôt après m'avoir ouvert.

— Comme je vous le disais, il est inutile de vous inquiéter pour cette petite saloperie de Thomas...

Avais-je bien entendu ? Était-ce réellement de son fils qu'elle venait de parler dans des termes aussi crus ?

— Cela fait des années que j'ai cessé de m'inquiéter. Charles-Henry se faisait encore des illusions. Moi pas.

— Charles-Henry ?

— Son père. On ne m'a d'ailleurs toujours pas dit quand ils me rendraient le corps. Ces histoires d'autopsie n'en finissent jamais. On voit bien que ce n'est pas eux qui s'occuperont des funérailles.

Tout en parlant, Mme Lormel avait ouvert une petite boîte d'où elle venait de sortir une blague à tabac et du papier à rouler.

— Vous aimez le shit ? C'est très tendance, le shit, n'est-ce pas ?

— Non, merci. C'est très aimable, mais je ne fume que des cigarettes.

— Allez-y ! Allez-y, grillez-en une... Ne vous gênez pas. Quelle époque stupide. Interdire le tabagisme... J'ai lu quelque part qu'on voulait euthanasier la mort. Seulement pour les riches, bien sûr. Les pauvres continueront de crever normalement comme des cons... Vous devriez fumer du shit. C'est excellent. Pour ma part, je cesserai de fumer lorsque les non-fumeurs cesseront de mourir.

Je la regardais en train de tricoter son pétard avec une dextérité qui trahissait un entraînement quotidien. J'ai profité d'un instant où elle paraissait très concentrée sur son ouvrage pour tenter d'avancer dans le sujet qui m'importait :

— En tout cas, je peux vous assurer que Thomas n'a pas assassiné son père...

— Ça ne m'étonne pas. Il n'a jamais été capable d'aller au bout de quoi que ce soit.

Elle a rejeté la tête en arrière, les yeux fermés, le temps d'inhaler une longue bouffée. L'effet du haschich a été immédiat. Un sourire est apparu sur ses lèvres, elle a rouvert les yeux pour les planter dans les miens. Il m'a semblé que c'était la première fois depuis le début de notre entretien qu'elle me regardait pour de bon.

— Cela fait plus de dix ans que ce petit crétin nous assassine jour après jour. Comme s'il n'avait jamais lu Freud... Nous lui avions pourtant tout donné : l'éducation, la culture, les moyens financiers, une liberté totale. Très peu de gens sont faits pour la liberté, voyez-vous ?

— Que s'est-il passé exactement ?

— Son père et moi étions très engagés dans le militantisme associatif. Moi, surtout. Les ONG, etc. Vous connaissez les indiens Yanomami ?

J'ai noyé mon ignorance dans une gorgée de thé. Elle a poursuivi :

— Un peuple d'Amérique du Sud que nous avons soutenu dans sa lutte contre les chercheurs d'or. Déforestation, pollution, épidémies... En 1992 nous avons fini par avoir gain de cause. Leur territoire a été cadastré et protégé.

— Quel rapport avec Thomas ?

— Je l'emmenais souvent avec moi, au Venezuela, au Brésil quand il était petit... Plus tard au Mali ou au Niger aussi, où nous aidions les Touaregs à creuser des puits. Un beau pays le Mali, avant que ces connards d'islamistes... Tant que Thomas était enfant, je crois bien que tout cela l'amusait. C'est à l'adolescence que ça s'est gâté. Il est entré de plus en plus souvent en conflit avec son père. Puis avec moi. Il s'est mis à détester ouvertement tout ce que nous représentions. Nos idées, nos fréquentations, notre mode de vie. Tout, sauf l'argent, bien sûr. Au début nous avons pris cela pour une crise passagère...

Était-ce l'effet secondaire du thé ou celui des relents de haschich flottant dans la pièce, ou encore le bercement de la voix en demi-teinte de mon hôtesse ? Toujours est-il que j'avais la sensation de m'endormir. Pas le moment de céder à la narcolepsie. Je me suis levé du fauteuil, faisant semblant de m'intéresser aux arbres du jardin, tout en relançant :

— Pourquoi Thomas ne s'appelle-t-il pas Lormel ?

— Charles-Henry et moi nous sommes mariés très tard. Ras le bol de ces superstitions bourgeoises, vous comprenez ?... À sa naissance j'avais déclaré Thomas sous mon seul nom, Hayon. Il avait dix-huit ans lors de notre mariage. C'était déjà la guerre ouverte. Il a refusé de porter le nom de son père. Pour la petite histoire, Hayon est une altération ibérique de Hayoun. Un diminutif du prénom biblique Haim.

— Vous êtes juive ?

— Je suis née dans le judaïsme, mais je me suis assez vite convertie au je-m'en-foutisme. Si non contents de soutenir les opprimés on devait prendre la vie au sérieux, où irions-nous ?

Négligeant les digressions philosophiques de mon hôtesse j'ai recentré le débat :

— Donc Thomas est juif ?

— Ce n'est pas très sympathique pour les juifs, mais si on s'en tient au Talmud, j'imagine que mon fils est juif, en effet...

Je n'y comprenais plus rien. Thomas Hayon, d'origine juive, était le représentant d'un parti violemment antisémite. Sa mère a complété le tableau.

— Je ne sais plus à quelle occasion il a rencontré le fils Garmenty, un abruti intégral.

— Je connais. C'est lui qui m'a fait une dédicace sur la figure.

— Pour Thomas, c'est là que tout a basculé, voyez-vous ? C'est à peu près à la même époque qu'il s'est mis à nous vouvoyer, son père et moi, déclarant qu'il nous considérait dorénavant comme des étrangers et qu'il entendait que nous le traitions de même. Charles-Henry a accepté de jouer le jeu. Il aimait son fils, malgré tout. Il pensait que Thomas souffrait d'un trouble psychique et qu'il finirait pas guérir... Par l'intermédiaire de Garmenty, notre fils s'est trouvé à la fois une famille d'adoption et un exutoire parfait à toutes ses névroses. Pour la mère Garmenty dont les aspirations politiques stagnaient dans le marécage postcolonialiste, l'arrivée de Thomas était du pain bénit comme on dit chez ces gens-là. Ensuite, il a rapidement gravi les échelons vermoulus du Regain

Tricolore. Il s'est servi de ses appuis politiques afin d'obtenir le poste de conservateur à Morlan. Uniquement pour faire chier son père qui était en charge de la restauration de l'abbaye.

— Pas uniquement.

Mon interruption a semblé surprendre Mme Lormel. Elle a retenu son geste au moment d'écraser le mégot du joint dans le cendrier de malachite, me dévisageant avec une certaine curiosité.

— Je crois que Thomas s'était lancé dans une sorte de compétition avec son père au sujet du trésor de Morlan. Je suppose que vous avez entendu parler de cette histoire ?

Mme Lormel s'est mise à aspirer de l'air par saccades, comme si elle s'étouffait. J'ai compris qu'elle riait. Ça a surpris Chester qui s'est redressé sur ses coussins.

— Charles-Henry était un fantaisiste. C'était ce qui m'avait séduite chez lui, cette façon d'être poète par le regard particulier qu'il portait sur le monde. Tellement inattendue de la part d'un scientifique. Car il était aussi un grand scientifique. Mais l'histoire du trésor de l'abbaye avait beaucoup d'importance à ses yeux.

J'avoue que j'ai tiqué. Je pouvais envisager l'architecte sous bien des aspects, mais certainement pas sous les traits d'un fantaisiste.

— Je suis persuadé qu'il croyait à l'existence de ce trésor.

— Mais non, ce n'était pas lui qui y croyait, mais Thomas. Alors qu'il étudiait l'histoire de l'art, il était tombé sur ce livre dans la bibliothèque familiale. Je crois qu'il appartenait au père de mon mari. Thomas a fait une véritable fixation sur ce bouquin, déclarant qu'il en déchiffrerait le code et mettrait au jour le trésor. C'était devenu une telle obsession que Charles-Henry a fini par se débarrasser du livre, à l'insu de Thomas.

— Peut-être ignorez-vous que votre mari a acheté récemment tous les exemplaires restants de cette édition ?

— Ne m'en parlez pas ! Nous avons passé, lui et moi, tout un après-midi à brûler ces maudits bouquins au fond du jardin. Il voulait éviter à tout prix que Thomas trouve de quoi nourrir son obsession. Je ne m'explique pas la manie qu'ont les dictatures à vouloir brûler des livres, il n'y a rien de moins combustible.

Je me souvenais qu'au cours de notre entretien à La Grivette, Thomas Hayon m'avait parlé de cet autodafé. N'était-ce pas, comme il me l'avait suggéré, la preuve que Lormel voulait garder pour lui seul le secret que le livre renfermait ?

Mme Lormel s'était levée à son tour. Je sentais que l'entretien touchait à son terme.

— La semaine dernière quand le *Courrier du Sud-Ouest* a publié cet article sur l'abbaye, mon mari est entré dans une colère noire. Il pensait que cela n'attirerait que des ennuis. À l'abbaye tout d'abord, en suscitant la curiosité des imbéciles, et à lui-même ensuite. Il ne s'est pas trompé. Il en est mort.

Je me sentais piqué au vif. Pas question que j'endosse la culpabilité de la mort de Lormel.

— Je suis l'auteur de l'article en question. C'est en me rendant au rendez-vous qu'il m'avait donné, que...

— Vous connaissez lord Carnarvon ?

Mme Lormel m'avait brusquement interrompu, me mettant la main sur l'épaule avec une surprenante fermeté. Il y avait un souffle d'inquiétude dans sa voix. Je me suis dégagé, vaguement mal à l'aise.

— Désolé, je n'ai pas de lord dans mes fréquentations.

— Il est mort en 1923. C'était le commanditaire des fouilles qui ont mis au jour le tombeau de Toutankhamon. Vous avez sans doute entendu parler de la malédiction qui s'en est suivie ?

— Oui... Une légende qui a surtout servi à faire vendre beaucoup de journaux et pas mal de livres d'Agatha Christie.

— Méfiez-vous des légendes, jeune homme. Elles contiennent plus de vérité qu'on ne le pense. Ce trésor de Morlan a déjà fait couler autant de sang que d'encre. Mon mari n'est pas la première victime. Il y a eu d'autres morts dans le passé.

— Personne ne m'a parlé de ça... Je... Vous pourriez m'expliquer de quoi il s'agit ?

— Chester est très vieux. Il commence à perdre la vue. Nous avons rendez-vous chez le vétérinaire et je n'ai pas vu tourner l'heure. Je vous prie de m'excuser.

Mme Lormel s'était dirigée vers la porte du couloir. Sans prêter la moindre attention à ma question, elle m'indiquait la sortie avec une hâte évidente.

— Vous auriez dû me dire que vous n'aimiez pas le thé... Enfin, je n'ai pas de conseil à vous donner, mais ne vous leurrez pas sur Thomas. C'est un nid d'emmerdements. Je le connais comme si je l'avais tricoté. Que voulez-vous ? Tout le monde n'a pas la présence d'esprit de mettre son enfant au congélateur dès la naissance... Au revoir, monsieur Corsaro.

Elle avait ouvert la porte donnant sur la rue. Sans un salut ni une poignée de main, elle attendait que je sorte avec ce même regard absent qu'elle avait eu pour m'accueillir. Je suis sorti de même. J'avais l'impression de glisser sur les points de suspension de sa diction si particulière et de son langage à la fois grossier et raffiné. C'était la fin du film d'art et d'essai. Je me suis retrouvé dans la rue sans avoir vu le générique.

44

— Z'avez vu ça ?... Ils ont fait fort, vos collègues du canard ! m'a lancé monsieur Max, à peine avais-je poussé la porte de La Grivette.

Il brandissait au-dessus du comptoir l'édition du matin du *Courrier du Sud-Ouest.* Le titre en gras s'étalait à la une : « L'architecte de Morlan découvert mort dans l'abbatiale ». Le cher Roquebert n'avait pas chômé. Je voyais d'ici la colère du père Bébert. Lui qui souhaitait la plus grande discrétion au sujet de ce décès devait fulminer.

— Mais dites-moi, a repris monsieur Max, la moustache frétillante, vous deviez le connaître, le mort...

— Le connaître, c'est beaucoup dire. J'avais rendez-vous avec lui hier matin. C'est moi qui l'ai trouvé au pied de l'échafaudage.

— C'est bizarre, ils parlent pas de vous dans l'article...

— Faites-voir...

Je me suis jeté fébrilement sur la page 4 où le sujet était traité sur cinq colonnes. Sous la photo de Lormel, une nécro tartouille prétendait rendre hommage au disparu à grands coups de poncifs révérencieux, tandis que l'article conjoint relatait sa disparition dans un style plus proche d'Arsène Lupin que de Bossuet. Et en effet, il n'y avait pas un mot sur ma modeste personne. « C'est un visiteur qui a fait la macabre découverte et alerté la police... », pouvait-on lire sous la plume sibylline de Roquebert. Suivait une description affriolante du cadavre, le crâne éclaté sur le dallage de la nef. Notre cher rédacteur en chef évoquait ensuite avec complaisance toutes les pistes possibles du simple accident au suicide en passant, bien sûr, par le crime crapuleux ou le règlement de compte. Rien sur le bouton arraché, rien non plus sur les traces de pneus devant l'abbaye. Il terminait par un paragraphe ronflant sur la police et la justice qui se devaient d'accomplir leur noble tâche dans toute la sérénité requise. L'enfoiré. Il savait très bien que Lormel avait été assassiné. Pourquoi faire durer le suspense, si ce n'était pour augmenter les ventes, de tirage en tirage ? Je venais à l'instant de me souvenir que je n'avais pas tenu ma promesse de lui envoyer mon papier la veille. Était-ce la raison pour laquelle il m'avait évincé de son récit ? Probablement pas. Roquebert-Camemfort était réputé calculateur mais pas mesquin. Si mon nom ne figurait pas dans l'article, je le devais sans doute à la prudence discrète de M. Berland, toujours soucieux de ne pas m'exposer. Mais à quels dangers ?

— Je prendrais bien un jambon-beurre et un ballon de blanc, monsieur Max...

La lointaine gorgée de thé au jasmin avalée chez Mme Lormel avait fait l'effet d'une purge. J'avais faim. Le temps que monsieur Max me prépare mon sandwich, j'ai jeté un coup d'œil à ma messagerie : vide. Thomas Hayon n'avait toujours pas répondu à mon texto. Après la rencontre avec sa mère, j'étais impatient de connaître sa propre version de la rupture avec sa famille. Je sais bien que les familles sont le terreau des plus belles névroses mais, là, il me semblait qu'on avait décroché le pompon.

Une fois mon sandwich englouti j'ai décidé de remonter chez moi. J'avais hâte de rédiger le dernier épisode de la série sur Morlan. Je baignais un peu trop dans toute cette affaire pesante. Il me tardait de m'en débarrasser. Et puis j'avais aussi une dette à régler : la promesse faite à L'Ange de la Miséricorde d'écrire un article sur Mlle Soeuil. Je lui devais bien ça.

C'est en ouvrant ma boîte aux lettres que j'ai eu ma deuxième surprise de la journée. Il y avait un petit paquet plat à l'intérieur, soigneusement emballé de papier kraft, posté à mon nom. J'ai grimpé les escaliers jusqu'au troisième, tout à fait intrigué par cette écriture inconnue et le mystère de ce colis.

Je dois reconnaître que dans ma façon de dépecer le paquet sans la moindre précaution, j'aurais démoralisé le plan vigipirate à moi tout seul. Ça ne m'a pas explosé au visage mais ma stupéfaction a quand même été totale. J'avais entre les mains un petit téléphone portable totalement démodé comme on en fabriquait quatre ou cinq ans plus tôt. Le genre de truc dont pas un adolescent n'aurait voulu pour caler sa tablette. L'objet était accompagné d'un mot manuscrit signé Thomas Hayon :

Je vais être auditionné par la police. Je vous confie mon portable « professionnel ». Il ne contient plus que le numéro d'appel de Franck G. Servez-vous-en pour lui faire avouer la mise à sac de votre appartement en vous faisant passer pour moi. Je lui ai envoyé plusieurs messages sans réponse. Je ne peux plus attendre. C'est tout ce que je peux faire pour vous. Bonne chance. Thomas Hayon. PS : pour F.G. vous êtes « le bougnoule ».

Sidérant. Le vrai truc de dingue… J'ai tout de suite consulté le portable en question. Boîte d'envoi vide, messagerie vide, ni photo ni document d'aucune sorte. Dans le répertoire figuraient uniquement les coordonnées de Franck Garmenty. D'ordinaire je suis assez d'accord avec Oscar Wilde : j'arrive à résister à tout sauf aux tentations. Mais là, prudence ! L'envie me taraudait de piéger le tatoué de service, mais je préférais m'entourer de quelques précautions. Au moins de la présence d'un témoin. J'hésitais entre Tonio ou le commissaire Dubourg.

De toute façon tout cela finirait dans le bureau de ce dernier. J'ai donc choisi l'option Tonio. Il serait sûrement de bon conseil dans la manière d'approcher le gibier. Ça pouvait attendre jusqu'à ce soir. Pour l'heure, j'avais du boulot. J'ai ressorti de mon sac le calepin de notes et le fatal opuscule de l'abbé Soeuil. Presque aussitôt, l'envie de me mettre au travail m'a abandonné. « Plus velléitaire que toi, c'est pas possible », disait mon ex. Hé oui !

Il y avait, au début des années 1990, une chanson de film que ma mère aimait beaucoup. Il y était question de poisson. Grosso-modo, ça disait ça : « Un poisson c'est muet, sans expression, un poisson ça ne pense pas, parce qu'un poisson ça connaît tout. » La chanson était en anglais. Ma mère me l'avait traduite. Je crois bien qu'elle était d'Iggy Pop. Chaque fois que je regarde Blb droit dans les yeux, je me dis qu'il pourrait y avoir quelque chose de vrai dans cette rengaine. En tout cas, j'aimerais, moi, qu'il y ait quelque chose de vrai. Que les poissons sachent tout, ce serait formidablement rassurant. En m'asseyant à ma table, encombrée de tout un fatras de papiers et d'objets en déroute, j'avais posé mon menton entre mes poings fermés pour tâcher de me concentrer en fixant mon poisson jaune. Tâcher de retrouver mon ardeur laborieuse. Nous nous sommes regardés un moment de part et d'autre du bocal. Blb n'est pas très efficace en matière de concentration. Il abandonne souvent l'affaire, mais il revient aussi souvent à la charge. On peut compter sur ses allers-retours. À force de le scruter dans les prunelles je me suis demandé à quoi pourrait bien ressembler les mémoires d'un poisson de bocal. Probablement à celles de la plupart des humains. L'ampleur du bocal ferait seule la différence. Et c'est là – merci Blb – que j'ai repensé aux souvenirs de Mlle Soeuil. Les quelques feuillets que Mme Lombard avait eu la gentillesse de me photocopier. Il m'a fallu quelques minutes avant de les extraire des strates empilées devant moi. Je les tenais. La photocopieuse avait fidèlement reproduit la trace de rouille laissée par le trombone en haut à gauche du premiers feuillet. J'ai trouvé ça émouvant. J'imaginais les doigts de la vieille dame en train de fixer le trombone, des décennies plus tôt. Je ne me souvenais plus du titre tapé à la machine, au centre de la page : « Ce que j'ai fait ». Des mots très modestes. Juste en dessous, ce sous-titre : « 1942-1945 ». Même pas de nom d'auteur. Je me suis mis à lire. Ma troisième surprise de la journée a été la pire de toutes.

45

— Monsieur Schoenberger, pouvez-vous me dire ce qui s'est passé le 28 août 1943 ?

— C'était un samedi, je m'en souviens très bien, mais je vous serais reconnaissant de fermer la porte, je suis très sensible aux courants d'air.

Il est vrai que j'étais entré dans la boutique du bouquiniste avec une certaine précipitation. Le vieux Chon-Chon était perché sur son tabouret à vis comme un roi sur son trône, régnant sur son royaume de livres et de brochures venus du fond des âges. Si un jour j'abandonne le journalisme, je me verrais assez bien en bouquiniste. Ce serait l'aboutissement logique de ma bibliochambre. Bref. Quand il m'a vu entrer, Chon-Chon a retiré ses lunettes rafistolées qui lui permettaient de voir au fond des choses dès qu'ils les enlevaient.

— Je vous attendais, jeune homme, m'avait-il lancé tandis que je remontais le dédale de bacs et d'étagères menant à son comptoir à partitions. J'ai lu le journal ce matin et je me suis dit que vous ne tarderiez pas à passer me voir...

J'ai sorti de mon sac les mémoires photocopiées de Mlle Soeuil. Chon-Chon les a feuilletées d'un doigt hâtif, reniflant de temps à autres en signe d'acquiescement, comme s'il connaissait tout cela par cœur.

— Alors, ce samedi 28 août, que s'est-il passé vraiment ? L'autre jour, le nom de Lormel vous semblait inconnu. Pourtant il est écrit ici par Mlle Soeuil.

— Il y a des noms dont on aimerait ne pas se souvenir... Mais ne restez pas debout, mettez-vous à votre aise...

De la main, il m'a fait signe de dégager les trois marches d'un petit escalier de bibliothèque encombré de vieilles revues. J'ai posé mes fesses comme j'ai pu, entre *Tout l'Univers* et *Ciné-Monde*. En tapotant de ses doigts de souris sur les feuillets posés devant lui, Arthur Schoenberger s'est lancé dans son récit :

— Ce jour-là, j'étais au Secrétariat Social avec Mlle Soeuil et son amie Berthe Pradier, une jeune femme spécialisée dans les faux tampons. Comme vous avez pu le lire dans ses mémoires, le Secrétariat dépendait de l'évêché et s'occupait des réfugiés. Ça, c'était en 1940. À partir de 1942, quand la zone libre a été envahie à son tour, le personnel du Secrétariat a glissé peu à peu dans la Résistance et l'aide effective aux juifs. J'avais quatorze ans et je venais d'être récupéré par Mlle Soeuil qui m'a caché chez elle pendant une quinzaine de jours, le temps de me trouver une place dans un couvent catholique de la région. Il m'arrivait de temps en temps de lui donner un coup de main au Secrétariat pour confectionner des faux papiers ou transporter des journaux clandestins... Ce samedi, nous avions été prévenus que la Milice risquait de perquisitionner dans nos bureaux. Depuis l'aube nous avions caché tous les documents compromettants. Nous avions peur... C'était une sale journée, croyez-moi.

J'avais lu tout cela dans les photocopies, mais je voulais apprendre ce que le texte ne disait pas. Il y avait un non-dit qui en disait long. J'ai insisté :

— Mlle Soeuil écrit que la Milice a débarqué vers 17 heures, qu'ils ont tout mis à feu et à sang, sans rien trouver. Elle dit qu'elle et son amie ont été sauvagement brutalisées par les miliciens. Le paragraphe se conclut par cette phrase : « Ce jour-là, j'ai connu l'horreur dans ma chair. Ma vie a basculé à tout jamais. J'ai su que le diable avait un nom : il s'appelait Frédéric Lormel. » Dans le reste de son récit il ne sera plus jamais question de ce Frédéric Lormel. Pourquoi ?

— Lorsqu'on est descendu en enfer, jeune homme, on y reste. Toute la vie de Mlle Soeuil s'est déroulée à l'ombre du diable. C'est pour cela qu'elle s'est réfugiée chez le bon Dieu... Lorsque les miliciens ont frappé à la porte, les deux jeunes femmes ont eu le temps de me cacher dans le faux-plafond du bureau. C'est de là que j'ai entendu, sans rien voir, tout ce qui se passait au-dessous. Frédéric Lormel était le chef de la Milice locale. C'était un honnête commerçant dont le père avait fait fortune en 14-18 en vendant du fourrage à l'armée française. Lui, ensuite, avait fait prospérer l'entreprise familiale dans le commerce et l'immobilier. Il devait avoir une trentaine d'années quand le régime de Vichy a créé la Milice en mars 1943... Certains hommes s'accomplissent totalement dans la terreur qu'ils exercent sur les autres. Lormel était de cette engeance. Intelligent, cultivé, il appartenait à cette bourgeoisie raffinée qui se piquait d'art et de littérature, participant à des cercles culturels que fréquentait aussi l'abbé Soeuil avant la guerre. Lormel a été un des premiers à penser que le livre de l'abbé renfermait une vérité. Sans doute s'était-il imaginé que le trésor de Morlan pouvait servir les glorieux projets de son organisation paramilitaire. Ce samedi, il a débarqué au Secrétariat Social accompagné de quatre autres miliciens. Sa garde rapprochée. Des brutes à qui leur statut conférait une impunité totale. Imaginez-vous ce qu'est la jouissance de pouvoir tout se permettre sans rien risquer ? Ils ont commencé par fouiller toutes les armoires, tous les dossiers, les tiroirs, renversant tout sans arriver à mettre la main sur quoi que ce soit de compromettant. Peu à peu, la tension est montée. D'inquisiteurs, ils se sont fait violents et injurieux, Lormel surtout. Je l'ai entendu dire à Mlle Soeuil : « Toi, la petite salope enjuivée, on sait que tu caches des rats. On finira par vous coincer, toi et tes complices. En attendant, tu vas nous dire où ton frère a planqué son trésor... » Mlle Soeuil s'est défendue comme elle a pu. Elle a dit que son frère s'était amusé à inventer cette histoire, qu'il n'y avait jamais eu de trésor. Mais Lormel n'en démordait pas. Des gifles ont retenti, puis des coups. Enfin, sous la menace des armes, il a ordonné aux deux femmes de se déshabiller. Vous imaginez la suite. Lormel et ses sbires les ont violées pendant plus de deux heures... Après cela, Mlle Soeuil n'a plus été capable d'approcher un homme de toute sa vie.

Arthur Schoenberger s'était tu. Je sentais qu'il n'était pas encore tout à fait redescendu de sa cachette dans le faux-plafond. Je pensais à Thomas Hayon, le digne petit-fils de Frédéric Lormel, reprenant à son compte toutes les haines que son grand-père avait développées. Tonio avait vu juste. Sous ses dehors populistes, le Regain Tricolore n'était rien d'autre que ce que le bouquiniste appelait l'ombre du diable. Les moteurs profonds étaient les mêmes. C'était toujours le même dégoût de soi, le désaveu de sa propre vie qui générait la haine de l'autre. Je devais avoir l'air assez piteux. Chon-Chon m'a souri.

— Remettez-vous, jeune homme. Il ne vous est rien arrivé de grave. On se remet de tout. Regardez comme je me suis bien remis d'Auschwitz.

Peut-être à cause de son accent traînant qui évoquait le chocolat et les alpages, j'ai souri à mon tour.

— Et Frédéric Lormel, il s'en est remis comment de tout ça ?

— Le mieux du monde, j'imagine. Sa femme et lui ont disparu vers la fin de l'été 1944 au moment où le vent tournait. D'après la rumeur publique, il paraîtrait qu'ils s'étaient refait une santé en Espagne. Il est vrai que le général Franco était un homme accueillant... Par la suite, je n'ai plus jamais entendu prononcer le nom de Lormel jusqu'à ce jour récent où un homme se présentant ainsi est venu m'acheter le stock des livres restants. Vous pouvez imaginer ma stupeur. J'ignorais que le fils habitait notre ville, qu'il était revenu s'installer sur le lieu des crimes du père.

— Comment pouvez-vous être sûr qu'il s'agissait de son fils ?

— C'est Frédéric Lormel qui m'a arrêté quelques mois après l'horrible perquisition au Secrétariat. C'est lui qui m'a remis à la Gestapo. On se souvient à jamais du visage de la peur... Il arrive aussi que la génétique soit une science très exacte. Soixante-dix ans plus tard, quand Lormel fils est entré dans ma boutique, j'ai eu l'impression d'avoir devant moi le même homme qu'en 1944, en plus âgé, certes, mais le même : froid, distant avec cependant une espèce de fragilité, une sorte de tristesse en plus dans le regard que n'avait pas l'original. Il m'a demandé si, par hasard, j'avais entendu parler du livre de l'abbé Soeuil... J'ai tout de suite compris que ce ne pouvait être que le fils de notre bourreau... Quand je lui ai remis le carton contenant les petits fascicules, je l'ai senti désemparé. Ça m'a ému. Tellement ému que je lui ai cédé le tout pour presque rien. En souvenir de son père. Ce doit être difficile d'être le fils du diable.

Je ne savais pas trop si j'avais compris ce que voulait dire Chon-Chon. Je lui ai raconté le peu que je savais de la vie de l'architecte Lormel. Comment sa femme et lui s'étaient investis dans l'action humanitaire un peu partout dans le monde. Je lui ai parlé aussi de Thomas Hayon, de son engagement dans les traces immondes de son grand-père.

Chon-Chon m'a écouté en silence, hochant la tête de temps en temps. Quand je me suis tu, il m'a regardé droit dans les yeux avec ses prunelles de hibou millénaire.

— Voyez-vous, jeune homme, à ma majorité – à cette époque, c'était vingt et un ans – je suis parti vivre en Suisse. Je me suis marié, j'ai vécu quarante ans là-bas, avec ma femme et mes fantômes. Nous ne voulions pas d'enfant. Nous trouvions qu'il y avait trop de viande humaine sur la planète et trop peu d'humanité. Nous avons vécu dans la joie des livres. Les livres, c'était mon enfance. J'avais hérité ce goût de mon père et de ma mère. En Suisse, j'ai tenu une librairie ; ma femme travaillait dans l'édition. Soudainement, à sa mort, les livres ont perdu tout leur sens à mes yeux. À quoi bon tomber sur une phrase sublime, si vous n'avez personne avec qui la partager ? C'est un moment curieux, lorsqu'on se rend compte que l'on connaît plus de morts que de vivants. J'ai tout vendu, maison et librairie, sur un coup de tête et j'ai quitté la Suisse. J'étais libre. J'avais de l'argent. Je pouvais aller n'importe où. Autant dire nulle part. Nulle part, c'était ici. Dans cette petite ville charmante et minable où j'avais fait l'apprentissage de la peur. Le seul apprentissage qui compte vraiment dans la vie d'un homme. Ici, j'ai retrouvé Mlle Soeuil. J'ai connu aussi le petit Max. C'est lui qui m'a parlé de cette boutique de bouquiniste qui était à vendre. Tout de suite l'endroit m'a paru fraternel, fait à mon image : hors du temps, démodé, farci de mes vieux amis les livres. Mes chers livres inutiles…

J'étais choqué. Je repensais à ma bibliochambre et ses 873 volumes qui m'apportaient tant de satisfaction. Je repensais au dernier entré : celui que Léo m'avait offert et qui m'avait appris ce mystérieux Fayoum d'où je venais. Et puis je repensais à mon ex qui trouvait que je dépensais mon argent inutilement en achetant du papier à l'ère des livres numériques.

— Pourquoi dites-vous que les livres sont inutiles ?

— Mais parce qu'ils le sont, mon cher ami. S'ils avaient eu la moindre efficacité, croyez-vous que le monde serait aujourd'hui plongé comme il l'est dans l'amertume la plus absolue ? Si seulement quelqu'un avait essayé d'appliquer à la politique les *Pensées* de Marc Aurèle, croyez-vous que les gens passeraient leur vie à remplir des caddies dans les supermarchés ? Non, non, je vous assure qu'en dehors des modes d'emploi et des manuels horticoles, aucun vrai livre digne de ce nom n'a jamais eu la moindre utilité. C'est même là que réside leur grandeur, leur beauté... Le plus beau texte du monde est aussi inutile qu'une aurore boréale.

— Je crois que j'aimerais beaucoup voir une aurore boréale, monsieur Schoenberger.

— Confidence pour confidence, je me délecte encore dans la compagnie des livres. Je les partage à présent avec mes fantômes.

Parler avec M. Schoenberger, c'était un peu comme parler avec Léo, à cette différence près qu'on ne peut pas traiter d'égal à égal avec quelqu'un qui a connu l'intérieur d'un faux-plafond et tout ce qui s'en suit. Grâce à lui, en tout cas, le mystère Thomas Hayon s'était pas mal éclairci. Ça rejoignait d'ailleurs la théorie de Léo sur la transmission des caractères au-delà des générations. Je n'ai pas osé lui demander ce qu'il pensait vraiment au sujet du trésor de Morlan. J'avais un peu peur qu'il me juge décidément bien benêt. Avant de le quitter, je lui ai dit que j'allais écrire un article en hommage à Mlle Soeuil. Il m'a fait promettre de ne rien dire sur cette journée du 28 août 1943. J'ai promis.

Il était assez tard lorsque nous nous sommes quittés. Chon-Chon m'a raccompagné pour fermer la boutique. C'est au moment de sortir que j'ai remarqué l'étoile juive scotchée sur la porte, au milieu de quelques affichettes d'éditeurs. Elle serait presque passée inaperçue. À peine de la taille d'une main, découpée dans un tissu jaune effiloché. Le vieux bouquiniste a mis sa main de souris sur mon épaule :

— Je me la suis posée moi-même. Vous comprenez, c'est un plaisir que je ne voulais pas laisser à d'autres...

46

Depuis la fenêtre de sa chambre, dont l'ameublement raffiné évoquait davantage le boudoir d'un homme de cour que la cellule d'un moine, le prieur Joseph-François d'Apre regardait avec une satisfaction non dissimulée un nuage de poussière se dissiper sur les hauteurs de la colline dominant Morlan. C'était l'attelage de Monseigneur de Terrefort qui disparaissait au loin, rapetissant à chaque tour de roue, pour n'être plus à la fin qu'un dérisoire petit point absorbé par le paysage ; quelque chose d'aussi insignifiant qu'un moucheron que pourrait happer la première hirondelle qui passe. « Que le Diable vous emporte, Monseigneur », murmura le prieur qui eût aimé, au moins cette fois dans sa vie, croire à l'existence du Malin. Il sortit sans faire de bruit et se rendit avec une prudence inquiète à l'endroit, connu de lui seul, où se trouvait l'unique chose au monde qu'il eût été capable de défendre au prix de sa vie : son trésor.

Après avoir manœuvré le panneau qui en dissimulait la cachette, il ouvrit successivement les deux coffres bardés de métal et clos de serrures au dessin compliqué. Nuit et jour il en conservait les clés, au plus intime de son vêtement, attachées par un cordonnet de cuir qu'il ne dénouait jamais. Il arrivait parfois que le métal s'imprimât contre sa chair, lui procurant alors une souffrance délicieuse, car il se souvenait à l'instant qu'il était immensément riche et sa douleur, aussitôt, se muait en une sorte de béatitude.

Il promena lentement sur le contenu des deux coffres, un regard où la cupidité le disputait à l'extase. Puis il plongea ses mains, l'une dans le coffre aux pièces d'or, l'autre dans celui rempli de pierres précieuses. Un instant il ferma les yeux, tout entier abandonné à son ravissement. Ces caresses quotidiennes, tant de l'œil que de la main, qu'il prodiguait à son trésor, lui étaient une médecine bien plus efficace que n'importe quel traitement d'apothicaire. Il s'en trouvait toujours la santé raffermie et l'esprit plus délié.

Cependant, le silence qui l'entourait l'inquiéta. Il se redressa brusquement, rabattit les couvercles, fit jouer les fermoirs et remit en place à la hâte le panneau secret, gardien muet de ses délices temporelles.

Alors qu'il regagnait le grand escalier, il vit deux silhouettes au bas des marches. Le prieur eut un instant de frayeur. L'avait-on espionné ? Il lui suffit de descendre quelques degrés pour dissiper son trouble. C'étaient frère Pierre et le peintre de fresques qui discutaient plaisamment, le sourire aux lèvres.

— Eh bien, messieurs, nous direz-vous le motif de ces mines réjouies ?

Ôtant le bandeau qui relevait sa chevelure, comme en une parodie de salut, le peintre s'adressa au prieur :

— Nous riions, monsieur, de la belle turlupinade que vous avez jouée à notre visiteur... Et comment il s'en est allé, tout assuré de votre contrition et de votre repentir !

Joseph-François d'Apre était de ces hommes qui, sans être dupes des flagorneries dont ils sont l'objet, éprouvent quelque plaisir à la complaisance de leurs courtisans. Il s'amusa à renchérir :

— Cet évêque de Fontesaigues est plus néfaste à lui tout seul que mille orages de grêles. Si on l'écoutait, Morlan retournerait aux orties !... Mais, par sa faute, nos travaux vont prendre encore du retard...

Toute modeste que fût sa condition de convers voué aux tâches subalternes, frère Pierre crut bon d'intervenir :

— Monsieur l'abbé, j'ai pris sur moi de ne congédier nos ouvriers qu'en apparence. Ils sont installés, pour l'heure, avec tous leurs outils sous la grange à fourrage et n'attendent qu'un signe pour se remettre à l'ouvrage céans.

L'œil du prieur s'éclaira d'une lueur joyeuse.

— Frère Pierre, quel brave homme vous êtes ! Combien j'aimerais vous garantir qu'il existe un paradis afin que vous perceviez un jour la juste récompense que mérite votre belle âme ! *Et il planta là le bon moine, tout rosissant de plaisir dans la vision de cette hypothèse paradisiaque. « Allons, monsieur, ajouta-t-il à l'intention du peintre, montrez-moi un peu où vous en êtes de votre œuvre interrompue... »*

Au bout de la galerie de l'étage, dans son encadrement de gypse, la fresque flamboyait sous la lumière du soleil décroissant. Le prieur resta un instant silencieux dans la contemplation des merveilles que le jeune peintre avait fait jaillir de son pinceau. Comme habités par la vie, le cerf et la licorne semblaient piaffer dans le sous-bois. Les brillances et les ombres jouaient sur leur pelage mieux que s'il eût été réel. Alentour, la nature sauvage paraissait animée pour de bon sous le souffle du vent ; les herbes se courbaient doucement, quelques feuilles tombaient de la ramure en voltigeant. « In corpore est anima et spiritu », *murmura pour lui-même le prieur qui venait de reconnaître l'image alchimique. Ses yeux distinguèrent soudain un détail qu'il n'avait pas remarqué jusque-là : la silhouette d'un château dans le lointain apparaissant dans la découpe des troncs d'arbres. Il interrogea le peintre :*

— Pourquoi ce château, à l'horizon ?

— Il figure l'aspiration profonde de celui qui a commandé la fresque ; son goût immodéré

du luxe et de la vie fastueuse, répondit le peintre.

Le prieur eut un instant d'hésitation et fronça les sourcils.

— Mais... c'est mon portrait ? s'exclama-t-il.

— C'est votre portrait, répliqua le jeune homme sur le ton de l'évidence.

— Flatteur !... Savez-vous que je pourrais vous mettre au cachot pour cette outrecuidance ?

— Je n'en crois rien, monsieur le prieur.

— Et pourquoi donc ?

— Le petit agrément de me voir enfermé, vous priverait du grand plaisir de voir votre fresque achevée.

Le prieur ne put s'empêcher de sourire. Ce garçon avait un sens de la répartie qui lui plaisait. Il possédait à lui seul infiniment plus d'esprit que tous les petits nobliaux des environs qui honoraient parfois le prieur de leur visite et auxquels ce dernier se devait de rendre la politesse, toujours à contrecœur, tant leur conversation l'ennuyait. Avec lui, il retrouvait un peu de cet esprit qui l'enchantait lors de ses rares séjours à Versailles. Bien qu'il fût de basse extraction, l'humeur primesautière de ce garçon mettait un peu de baume à son exil provincial. Soudain, une idée lui vint. S'approchant de la fresque, il pointa du doigt un espace de verdure.

— Tenez, j'ai là le moyen d'oublier toutes vos effronteries... Je ne doute pas que vous pardonnerez au dilettante d'ajouter son détail au dessein de l'artiste, mais je ne détesterais pas que vous peigniez ici l'image d'un pélican.

Le peintre s'étonna :

— Un pélican ? Mais pourquoi donc ?

— Ignorez-vous que dans l'imaginaire ancien cet oiseau symbolise le sacrifice de Jésus-Christ ? On en rencontre quelques autres représentations dans notre bonne abbaye. Nul ne pourra nous reprocher de rajouter un peu de christianisme à la beauté païenne de votre œuvre, n'est-ce pas ?

— Soit, pour le pélican. Vous verrez que mon pinceau excelle autant dans la plume que dans le poil.

Le prieur hocha la tête puis rajouta en conclusion :

— Je n'en doute pas, mais afin que votre pénitence soit complète, faites-moi la grâce de partager ma table ce soir. C'est vendredi et nos frères ont sorti du vivier des truites superbes. Nous fêterons ensemble l'arrivée du généreux pélican.

Le peintre savait que l'invitation était un ordre. Il s'inclina en signe d'acquiescement avec d'autant plus de bonne grâce qu'il connaissait la table du prieur pour une des meilleures de la région.

Autour d'eux, l'abbaye bruissait de sons étouffés par les hauts murs. C'étaient le bois et la pierre qui gémissaient sous les coups de scie et de burin des artisans. Le chantier avait repris.

Ainsi s'achevait l'avant-dernier chapitre du récit de l'abbé Soeuil. Je venais d'en terminer la retranscription quand je me suis souvenu des notes que j'avais prises lors de ma visite à Morlan. J'ai retrouvé dans mon carnet ce que Thomas Hayon m'avait dit sur la symbolique de la fresque. Il y avait en effet dans la nouvelle presque tout ce qu'il m'avait appris ce jour-là. Ce mec connaissait beaucoup de choses et avait dû dévorer avec passion le texte de Soeuil. Comment se faisait-il qu'il n'en ait pas trouvé la clé ?

En quittant M. Schoenberger, j'étais retourné directement chez moi. Je voulais boucler définitivement le chapitre Morlan et me consacrer le plus vite possible à ma dette envers Mlle Soeuil. Ce que Chon-Chon m'avait appris me stimulait à écrire contre la moderne tentation fasciste. Je n'ai jamais beaucoup cru au blabla à la mode sur le « devoir de mémoire ». Son efficacité me paraît plus que douteuse, mais je crois que ce sera pire si on ne se souvient pas.

Devant moi, le vieux téléphone portable de Thomas Hayon semblait m'inviter à l'ouvrir. À vrai dire, je brûlais d'envie d'envoyer un message à Garmenty. Mais je m'étais promis de n'agir qu'après avoir consulté Tonio. J'espérais qu'il ne tarderait pas trop à rentrer de sa réunion LGBT. Dans son bocal, mon cher Blb me regardait avec cet air de totale concentration méditative dont seuls sont capables les poissons jaunes et les moines bouddhistes. Cette pensée monacale a eu l'heureux effet de me ramener illico à Morlan. Je devais, à présent, rédiger mon compte-rendu sur l'abbaye de nos jours et envoyer le tout au distingué Roquebert. Merci Blb.

47

Bien entendu, La Grivette était fermée lorsque je suis descendu en quête d'un sandwich. Allais-je me traîner jusqu'à la pizzeria la plus proche ? On était samedi soir, j'en avais au moins pour trois quarts d'heure d'attente avant de pouvoir me jeter sur une « chèvre-miel » ou une « magret-poivrons » avec sauce piquante, s'il vous plaît... Tout ça pour remonter la grignoter, à demi froide, dans mon T2 bis avec mon Blb écailleux pour toute compagnie ? Pitié ! Comble d'horreur, je venais de recevoir un message de Tonio m'annonçant qu'il était crevé, qu'il rentrait se coucher et me rappellerait demain, dès son réveil, promis. La rue sentait l'asphalte mouillé, la pisse de chien, le vieux cafard quand on donne un nom d'insecte à la vieille douleur d'être seul.

Mais je n'avais pas plus envie des rencontres hasardeuses du Grand Ring que des relents d'aisselles survoltées de L'Eden. Je me sentais tellement paumé que, pour un peu, j'aurais débarqué chez ma mère avec mon vague à l'âme en bandoulière comme au plus beau temps de mon adolescence. Mais non, merde ! Je voulais me réserver pour mardi. Nous avions, par ma faute, sauté un de nos rendez-vous ; je comptais lui faire la surprise de toutes mes aventures en les lui racontant à domicile avant de l'amener dans le plus beau restaurant de la ville. Celui où nous n'allions que deux fois par an, pour mon anniversaire et pour le sien. Mardi était notre jour sacré, je n'allais pas tout bousiller pour une chouinerie de gamin. Tiens, pour un peu plus encore, j'en aurais chialé. Heureusement que les boîtes de conserve vides sont là pour nous réconforter. Celle qui traînait à cet instant dans le caniveau, s'est pris un magistral coup de pied au cul qui m'a fait un bien fou. Je n'étais pas loin de comprendre pourquoi on a inventé le football. Ça m'a tellement calmé que j'ai fait ce que j'aurais dû faire depuis longtemps si seulement j'arrêtais de me mentir à moi-même. J'ai tiré mon Smartphone de ma veste et j'ai composé le bon numéro.

— Allô, Léo ?...

48

— Sachant que la terre tourne sur elle-même à 1600 kilomètres heure environ, tout en valsant autour du soleil à 106000 kilomètres heure et sachant d'autre part qu'il n'y a absolument personne qui pilote, crois-tu qu'il y ait de quoi prendre les choses au sérieux ?

Léo a éclaté de rire. Sa remarque astronomique semblait le plonger dans une grande hilarité. Je venais juste de lui demander ce qu'il pensait de la folie du monde. Plus précisément des êtres délirants qui grouillent dessus. Tout cela à peine après avoir échangé quelques mots de remerciements pour m'avoir invité. Il est vrai que, déjà, à mon arrivée chez lui, je devais paraître un peu secoué du bulbe. Ça n'avait rien à voir avec le trajet en Morini.

— Alors, tout est absurde ?

— Non, Skander ! Justement non... Ce n'est pas parce que nous ne comprenons pas le monde que le monde est absurde. Au contraire, il est merveilleux dans son mystère... Tout est à découvrir. Tout est à inventer, surtout à ton âge... Peux-tu regarder légèrement plus à gauche, s'il te plaît ?

J'ai tourné le visage vers la gauche. C'était bizarre. Je n'avais encore jamais posé pour un peintre. Après m'avoir servi un de ses somptueux apéritifs-dîners qui tiennent plus du banquet que du pique-nique, Léo m'avait proposé de faire mon portrait. Juste après avoir accepté, je m'étais senti mal à l'aise. Mi-confus, mi-flatté. Il me semblait ne pas être à la taille de l'honneur qu'il me faisait. Je ne savais rien de la cote de Léo et je m'en fichais pas mal. Pour moi, c'était un grand artiste. J'étais très fier qu'il m'ait jugé digne de son coup de pinceau. Je me disais aussi que s'il pouvait passer des heures à faire le portrait d'un piaf empaillé, ma petite gueule du Fayoum méritait bien quelques minutes d'attention. Narcissisme, quand tu nous tiens ! Je ne savais pas encore que, pour un peintre, le sujet n'a aucune importance. C'est la peinture qui compte. À cet instant, je croyais que c'était moi. Portrait d'un benêt intégral. En fait, c'était un peu plus compliqué que ça. À la réflexion, je suis persuadé que ce prétexte pictural était ce que Léo avait trouvé de mieux pour continuer à discuter avec moi sans s'ennuyer. Je ne savais pas non plus qu'il était en train de me faire le cadeau le plus bouleversant que j'aie jamais reçu dans ma courte vie. J'avais débarqué chez lui pour y déverser mes poubelles pleines d'angoisse, de solitude et de questions oiseuses. J'avais débarqué avec ma jeunesse inachevée en espérant qu'il m'aide à en découdre. Il avait accueilli mon dépotoir avec sa bienveillance habituelle.

Finalement, la position qu'il m'avait indiquée, légèrement de biais, le regard vers le mur, avait l'avantage de créer une distance entre nous deux. J'étais tout près de lui, mais je n'avais pas à le regarder en face. Situation idéale pour oser lui raconter ce que j'avais vraiment sur le cœur.

Alors, j'ai tout déballé. Les crises de narcolepsie, les hallucinations, mon amour éperdu pour le fantôme de sa fille... Il m'a laissé parler. Je regardais le mur devant moi, sans bouger pour ne pas esquinter le tableau en train de naître. Mes yeux s'étaient fixés sur un objet bizarre que je n'avais pas remarqué lors de mes visites précédentes : une paire d'haltères. Le genre d'instrument que je ne m'attendais pas à trouver dans la maison d'un type en fauteuil roulant. Mon ex me l'a si souvent seriné : « Tu n'as aucune imagination... » Exact. Comme si un handicapé ne pouvait pas être aussi un athlète ! Bref... Léo m'a écouté. C'est-à-dire qu'il a laissé s'épancher ma fuite verbale jusqu'à total assèchement de mes tuyauteries sentimentales. Pas un mot de sa part. Pas même un grognement. Seulement le bruit très léger de la pointe de graphite courant sur la toile apprêtée. Lorsque j'ai prononcé le nom de Sandra, il m'a semblé qu'il s'arrêtait de dessiner, un court instant. Mais peut-être l'ai-je imaginé ?

— Mon pote Tonio m'a conseillé d'aller chez un psy... L'ennui c'est qu'en général les gens vont consulter pour se débarrasser de ce qui les hante, non ? Moi, au contraire, j'aimerais que les fantômes existent pour de bon.

— Pause de la pose, a répondu Léo.

Je commençais à ressentir un certain blocage dans les cervicales. Léo a fait pivoter son fauteuil vers le tourne-disque et l'inoubliable *Siboney* s'est mis à chalouper dans l'atelier. Léo m'a resservi un verre de bordeaux puis il m'a raconté :

— « Fantôme du Bonheur », avec majuscules s'il te plaît ! Figure-toi que c'est comme ça que j'avais décidé de baptiser cette maison. Pendant notre voyage de noces, nous avons parcouru la France, ma femme et moi. Peu de temps avant, ma dernière exposition à Berlin avait été couronnée de succès. Nous étions riches, à notre mesure. Alors nous avons fui tout ce qui pouvait représenter le monde des riches. Nous nous sommes baladés un peu partout au hasard des cartes routières, dans les endroits les plus reculés, le plus loin possible des coins à la mode. Nous avons dormi dans des gîtes accrochés au bord d'à-pics vertigineux, campé à la belle étoile au long de petites rivières oubliées. Un soir, nous sommes tombés sur cette maison, toute baignée d'un crépuscule doré, dans le roucoulement des pigeons-paons. Elle appartenait à des Parisiens qui l'avaient eue en héritage.

Ils la louaient de temps en temps quand ils n'y venaient pas eux-mêmes en vacances. Nous l'avons prise pour deux semaines. C'est ici que nous avons été les plus heureux. C'est ici que Sandra a été conçue. Puis nous sommes rentrés dans l'Est. Ma femme était violoniste à l'Opéra du Rhin. Nous habitions Strasbourg. Moi, le pied-noir, le type du Sud, j'adorais cette ville au charme teuton suranné. Et puis c'était très commode. J'avais une galerie qui m'accueillait à Stuttgart, une autre à Berlin et je mettais un peu moins de cinq heures pour aller voir mon marchand à Paris. Mais tous les étés au mois d'août, rituellement, nous revenions ici. Un beau jour, c'était en 1999, les propriétaires nous ont annoncé qu'ils allaient mettre la maison en vente. Sans même discuter le prix, nous nous sommes portés acquéreurs immédiatement. La transaction s'est faite chez un notaire d'ici. Sandra nous avait accompagnés. C'était le jour de ses dix-neuf ans. Le 6 juillet 1999. À 18 h 30 nous sommes sortis tous les trois de chez le notaire avec dans la poche les clés du bonheur. À 18 h 45 ma femme et Sandra étaient mortes, moi j'étais plongé dans le coma pour plusieurs mois. Handicapé à vie. Tout ce que nous faisons dans la vie se résume au récit que nous en faisons.

Léo s'est interrompu un moment. Ses yeux exécutaient de rapides allers-retours entre la toile et moi. D'un geste vif il corrigeait quelques détails. J'étais frappé par la neutralité du ton sur lequel il avait raconté son histoire. Les mots lui étaient venus d'une traite, sans à-coups, comme une leçon apprise par cœur. Un simple constat de gendarmerie pour décrire une vie foutue. Son apparent détachement m'autorisait à l'interroger :

— Comment est-ce arrivé ?

— À quelques kilomètres d'ici, sur la route des crêtes. Au débouché d'un virage, une voiture qui descendait à plus de 100 à l'heure au beau milieu de la chaussée. J'ai dû braquer pour éviter la collision frontale. Nous étions du mauvais côté. À l'époque, il n'y avait pas encore la glissière en bois pour protéger du ravin…

— Et le chauffard ?

— Un pauvre type alcoolisé… De son côté, il n'y a eu que des dégâts matériels… Pendant mon hospitalisation, c'est la famille de ma femme qui a engagé le procès avec un avocat parfaitement incompétent. Difficile de leur en vouloir. D'autant plus que mon pronostic vital était des plus incertains. Pour eux, depuis l'Alsace, ce n'était pas simple à gérer. Quant à moi, après mon réveil, j'étais hors d'état de m'occuper de quoi que ce soit. L'instruction a été bâclée. Les experts des assurances ont été en dessous de tout. Et puis la législation était beaucoup moins dure qu'elle ne l'est aujourd'hui. De son côté, l'assassin involontaire avait un excellent défenseur. Entre le sursis et la remise de peine, il s'en est assez bien tiré. Je crois qu'il a fait un an de prison en tout et pour tout. J'ai suivi tout cela de loin. De centres de rééducation en blocs opératoires. La première urgence c'était de retrouver l'usage de ma tête, puis de mes mains. Les chirurgiens sont des types formidables !…

Léo regardait ses mains. Des doigts longs, déliés, puissants. Une sorte d'autoportrait. Sur le tourne-disque, *Siboney* achevait sa rengaine... « *Yo te quiero, yo me muero por tu amor...* »

— Je peux regarder ton dessin ?

Il a tourné la toile vers moi. C'était à la fois moi et l'autre, mon frère du Fayoum. Moi, avec la petite cicatrice sur la pommette, mon col de chemise d'aujourd'hui, mes boucles brunes sans couronne de laurier. Lui, avec son regard profond d'outre-tombe.

— C'est beau.

— Il manque la couleur. Je le peindrai demain...

Léo a reposé la toile sur le chevalet, puis, sans transition :

— Donc « Fantôme du Bonheur ». Tu parles d'un nom pour une maison ! Quel mauvais goût ! Tu comprends, on devient dingue dans ces moments-là. Inutile de hurler à la mort. Inutile de frapper dans le vide. Rien ne sert à rien. Tu as l'impression à chaque instant de toucher le fond d'une douleur sans fond. Une nuit je me suis relevé pour aller chercher un bidon d'essence dans la remise. Quelque minutes plus tard j'étais dans l'atelier avec mon projet d'incendie au bout des doigts, comme un imbécile. Comme si on pouvait foutre le feu aux souvenirs. Heureusement, il arrive que la sentinelle du ridicule fasse le planton à la porte de nos désespoirs... Elles étaient là, toutes les deux, Laure et Sandra qui me regardaient. Du moins c'est ce que je me suis imaginé. Les fantômes sont dans notre tête, Skander, nulle part ailleurs. On n'en finit jamais avec ça... En tout cas, ce jour-là, j'ai rangé le bidon d'essence à sa place. Il y avait mieux à faire... Je l'ai fait.

— Tu as fait quoi ?

— Tu ne trouves pas qu'il est tard ? Je suis fatigué... Si tu souhaites dormir ici, tu es invité. À l'étage, il y a la chambre de Sandra. Elle est vide à part une table, un fauteuil et un lit. Après l'accident, ses grands parents ont jugé bon de récupérer toutes ses affaires et celles de sa mère. À titre de souvenirs, j'imagine. Plus tard, lorsque j'ai été en état de leur réclamer quelque chose, je ne l'ai pas fait. À quoi bon ? En quittant l'Alsace, je les ai quittés eux aussi et tout ce qui se rattachait au bonheur.

Léo s'était tu. Les paupières à demi fermées il observait son dessin. On aurait dit qu'il m'avait oublié. J'ai fait trois pas vers les verrières closes dans lesquelles se reflétait l'esquisse de l'atelier. Je regardais l'image inversée de nous deux, encadrés par l'huisserie du vitrage. Deux personnages de bande dessinée prisonniers dans leur vignette. Je sais bien que j'aurais pu demander à Léo s'il n'avait pas éprouvé le désir de refaire sa vie. Au moins de nouer une relation avec une autre femme. Même à son âge et en fauteuil roulant, avec son talent et sa belle gueule de baroudeur, ça ne doit pas être trop difficile de... Mais quelque chose me disait que non. Que Léo était seul. Même s'il pouvait lui arriver de peupler sa solitude, il ne devait s'agir que de rencontres sans suite. Dehors, la nuit d'avril était déjà bien avancée. L'atelier semblait un îlot tiède et lumineux cerné d'une mer froide et noire. Je n'avais pas envie de partir. Léo a fait rouler son fauteuil vers une large porte qu'il a ouverte sur une sorte de hall.

— L'escalier est là... Moi, je vis au rez-de-chaussée, tu t'en doutes. Là-haut il y a toutes les commodités : w.-c., salle de bains. Tout fonctionne...

J'ai quelqu'un qui vient régulièrement s'occuper de l'entretien... Fais comme chez toi. Bonne nuit, Skander.

— Bonne nuit, Léo. Merci.

49

Chambre de Sandra. Absence de Sandra. J'ai parcouru des yeux mon rêve exaucé et vide. Impression d'entrer dans une chambre d'hôtel sans la moindre trace du précédent occupant. Comme si cette chambre n'était là que pour moi seul de toute éternité.

La pièce au parquet bavard était, comme me l'avait dit Léo, meublée d'un fauteuil, d'une table et d'un lit. Dans l'épaisseur d'un mur, un grand placard aux portes de chêne mouluré s'ouvrait sur des étagères désertes. L'opaline blanche du plafonnier répandait une lumière hivernale. Pas un objet, pas une image qui aurait pu évoquer le passage d'une jeune fille de dix-neuf ans. J'ai senti tout de suite qu'aucun fantôme n'apparaîtrait dans la trame des rideaux de coton crème. Qu'avais-je espéré ? Sur le seuil, j'avais hésité un instant à tourner le gros bouton de céramique de la porte. M'étais-je imaginé que le battant de bois s'ouvrirait sur un autre monde ? Une forêt enchantée peuplée de créatures oniriques, comme dans les films de mon enfance ? Sandra en reine des elfes m'entraînant dans une grotte aux stalactites de cristal mélodieux ? N'importe quoi !

J'ai éteint le plafonnier, balancé mes chaussures dans le noir avant de m'écrouler tout habillé sur le lit. La soirée avec Léo m'avait tout à la fois bouleversé et laissé sur ma faim. Ma théorie au sujet de l'assassin de Lormel, à savoir le fils Garmenty, n'avait suscité aucun commentaire de sa part. Il semblait s'en moquer totalement. Il m'avait simplement conseillé d'attendre le résultat de l'enquête tout en me qualifiant, l'œil narquois, de « Rouletabille du cistercien ». J'étais déçu. Surtout venant de lui qui avait été un des acteurs involontaires de la comédie jouée par Mme Garmenty. J'avais espéré au moins un certain enthousiasme pour mes déductions, des réponses plus ou moins concrètes à mes incertitudes. En guise de parade à mes questionnements, il n'avait opposé que des pointes d'esprit, des idées subtiles ou drôles mais qui ne résolvaient aucun de mes problèmes. Lui qui m'était apparu jusque là comme un roc me semblait soudain une poignée de sable. Et que dire de son récit sur l'accident qui avait ravagé son existence ? Était-il devenu insensible aux tribulations de ses semblables ainsi qu'aux siennes propres, au point que tout lui était indifférent ? Il cultivait pourtant l'émerveillement comme une sorte de gymnastique morale. Son accueil tout au long de la soirée avait été des plus amicaux. Je percevais bien qu'il avait une vraie sympathie pour moi, qu'il s'efforçait de m'encourager ;

mais en même temps quelque chose voilait cet élan. J'aurais juré que sa pétillante légèreté masquait une distance qu'il s'efforçait de cacher. J'en ignorais la raison. Tout ça me gavait. Surtout ma propre incompétence à voir clair dans les autres, à saisir leurs motivations. J'étais un indécrottable naïf. Ça me rendait furax. Mes idées s'emballaient. Je mettais à bas mes déductions à dix balles. Tout le monde devenait soudain un coupable potentiel. En premier lieu ce sale merdeux de Thomas Hayon. Après tout, il aurait parfaitement pu assassiner son père en dépit de mon intime conviction. Mme Garmenty pouvait aussi avoir tué l'architecte pour mettre la main sur le fabuleux trésor de Morlan, ou ce qu'il en restait, afin de financer son parti de crapules. Et pourquoi pas le bouquiniste Chon-Chon, voulant se venger sur le fils des crimes du père ? Certains vieillards sont capables de prouesses étonnantes. Que penser encore de Mme Lormel ? Son « je-m'en-foutisme intégral » n'était-il pas une façade ? Rien ne lui interdisait de détester son mari au point de vouloir s'en débarrasser. Quant à moi... Qu'est-ce qui prouvait mon innocence ? Arrivé à Morlan, j'avais été victime d'une hallucination et d'une attaque de narcolepsie. Mon impression d'avoir découvert le corps de Lormel n'était peut-être qu'une illusion de plus. On a vu des somnambules aptes à... Et merde !

50

Sommeil plombé sans rêve ni vision. Réveil nickel, frais et dispo. Mais dispo à quoi ?... Derrière les vitres de la chambre, un petit matin grisouillard feutrait la campagne. Mes chaussures avaient l'air de se faire la gueule à deux angles opposés de la pièce. J'ai retapé l'oreiller, tiré machinalement sur l'édredon que mon sommeil avait à peine dérangé. Jeté un dernier coup d'œil sur la piaule. J'aime bien ces films noirs des années 1960 où le héros parcourt d'un ultime regard la chambre où il sait qu'il ne retournera jamais. Ensuite le héros a redescendu l'escalier.

Pas un bruit dans la maison qui semblait engourdie. Je savais que la porte de gauche, dans le hall, donnait dans l'atelier. Au hasard, j'ai frappé à la porte de droite.

— Léo ?...

Pas de réponse. Je suis entré.

La vaste salle au plafond bas devait constituer ce qu'on appelait autrefois la pièce commune. D'un côté, encadré de deux fenêtres, un grand vaisselier surmontait l'évier de pierre encastré dans l'épaisseur du mur. De part et d'autre, des carreaux de céramique bleue constituaient un plan de travail sous lequel étaient habilement dissimulés les éléments du confort moderne : four, lave-vaisselle, frigo, congélateur, tout cela masqué par d'anciens panneaux de bois. J'ai mis un moment à remarquer que l'ensemble était exactement à la portée d'un enfant ou d'un homme assis... C'était donc après l'accident que Léo avait créé cet aménagement. Pour lui seul. Face au côté cuisine, une grande cheminée de brique rose constituait le coin salon. Le lit du peintre était aménagé dans une alcôve derrière un épais rideau de lin. Presque la même toile que celles sur lesquelles il peignait. Le reste de la pièce était occupé par trois larges tables de campagne rustiques, comme dirait Tonio. Un ordinateur et une imprimante occupaient la première. Une autre était couverte d'un stock de livres pour enfants. Cela devait représenter des années de travail. La dernière table portait un plateau-déjeuner visiblement confectionné à mon intention. Café, lait, viennoiseries et jus d'orange. Un Post-it accompagnait le tout. « Bonjour Skander. Je suis parti faire ma promenade hygiénique. Tire la verrière de l'atelier en partant. J'ai les clés. Léo. »

J'ai pris mon temps pour déjeuner, tout en feuilletant quelques-uns des livres illustrés par mon ami. Très habile dans le bestiaire fantastique : chimères, sirènes, dahus n'avaient aucun secret pour lui. J'ai reconnu avec plaisir un certain dragon bleu dont les aventures avaient enchanté mes six ans. C'est marrant. Je connaissais donc Léo avant de le connaître. Je raconterai ça à ma mère... J'ai traîné un peu dans l'espoir de le voir revenir, mais j'avais compris que son mot n'insistait pas pour que je reste. Un ours solitaire chaleureux. Tel était Léo. J'ai retourné le Post-it et gribouillé une ligne de remerciements.

Dans l'atelier, mon portrait trônait sur un chevalet. Léo avait dû se lever très tôt pour travailler.

Sur ce qui n'était la veille au soir qu'un dessin à la pointe, des couleurs s'étalaient ce matin. Je ne m'étais encore jamais vu en peinture. C'est violent. Rien à voir avec la photographie ou les miroirs. Le tableau de Léo, c'était un autre moi. Je reconnaissais mes lèvres avec le coin qui remonte comme si je souriais de l'intérieur. Ça, c'est bien moi. Mais il y avait du lointain, du bizarre dans le regard que la couleur accentuait. Sans doute le côté Fayoum. Ça m'a un peu collé le frisson. Si on réfléchit bien, tous nos portraits s'adressent à la mort. C'est-à-dire aux futurs vivants. Malgré tout j'aimais beaucoup ce portrait. Il me tardait de le voir terminé. Je n'y connais pas grand-chose, mais pour moi c'était un beau tableau. Qu'est-ce qui s'était passé chez Léo pour qu'il renonce à la peinture ? Bien sûr, il y avait le traumatisme de l'accident et du double deuil, ainsi que son infirmité. Cependant, il n'avait pas arrêté de fabriquer des images, mais sur un mode mineur, en illustrant des thèmes qui n'étaient pas les siens. Il continuait quelque chose qui s'était arrêté... J'ai tiré la porte vitrée ainsi qu'il me l'avait recommandé. La Morini m'attendait sous la véranda. Pas pu m'empêcher de lui tapoter gentiment le réservoir. J'avais hâte de rentrer en ville. Je savais que je ne tarderais pas à recevoir un message de Tonio. Avec lui mon dimanche serait sûrement bien rempli. J'ai enfourché ma chère Corsaro et j'ai tourné le dos au « Fantôme du Bonheur ».

51

Un qui était à la fête de m'avoir retrouvé, c'était bien Blb. Fallait voir comment il frétillait des nageoires, le nez collé contre le mien, de part et d'autre du bocal tous les deux. Des daphnies, je lui en ai saupoudré le plafond plus que de raison. Lui aussi avait bien droit à un petit déjeuner royal. Retrouver mon chez nous, ça m'avait requinqué. Douche prise, frimousse ragaillardie, je me suis mis au boulot. Achever la recopie du récit du bon abbé Soeuil. Livrer tout ça demain au journal. Tourner la page. J'aime bien vivre à l'infinitif. C'est définitif, l'infinitif. J'ai repris le petit bouquin objet de tant de convoitises et je me suis mis au clavier. Voici donc le dernier chapitre de notre histoire…

Bien que l'on fût presque en été, depuis quelques jours les soirées avaient soudainement fraîchi. Dans la salle à manger d'apparat de l'abbaye le feu flambait au fond de l'âtre. L'abbé regardait la danse des flammes avec cette vacuité rêveuse que l'on a souvent devant un feu de bois.
— Comme l'enfer doit être exquis ! murmura-t-il pour lui-même. Quel dommage qu'il n'existe pas…
Affalé dans une bergère moelleuse, le peintre, les paupières mi-closes, répondit par un vague grognement. Le repas copieux avait été arrosé d'un vin d'Alsace et d'un autre en

provenance de Champagne aux bulles savoureuses que le prieur appréciait plus que tout. Il leva les yeux vers son compagnon de beuverie. Ce jeune homme lui plaisait. Non seulement son talent savait donner une forme visible aux rêves qu'on lui confiait, mais sa musculature bien découplée laissait entrevoir un tempérament robuste porté à célébrer la vie. Joseph-François d'Apre se disait que ce garçon ferait, à n'en pas douter, un Sganarelle ou un Leporello très convaincant et à la vérité moins tatillon que ses modèles. Il se complaisait à s'imaginer lui-même en Don Juan de province tirant à la fois parti de son habit, de son rang et de sa fortune pour séduire non plus les frileuses mijaurées confites en bondieuseries que sa fonction mettait à sa merci, mais bien plutôt ce genre de solides gaillardes au corps nerveux et au verbe vif que le peuple produit à foison dans sa rusticité. Plus il y songeait, plus la chose prenait consistance dans son esprit. À n'en pas douter, le peintre pourrait aisément se muer en pourvoyeur de donzelles. Il fréquentait aussi bien les tavernes des bourgs que les auberges ou les relais de poste ; autant de lieux propices aux rencontres faciles avec ce sexe que les hommes disent faible parce qu'il a la faiblesse de succomber au leur. Pour commencer, il suffirait de commander au garçon de peindre une madone et d'aller en chercher le modèle lui-même où bon lui semblerait. Une bourse garnie suffirait à l'affaire. Une fois la mécanique lancée, nul doute que chacun y trouvant son compte, il ne serait pas impossible de damer le pion à Don Giovanni lui-même. Il revenait en mémoire du prieur une représentation de l'opéra de Mozart à laquelle il avait assisté l'an passé au cours d'un séjour à Vienne et qui l'avait frappé au plus haut point. Tout émoustillé par ses honteuses pensées, le prieur voulut en faire part sur le champ à son aimable compagnon. Celui-ci, repu et un peu ivre, s'était endormi dans son fauteuil, tenant encore au bout de son bras ballant un verre dont le contenu s'était renversé sur le tapis. À l'instant où le prieur allait secouer le dormeur par l'épaule, un fracas retentit dans la cour d'honneur.

C'était le grand heurtoir de bronze du portail d'entrée qu'une main véhémente agitait impérieusement. Les sons, la nuit prennent une ampleur particulière. On eût dit d'un boutoir frappant à forte cognée la porte de l'abbaye. Quelques instants plus tard, le frère portier ouvrait en grand les deux battants après avoir échangé quelques mots avec le visiteur au travers du judas.

Depuis la fenêtre de l'étage, le prieur découvrit avec stupeur l'attelage de l'évêque de Fontesaigues déboulant à grand fracas dans la cour d'honneur. En se retournant, l'abbé d'Apre vit derrière lui le peintre que le tapage avait réveillé en sursaut.

— Le maudit évêque est de retour ! Il ne faut pas qu'il me trouve ici. Tâche de le retenir le

temps que je disparaisse. Invente ce que tu voudras. Tu seras grassement récompensé !

Surpris par ce tutoiement auquel l'abbé ne l'avait pas accoutumé, le jeune homme hocha la tête en signe d'acquiescement. L'instant d'après le prieur avait quitté la salle à manger.

Sitôt qu'il fut seul, le jeune peintre prit place à table, devant les reliefs du repas, versa un fond de vin de Champagne dans son verre et se mit à promener circulairement son index sur le bord du cristal. Peu à peu la vibration se propagea dans la matière, devint un son puis enfin une note suraiguë dont les ondes hypnotiques emplirent la pièce. Le peintre avait le dos tourné à la porte. Il ne bougea pas quand il l'entendit s'ouvrir.

L'évêque resta un instant sur le seuil, saisi d'étonnement, puis il lança ironiquement :

— La belle, la délicate, la suave musique ! Ne dirait-on pas un ange qui jouerait de la harpe ?

Lentement, sans cesser de jouer sa note stridente, le peintre tourna vers lui un visage hébété comme sous l'emprise de l'alcool. Il sourit d'un air béat en répondant, la voix exagérément pâteuse :

— Vous aimez les anges, monseigneur ?

S'avançant vers le jeune homme, l'évêque mit son insolence sur le compte de l'ébriété. En dépit de l'envie qui le démangeait, il se retint de le souffleter mais balaya de sa main gantée de pourpre le verre, qui explosa sur le carrelage.

— Le cristal, je le brise ! La musique, je la réduis au silence !... Dis-moi, où ce scélérat est-il passé ? Où est Joseph-François d'Apre ?

— Je l'ignore, monseigneur... Il était à table avec moi... Et maintenant, il n'y est plus !...

Et il partit d'un rire hoquetant contrefaisant l'ivrogne à la perfection.

— Hors d'ici, racaille ! tempêta le prélat. Et que l'on ne t'y voie plus ! Tu n'as que trop abusé de la complaisance de ton maître ignominieux.

Reculant son siège de la table, le peintre se leva et dans le même mouvement, saisit une bouteille dont il porta le goulot à ses lèvres.

— À votre santé, gentil curé ! fit-il avant de déguerpir aussi vite que l'y autorisait sa feinte démarche d'homme ivre. Il croisa à la porte le malheureux frère Pierre qui s'inclina, tout tremblant devant l'évêque.

— Monseigneur, tous nos frères sont à la recherche de M. le prieur, ainsi que vous l'avez ordonné.

— Qu'on se hâte de le retrouver ! Le cuistre ! Comment a-t-il osé faire semblant d'interrompre les travaux ? Croyait-il que je fusse à ce point crédule pour me contenter de sa seule promesse ? Il faudra bien qu'il me rende compte de tout cela ! J'exige aussi que l'on fouille sa cellule de fond en comble. Je suis très assuré qu'il y recèle un coffre dont le contenu appartient à l'Église. Je vais d'ailleurs vous y accompagner sur le champ... Guidez-moi, sans plus tarder !

Signal de message sur mon Smartphone : « Serai chez toi dans une demi-heure. Tonio. » Parfait. Ça me laissait tout juste le temps de terminer ma recopie.

L'abbaye tout entière bruissait d'un tumulte bien incongru à cette heure avancée de la nuit. Sur la façade, à la lueur des torches, les ouvriers qu'on avait tirés de leur sommeil démontaient en maugréant les échafaudages. Dans les communs, les apprentis regroupaient les outils et le nécessaire d'intendance qu'ils enfournaient à la hâte dans les charrettes. Partout ailleurs, des moines équipés, qui de lanternes, qui de simples bougeoirs, furetaient dans les coins d'ombre à la recherche de leur prieur volatilisé. Quiconque eût observé ce chambardement depuis le haut de la toiture, se fût dit qu'une bande de feux follets menaient grand sabbat dans l'abbaye. Et quiconque l'eût observé de plus loin dans le temps, y aurait peut-être vu l'annonce prophétique de la mise à sac que les révolutionnaires opéreraient quelques mois plus tard dans ce même lieu.
Pour l'heure, Monseigneur Nicolas de Terrefort, évêque de Fontesaigues, fulminait d'impatience dans la chambre du prieur. Il avait fait disposer de toutes parts une foule de quinquets éclairant la pièce a giorno *afin que pas un recoin ne pût échapper à ses fouilles méthodiques. Sommier, plinthes, placards n'ayant rien donné, on se mit à arracher les lattes du plancher, à démonter le*

linteau et les pilastres de la cheminée puis à forcer les ravissantes boiseries peintes du faux plafond. Pendant plus de deux heures, on perça, creusa, rompit, démonta sans relâche. La chambre, la veille encore si élégante, ne fut plus, aux premières lueurs de l'aube, qu'un réduit sordide empli de gravats. Du plâtre, des décombres, des débris de bois encombraient tout l'espace, mais de trésor point. Chez l'évêque l'impatience avait succédé à la colère ; c'était à présent le dépit qui prenait le dessus.

Un peu à l'écart, frère Pierre observait cette mise à sac avec consternation, ne pouvant toutefois s'empêcher de penser que le trésor que l'on cherchait devait être bien considérable pour que l'on y mit tant d'acharnement hargneux.

Derrière les vitres des lanternes, les mèches des chandelles commençaient à s'éteindre dans la cire fondue. Chacun n'en pouvait plus. Les traits tirés, la paupière lourde, tous pensaient à leur litière trop tôt quittée et que l'office de matines allait encore soustraire à leur envie. Alors que l'évêque venait enfin d'ordonner l'arrêt des recherches, un moinillon fit soudain irruption dans la galerie qui longeait les cellules.

C'était un gamin de treize ans à peine que l'on avait affecté à l'entretien du poulailler et au sarclage du potager. Il avait aussi peu d'esprit que de jugement mais savait reconnaître une tige d'ortie d'une touffe de luzerne ; cela suffisait à son emploi. Tout en parlant il moulinait avec les bras, en proie à une grande agitation.

— C'est dans la menthe ! c'est dans la menthe ! dans la menthe, répétait-il, la voix haletante d'avoir couru trop vite.

— Allons, calme-toi, mon petit. Qu'est-ce qui est dans la menthe ? demanda l'évêque.

— M. le pilleur, répondit le gamin.

— Il veut dire M. le prieur, corrigea frère Pierre. Il a des difficultés de prononciation.

— Inutile de rectifier, il a employé le mot juste, coupa l'évêque d'un ton qui n'admettait pas de répartie. Puis, se tournant vers le garçon : « Montre-nous le chemin, mon petit, nous te suivons... »

Par-dessus les collines à l'entour de Morlan, le vent poussait des nuages ourlés d'un liseré de lumière. Le jour se levait comme répondant à l'appel d'un coq lointain. Dans le potager de l'abbaye, la petite troupe entourant l'évêque suivait le jeune moine. Parvenu devant le carré des plantes aromatiques, l'adolescent désigna les hauts pieds de menthe. Toutes les tiges étaient écrasées sur une ligne zigzagante qui s'éloignait dans la direction du moulin. À l'évidence, les traces de pas de quelqu'un qui avait couru dans le noir, au jugé.

Dans le parfum entêtant de la menthe piétinée, tous s'engouffrèrent sur la piste du fuyard. Ils ne furent pas longs à atteindre la murette de pierre qui dominait le bras d'eau détourné de la Gardance alimentant le moulin. Le spectacle qu'ils découvrirent alors les cloua sur place. Plusieurs ne purent retenir un cri d'horreur. L'évêque lui-même porta la main à sa bouche pour contenir son propre effroi. Tandis que tournait l'énorme roue à aube du moulin, ils virent apparaître comme en un supplice médiéval, un corps humain bras et jambes pris dans les pales de la roue géante qui plongeait et déplongeait interminablement au rythme que le courant imposait au mécanisme.

— Fermez les vannes immédiatement ! cria l'évêque pour couvrir le rugissement de l'eau.

Après que cela fut fait, il fallut encore de longues minutes pour dégager le corps enchevêtré dans les pales auxquelles les lambeaux de son long manteau déchiré l'attachaient plus sûrement que ne l'eût fait un bourreau expérimenté.

On déposa le cadavre disloqué sur la plateforme de pierre et chacun put reconnaître, dans cet amas informe de chairs lacérées par les roches du canal, l'homme qui, quelques heures plus tôt, bafouait encore le ciel par l'infamie de son impiété et de ses vices.

L'évêque de Fontesaigues, après avis de Rome, prononça l'excommunication post-mortem. *Les restes de l'arrogant Joseph-François d'Apre furent jetés à la fosse commune sous quelques pelletées de chaux vive. La révolution qui éclata le mois suivant mit un terme à l'enquête nimbant à jamais cette fin tragique d'un mystère propice à fabriquer des légendes.*

Les thèses de l'accident, du suicide ou de l'assassinat passionnèrent un moment les esprits qui, le moment d'après, se passionnèrent pour tout autre chose.

Quant au fabuleux trésor, gageons que la main chanceuse qui le mettra au jour n'en divulguera pas la découverte. Car il n'est, pour un tel secret, de plus sûre cachette que le silence. »

Fin

J'aimais bien cette petite nouvelle. Le travail de recopie que je m'étais imposé m'avait permis de m'en imprégner davantage. J'aurais pu me contenter du scan que j'avais fait à l'agence, mais il y avait dans le corps du texte quelques fautes d'impression que je voulais corriger. Laisser passer un texte avec des fautes était indigne de la haute idée que je me faisais du journalisme selon Skander Corsaro. Et puis j'entendais déjà Milly me lancer son « pauvre chat ! » si par hasard quelqu'un remarquait ma négligence.

Après avoir relu le texte en entier, j'étais définitivement convaincu que ce n'était pas là qu'on trouverait la clé du trésor. Si tant est qu'il y en eut un ! L'abbé Soeuil lui-même n'insistait pas. Son texte se terminait par une gentille pirouette, mais il ne disait rien, par exemple, sur les clés des coffrets que le prieur était censé porter sur lui en permanence. Logiquement, on aurait dû les trouver sur son cadavre et relancer les recherches. Je ne crois pas qu'il s'agissait d'un oubli d'écrivain. En vérité l'abbé s'en fichait. L'histoire l'avait amusé, il avait brodé dessus à sa façon. Ça ne devait pas lui déplaire de dépeindre un homme d'église imprégné des idées des Lumières au bord de l'athéisme. J'imagine que dans les années 1930, son petit texte avait dû quelque peu secouer la province...

Tonio frappait à ma porte. Depuis la salle de bains où j'étais en train de me brosser les dents, je lui ai crié d'entrer. Rinçage des quenottes, crachouillis dans le lavabo, essuyage des babines. C'est en sortant que je suis resté en arrêt. Merde !

— Commissaire ?

— Bonjour, Skander... Si vous m'autorisez à vous appeler par votre prénom...

— Je vous en prie, Jean-Claude.

52

Pour un joli merdier, c'en était un de très joli. Mon nouvel ami Jean-Claude m'a expliqué beaucoup de choses dont j'étais bien loin de me douter. Ça a commencé par le grand jeu :

— Au point où nous en sommes, je vais jouer cartes sur table avec vous.

— Vous savez, les cartes et moi, à part les sept familles...

— Ne commencez pas, Skander, l'affaire est très sérieuse.

— Commissaire... enfin, Jean-Claude, nous sommes dimanche matin. J'ai eu une semaine pour le moins éprouvante. J'attends mon meilleur ami pour déjeuner et...

— Ça va être difficile.

— Non, non c'est très simple : voyez, il vient justement de m'envoyer un message...

— Lisez-le.

J'ai ouvert le message que Tonio venait de m'écrire à l'instant : « Qu'est-ce qui se passe ? Y a un connard de flic en bas de ton immeuble qui vient de m'interdire d'entrer... »

— Répondez-lui que nous en avons pour une heure environ. Ensuite vous serez libre.

— Je suis libre.

J'ai enfilé ma veste avec la tête du type qui a vraiment l'intention de descendre un escalier de toute urgence. Le commissaire Jean-Claude Dubourg m'a presque retenu par la manche.

— Skander, il va y avoir un attentat en ville et c'est vous qui allez le déclencher.

Là, j'ai pilé net. On s'est bien regardés comme chez les chiens quand ils sont en faïence. C'était sérieux.

— OK, j'ai dit. Le garçon qui est en bas s'appelle Antoine Crouzel, Pour moi, c'est Tonio. C'est mon ami d'enfance. Il est au courant de tout. Alors il monte nous rejoindre ou je me casse.

Dubourg a eu un instant d'hésitation.

— Vous avez un interphone ?

— Oui, vous ouvrez la fenêtre, vous vous penchez au balcon, vous criez. Ça fonctionne très bien. Toute la rue vous entend.

Mon coup du balcon ne l'a pas convaincu. Le commissaire s'est servi de son portable. J'ai eu le temps de lui expliquer que Tonio était au courant de toute l'affaire Lormel, ce qui était à peu près exact et qu'il m'avait suivi dans la plupart de mes déplacements dans cette aventure, ce qui n'était pas entièrement faux non plus. Quelques instants après, Tonio nous avait rejoints. Nous nous sommes installés tous les trois autour du bocal de Blb qui était tout ouïe, comme à son habitude. C'est là que ça s'est corsé.

— Je dois tout d'abord vous mettre au courant en ce qui concerne Thomas Hayon. Contrairement à tout ce que vous imaginez sans doute à son sujet, Thomas travaille pour nous.

— C'est un flic ? a bondi Tonio qui a toujours la réaction un peu spontanée.

Dubourg ne s'est pas formalisé.

— Pas exactement. Au sein de la police, je m'occupe d'une cellule spéciale en charge de la surveillance des groupuscules affiliés à des partis politiques extrémistes, toutes tendances confondues. En ce qui concerne Thomas Hayon, tout a commencé à la faculté où il a été contacté par un de nos agents. Nous avions détecté chez ce jeune homme une aptitude singulière au caméléonisme et une détestation profonde pour tout ce qui était lié à l'extrême droite. Ajoutez à cela une intelligence et des capacités cognitives hors pair. Sans doute ignorez-vous qu'il parle, entre autres, l'arabe couramment. Nous lui avons proposé d'être un de nos agents. Son physique avantageux, son verbe aisé, constituaient des atouts non négligeables dans l'entreprise de séduction dans laquelle nous l'avons engagé. Je peux dire aussi que sa généalogie marquée du côté du maréchal Pétain pouvait lui attirer certaines sympathies utiles à notre projet. Bref, Thomas a infiltré sans aucune difficulté le parti du Regain Tricolore, presque à la fondation de celui-ci. Il a accompli sa mission à la perfection. Au point qu'il est devenu le bras droit de Mme Garmenty, qui le considère un peu comme son fils adoptif.

Je me suis permis d'interrompre :

— Ça doit agréablement la changer de sa progéniture officielle.

— On doit pouvoir dire ça comme ça, en effet, a poursuivi le commissaire Jean-Claude. En même temps, il n'est pas difficile de comprendre que sa totale réussite au sein de ce parti ne s'est pas effectuée sans quelques dommages psychologiques.

— Que voulez-vous dire ?

— Thomas Hayon possède une personnalité complexe. Vous n'ignorez sans doute pas la détestation qu'il éprouvait à l'égard de son père ?

Là, j'ai bien failli me mordre les lèvres. Quand je pense à tout le mal que je m'étais donné pour dissimuler ce point lors de ma déposition... J'ai persisté :

— Je l'ignorais.

— Allons, mon cher Skander, vous étiez parfaitement au courant. Cela n'a d'ailleurs aucune importance. Le problème est que Thomas s'est servi du rôle qu'il jouait à notre instigation pour empoisonner la vie de son père. Il y a parfaitement réussi. Un peu trop peut-être. Il arrive que le personnage prenne le pas sur le comédien... Le malheureux Lormel voyait ressurgir dans son fils tout ce qu'il avait haï chez son propre père. En ignorant, bien sûr, qu'il s'agissait d'une comédie.

— Mais pourquoi Thomas haïssait-il son géniteur ?

— Même si je le savais, cela ne nous regarde pas.

J'en conclus que Dubourg le savait. Je n'ai pas insisté. Il a poursuivi :

— Tout cela serait resté quantité négligeable si ce pauvre Lormel n'avait eu le mauvais goût de se faire assassiner.

— Pas par Thomas.

— Évidemment puisqu'il était avec moi le matin du crime.

Là, je n'ai pas pu me retenir :

— Attendez, commissaire… pardon, Jean-Claude, vous voulez dire que lorsque Thomas est venu me voir à l'agence alors que je venais d'en partir, il arrivait de chez vous ?

— Oui.

— Mais pourquoi ne l'avez-vous pas dit à votre collègue de la PJ ? Pourquoi l'avez-vous laissé mener son enquête en s'engageant sur de fausses pistes, tout en faisant semblant de vous y associer ?

Dubourg a eu un petit haussement d'épaule accompagné d'un sourire las.

— Laissons ce brave inspecteur mener son enquête. Il finira sûrement par ne rien trouver… Je continue et vous allez comprendre toute votre utilité dans cette affaire. Résumons-nous. Avant-hier matin, le fils Garmenty est seul à bord de la voiture que Thomas lui a prêtée. Il s'est rendu pendant la nuit au camp d'entraînement de parachutistes de Carlus, à quelques kilomètres de Morlan.

— Pourquoi faire ?

— Franck Garmenty est un ancien parachutiste. Avec la complicité d'un militaire du camp, il a dérobé des armes et une charge d'explosif. Le fruit de son larcin est dans le coffre de la voiture. Il y a aussi dans la boîte à gants quelques tracts rédigés en arabe par les soins de Thomas Hayon.

— Putain, c'est du James Bond, votre histoire ! a lâché Tonio qui n'en pouvait plus depuis un moment.

Je l'ai foudroyé du regard.

— À la différence près que James Bond n'est pas alcoolique. Garmenty, en revanche... Bref, sans doute pour fêter son exploit, il est allé arroser ça chez un de ses amis qui tient un relais de chasse en forêt, près de Morlan. Il se réveille un peu tard, dans un état de fraîcheur relative, se rend compte que Thomas doit attendre sa voiture, reprend la route un peu trop vite, manque vous écraser au passage et finit, quelques minutes après, dans le fossé, non loin de chez le peintre Léo Orson, que vous connaissez.

— Mon Skander, t'es un génie ! s'est écrié Tonio rouge de plaisir. Figurez-vous, commissaire, qu'il avait deviné que la mère Garmenty était venue prendre la place de son fils pendant que celui-ci filait en ville dans la voiture avec laquelle elle l'avait rejoint.

— Et dans laquelle ils ont, entre-temps, transféré les armes, les explosifs et les tracts, a rajouté Dubourg. Comme vous le voyez, tout cela n'a strictement rien à voir avec la mort de Lormel. Non plus qu'avec une quelconque chasse au trésor.

— Mais enfin, de quoi s'agit-il ?

— J'y arrive. Le propos de la cellule dont je m'occupe est de discréditer ces extrémistes aux yeux de l'opinion publique. Vous n'ignorez pas qu'en cette période de crise...

— Période de crise qui dure depuis l'aube de l'humanité !

— Certainement, mais dans les siècles passés les médias n'existaient quasiment pas. L'opinion populaire n'avait que très peu d'incidence sur la politique. Vous travaillez pour un journal, vous savez de quoi je parle. Notre propos est donc de susciter des évènements capables d'influer sur le sentiment populaire et d'en tirer profit pour modifier la donne politique.

— Dans quel but ?

— Sauver l'humanisme, mon cher Skander. Rien de moins.

— Ah !... Vous aussi...

Je pensais, bien sûr, au père Béber et son leitmotiv éditorial. Jean-Claude Dubourg a levé les sourcils.

— Cette stratégie de déstabilisation est précisément celle des petits partis extrémistes qui ont toujours su engranger des bénéfices sur les attentats ou les crimes perpétrés par des fanatiques isolés. Nous avons décidé d'utiliser cette mécanique.

— Vous justifiez donc la théorie du complot ?

— Même si elle est fausse, elle existe. Les gens y croient. Nous nous en servons. Que voulez-vous, il faut être pragmatique et on ne fait pas d'omelette sans...

Tonio a bondi :

— Et si on n'aime pas les omelettes ? Si je vous dis que je suis allergique aux œufs ?

— Avez-vous sincèrement envie de voir le Regain Tricolore arriver au pouvoir ?

— Il n'y arrivera pas. Le peuple n'est pas si con !

— Eh bien, pour abonder dans votre sens, disons que nous allons essayer d'encourager le peuple vers l'intelligence.

Je commençais à trouver tout cela fastidieux. Ça me donnait une furieuse envie de rentrer dans le lard du commissaire.

— Si on arrêtait de tourner autour du pot, mon cher Jean-Claude ? Qu'attendez-vous de moi ?

— Je vous l'ai dit en arrivant. Vous allez déclencher l'attentat qui va discréditer le Regain Tricolore.

— Ça m'étonnerait beaucoup... Vous espérez que je m'y prenne comment ?

— Vous avez le détonateur en votre possession. Le téléphone de Thomas Hayon.

Dans mes connexions synaptiques, ça se bousculait férocement au portillon.

— Où est Thomas ? ai-je demandé.

— En garde à vue. Grâce à l'intervention efficace de mon collègue, l'inspecteur que vous connaissez et qui n'est au courant de rien. On ne pouvait souhaiter mieux. Aux yeux de Mme Garmenty, Thomas sera ainsi totalement innocenté par rapport aux évènements à venir.

— Quelle importance cela a-t-il ?

— Il y a quelque mois, Garmenty junior s'est mis en tête de monter un attentat à lui tout seul. Un acte antisémite destiné à discréditer la communauté musulmane. D'une pierre, deux coups, selon son point de vue. Il s'en est ouvert à Thomas Hayon qui nous en a fait part immédiatement. Dans un premier temps, Thomas ayant une certaine influence sur lui, nous avons tenté de l'en dissuader. Mais ce type est aussi obstiné qu'abruti. Aucun argument de Thomas n'a pu lui faire changer d'idée. Nous avons fini par penser qu'il pourrait être plus utile de le laisser aller au bout de son plan... en nous en servant.

— Mme Garmenty était au courant du projet de son fils ?

— Bien sûr que non. Elle n'aurait jamais accepté de prendre tant de risques à la veille d'un scrutin électoral très important pour son parti. C'est en allant récupérer la voiture accidentée de son fils qu'elle a tout découvert. Elle a bien été obligée de le laisser transférer les armes dans sa propre voiture. Elle savait que la police allait arriver. C'est pourquoi nous l'avons gardée au chaud afin qu'elle ne puisse pas empêcher son rejeton d'agir.

— Et le téléphone dans tout ça, quel rapport ?

— C'est en quelque sorte le fil du détonateur. Quand vous vous en servirez pour envoyer un message à Garmenty, celui-ci entrera immédiatement en action.

— C'est-à-dire ?

— Il y a trois semaines, Thomas a fait semblant de se rallier à la cause de Franck Garmenty. Sous prétexte de l'aider, il a pris les choses en main en orchestrant toute l'opération selon nos directives. L'autre a une réelle admiration pour lui, même s'il le jalouse un peu. Thomas a convaincu Franck qu'il avait effectué le relevé exact des patrouilles de police et qu'il était donc le mieux placé pour lui donner le feu vert au bon moment. Il lui a communiqué le numéro du portable que nous lui avons fourni, avec pour consigne d'agir au premier message reçu, quel qu'en soit le contenu. Dès cet instant, à bord d'une voiture volée remplie des tracts revendiquant l'attentat au nom d'une section armée islamiste, le fils Garmenty ira déposer son explosif à la synagogue.

— Mais c'est stupide, nous sommes dimanche ! La synagogue est à peu près déserte...

— Je vous l'accorde, ç'aurait été plus efficace le jour du shabbat, mais Garmenty est stupide et ce n'est pas le nombre de victimes qui compte à ses yeux. C'est l'impact émotionnel. Je vous assure qu'il a sur lui de quoi faire sauter une bonne partie du quartier. Vous imaginez les titres dans la presse demain ?

— Il y a tout de même une chose que je ne comprends pas : pourquoi Thomas m'a-t-il envoyé son téléphone ? Pourquoi n'a-t-il pas déclenché l'attentat lui-même ?

— La mort de Lormel a bouleversé tous nos plans en précipitant les choses. Thomas a tout de suite pensé qu'il allait être suspecté de ce crime. S'il avait déclenché l'opération Garmenty sur le champ, nous n'étions pas prêts. C'était courir à la catastrophe. Nous avions besoin de plusieurs heures pour être opérationnels. De plus, Thomas savait qu'en garde à vue on lui confisquerait son téléphone. C'est ce qui s'est passé vendredi soir. D'autre part, selon notre plan, il fallait impérativement que la tentative d'attentat ait lieu avant les élections. Thomas avait donc besoin de quelqu'un pour agir à sa place. Quelqu'un totalement hors du coup. Il a pensé à vous.

— Trop aimable.

— Je crois qu'il vous apprécie.

— Cette histoire ne tient pas debout. Que se serait-il passé si j'avais utilisé le téléphone tout de suite ?

— Hier matin, nous étions déjà au point avant le passage du facteur chez vous. Vous pensez bien que l'opération a été préparée de longue date. J'étais prévenu à l'instant même où Thomas vous a expédié l'appareil.

— Mais pourquoi n'allez-vous pas arrêter Garmenty avant qu'il se mette en route ?

— Nous ignorons où il se planque. Il n'a pas voulu le dire à Thomas. C'est le côté paranoïaque du personnage. Il sera bien plus simple de le cueillir directement à destination. Nos équipes sont sur place. Depuis hier, des tireurs d'élite se relaient sur les toits autour de la synagogue. L'opération est tenue secrète, bien sûr, sous le couvert de la préfecture. Tout cela commence à coûter cher à la République. C'est la raison de ma visite. Qu'attendez-vous pour vous servir de ce téléphone ? Bordel de merde !

Ce soudain relâchement verbal me laissait entendre que le cher Jean-Claude était à bout de nerfs. Il n'était sans doute pas le seul. Rétrospectivement cela m'amusait assez d'avoir bloqué le GIGN à moi tout seul.

— Admettons que je m'en serve... Je suppose que vous allez empêcher l'autre abruti de détruire la synagogue ?

— Évidemment.

— Je comprends à présent pourquoi vous ne souhaitiez pas tellement que je porte plainte contre mon agresseur du Ring. Si vous aviez dû arrêter Garmenty, tout votre plan tombait à l'eau.

— Exact, mais rassurez-vous je ne comptais pas l'arrêter. Cependant vous ne pourrez pas dire que je n'ai pas essayé de vous détourner de cette histoire... Alors, ce téléphone ?

— Un instant...

Je me suis levé, plantant là Tonio et mon nouvel ami Jean-Claude sous la surveillance de Blb. L'objet était dans ma bibliochambre. Coincé entre Tchékhov et Tite-Live. Entre l'homme qui peignait les hommes sans les juger et celui qui rêvait pour eux d'une république. Quoi qu'ait pu en penser mon ex, j'ai toujours eu un sens assez subtil du rangement.

— Voilà le bidule et le mot qui l'accompagne, ai-je dit en posant l'ensemble devant Dubourg.

Celui-ci s'en est saisi sans rien dire, l'a ouvert, puis ayant pris connaissance du message que Thomas m'avait écrit, il a décroché son propre portable.

— Ici Dubourg, monsieur le préfet... Nous avons l'objet. Nous attendons votre feu vert... Très bien, mes respects, monsieur le préfet.

Il s'est ensuite tourné vers moi.

— Nous allons utiliser les recommandations de Thomas pour nous adresser à Garmenty. Si cela ne vous ennuie pas, je vais écrire le message moi-même. Ainsi vous aurez votre conscience pour vous.

Mon silence était une réponse. Tonio me regardait l'air effaré. Blb avait décidé de s'en foutre.

Le commissaire a tapé rapidement. Il a relevé les yeux vers moi.

— Skander Corsaro, notre civilisation est en train de finir… Dites-vous que vous aurez contribué à ralentir un peu la catastrophe. L'Histoire ne retiendra pas votre nom, vous ne recevrez ni médaille ni récompense, mais vous avez mon estime… Un dernier détail et je cesse de vous importuner : débarrassez-vous de ceci…

Il me tendait le téléphone. Je l'ai repris.

— Je peux savoir ce que vous avez écrit à Garmenty ?

— Il faut terminer le travail commencé chez le bougnoule.

Dubourg se dirigeait vers la porte lorsqu'il s'est retourné :

— Une dernière chose : il va de soi que je ne vous ai rien dit et que cette rencontre n'a jamais eu lieu.

53

Après le départ du commissaire, le plus difficile a été de calmer Tonio. Il était dans un état d'excitation que je lui avais rarement connu. Mon T2 bis est situé assez loin de la synagogue. Il voulait absolument qu'on fonce là-bas assister à la corrida. Je n'y tenais pas du tout.

— Tu te rends pas compte ! On sera aux premières loges pour voir ce fumier se faire coincer ! Peut-être même qu'il explosera dans sa bagnole ! Me dis pas que tu as peur de choper une balle perdue.

— La vie tout entière est une balle perdue, mon Tonio.

— Qu'est-ce que tu es dépressif !

— Tu n'a pas envie qu'on aille au cinéma ?

— Attends, on a des places gratuites pour un super film d'action en trois dimensions, en plein air et toi, tu veux aller t'enfermer au cinoche ?

— C'est pas un film, Tonio. C'est la putain de réalité bien dégueulasse. C'est pas cool du tout.

Je me suis rendu compte que je venais de passer un doigt sur ma cicatrice. Dans quelque temps on ne verrait sans doute plus grand-chose. Un peu plus de temps encore et tout serait oublié. L'actualité est un piège à cons. C'est historien que j'aurais dû faire. Pas journaliste. J'ai pris le téléphone de Thomas et je l'ai balancé dans la poubelle. Je m'en voulais à mort. Pourquoi n'avais-je pas dit à Dubourg que je n'avais plus le portable, que je m'en étais débarrassé dans la Gardance ? Esprit d'escalier ! Toujours une marche en retard... Je devais avoir un air pas très festif. Tonio a fini par lâcher prise. Il m'a raconté sa journée LGBT. Selon lui, l'homophobie était en pleine forme aux quatre coins de la planète. Ça lui a fait du bien de vider son sac. Au moment du café il s'était apaisé.

— Tu sais quoi ?

Quand il commence ses phrases comme ça, c'est qu'il a quelque chose d'important à dire.

— Je sais pas quoi, non...

— Tu m'avais envoyé un scan que t'avais fait du texte de ton curé, là... Le mec du trésor.

— L'abbé Soeuil.

— C'est ça.

— Oui et alors ?

— Je l'ai lue ton histoire, mais la littérature ancienne, ça n'a jamais été mon truc. J'ai vraiment essayé de trouver quelque chose qui ressemblerait à un code. Je t'assure qu'il n'y a rien de mathématique là-dedans.

— Je t'avoue que je m'en doutais.

— Alors j'ai eu une idée. C'est un peu le coup de la dernière chance. J'ai envoyé le texte à quelqu'un pour qui les lettres n'ont pas de secret.

— C'est qui ?

— Ça, c'est mon secret. Si ça marche, tu sauras tout. Si ça marche pas, on oublie.

Je n'ai pas insisté. Nous avons terminé un vieux fond de cognac pour parfumer le café tout en grillant une cigarette et en commentant la visite de Dubourg. À un moment, on a entendu un bruit de sirène. Tonio a bondi sur le petit balcon. La sirène s'est effacée dans le lointain. Il n'y avait rien à voir. Tonio est revenu vers moi. Il souriait avec sa bouille de quand on était gamins. J'avais envie de lui taper dessus ou de le serrer dans mes bras. Mais avec lui, c'est risqué dans les deux cas. Il m'a souri encore plus.

— C'est quoi le film qui te ferait plaisir ?

54

La suite de l'histoire, toute la France la connaît. Dès le soir les journaux télévisés ouvraient là-dessus. Ça facebookait, ça twittait, ça textotait à tire-larigot. C'était à qui y allait de son commentaire en boucle. Les uns poussant les hauts-cris de la trahison complotiste, les autres criant à la démocratie menacée, au néofascisme montant et *tutti quanti*.

Le lendemain matin à La Grivette, le vieux Max m'attendait, l'air défait, avec le journal à la main. Le *Courrier du Sud-Ouest* titrait en très gras : « LES MAINS TRÈS SALES DU REGAIN TRICOLORE » avec en sous-titre : « GARMENTY ET SA CLIQUE ENFIN SOUS LES VERROUS ».

— Vous avez vu ça, m'sieur Corsaro ?

J'étais bien obligé de le voir, mais je n'avais aucune envie de le lire.

— Les salauds, tout de même ! a repris Max. Le pire dans tout ça, c'est que maintenant les autres vont avoir la part belle…

— Les autres ?

— La droite et la gauche, ce qu'on appelle les partis traditionnels, les crapules habituelles, quoi !… Faut m'excuser, ça m'a tellement secoué que j'ai oublié d'acheter les croissants !

— Pas grave… Mais vous croyez qu'il y aurait une autre solution ? Je veux dire une autre société possible ? Il me semble qu'on a tout essayé. Le résultat n'est pas brillant.

— Il faut relire les grands textes anarchistes et libertaires, m'sieur Corsaro. Y'a de l'espoir là-dedans... Tenez, vous voulez que je vous dise ? Eh bien, pour moi, l'avenir, il est du côté des hackers.

Le vieux Max, qui datait au moins de la télé en noir et blanc, s'intéressait au piratage informatique. Magnifique ! À presque soixante-dix ans, il croyait encore à l'avenir du monde. Il fallait vraiment que je lui présente Tonio. Pour un peu, je lui aurais fait la bise.

Au journal, le père Béber m'a accueilli avec le sourire de la victoire. Les récents évènements avaient relégué l'affaire Lormel à la page des faits divers. Il tenait sa revanche sur Camemfort.

Tout avait dû aller très vite dès la mise en route du traquenard. Prévenu par Dubourg, Berland était arrivé le premier dans la rue de la synagogue. Cet abruti de Franck Garmenty, au lieu d'obéir aux injonctions de se rendre alors qu'il était cerné, s'était mis à tirer en direction des toits. Un balle en plein front avait eu raison de ses velléités combatives. Sortie d'un pauvre bougre. Pas d'explosion, pas de victime. Les fics avaient fait main basse sur le contenu de la voiture. Il ne restait plus qu'à la rendre à son propriétaire avec un pare-brise neuf. Il ne s'était rien passé.

Sitôt qu'il m'a vu, Berland m'a pris par le bras et m'a entraîné dans son bureau dont il a refermé la porte.

— Bravo, Skander ! Bravo !

— Bof...

— Si, si, ne faites pas le modeste. Dubourg m'a tout raconté. Vous avez été formidable... Aujourd'hui la démocratie vous doit quelque chose. Vous savez que l'on a parlé de vous à la préfecture...

Qu'est-ce que je m'en foutais, du préfet ou de la démocratie ! Je me sentais simplement responsable de la mort d'un imbécile. Il serait certainement mort sans moi, mais ça me secouait d'avoir donné un coup de pouce à son destin minable.

— Mais je comprends que ces évènements vous aient perturbé, poursuivait Berland. J'espère que la bonne nouvelle que je vais vous annoncer vous redonnera le sourire.

Je me suis forcé d'avoir l'air interrogatif. Minimum syndical oblige.

— Votre stage chez nous est d'ores et déjà terminé, Skander.

— Mais...

— Dès demain vous intégrez l'équipe définitivement... Si vous le souhaitez, bien entendu.

J'ai failli lui dire que je m'en foutais aussi, mais j'ai eu la présence d'esprit de penser à ma mère. À l'instant j'ai vu sa joie, sa fierté aussi. J'ai eu envie de chialer.

— J'allais oublier de vous dire : la suite de votre papier sur Morlan est remarquable. Il est paru hier. Vous tenez vos promesses, Skander, vous tenez vos promesses !

— Merci, monsieur Berland, j'ai dit en lui serrant la main comme si on était au marché aux bestiaux et qu'on venait d'échanger une génisse contre trois cochons de lait.

Puis je suis sorti parce qu'il valait mieux qu'on n'en dise pas davantage.

Il a dû croire que j'étais ému aux larmes. Ça tombait bien, j'étais ému aux larmes. Mais ce n'étaient pas celles qu'il croyait.

— Pauvre chat ! s'est écriée Milly, qui devait m'attendre de pied ferme devant la porte du bureau pour m'avoir rien qu'à elle.

Dans ses mains tremblait un flan gélatineux qu'elle avait sans doute confectionné à mon intention. C'est une chouette fille, Milly.

Elle a repoussé quelques dossiers en stagnation sur son bureau pour y poser le flan et la tasse de café qu'elle m'avait préparés. Je me suis assis en face d'elle. J'ai vu qu'elle me regardait dans l'attente de quelque chose.

— Succulent, ton flan au caramel. Tu es une sacrée cuisinière !

— C'est le beurre salé dans le caramel qui fait toute la différence, mon cher !

Elle avait tellement l'air d'attendre quelque chose d'autre que je me suis demandé ce qu'il y avait derrière le flan. Ce n'était tout de même pas l'absence de Jules qui… Quoique… Mais bon sang, elle aurait dû se remettre à son boulot et me laisser déguster tranquillement au lieu de rester comme une empotée à me regarder fixement. Quant à moi, j'aurais été mieux inspiré d'aller le manger dans mon bureau, ce flan ! Qu'avait-elle donc à me dévorer des yeux ? J'ai avalé le dernier morceau sans trop insister en léchant la cuillère ; j'allais me lever pour m'esquiver après un grand merci quand elle m'a lancé, l'œil plein de sous-entendus :

— Prêt pour la grande surprise ?

— Heu...

— Le flan, c'est parce qu'il y a des choses qu'il vaut mieux ne pas affronter le ventre vide... Tu vas voir.

Elle avait sorti de son tiroir un petit dossier dans une chemise jaune qu'elle a posée devant moi tout en subtilisant l'assiette que je venais de vider. J'hésitais à l'ouvrir. Milly avait la main dessus.

— Ça faisait un moment que j'avais la puce à l'oreille. Depuis le premier jour où tu nous en as parlé, de ton bonhomme...

— Quel bonhomme ? Thomas Hayon ?

— Non, non, l'autre là... le peintre handicapé, Léo Orson.

Je ne me souvenais pas d'avoir parlé de Léo à l'agence. Encore moins devant Milly.

— Mais si, rappelle-toi. C'était le jour où tu es revenu de ton reportage à l'abbaye. On est allés prendre un pot en sortant du boulot. Tu nous as raconté que tu étais tombé en panne et qu'un peintre t'avait dépanné... Léo Orson, tu as dit.

— C'est possible.

— Eh bien, figure-toi que ce nom, il m'a trotté dans la tête pendant plusieurs jours. C'est bizarre tout de même, je me suis dit comme ça... Parce que c'est vrai, la peinture, j'aime bien, mais les peintres j'y connais pas grand-chose... Alors pourquoi ce nom de Léo Orson, il me galopait dans le ciboulot ?

Tout d'un coup, je brûlais d'envie de soulever la couverture jaune et de regarder le contenu du dossier. Mais je sentais que Milly se serait froissée. Il fallait d'abord que je l'écoute. J'ai demandé :

— Et tu as enfin découvert pourquoi ce nom t'impressionnait ?

— Ben, c'est vendredi que ça m'est revenu... Je sais pas si je te l'ai dit, mais mon père est avocat. Enfin, il l'était. Maintenant il est à la retraite. C'est un type formidable, je l'adore, mon père ! Je suis sûre que tu t'entendrais bien avec lui. Il est passionné de bouquins, lui-aussi...

L'ennui avec les femmes amoureuses de leur père, c'est qu'elles sont intarissables sur le sujet. Pauvre Jules ! pensai-je. Par chance, Milly est revenue à nos moutons, en l'occurrence le dossier jaune.

— Figure-toi que j'étais encore au lycée quand il a plaidé une affaire pour ton peintre. Je m'en suis souvenu, parce que c'est un procès qui a duré très longtemps. Mon père nous en parlait souvent à table. Il disait que c'était une des affaires les plus moches qu'il ait eues dans sa carrière. Hier je suis allée déjeuner chez mes parents avec Juju et je lui ai ressorti le nom de M. Orson. Il est incroyable, mon père ! Il a conservé tous les dossiers qu'il a plaidés. Ça rend ma mère dingue. Ils en ont plein la cave. Il a été super cool, quand je lui ai parlé de toi, il a accepté de me confier ses archives. Les voilà... Vas-y, ouvre, tu vas voir...

La chemise jaune contenait une sous-chemise gris délavé avec deux noms écrits dessus : ORSON / LORMEL. Merde !

— Dis-donc, je pensais pas que ça te ferait un tel effet ! Tu veux un autre café ?

— Non, non merci. C'est un... un super cadeau, Milly !

— Faudra me les rendre, hein ? a-t-elle crié alors que j'étais déjà dans le couloir vers mon bureau-cuisine, le dossier sous le bras

En parcourant les papiers de l'avocat, j'étais atterré. J'ai bien dû griller trois ou quatre cigarettes coup sur coup. C'était donc Lormel qui avait causé la mort de Sandra et de sa mère et fait de Léo un handicapé à vie. Mais pourquoi Léo ne m'avait-il rien dit, samedi soir ? Je me souvenais très bien qu'il avait vaguement évoqué un « pauvre type alcoolisé »... Pourtant, de mon côté, je n'avais pas cessé de lui parler de la mort de l'architecte, du trouble où j'étais par rapport à l'enquête. Sans éveiller le moindre écho en réaction.

La consultation des archives de l'avocat soulignait les négligences de l'enquête, les oublis divers qu'avait évoqués Léo. À cette époque, Lormel n'était pas encore architecte des Bâtiments de France, mais il semblait jouir d'une importante notoriété locale. Ses propres avocats étaient sans contexte bien mieux outillés que le père de Milly. Une bataille d'experts avait fini par minimiser l'alcoolémie du chauffard Lormel et prouver la maladresse au volant de Léo Orson. Celui-ci, aux dires des assurances, connaissait mal les routes de la région. Il n'avait pas mesuré le danger à cet endroit précis où il roulait, semblait-il, au milieu de la chaussée au moment de l'accident, rendant la collision inévitable. Entre l'ouverture de l'affaire et son achèvement, Léo était sorti du coma et avait pris comme avocat le père de Milly, contrecarrant celui qu'avaient choisi les parents de sa femme. Les deux avocats avaient eu, semblait-il, bien du mal à accorder leurs violons. Laissant la part belle à la partie adversaire.

J'en arrivais aux conclusion du procès qui s'était déroulé sur plus de trois ans. Là encore, la mémoire de Léo à ce sujet était pour le moins imprécise, sinon mensongère. L'arrêté du tribunal condamnait Lormel à une forte amende, un retrait temporaire du permis de conduire et une peine de deux ans de prison assortie d'un sursis. Léo, quant à lui, m'avait parlé d'un an de prison ferme... Est-il possible que l'on ne se souvienne pas de la peine infligée à l'assassin – fût-il involontaire – de sa femme et de sa fille ?

Je me suis levé. J'ai ouvert en grand la fenêtre sur l'avenue. Le printemps était revenu. Balayés, les nuages, asséchées les dernières flaques de l'averse d'hier soir. Je me suis assis sur le rebord de la fenêtre, à la hauteur des frondaisons. Les platanes avaient leur plumage d'été. Changement de décor. C'est fou ce que ça pousse vite, les feuilles quand on n'y fait pas gaffe. La semaine dernière encore... Malheureusement aucun vent ne pouvait balayer les nuages que j'avais dans le crâne. Impossible de changer mon décor intérieur.

Léo Orson était l'assassin de Lormel. La vengeance est un mobile incontournable. Restait à prouver comment un handicapé en fauteuil roulant avait pu escalader les quelque douze mètres de passerelle métallique, atteindre le haut de l'échafaudage et balancer dans le vide un homme en parfaite santé. À l'évidence, Léo Orson n'était pas l'assassin de Lormel. À moins qu'il n'ait payé quelqu'un pour exécuter sa vengeance à sa place ? Sa fortune pouvait le lui permettre. Mais comment recrute-t-on un tueur à gages lorsqu'on est dans un fauteuil roulant au fin fond de la campagne française ?

Je me souvenais de ce qu'avait dit le commissaire Dubourg au sujet de son collègue l'inspecteur de la police judiciaire : « Laissons ce brave inspecteur mener son enquête. Il finira sûrement par ne rien trouver... » Pas mal pour qui apprécie le cynisme. Mais Dubourg ne pouvait pas ne pas connaître le passé de Lormel et l'affaire de l'accident meurtrier. S'il n'en avait rien dit, c'est qu'il était convaincu de l'incapacité de Léo à commettre un tel acte. Nouvelle fausse piste, donc.

Le plus simple, le plus honnête aussi, ce serait d'en parler à Léo. Non pas lui demander des comptes. Juste l'informer que j'étais au courant. Je verrais bien ce qu'il me répondrait.

Je suis tombé sur son répondeur. Je n'ai pas laissé de message.

À part me mettre au boulot pour tenter d'évacuer un peu tout ça, je ne voyais plus très bien ce qu'il me restait à faire. J'avais dans mon sac les documents de Mlle Soeuil. Avec les notes prises chez le bouquiniste Chon-Chon, il y avait amplement de quoi boucler mon papier en hommage à la vieille dame. Un beau papier. Je tenais aussi le titre donné par Chon-Chon, au fil de la conversation : « À l'ombre du diable ».

55

Hier au soir, en rentrant chez moi, j'ai rappelé Léo. Aucune réponse. Cette nuit, en me couchant, j'ai invoqué le cher fantôme de Sandra. Aucune présence. Ce matin en arrivant à l'agence... Oh putain de bordel de merde !

Rien à cirer des limitations de vitesse. Rien à battre des casques obligatoires. Et les feux tricolores et les stops et les dangers-attention-travaux. Rien à foutre ! Et faudra surtout pas compter sur moi pour châtier mon langage.

C'est comme un dingue que j'ai déboulé dans le bureau de Tonio avec mon paquet sous le bras.

— Tonio ! Putain, Tonio, si tu savais !...

Et je me suis écroulé en larmes dans ses bras. Il était en rendez-vous avec son expert-comptable. Pas très expert en quoi que ce soit d'autre, le mec.

— Monsieur Leberd, je vous prie de m'excuser... Il y a une urgence. Ayez l'amabilité de repasser demain, à l'heure qui vous conviendra.

— Mais, monsieur Crouzel, nous arrivions aux résultats de l'exercice et...

— Ne me dites pas, monsieur Leberd, que je serai moins riche demain qu'aujourd'hui.

— Certes non, monsieur Crouzel, mais...

— Alors soyez gentil de ne pas donner raison au baron de Rothschild... À demain, monsieur Leberd.

Il m'a pris par le bras et nous sommes sortis vers le bâtiment où Tonio avait son loft en plantant là l'expert-comptable. Entre deux sanglots, j'ai réussi à hoqueter :

— C'est quoi cette histoire de Rothschild ?

— C'est mon ancien comptable qui m'a raconté ça. Un type super. Un marrant. D'après lui, le baron de Rothschild disait qu'un comptable c'est un con derrière une table. C'est sans doute très injuste pour la majorité de la profession, mais celui-ci en est une illustration assez réussie. L'air d'avoir un balai dans le cul et on est même pas sûr que ce soit le sien.

J'aurais bien voulu rigoler, mais je ne pouvais pas.

Dans le loft, Tonio a rempli deux verres de vin italien qu'il a posés sur la table basse.

— Qu'est-ce qui t'arrive, Skander ? Je t'ai jamais vu comme ça ! C'est quand même pas parce qu'ils ont buté ce fumier du Regain Tricolore ?

— Rien à voir. Regarde, Tonio... j'ai reçu ça à l'agence ce matin. Chronopost...

Il a défait le colis que j'avais remballé à la hâte. Les deux tableaux sont apparus. Le premier représentant le portrait anamorphique de Sandra avec le jardin bleu de l'oiseau australien. Le second qui me représentait avec ma tête du Fayoum.

— C'est vachement beau ! Surtout toi. T'es encore plus craquant en peinture, tu sais ? C'est ton pote Léo qui a fait ça ?

Rien que d'entendre le nom j'ai éclaté en sanglots.

— Il est mort... Tonio, Léo est mort.

J'étais même plus capable d'articuler. Je lui ai tendu l'enveloppe contenant la lettre que j'avais trouvée en défaisant le paquet, glissée entre les deux tableaux. Il l'a lue.

Mon cher Skander, j'espère que ces souvenirs te feront plaisir. Je voulais ajouter le disque Siboney, *mais ce n'est pas la peine. Tu le trouveras sur le Net. Voilà, c'est moi qui ai tué Lormel. À tout le monde, toi y compris (pardonne-moi), j'ai joué la comédie du paralytique. Un demi-mensonge, en vérité. J'ai bel et bien été infirme pendant des années. Et pendant tout ce temps, j'ai lutté contre ça. De toute mon âme. Je veux dire de toutes mes forces. C'était bien autre chose qu'une simple rééducation, crois-moi. Semaine après semaine, mois après mois, année après année. Une résurrection par la seule puissance de la volonté. Quinze ans d'acharnement. En secret. Dans la plus totale solitude. Tu es la seule personne qui ait franchi mon seuil depuis que je suis dans cette maison. Excepté les visites épisodiques de la dame qui s'occupe de l'entretien, j'ai toujours refusé que quiconque vienne troubler la paix de mes fantômes. Laure et Sandra. Je ne sais pas ce qui s'est passé avec toi. Pourquoi t'ai-je ouvert ma porte ? Peut-être parce que tu es une vieille âme, toi aussi… Sans doute vas-tu penser qu'après tant d'années j'aurais dû pardonner à Lormel. Peut-être, si seulement il était venu me voir. Mais il ne l'a jamais fait. Pas un mot, pas un signe. Rien. De même au tribunal durant tout le procès, il n'a jamais manifesté la moindre empathie. Quoi qu'il en soit, tuer un homme est une horreur absolue. Un acte que je ne me pardonnerai jamais. Tu m'as parlé de la haine que lui voue son fils. Elle est probablement fondée. Celle que je lui ai portée s'est éteinte vendredi matin à l'instant où je lui ai repris la vie qu'il m'avait dérobée, car depuis le 6 juillet 1999 je fais semblant de vivre. C'est pourtant la seule chose qui vaille la peine d'être léguée : la vie et l'amour sans limite qu'on doit lui témoigner. Notre rencontre a été ce qu'on appelle un hasard. C'est un mot auquel je ne crois pas. Tout tombe juste, toujours. Cela faisait à peine un mois que j'avais retrouvé le parfait usage de mes jambes. J'hésitais pourtant à m'en servir. J'étais tout à fait prêt mais quelque chose me retenait. C'était comme si j'attendais quelqu'un. C'était toi. Tu étais celui à qui il fallait que je dise certaines choses avant de partir. La clé absolue de tout réside en un seul mot : amour. Merci de m'avoir écouté. Ce sera la première fois que je me servirai d'un fusil de chasse. J'espère réussir. Je t'ai aussi parlé du bidon d'essence… Je te serre dans mes bras de folie. Léo Orson.*

Tonio a reposé la lettre à côté des tableaux. Il m'a pris la main. C'était comme si on était petits, qu'on était dans le noir et qu'on avait peur. Dans nos verres, le vin blanc pétillant avait perdu un peu de ses bulles. On l'a bu. Puis on est redevenus grands.

56

En vérité, je n'ai pas grandi, ce jour-là. J'ai vieilli. Un sacré coup de vieux. Je ne pouvais pas encombrer Tonio toute la journée avec mon chagrin dégoulinant. Il avait un vrai métier, lui, des gens qui bossaient avec lui, qui comptaient sur son travail. Rien à voir avec mon petit job de branleur.

J'ai enfourché ma Morini. J'ai roulé, un peu au pif. Les tableaux de Léo arrimés derrière moi. Sa lettre glissée dans mon blouson. « Aime la vie... » Tu parles d'un héritage ! Quel salaud, ce Léo. Mais un salaud magnifique... Au fond, ça m'était plutôt égal qu'il ait tué Lormel. Je lui en voulais d'être mort. Je découvrais ça : certains morts, on a envie de les engueuler. C'est comme s'ils vous avaient un peu dévalisé en partant. Selon lui, j'étais donc une « vieille âme ». Qu'est-ce que ça voulait dire encore, ces conneries ? J'étais un jeune type pétant de santé qui avait envie de se coller une fille sur le tube le plus tôt possible. Bye bye, les fantômes. Je voulais de la viande. Fraîche, palpitante, si possible joyeuse, drôle, tendre, complice... Non. Ça, ce n'est plus de la viande, c'est quelqu'un. Merde !

J'ai pensé à ma future carte de presse. Il y a un an de ça, je salivais rien qu'à cette idée. Skander Corsaro, journaliste ! Aujourd'hui, j'y étais presque et ça m'était égal. De quoi allais-je rêver, maintenant ? Une femme, des gosses, un 4 × 4, une villa sur les hauteurs de la ville avec une piscine pour se noyer dedans ? C'était le projet d'à peu près tous mes potes à la fac. Pas la noyade, non. Mais ils y croyaient dur, à tout ce que la pub et la télé leur avaient farci entre les oreilles depuis la naissance. Rien que de la quincaille et du blabla. Ils devaient se douter de l'arnaque, sans se l'avouer. La plupart étaient au bord de l'alcoolisme à vingt-quatre ans. Ils appelaient ça le *binge-drinking*. Se mettre la tête à l'envers le plus vite possible, le plus souvent possible. Je m'étais éloigné d'eux. Aucun n'avait cherché à me retenir. Pourquoi ça n'avait pas pris, sur moi, cette sauce ? Toutes ces aspirations, ces idéaux, ces festivités me semblaient autant de pièges à gogos. Rien que du trompe-l'œil. J'étais devenu une sorte de monstre. Au fond, c'était ça que mon ex n'avait pas supporté. Elle faisait des projets d'avenir tandis que moi, je me cramponnais à l'instant qui passe. Tonio avait peut-être déteint sur moi. Tout gamin, déjà, il s'était senti à côté de la plaque. Les rares fois où on l'avait traité de pédé, j'avais toujours pris sa défense, quitte à être assimilé. Rien à battre. Ainsi je m'étais mis à regarder le monde au travers de sa lorgnette. Il y avait toujours un décalage entre nous et ce qui se passait autour de nous. Tonio appelait ça « l'effet parallaxe ». Un prof de philo à qui je m'en étais confié m'avait dit que c'était l'apprentissage de la lucidité. À l'époque, ça n'avait pas entamé ma joie de vivre. Aujourd'hui je n'étais plus sûr d'en dire autant.

J'avais beaucoup tourné en rond à la périphérie de la ville, autant que dans ma tête. J'avais faim et la Morini avait soif. Je me suis garé devant une supérette qui faisait poste à essence. Après avoir fait le plein, les tableaux sous le bras, je suis entré m'acheter un jambon-beurre. Je venais juste de régler à la caisse, mon sandwich à la main, quand un mec m'a interpellé. Un client. Un maghrébin. À peine vingt ans. Il était dans une travée, à quelques mètres de moi.

— Oh ! mon frère ! C'est quoi que t'achètes là ?

— Je ne suis pas ton frère et c'est un sandwich au jambon.

— Attends, tu vas manger du porc ? Tu sais pas que t'insultes le prophète, sa race !

Ce pauvre garçon était très mal tombé, je n'étais pas d'humeur. Je m'étais déjà fait ravager le portrait par un islamophobe, je n'allais pas me faire saccager à présent par deux islamophiles.

— Toi et ton pote, collez-vous un doigt dans le cul et lâchez-moi !

Le mec, ça l'a rendu furieux. À l'instant où son pote arrivait en renfort j'ai arraché des mains d'une malheureuse dame le charriot rempli qu'elle poussait et je l'ai projeté sur les intrépides soldats de la foi coranique. Ils se sont écroulés sur le charriot dont le contenu s'est répandu dans le magasin. Le caissier a tiré une bombe lacrymogène de sous le comptoir. La dame s'est mise à hurler. J'ai foncé comme un dingue, vers la sortie. Le sandwich dans la poche, les tableaux coincés sous le menton, j'ai démarré la Morini à fond la caisse. Les deux types galopaient déjà dans ma direction. L'avantage d'une Morini Corsaro, c'est qu'elle va plus vite que deux intégristes.

Je l'avais échappé belle. Tout en roulant j'ai repensé à la fameuse lucidité. Tonio se sentait en décalage à cause de sa sexualité. Et moi, à cause de mon physique. Deux choses que ni l'un ni l'autre n'avions choisies. En revanche, on pouvait choisir de les vivre. Les occidentaux voyaient en moi un oriental. Pour les maghrébins j'étais un traître. Il y a toujours plusieurs façons de nommer le réel. Ça n'enlève rien à ce qu'il est. Le problème sera toujours que la pensée est impuissante face à une kalachnikov.

J'étais arrivé chez moi. Les idées pas vraiment en place mais le cœur apaisé. J'avais sauvé ma peau, les tableaux et mon sandwich jambon-beurre. Ç'aurait été une belle journée si je n'avais pas eu le suicide de Léo en travers de la gorge.

J'ai hésité un bon moment avant d'accrocher nos portraits. Sandra et moi. J'avais le choix : côte à côte ou face à face. J'ai opté pour la première solution. C'était plus fraternel. Restait la question du mur. Côté chambre ou côté cuisine. Le mur de la bibliochambre était le plus convenable. Il y avait encore les clous orphelins auxquels mon ex avait accroché deux posters encadrés, à l'époque de notre vie commune : James Dean et Che Guevara. Je me souviendrai toujours du cirque que ça avait fait avec Tonio.

— Bon, James Dean, passe encore. C'était un petit merdeux, mais il était gay. Quant à cette saloperie de Guevara ! S'il avait pas eu cette tronche de play-boy illuminé, je me demande bien qui s'amuserait à coller la photo d'un pareil stalinien sur son mur ?

Le moins qu'on puisse dire, c'est que ça avait créé la polémique. Tant sur la gaytitude de l'un que sur le stalinisme de l'autre. J'étais prudemment resté sur la touche, me contentant de regarder Tonio et ma future-ex s'étriper verbalement. Ça m'avait été vertement reproché par la suite. Aujourd'hui il me restait les deux clous. C'était plutôt une bonne affaire. Je suis très mauvais bricoleur. J'ai accroché Sandra à la place du Che et je me suis positionné en remplaçant de James Dean. Histoire de magnifier mon côté « fureur de vivre ». Ça aurait sans doute amusé Léo. Léo qui est mort. Se mettre ça dans la tête.

Ce matin, quand le colis était arrivé à l'agence, je m'appliquais à passer la dernière couche de vernis sur mon article « À l'ombre du diable ». Quelques corrections minimes. J'étais plutôt satisfait du résultat. Ça m'avait fait du bien de me replonger dans la Résistance vécue par Mlle Soeuil. Il en ressortait une humanité qui aurait pu rendre la planète habitable. De quoi se consoler un peu de la pitoyable affaire Garmenty. J'avais aussi le vague espoir que la vieille dame soit en état de me lire. Que cela lui fasse plaisir. Je m'étais dit qu'une fois que Berland aurait lu mon papier, je lui demanderais de m'organiser un rendez-vous avec le préfet. Mlle Soeuil n'avait pas la Légion d'honneur. Il serait grand temps de réparer ce fâcheux oubli, qu'en pensez-vous, monsieur le préfet ? Et puis Milly est entrée dans mon bureau-cuisine.

— Chronopost ! a-t-elle lancé joyeusement en le posant sur ma table. Je me suis permis de signer le reçu à ta place. Tu es vraiment une star, toi !

— Tu es dingue ! Imagine si ça avait explosé ?

— Chronopost, ça n'explose jamais.

Quelques minutes plus tard celui-ci m'explosait en pleine poire. Les tableaux, la lettre. Je ne sais pas pourquoi mais j'avais compris avant de l'ouvrir. Heureusement que Milly était retournée dans son bureau. Il vaut mieux être seul quand on se fait exploser.

Mon paquet sous le bras, j'avais quitté l'agence sans un mot à personne pour foncer chez Tonio.

Par curiosité j'ai jeté un coup d'œil à mon Smartphone. Il regorgeait d'appels en absence. Milly, Berland, le commissaire Dubourg (tiens donc, que me voulait-il celui-là ?), et pour finir, un message de ma mère : « Mon chéri, j'ai une réunion de parents d'élèves, je vais finir un peu tard. Retrouvons-nous directement au restaurant à 20 h 30. Pour le linge, je passerai chez toi après. Bisous. Maman. »

Ma mère... On ne peut pas dire que j'avais été un fils modèle ces derniers temps. Je venais de me rendre compte que je ne l'avais tenue au courant de rien de ce qui m'était arrivé. Depuis les félicitations qu'elle m'avait adressées à la parution de mon premier article, nous n'avions plus rien échangé. J'avais même été obligé de reporter notre rendez-vous de mardi dernier. Je crois que cela ne m'était jamais arrivé depuis ma sortie de la fac. Qu'allait-elle penser en voyant ma cicatrice sur la pommette ? C'était dérisoire mais j'éprouvais une sorte de remords. À cause de Léo. La mort de Léo m'avait appris que ma mère allait mourir un jour. Jamais auparavant je n'avais ressenti cela aussi cruellement. Une envie folle me prenait de la serrer dans mes bras, immédiatement. Quelques heures passées en compagnie de Léo m'avaient renseigné sur toute une vie passée avec ma mère. Un comble. Dans certaines circonstances quand il n'est que 17 h 15, 20 h 30 ça peut vous paraître le bout du monde. Je devais attendre. Prendre mon mal d'amour maternel en patience. Retour au Smartphone.

J'ai rassuré Milly. Je lui ai demandé de m'excuser auprès de Berland. J'ai dit que j'avais appris la mort de Léo Orson. Ça m'avait secoué. Quelques secondes plus tard, elle me répondait que Berland était au courant. Les pompiers l'avaient prévenu. Il ne restait plus rien de la maison du peintre, entièrement détruite par un incendie. Ça avait dû se passer au milieu de la nuit. À l'heure actuelle, on explorait les décombres mais aucun corps n'avait encore été retrouvé. Milly terminait son message en me demandant comment j'avais bien pu apprendre la nouvelle avant tout le monde.

Je l'ai remerciée sans répondre à sa question. Milly croit aux horoscopes, à la prémonition, aux pressentiments. Demain je lui servirai une salade dans ce jus-là. Pas question que quiconque ait connaissance de la lettre de Léo. Un instant, la tentation de la brûler m'est venue à l'esprit. Et puis non. Tout ne pouvait quand même pas finir dans les flammes. J'ai pris la lettre soigneusement pliée dans son enveloppe. C'est devant les étagères de ma bibliochambre que je me suis aperçu qu'il n'y avait dans ma collection qu'un seul nom d'auteur commençant par la lettre « O ». Le cher Publius Ovidius Naso, dit « Ovide ». J'ai glissé la lettre de

Léo Orson entre Nietzsche et lui. Excellent voisinage. C'était exactement l'image que je voulais garder de mon ami, entre le surhomme et les métamorphoses.

Ensuite, j'ai suivi le conseil qu'il m'avait donné : j'ai téléchargé *Siboney*. Comme une plage moelleuse entre les remparts de mes livres, ma couette m'attendait. La voix de Pedro Vargas a fait le reste : « *Siboney de mis sueños... oye mi canto de cristal.* »

57

C'est sous le règne de ce noceur paillard d'Henri IV que notre ville a eu l'honneur d'héberger les haras du roi. Le crissement des roues de carrosses, calèches ou diligences a cessé de résonner depuis longtemps sur les pavés. Le fumet de crottin s'est dissipé dans les oxydes de carbone. Le cheval ne se rencontre plus, au hasard de la carte, qu'en tranche de steak dans les assiettes du restaurant Les Haras du Roy. Le « y » se la pète un peu, mais l'endroit est charmant. Dès les premiers beaux soirs, on peut y dîner dans la cour de brique rose, sous la voûte mauve d'une glycine centenaire au tronc savamment torsadé. Le service est sympa, les tarifs très abordables si on évite le Dom Pérignon aux trente-neuf millésimes. La carte est un régal.

Je me demandais bien pourquoi ma mère m'avait fixé rendez-vous ici, alors que nous n'y dînions qu'à l'occasion de nos anniversaires... Il devait y avoir une raison particulière que j'ignorais. Je m'étais sapé comme un prince avec la dernière chemise propre qu'il me restait, un jean noir super élégant et la veste en lin post-nazie que m'avait offerte Tonio. Honneur à ma mère. Ma longue sieste avait effacé les traces du chagrin. Je m'étais trouvé plutôt bonne mine dans la glace, avec un petit côté baroudeur dû à la cicatrice. Il était 20 h 30 quand j'ai franchi le seuil du restaurant. Ma mère était déjà là. Elle s'est levée en me voyant arriver. Je ne sais pas comment elle s'y prenait, mais cela faisait des années qu'elle avait trente-cinq ans. Elle m'a paru ce soir encore plus jeune, encore plus ravissante que d'habitude.

— Que tu es beau, mon fils ! s'est elle écriée en me prenant dans ses bras.

— Arrête, maman, si y'a une rafle on va se faire choper !

— Crétin, va ! elle a éclaté de rire.

C'est à ce moment que je me suis rendu compte qu'elle n'était pas seule. Il y avait un mec à sa table. C'était cet enfoiré de Tonio.

— Mais qu'est-ce que tu fiches là, toi ?

— Moi aussi, ça me fait plaisir de te retrouver, vieux frère, m'a répondu mon pote en me faisant discrètement un gros *fuck* derrière sa serviette empesée.

Je pestai.

— C'est quoi ce complot ?

Mes yeux faisaient la navette entre ma mère et lui. Je devais avoir l'air encore plus ahuri que d'habitude. Ils se sont marrés tous les deux. Après ce que Tonio avait fait pour moi dans la matinée, je pouvais difficilement l'engueuler. Mais enfin, il s'agissait quand même de ma vie privée avec ma mère. Avec lui à table, ça ne serait pas la même intimité.

— On lui dit tout ? a demandé Tonio.

— Ça me paraît plus sage, a dit ma mère.

Elle s'est tournée vers moi, me parlant avec le ton qu'elle prenait autrefois pour m'enseigner les tables de multiplications.

— Assieds-toi tranquillement, écoute d'abord ce que nous avons à te dire...

— Pas la peine de prendre ton air d'institutrice, maman... Je vous écoute.

Tonio a commencé.

— Tu te souviens de ce que je t'ai dit, dimanche ?

— À quel sujet ?

— Je t'ai dit que j'avais confié le texte sur le trésor de Morlan à quelqu'un spécialisé dans la littérature.

— Oui ça me revient.

— Ce quelqu'un, c'est moi, a poursuivi ma mère. Je ne t'en veux pas de ne pas y avoir pensé, mais je dois dire que ton ami est plus perspicace que toi.

Déjà quand nous étions mômes, elle me jouait le même numéro. Tonio par-ci, Tonio par-là... Il était toujours plus habile, plus rapide, plus attentif et merde ! Je savais bien qu'elle m'adorait, mais elle voulait vraiment que je sois le meilleur.

— Maman, si tu continues à me les briser, j'épouse Tonio.

— C'est une excellente idée, mon chéri, mais je ne suis pas sûre qu'il veuille de toi.

— Hors de question ! a tranché Tonio en tapant sur la table du plat de la main comme s'il écrasait une mouche.

Comment ne pas leur pardonner ? J'ai ri.

— Alors ce complot ? Ça donne quoi ?

Cette fois, c'est ma mère qui a pris l'avantage.

— Eh bien, disons que ça n'a pas été évident tout de suite. Tu as dû l'éprouver toi-même, quand on lit ce texte, on a naturellement tendance à chercher quelque chose dans ce qui est écrit. Des indices, des symboles, un code...

— C'est ce que tout le monde fait.

— C'est une erreur. Il y a bien un code, mais il n'est pas dans ce que contient le texte. Il est au contraire dans ce qu'il ne contient pas. C'est ça, l'astuce.

Je tombais des nues.

— Tu peux m'expliquer ?

— Permets-moi de rejouer à l'institutrice, comme tu dis. Tu n'as pas remarqué qu'il y avait quelques fautes d'orthographes dans ce récit ?

— Bien sûr que si, c'est même pour ça que j'ai pris la peine de tout retaper à l'ordi. Je voulais que ça soit nickel pour l'édition du journal.

— Dans un certain sens, tu as eu tort. Figure-toi que je me suis renseignée sur l'abbé Soeuil. Un fin latiniste, un érudit brillant. Il est inimaginable qu'un homme de son temps, aussi cultivé qu'il l'était, ait pu laisser passer des fautes grossières dans l'impression d'un texte dont il était l'auteur.

Par conséquent, si elles s'y trouvent, c'est qu'il l'a voulu.

Je n'en revenais pas. Victime de mon perfectionnisme, j'étais tombé complètement à côté de la cible. Ma mère qui passait sa vie à corriger les fautes des autres avait compris que là, précisément, il ne fallait pas les corriger mais s'en servir. J'en bavais.

— Et le résultat ?

— Le voilà…

Tonio a tiré de sa poche un petit sac de tissu contenant des lettres de Scrabble qu'il a alignées devant son assiette. Ça donnait ça : P L A N I C E.

— Mais enfin, ça ne veut rien dire !

— Exact. Tu peux faire aussi eclanpi, pilance et encore plein de mots qui n'existent pas mais…

Je l'ai interrompu en me retenant de crier :

— Pélican !

J'exultais en remettant fébrilement les lettres dans le bon ordre.

— C'est le seul mot qu'on peut composer avec ces lettres-là qui ait un sens dans la langue française. La clé du trésor est donc un pélican.

J'étais émerveillé. J'avais assez planché sur cette histoire pour me souvenir de presque tout. Je repensais au moment où le prieur insiste pour que le peintre rajoute un pélican sur sa fresque. Mais il ne pouvait pas s'agir de celui-ci. J'étais passé devant lors de ma visite guidée avec Thomas Hayon. La peinture très dégradée par le temps montrait bien qu'il n'y avait rien derrière. Le mur était plein. En revanche, dans la même scène, Joseph-François d'Apre signalait au peintre qu'il existait d'autres exemplaires de l'oiseau dans la décoration de l'abbaye. C'était par là qu'il fallait chercher. J'avais vraiment une mère formidable.

Le serveur qui venait prendre la commande s'est penché vers la table.

— Je suis désolé, messieurs-dame, mais cet oiseau n'est pas inscrit à la carte.

Nous nous sommes consolés avec des brochettes de canard et un soufflé aux morilles. Tonio a proposé d'offrir le champagne. Santé ! J'étais heureux de voir ma mère aussi enjouée. Elle était excitée comme une gamine d'avoir déchiffré l'énigme.

— Le plus difficile ça a été de dénicher la lettre *A*. J'avais repéré toutes les autres sauf celle-ci. En fait, c'est la première lettre du récit. Mais elle est cachée dans une lettrine par où commence la première ligne. Du moins on croit qu'elle est cachée. En réalité, elle n'y est pas. Ça se voit à la loupe. Il n'y a que de vagues entrelacs, des fioritures, mais pas de *A*. Le cerveau du lecteur le rétablit machinalement. C'est astucieux. Les autres fautes sautent aux yeux. Dans *sonnaille* il manque un *n*, *enjambées* est mal accordé, *follets*, un seul *l*, *inopportune* il manque un *p*, etc. J'ai la liste à la maison avec les chapitres précis.

Trépignant d'impatience, je me suis tourné vers Tonio :

— On y va quand ?

— Tu pourras tenir jusqu'au café ?

— Jusqu'au dessert et encore...

Ma mère s'est inquiétée :

— Vous voulez vraiment aller à Morlan ? Après ce qu'il s'y est passé, je suppose que l'accès doit être interdit.

— Tu es au courant du crime ?

— Ne le dis à personne, mais depuis que tu écris dans ce journal, je m'y suis abonnée. Le papier est de très bonne qualité, il peut servir à plein de choses. Avant de faire les vitres ou d'allumer le feu avec, il m'arrive même de lire les articles.

Derrière la taquinerie, je percevais un reproche doux mais réel. Aucun signe de vie de ma part depuis plusieurs jours. Pas très sympa quand on a passé tant d'années à tout attendre de sa mère.

— Ne t'inquiète pas, Skander, nous nous sommes parlé au téléphone. Je me suis permis de faire à ta mère un résumé de tes aventures.

— Ah bravo ! Est-ce que je me mêle de ta vie privée, moi ?

— Ben, oui...

Ça a été un chouette repas de famille. Même s'il planait quelque part l'ombre funèbre de Léo dont je n'arrivais pas à me défaire. J'ai dédramatisé du mieux que j'ai pu les péripéties de ces derniers jours. La pudeur est un défaut de famille. C'était aussi une bonne chose que Tonio soit là. Il a un don pour coller un nez de clown à la tragédie.

Peu à peu, la conversation a dérivé. J'ai décroché. Tonio et ma mère débattaient sur la pertinence d'enseigner la théorie du genre dès la maternelle. J'avais cessé de les écouter tout en tripotant distraitement les lettres du jeu de Scrabble. Pélican... pélican. Plus j'y pensais, plus j'étais sûr d'avoir vu un pélican quelque part tout récemment. Ailleurs qu'à Morlan. Mais où ? C'était forcément une image, une photo, un dessin. À moins qu'il ne se soit agi d'un oiseau empaillé. Était-ce chez Léo ? Dans le merveilleux bric-à-brac de son atelier à présent en cendres ? Des représentations confuses se mélangeaient dans ma mémoire. Une étiquette de bouteille de bière, une image sur une tablette de chocolat, l'enseigne en tôle peinte d'une boutique de souvenirs, il y a longtemps au bord de la mer… Images inutiles qui ne faisaient que brouiller mon souvenir. Aucune n'était la bonne.

— Qu'est-ce que tu en penses ?

— Heu…

— Ne te fatigue pas, Tonio. Skander n'a rien écouté de ce que nous disions. Il faisait exactement pareil, petit, quand il lisait un livre. Il est ailleurs. On peut savoir où, mon chéri ?

Et immédiatement le déclic. Au seul mot de *livre* prononcé par ma mère, j'ai immédiatement revu le pélican. L'image insaisissable quelques instants plus tôt venait d'apparaître dans toute sa désolante précision.

— Oh merde ! ai-je lâché.

Je devais avoir l'air totalement catastrophé. Ma mère et Tonio me regardaient avec stupeur, leurs gestes en suspens.

— Qu'est-ce qui se passe ?

— Il n'y a pas de trésor à Morlan. En tout cas il n'y en a plus. Nous avons certainement trouvé, pardon, maman, tu as certainement trouvé la clé de la cachette, mais elle est vide. Depuis un moment l'idée de pélican tournait en rond dans ma tête. Je n'arrivais plus à me souvenir de l'endroit où j'en avais vu un ces derniers jours…

— Et alors ? a fait Tonio, anxieux.

— Chez Chon-Chon, le bouquiniste. Il a un ancien meuble à partitions qui lui sert de comptoir. Avec un bordel pas possible là-dessus. Mais surtout il a un petit jouet, une de ces figurines en plastique. C'est un pélican.

— C'est peut-être une coïncidence ?

— Léo te dirait qu'il n'y a pas de hasard. Arthur Schoenberger est l'ami de Mlle Soeuil. C'est lui qui conservait le stock des invendus du bouquin. Tout jeune il est parti vivre en Suisse, après la guerre. Il m'a dit qu'il était très riche. Et aujourd'hui, à plus de quatre-vingts ans, il a tous les jours sous les yeux une figurine-pélican. La vérité, c'est qu'il a déchiffré le code avant nous, il y a très longtemps, et qu'il a trouvé le trésor. Le pélican est un talisman, une espèce de divinité à qui il rend un hommage quotidien. Fin de l'aventure.

J'avais été plutôt persuasif. Une certaine déception se lisait sur les visages. Ma mère a levé sa flûte de champagne pour trinquer.

— Statistiquement, il paraît qu'il y a autant de chance de décrocher le gros lot du loto que de mourir dans les dix secondes… Je parie qu'à la fin de cette flûte, nous serons tous vivants. Santé !

J'ai souri. Tonio aussi. En heurtant son verre contre le mien, il avait sa tête de Droopy chagriné.

— Alors on laisse tomber ?

— Certainement pas. Aucune théorie n'est valable si elle n'est pas vérifiée. Cette nuit nous vérifierons. Vous avez commandé quoi comme dessert ?

Ma mère avait garé sa vieille deux-chevaux au bas de mon immeuble. Je l'avais toujours vue au volant de cette antiquité. Malgré mes supplications d'adolescent honteux de débarquer au collège dans un objet de musée, elle n'avait jamais voulu s'en défaire.

— Skander, le plus grand péché du monde, c'est l'absence d'imagination, martelait-elle, le visage sévère, quand j'insistais en chouinant pour qu'on ressemble aux autres.

À la longue, j'avais renoncé, remportant la victoire microscopique qu'elle me dépose devant le bureau de tabac, à deux cents mètres du collège. Le fils du buraliste était dans ma classe. On faisait le chemin ensemble. Ce type était un sale con prétentieux. Je le détestais mais j'aurais tout supporté plutôt que de débarquer au bahut dans une « deuche » des années 1960. Conformisme, quand tu nous tiens. Dix ans plus tard, le tacot de ma mère était devenu d'un chic fou. Une pièce rare très convoitée. Ce soir, j'étais tout heureux de la voir dans sa voiture hors d'âge. Toutes les deux inchangées. Éternelles. Sur le trottoir, nous avons troqué linge sale contre linge propre. Merci maman.

— Soyez prudents, les garçons ! Je compte sur vous.

C'était la phrase rituelle qui donnait le feu vert à nos escapades en forêt ou, plus tard, à nos folles virées du week-end vers les bars et les night-clubs mirobolants.

58

Morlan, la nuit, est une espèce de géant de pierre accroupi les pieds dans l'eau d'un affluent de la Gardance. J'aurais bien aimé pour notre escapade une pleine lune découpant d'un trait bleu les toitures de l'abbaye sur fond de ciel de plomb. Un décor dans le style des vieux films de la « Hammer » avec promesse de vampires surgissant des ténèbres. Bredouilles pour bredouilles, un peu de mystère n'aurait pas fait de mal. Mais un suspense dont on connaît la fin perd beaucoup de son charme. La nuit était à l'unisson de notre désenchantement. Une petite averse de crachin embuait le pare-brise par intermittence. Tonio roulait pépère, finalement convaincu lui aussi que nous allions faire chou blanc comme on dit dans les potagers de la déception. Faute de loup-garou, les longs hululements d'un vieux disque de Klaus Nomi nous avaient tenu lieu de bande son. Sur mes indications, Tonio avait garé la voiture à l'orée d'un pré du côté sud de l'abbaye. Inutile de rajouter des fausses pistes à toutes celles que devait explorer laborieusement l'inspecteur de la PJ.

J'étais devenu un habitué des lieux. Comme je m'y attendais, aucune rubalise ne cernait la « scène du crime » au-delà de l'abbaye elle-même. La nef où l'on avait retrouvé le corps de Lormel se trouvait à plusieurs centaines de mètres du moulin vers où nous nous dirigions.

Après que ma mère nous avait quittés, nous étions passés chez Tonio nous munir de lampes-torches et d'un sac en toile, au cas où... C'est ainsi équipés que nous avons franchi la brèche du mur d'enceinte. Sur la vaste porte à laquelle on accédait en arrivant du jardin, aucun scellé n'avait été apposé. À l'évidence, aucun garde n'était en faction dans l'abbaye. Une lumière aurait révélé sa présence, un chien aurait aboyé à notre approche. L'enquête était vraiment menée à la « je-t-en-fous-je-les-empile », comme aurait dit ma mère en parlant de mes devoirs d'écolier.

Malgré tout, j'étais impressionné par le lieu. Je revoyais le corps de Lormel, éclaté au pied de l'échafaudage, Sandra me tendant la main, le moineau tapant du bec contre le vitrail. Avec ou sans ambiance d'épouvante, j'avais du mal à réprimer un frisson. La voix de Tonio m'a ramené à la situation présente :

— Elle est où, la cage du piaf ?

J'ai réfléchi un instant. Je me souvenais que, dans le livre de l'abbé Soeuil, c'est au moment où le prieur a visité son trésor qu'il aperçoit des silhouettes au bas de l'escalier. C'était donc à l'étage, probablement dans la galerie dominant le cloître, que devait se trouver la bestiole.

La quasi-totalité des encorbellements du côté droit de la galerie, ainsi que la plupart des chapiteaux sur les colonnes en vis-à-vis avaient été restaurés et même refaits à neuf pour certains. Ce n'était donc pas là qu'il fallait explorer. Tant mieux, sinon nous aurions pu y passer la nuit. Nous étions parvenus dans la partie la plus ancienne du corridor, celle dont Thomas Hayon m'avait dit qu'elle avait survécu aux incendies et aux pillages.

Dans le faisceau mouvant de nos lampes-torches, de vagues taches polychromes apparaissaient à l'emplacement de la fresque. Seul le coin supérieur gauche et le centre portaient encore un dessin assez précis et des couleurs pas trop dégradées. Un fantôme de fresque. Tout près de là, la galerie bifurquait à angle droit, traçant le dernier côté d'un quadrilatère. Presque dans l'angle, se découpait une porte. Tonio a failli crier :

— C'est là ! Il est là ! Ou plutôt ils sont là, il y en a quatre !

Le halo lumineux de sa torche parcourait les pilastres de pierre sculptée encadrant la porte. Le décor en rond-de-bosse montrait une double torsade interrompue à mi-hauteur, de part et d'autre de la porte, par deux têtes d'oiseaux. Deux figures jumelles se retrouvaient à l'identique, mais hors de portée, à chaque extrémité du linteau. Tonio exultait :

— C'est l'un des deux ! Essaye celui-là, je m'occupe de l'autre.

J'avais beau appuyer sur la tête de l'oiseau, en variant les prises, la pierre ne bougeait pas. Aucun mécanisme ne s'enclenchait dans la profondeur du mur. De son côté, Tonio n'obtenait pas plus de résultat. À force de pousser, j'en avais mal aux doigts.

— On s'y prend comme des manches, a décrété Tonio. On se la joue comme au cinoche, mais on n'est pas dans *Indiana Jones*. Regarde bien comment c'est bâti : le tronçon sculpté qui porte la tête se prolonge à droite. On dirait une autre pierre mais c'est peut-être la même. Et de l'autre côté, à l'intérieur du chambranle, la pierre fait un angle.

C'est toujours la même. On n'a qu'a se servir de la tête du pélican comme si c'était un bouton de placard et tirer vers nous. Vas-y, pour voir, tire sur le tien, le mien ne donne rien.

Le relief représentant la tête de l'oiseau avait été très abîmé par le temps. C'est à peine si on distinguait le sommet du crâne et l'arrondi caractéristique du bec démesuré. J'ai failli me retourner un ongle en m'efforçant de tirer dessus. Mais soudain il s'est produit un petit craquement. Tonio avait vu juste : l'astuce était que le système comprenait non seulement la partie sculptée du pilastre, mais aussi la pierre adjacente en un même bloc pris dans le bâti du mur. Une simple entaille verticale rajoutée au burin donnait l'illusion qu'il s'agissait de deux pierres différentes. Large de vingt-cinq centimètres environ, pour une longueur d'à peu près quarante, la pierre obéissait à ma traction en pivotant à la manière d'une porte de placard. En réalité, ce n'était pas le pélican lui-même qui permettait d'ouvrir, mais bien l'angle du pilastre. Le procédé était très ingénieux. Il ne serait en effet venu à l'idée de personne de faire pivoter un angle d'encadrement de porte. Quelques secondes plus tard, le secret de Joseph-François d'Apre avait cessé d'en être un. La pierre, montée sur un pivot qui la faisait tourner sur elle-même, venait de dégager un espace modeste mais assez vaste pour contenir les deux coffres décrits par l'abbé Soeuil. Cependant, comme je m'y attendais, les coffres n'y étaient plus. En revanche il y avait autre chose. J'aurais de loin préféré le vide, parce que ce que nous avions sous les yeux était la preuve tangible que l'enfer est bien sur terre. Une horreur glaçante. Nous nous taisions, l'un et l'autre, tétanisés par l'abomination. Le souffle coupé. Mais j'étais bien certain que nous éprouvions, au même instant, la même envie de dégueuler.

59

Nous nous sommes réveillés ce matin dans ma bibliochambre. Le futon était bien assez large pour qu'on y dorme à deux sans se gêner. Au retour de notre découverte, aucun de nous deux n'avait eu envie de se retrouver seul. Malgré mes rhums-tisanes, le sommeil avait tardé à venir. Dans la pièce d'à-côté, le sac de toile était là, sous la table portant le bocal où Blb tournait en rond. Le sac avec l'immonde à l'intérieur.

— Sale gueule, le trésor, avait fini par articuler Tonio.

Sur le chemin du retour, il avait bien fallu tous les débridements sonores d'un rock métal déchaîné pour remplir de vie le gouffre de silence que notre découverte avait creusé entre nous.

Vers 7 heures, je me suis levé le premier pour préparer le petit déjeuner. Contrairement à mon habitude, je n'avais pas envie d'aller le prendre à La Grivette. Je voulais reculer le plus possible l'instant où je devrais affronter à nouveau mes semblables. Les humains. Pourrais-je supporter sans angoisse le regard de monsieur Max ou même celui d'un passant inconnu sur le trottoir ?

Tonio m'a rejoint peu après. Il s'est assis devant son bol de café au lait. On sentait que le sommeil n'avait réparé que sa fatigue physique. Son visage était clos sur lui-même.

— Qu'est-ce qu'on va faire de ça ? a-t-il demandé en donnant de la pointe du pied dans le sac sous la table.

— J'en sais rien.

— Tu crois pas que le mieux serait de tout détruire ?

— Non. On n'a pas le droit. Ce sont des preuves.

— Des preuves de quoi ? Je suis sûr qu'il y a un tas d'endroits, partout dans le monde, où les archives des tribunaux sont remplies de preuves dans ce genre. Le mieux ce serait peut-être d'en parler à ton commissaire.

J'ai eu une moue dubitative, mais l'évocation de Dubourg venait de me rappeler qu'il m'avait envoyé un message que je n'avais pas ouvert. J'ai pris mon portable et j'ai lu ça :

« La garde à vue de Thomas Hayon a été levée. Il est actuellement à l'hôpital central. Service psychiatrie. Internement volontaire. Les visites sont interdites, mais cela ne s'applique pas à vous. Ce serait peut-être bien que vous alliez le voir. J.C.D. » J'ai rangé mon téléphone. Tonio avait l'œil interrogateur.

— Thomas Hayon est à l'hosto, chez les dingues. Je vais lui porter ça.

— Tu as sans doute raison. À lui de se démerder... Qu'est-ce qu'on dit à ta mère ?

— Rien trouvé. Le coffre était vide.

— OK... Tu veux que je t'accompagne ?

— Merci, ce n'est pas la peine. Tu as du boulot.

— Tu crois que ça ira ?

— Oui, ça ira, Tonio.

Sans oser le formuler, nous avions besoin tous les deux de nous quitter. Momentanément, bien sûr. Certes, nous étions innocents, mais chacun sentait sur lui le regard de l'autre lourd de toute l'horreur que nous avions découverte ensemble. Cette vision partagée, au lieu d'en alléger le poids, l'aggravait au contraire d'une espèce de complicité malsaine, insupportable. Il fallait en finir chacun pour soi. C'était de ces plaies que l'on n'exhibe pas. Pour le coup, les deux clowns avaient perdu leurs jolis nez rouges.

60

— M. Hayon est très fatigué. Normalement, il n'a pas droit aux visites, mais puisque vous y êtes autorisé... Toutefois, vous ne pourrez pas rester au-delà d'un quart d'heure.

— Je ne compte pas m'éterniser.

Tout en me précédant le long du couloir de l'hôpital, l'infirmière a jeté un regard sur le sac de toile.

— Vous lui apportez des affaires ?

— Oui.

Elle a opiné de la tête. J'étais soulagé qu'elle ne me pose pas de questions sur la nature de ces affaires. Nous nous sommes arrêtés devant une porte. Elle a toqué deux coups puis a ouvert sans attendre de réponse.

— Monsieur Hayon, vous avez de la visite...

Elle s'est effacée pour me laisser entrer et a refermé la porte derrière moi.

La chambre, hygiénique et aseptisée, tenait aussi de la cellule de prison. Le store à lamelles inclinées diffusait une lumière terne laissant apercevoir par leurs interstices les solides barreaux qui obstruaient la fenêtre. Thomas Hayon, vêtu d'un pyjama d'hôpital, était assis en tailleur sur le lit, adossé au mur, les yeux mi-clos. Sans réaction à mon entrée, il semblait absent, hébété ou drogué. Je me suis approché du lit. J'ai posé le sac sur le couvre-pieds. Thomas a ouvert les yeux, m'a regardé et a articulé d'une voix pâteuse :

— Tiens ?... le gentil petit beur vient voir le méchant facho ? Tu es venu t'excuser, mon grand ? Tu veux peut-être me sucer la bite...

La gifle est partie toute seule. Une torgnole balancée de toutes mes forces qui a envoyé Thomas rouler au bas du lit. Longtemps que je n'avais pas été aussi spontané. Ça fait un bien fou. J'ai contourné le lit pour aider le malheureux à se relever. Il s'est agrippé à mon poignet, les yeux pleins de larmes. La violence de la baffe sans doute.

— Excuse-moi... Je ne voulais pas dire ça...

— Excuse-moi... Je voulais vraiment te péter la gueule.

Je l'ai aidé à s'asseoir sur le lit. Il y avait un verre d'eau sur la table de chevet. Je le lui ai tendu. Il a bu lentement. J'imagine qu'on devait lui administrer des médicaments qui le sonnaient complètement. Il avait perdu toute sa prestance de play-boy sûr de lui. On aurait dit un môme abandonné. Thomas Hayon ressemblait enfin à lui-même. Toute mon animosité s'était dissipée. Je me suis assis en face de lui, les fesses à demi posées sur le radiateur éteint.

— Dubourg m'a tout raconté.

— Je sais... Il y aura un procès pour complicité... Il y aura aussi un non-lieu... Mais ma carrière est foutue.

— Quelle carrière ?

Visiblement, ses idées avaient du mal à se mettre en ordre. Il hésitait presque à chaque phrase. Nous n'avions que quelques minutes pour nous. J'avais peur que l'infirmière revienne avant que j'aie eu le temps de vider mon sac. Au sens propre.

— Quelle carrière, Thomas ? Tu retrouveras certainement ton boulot à l'abbaye... Surtout s'il y a non-lieu.

— Ma carrière politique.

J'étais sidéré. Ce petit con voulait vraiment réussir au sein du Regain Tricolore.

— Tu joues quel jeu, Thomas ?

Ses épaules étaient secouées d'un rire bête, plutôt un petit hoquet saccadé, grinçant. Ses mèches brunes lui cachaient le haut du visage. C'est quand il a relevé la tête vers moi que j'ai compris qu'il pleurait.

— Tu as vu, je t'ai fait confiance... Je t'ai passé le téléphone... Le téléphone pour bousiller ma carrière politique... J'en pouvais plus Skander...

— Désolé, Thomas. Je n'ai pas le temps de m'intéresser à tes problèmes de schizophrénie. Mais tu as choisi le bon endroit. Ils vont t'aider, ici... Je suis venu te voir parce que j'ai trouvé le trésor de Morlan.

À ces mots, il a presque bondi sur moi, comme sous l'effet d'un électrochoc. Il m'a saisi les poignets, les serrant comme si sa vie en dépendait. J'ai eu du mal à me dégager.

— J'étais sûr qu'il existait ! Sûr ! Mon père me disait que non, que je n'étais qu'un rêveur... J'ai toujours cru qu'il me mentait, qu'il voulait le trésor pour lui... Alors tu es riche ! Qu'est-ce que tu vas faire de cette fortune ?

— Toi, qu'en aurais-tu fait ?

— Je serais parti loin d'ici. Très loin. J'aurais tout refait. Un nouveau Thomas, loin de toute cette merde...

— Désolé. Je vais en rajouter une louche...

Je me suis détourné pour prendre le sac dont j'ai défait la cordelette.

— Ton père connaissait très bien la cachette. Il y avait enfermé son trésor personnel. Voilà ton héritage, Thomas...

J'ai sorti les deux albums photos. Je les ai posés devant lui, l'un à côté de l'autre. Le premier avait une couverture en carton bouilli imitant assez grossièrement une peau de crocodile. Il portait une étiquette manuscrite en lettres gothiques : « *Scharführer Lormel* ». J'ai ouvert l'album. La première photo aux belles nuances de noir et blanc était celle d'une femme nue attachée sur une chaise. De ses seins tailladés ruisselaient deux filets de sang qui maculaient ses cuisses. Ses mains pendaient de part et d'autre de la chaise. Plutôt ses moignons de mains car les phalanges coupées en morceaux aux jointures parsemaient le sol à ses pieds comme autant d'osselets d'un jeu macabre. Debout près de la chaise, se tenait un homme en uniforme militaire, la main posée négligemment sur l'épaule de la femme. L'homme regardait, hors champ. Son expression était sereine, presque paisible. C'était le Scharführer Lormel. L'équivalent d'adjudant.

J'ai tourné ensuite rapidement les autres pages de l'album souvenir. Des visages aux yeux énucléés, des torses aux abdomens ouverts laissant s'échapper la guirlande blanchâtre des intestins, des sexes d'hommes aux testicules arrachés… Les activités de l'adjudant Lormel qui, visiblement, ne s'en était pas tenu aux exactions habituelles d'un milicien ordinaire. Au fur et à mesure que je tournais les pages, sans les regarder, je scrutais le visage de Thomas. Ses yeux aux pupilles dilatées ne cillaient plus. De sa bouche légèrement entrouverte s'échappait un souffle court, haché. J'ai refermé le premier album dans un claquement sec.

Le second était dans une sorte de Skaï rigide, sans étiquette. Je l'ai ouvert, le feuilletant de la même manière, sans un mot, face à Thomas. Nous avions quitté le noir et blanc pour la couleur. Autre époque. Le premier cliché montrait un jeune garçon d'une dizaine d'années tout au plus, le visage tordu, incarnation du masque de la douleur et de l'effroi absolu. L'enfant nu était allongé sur le dos sur une sorte de lit de camp, les poignets et les chevilles attachés par des cordelettes qui lui maintenaient les membres écartés. Ses jambes étaient tirées vers le haut, presque à la verticale, de façon à présenter son sexe à l'objectif. À côté de la photo, on avait écrit au feutre noir : « *Srebrenica – 1995* ». Les pages suivantes n'obéissaient à aucun classement chronologique mais plutôt à une espèce d'agencement thématique selon la nature des scènes et les « spécialités » représentées. On pouvait lire : « *Guadalajara – 1986* », « *Rwanda – 1994* », « *Boyacá – Colombie – 1998* », etc. Tous les sujets photographiés étaient des garçons. Le plus jeune semblait avoir sept ou huit ans. Le plus âgé, à peine treize. La terreur ou la souffrance établissaient une sorte d'unité des visages alors que toutes les couleurs de peau, toutes les ethnies semblaient représentées. Une sorte de catalogue touristique international du viol d'enfant. Les décors étaient variés, allant de la banale chambre d'hôtel à la forêt tropicale ou encore au coffre de voiture. Les cadrages soignés témoignaient de la recherche esthétique du photographe qui ne s'était pas contenté de capter l'instant paroxystique de la panique chez ses victimes, mais qui s'était encore complu à la mettre en scène avec soin. Au bout de quelques pages, Thomas a rabattu la couverture de l'album. Il s'est mis à serrer ses mains, les tordant presque, froissant ses doigts nerveusement.

— Tu me demandais quel jeu je jouais ?... Je vais te raconter un souvenir. J'avais quatorze ans.

Il m'arrivait assez souvent d'être seul à la maison quand je rentrais du lycée.

Je n'ai pas pu m'empêcher de l'interrompre.

— Tu étais au lycée à quatorze ans ?

— J'étais en première. J'ai eu le bac à quinze ans. Ça n'a aucun intérêt.

J'ai senti qu'il était dans un état de tension extrême. Sa voix s'était affermie mais ses doigts pétrissaient fébrilement le drap tandis qu'il parlait.

— Cela faisait quelques semaines que des copains m'avaient appris à fumer. Mais c'était difficile de trouver de l'argent pour acheter des cigarettes. On tirait au sort entre nous pour désigner celui qui devrait se débrouiller pour acheter le prochain paquet. Ce jour-là, c'était tombé sur moi. Je savais que mon père gardait de la petite monnaie dans un tiroir de son bureau. J'ai profité de son absence pour aller fouiller dans ses affaires. Je ne l'avais jamais fait auparavant. J'ai assez vite trouvé ce que je cherchais, mais au lieu de quitter la pièce en vitesse, j'ai eu envie de regarder dans les autres tiroirs du bureau. Je me disais qu'il y en avait peut-être un contenant des billets de banque. En soulevant des classeurs, je suis tombé sur cet album. Je suis resté peut-être une demi-heure sans pouvoir échapper à la fascination de ces photos atroces. C'est le bruit de la voiture de mon père rentrant au garage qui m'a tiré de l'hypnose. J'ai eu juste le temps de remettre l'album à sa place et de grimper m'enfermer dans ma chambre à double tour. La suite a été terrible. Mes parents ont commencé à tambouriner à la porte en m'ordonnant d'ouvrir. Moi, j'étais terré sur mon lit, la tête sous l'oreiller pour ne pas les entendre. Finalement mon père a enfoncé la porte. Quand il s'est approché je me suis mis à hurler. Je transpirais, je brûlais de fièvre. Ma mère a appelé un médecin. Je crois que je me suis évanoui. On a dû me faire une piqûre pour me calmer. Je me suis réveillé dans une chambre de clinique. Cette année-là, nous revenions d'un court séjour en Afrique. On a cru que j'avais contracté une fièvre là-bas. Les examens n'ont rien donné. Tout le temps que je suis resté à la clinique, mes parents se relayaient avec les infirmières à mon chevet. Mon père était d'une gentillesse, d'une douceur incroyables. Lui qui s'était montré souvent trop autoritaire, trop exigeant envers moi semblait totalement bouleversé par ce qui m'arrivait. Mais je ne voulais plus le voir, ni lui ni ma mère. Dès que l'un d'eux entrait dans la chambre, j'enfouissais mon visage dans les draps. Je refusais qu'ils m'embrassent ou me touchent. Pendant des jours et des nuits, j'essayais de comprendre ce que j'avais vu dans l'album. Je savais que mon père aimait les photos. Il en prenait beaucoup au cours de nos voyages. À certains moments, j'arrivais à me convaincre que ce n'était pas lui le photographe de ces horreurs. S'il avait été vraiment un violeur d'enfants, pourquoi ne m'avait-il rien fait à moi ? À d'autres moments, j'étais sûr qu'il était coupable. Une peur épouvantable m'envahissait. Je rêvais de m'enfuir. Quand les médecins ont été convaincus que je ne souffrais d'aucune maladie répertoriée, l'un d'eux a suggéré à mes parents un traitement psychiatrique. Je n'avais accepté de quitter la clinique et de retourner au lycée qu'à la condition d'aller habiter chez ma tante qui était aussi ma marraine. Sarah Hayon. C'était la sœur de ma mère, que celle-ci détestait. Mais j'étais dans un tel état nerveux que mes parents ont cédé. Nous vivions à Paris, à cette époque, dans le Marais. Ma tante célibataire habitait Clichy. Elle gagnait sa vie en faisant des traductions, il lui arrivait aussi de garder des enfants pour arrondir les fins de mois. Une déchéance, aux yeux de ma mère. Elle m'a accueilli avec d'autant plus de joie que ça rendait sa sœur folle de colère. Moi, tout ça m'était égal. Une seule chose comptait : je n'étais plus sous le même toit que mon père. En contrepartie, j'ai accepté de voir un psychiatre. Ça n'a servi à rien. J'aurais dû parler, dire ce que j'avais vu dans le bureau paternel. Ça m'était impossible. J'étais verrouillé de l'intérieur. Comme je n'étais pas stupide, je savais à peu près ce qu'il fallait dire pour que mon attitude soit mise sur le compte d'une crise d'adolescence à peine plus aiguë que d'ordinaire. Mon statut de surdoué m'a été bien utile. C'est à partir de là que j'ai rompu les ponts avec mes parents. Au fur et à mesure, ma marraine s'est prise d'une affection démesurée pour moi. Elle n'avait pas d'enfant. À ses yeux, j'étais devenu le sien. J'ai vécu chez elle un peu plus de trois ans. Mes parents lui envoyaient de l'argent. C'était une femme aigrie. Elle buvait. Elle s'est servie de moi pour régler ses comptes avec ma mère. Elle m'a raconté que sa sœur était nymphomane, que la fameuse ONG pour laquelle elle travaillait n'était qu'un prétexte pour s'envoyer en l'air aux quatre coins de la planète avec la complicité de son mari, un pervers lui aussi. Je ne lui avais rien dit de l'album photo que j'avais découvert, mais tout ces ragots plus ou moins fondés alimentaient mon dégoût et ma haine. C'est elle qui m'a présenté mes premières relations au sein du Regain Tricolore. À l'époque, elle avait pour amant un certain Dubourg, qui n'était encore ni marié ni commissaire. Il ne partageait pas du tout les opinions politiques de ma marraine, mais cela lui était égal. Elle n'était pas à une contradiction près. Moi non plus. J'ai sympathisé avec Dubourg et avec le Regain en même temps. À peu près à la même époque, mon père a obtenu la charge d'architecte des Bâtiments de France. Mes parents ont déménagé dans le Sud-Ouest. Un an plus tard, ma marraine est morte d'un cancer du foie. Dubourg avait été nommé à Auch. C'est lui qui m'a conseillé d'achever mes études d'histoire à la faculté de Toulouse. Je crois que l'idée lui était déjà venue de se servir de moi à des fins politiques. Quand je suis arrivé à Toulouse, il m'a parlé de son plan d'infiltration du Regain Tricolore. Ça m'a amusé. Il suffit peut-être d'ouvrir un mauvais tiroir pour déclencher une vocation d'agent double... De son côté, mon père faisait quelques interventions à l'université. C'est là que nous nous sommes revus. Il a tenté de se rapprocher de moi mais rien que de le voir, ça a décuplé ma haine...

Thomas s'est interrompu un instant pour enfourner les deux albums dans le sac que j'avais laissé sur le lit. D'un geste nerveux il a renoué le cordon. Puis il s'est retourné vers moi.

— À peu de chose près, tu es au courant du reste. C'est quand j'ai posé ma candidature pour le poste de conservateur à Morlan que je me suis souvenu du récit de l'abbé Soeuil que j'avais lu dans la bibliothèque de mon père. Entre-temps, il avait pris en charge le projet de restauration de l'abbaye. Je ne pouvais plus l'éviter mais cela m'était indifférent. Au contraire, j'avais l'occasion de lui manifester mon mépris aussi souvent que j'en avais envie. Lorsqu'il s'est rendu compte que je m'intéressais à l'histoire du trésor, il est entré dans une colère tout à fait hors de proportion avec le sujet. Il m'a traité d'imbécile, de fou... Son énervement m'a mis la puce à l'oreille. J'étais loin de me douter qu'il avait résolu l'énigme depuis longtemps et se servait de la cachette pour y conserver ses saloperies.

— Tu connaissais l'autre album, celui de ton grand-père SS ?

— Non. Je suppose qu'il devait se trouver dans le même tiroir, mais je n'avais pas eu le temps de fouiller plus loin... Mon grand-père était une légende familiale. On reconnaissait l'erreur de son engagement dans la Milice. Mais on racontait que même au sein de cette organisation, il avait empêché certains de ses collègues de commettre des exactions... Jamais on ne m'avait dit qu'il s'était ensuite engagé dans la SS.

La porte s'est ouverte brusquement. C'était l'infirmière qui venait d'entrer, passablement sous pression, me jetant un regard de 6/35 chargé.

— Il faut être raisonnable, monsieur Hayon, le docteur a bien insisté. À ce stade de votre traitement, vous ne devez pas recevoir de visites...

— Nous avions terminé. Mon ami était sur le départ.

Je me suis levé en m'approchant de Thomas pour lui serrer la main. Thomas m'a fait un grand sourire tout en tapotant de la main sur le sac de toile.

— Je te remercie encore de m'avoir rapporté tout ça. Dès que je sortirai d'ici, j'irai les donner à ma mère. Ça lui fera plaisir de retrouver ces souvenirs de famille… À bientôt, Skander.

61

Le Bazar Montard est une institution plus que centenaire, figure emblématique du vieux commerce du centre ville. La plupart des anciennes boutiques qui avaient traversé tant que bien que mal le siècle précédent ont toutes disparu, assassinées par les zones commerçantes de la périphérie. Miracle de la croissance obligée par la grâce de la sainte mondialisation comme dirait Tonio. Mais le bazar a survécu. Constitué d'une longue verrière à trois côtés, le magasin d'un seul niveau est accolé comme un goitre architectural modern-style aux fesses baroques de la cathédrale. En dépit des plus élémentaires lois de la modernité, le bazar tire son salut de tous les invendus de l'Europe qui aboutissent dans ses casiers de bois verni. Les modèles les plus variés de verres pour lampe à pétrole y côtoient des tapettes à rats capables de piéger le mulot des champs aussi bien que le ragondin géant. C'était là que, petit, j'investissais la plus belle part de mon argent de poche dans une collection de motos miniatures. J'étais sûr que je dégoterais mon affaire dans cette caverne d'Ali-Baba résolument vintage. En effet, il était là, qui m'attendait au rayon jouets : le pélican jumeau de celui que Chon-Chon hébergeait sur son comptoir.

Mon achat en poche, j'ai aussitôt filé chez le bouquiniste. Quand je suis entré dans sa boutique, Arthur Schoenberger s'appliquait à recoller une reliure damassée d'un vieux volume des *Malheurs de Sophie*. En m'apercevant, il a levé les yeux de son ouvrage, ôtant en même temps ses lunettes rafistolées.

— Monsieur le journaliste ! Quel plaisir de vous revoir !... Puis-je abuser de votre patience en vous demandant de maintenir ce petit coin de cuir récalcitrant pendant que je colle l'autre ?

Quelques minutes plus tard, *Les Malheurs de Sophie* se portaient beaucoup mieux. Chon-Chon contemplait la reliure du petit livre avec une sorte de tendresse émerveillée comme si nous venions de soigner un animal blessé. À l'évidence, pour lui, les bouquins étaient des choses vivantes. Il m'a souri.

— Quel bon vent vous amène, jeune homme ? Puis-je quelque chose pour vous ?

J'avais remarqué avec satisfaction que le vieux pélican en plastique était toujours sur le comptoir. Il gisait sur le flanc, bousculé par les activités de bricoleur de son propriétaire. Je l'ai saisi délicatement pour le remettre debout sur ses pattes.

— C'est votre pélican que je suis venu voir, monsieur Schoenberger. Savez-vous que cet animal déteste la solitude ? C'est un oiseau aux mœurs grégaires. Il lui faut de la compagnie. Alors, si vous n'y voyez pas d'inconvénient, permettez-moi de lui offrir un compagnon…

Tout en parlant j'avais sorti de son sachet l'oiseau miniature pour le poser à côté de l'autre. Les yeux du vieil homme se sont soudain éclairés d'une incroyable lueur. On l'aurait dit rajeuni de vingt ans. Tout tremblant, il a saisi mes mains dans les siennes, les serrant comme si on était en train de faire un numéro de trapèze volant. Il en bégayait d'émotion :

— Vous… vous l'avez trouvé ! Vous l'avez trouvé !

— Nous l'avons trouvé, ai-je corrigé. Il y a une petite équipe avec moi.

— Voilà plus de soixante-dix ans que j'attendais ce moment. J'avais fini par me résigner… Vous n'avez pas été trop déçu de trouver la cachette vide ?

— J'avais compris que vous étiez passé avant nous. Mais la cachette n'était pas vide, monsieur Schoenberger. Quelqu'un d'autre avait découvert le secret du pélican.

Alors je lui ai tout raconté : les photos de tortures prises par le SS Lormel et celles des enfants violés prises par Lormel fils. Il m'a écouté sans m'interrompre, hochant la tête par moments ou plissant les paupières comme si les images le blessaient. Je lui ai épargné les détails. Quand j'ai eu fini, il n'a pas parlé tout de suite. Le temps que l'horreur se dilue dans les battements de son cœur.

— Il y a une chose que l'on oublie toujours, monsieur Corsaro... C'est que la prédation est le principe même de la vie. Sans prédation, il n'y a pas de vie. Cela choque évidemment nos convictions les plus profondes. Pourtant c'est ainsi, vous êtes proie ou prédateur. Le plus souvent les deux. Nous ne voulons voir de la civilisation que les conquêtes remportées sur l'instinct. C'est une erreur. Voyez-vous, c'est la leçon que j'ai tirée de mes heures passées dans le faux plafond et plus tard des mois d'angoisse à Auschwitz. La barbarie et la civilisation ne sont pas des choses opposées. Ce sont simplement deux moments différents de la même chose. Comme le sourire ou la grimace peuvent être deux moments d'un même visage.

Il s'est levé de son tabouret, s'est approché de moi et, presque sur la pointe des pieds, il a posé une main sur mon épaule. C'était plus qu'un geste de sympathie. J'avais l'impression qu'on était au Moyen Âge et qu'il me faisait chevalier de quelque chose. Il est resté un instant immobile, silencieux, pénétré de la solennité de l'instant.

— Ce 28 août 1943, je n'étais pas tout seul dans le faux plafond. Il y avait le trésor de Morlan avec moi. Nous l'avions trouvé ensemble, Mlle Soeuil et moi. Avant de mourir, son frère lui avait donné le code... Ce bon abbé Soeuil était, à tout point de vue, un homme très particulier. Comment a-t-il lui-même découvert le trésor ? C'est un mystère absolu. Sans doute sa curiosité d'archéologue... Il avait fait un catalogue des bas-reliefs sculptés de Morlan. À cette époque, l'abbaye était à l'abandon.

Cela n'intéressait personne. Ce sont probablement ses recherches qui l'on conduit au magot. Le plus étrange est qu'il ait décidé de laisser le trésor en place. D'après sa sœur, il s'en servait avec une très grande parcimonie, pour aider les plus nécessiteux de sa paroisse. Il devait penser que ce trésor avait été volé aux pauvres et qu'il devait leur revenir d'une certaine façon. Il paraît qu'il échangeait quelques pièces, de temps en temps, au cours de voyages à Paris. Sa sœur n'y a pas touché pendant de longues années. En revanche, en pleine occupation nazie, il lui a paru trop risqué de le laisser sur place. Je me souviens que nous l'avons déménagé tous les deux à bicyclette, caché au milieu de poireaux. Des pièces d'or, des pièces d'argent, des pierres précieuses et des poireaux... C'est avec ça que nous alimentions les réseaux de la Résistance. Sans être aussi fabuleux qu'il est décrit dans la nouvelle, le trésor était conséquent. Nous avions une organisation très efficace. Pendant presque un an j'ai fait plusieurs voyage en Suisse, c'est cela qui m'a donné l'envie d'y revenir après la guerre. Je portais des chaussures munies de semelles de bois creuses. Les pierreries dans la chaussure gauche, les pièces dans la droite. Je voyageais tantôt en camionnette, tantôt en train, exceptionnellement en voiture. Toujours avec des faux papiers. Seul, le plus souvent, ou parfois accompagné d'adultes qui ignoraient tous, bien sûr, ce que je transportais. J'étais censé transmettre des messages pour notre réseau. À la frontière, j'étais hébergé chez un fermier. J'emmenais paître ses vaches. Personne ne pouvait imaginer que ce gamin en guenilles transportait une véritable fortune dans ses grolles cloutées. Ça m'amusait beaucoup. Les pâturages s'étageaient à flanc de montagne jusqu'à la lisière d'une forêt. Au bout du chemin, mon contact était une religieuse qui venait remplir son bidon de lait frais. Moi, je repartais avec des billets dans les semelles. J'ai toujours eu beaucoup de chance. Le jour où Lormel a débarqué avec sa bande de voyous au Secrétariat de Mlle Soeuil, il ne restait qu'une petite partie du butin. Il suffisait que je soulève une latte du plafond pour qu'une averse de pièces d'or et de gemmes colorées tombe sur leurs têtes. Que se serait-il passé ? Aujourd'hui encore je suis incapable de répondre à cette question. Je serrais de toutes mes forces un rubis magnifique tandis qu'au-dessous de moi j'entendais les femmes hurler et supplier leurs bourreaux. Je devais m'appliquer à ne pas bouger, à respirer le plus doucement possible. Je serrais la pierre dans ma main, de plus en plus fort. Lorsque je l'ai ouverte, on aurait dit qu'elle s'était incrustée dans ma paume comme un caillot de sang durci. Je m'en voulais horriblement. Vous comprenez, je n'avais rien fait pour éviter ce viol alors que j'aurais pu au moins essayer.

— Vous n'auriez sans doute rien empêché du tout et vous auriez trahi la confiance de ces femmes…

— Avec de pareils arguments, on finit par trouver des excuses à Dieu, jeune homme !

On s'est marrés tous les deux. Une question me brûlait les lèvres :

— À la Libération, il ne restait plus rien du trésor ?

— Pensez donc ! Avant que je sois expédié dans la belle patrie de Goethe, nous avions eu le temps de tout vendre mais pas celui de tout dépenser. À la Libé, Mlle Soeuil était à la tête d'une petite fortune dont elle n'avait ni envie ni besoin. Elle a fait des dons à diverses institutions. Dont une belle somme à L'Ange de la Miséricorde où elle réside aujourd'hui à titre gratuit. Entre nous, ils lui doivent bien ça... Elle avait conservé pour moi un pécule qui m'a permis de démarrer ma nouvelle vie helvétique.

— Elle pensait que vous reviendriez d'Auschwitz ?

— Elle ignorait où j'étais, mais elle a toujours eu foi en mon retour.

Cette question de la foi nous a laissés songeurs un instant, tous les deux. J'ai changé de sujet.

— Ce serait un peu long à vous expliquer, mais depuis l'attentat manqué contre la synagogue, j'ai une petite entrée à la préfecture. Je pensais m'en servir pour lui faire remettre la Légion d'honneur. Je sais qu'on ne la lui a pas encore attribuée. Qu'en pensez-vous ?

— C'est touchant de votre part, mais elle est déjà bardée de médailles et elle n'est plus en mesure de se souvenir de ce que cela signifie. Alors à quoi bon ?...

Chon-Chon a marqué un petit temps d'arrêt. De nouveau, son œil s'est mis à pétiller.

— Je crois que j'ai une meilleure idée... Le jour où elle nous quittera, elle aura droit à tous les honneurs, civils, militaires, corps constitués et tout le tralala. Vous savez que dans ces cas-là, la coutume veut que pendant la cérémonie on pose sur le cercueil un coussin avec les décorations exposées. Eh bien, si nous sommes encore là, vous et moi, je vous propose que nous placions sur le petit coussin les deux pélicans jumeaux. Ils seront du plus bel effet au milieu des médailles, qu'en dites-vous ?

J'aurais volontiers discuté encore longtemps avec M. Schoenberger. Ça m'aurait bien plu qu'il me passe sa recette de la consolation. Je pensais à Léo qui n'avait jamais pu se consoler, malgré le temps passé, alors que rien n'était arrivé à faire baisser les armes au vieux Chon-Chon. Mais j'ai senti qu'il fallait que je l'économise si je voulais qu'il dure. Même s'il s'efforçait de le cacher, je voyais bien que ma visite l'avait passablement secoué. Alors que j'allais prendre congé, il m'a demandé d'attendre un instant. Je l'ai vu s'éclipser derrière le rideau qui fermait le fond de sa boutique. De l'autre côté du rideau, ce devait être sa coulisse à lui, son coin secret. Il en est revenu assez vite avec quelque chose dans sa main de souris.

— Tenez, jeune homme. C'est le dernier louis d'or du trésor de Morlan. La toute dernière pièce. Mlle Soeuil l'avait conservée au cas où un ami des pélicans lui aurait rendu visite. Il vous revient donc de droit.

La pièce, emballée dans un petit carré de papier de soie, était magnifique, toute brillante, comme neuve, avec la figure de Louis XVI superbement gravée.

— Quand on pense que c'est à cause de ce profil que le pauvre roi a perdu la tête ! Sans cette monnaie personne ne l'aurait reconnu, ni à Varennes ni à Sainte-Menehould… C'est drôle, tout de même, de se dire qu'il y a toujours quelqu'un qui remarque quelque chose, là où les autres ne voient rien…

Tandis que j'empochais le louis d'or, à la fois tout heureux et vaguement gêné, les mots de Chon-Chon ont curieusement réveillé le souvenir de Sandra.

— Une dernière question, monsieur Schoenberger… Croyez-vous aux fantômes ?

— Ah, non. Non, vraiment pas… Pour l'homme rationnel que je suis, les fantômes sont une figure de style, un pur objet poétique… Mais, je dois dire que lorsque nous étions en Suisse, un soir, ma femme en a vu un au bord du lac.

62

Cela faisait deux jours que je n'avais pas remis les pieds à l'agence. J'avais obtenu l'absolution de M. Berland en prétextant l'obligation de me déplacer pour fignoler mon papier sur Mlle Soeuil.

— Surtout mettez bien le paquet dans la lutte contre l'antisémitisme, Corsaro. Depuis l'affaire de la synagogue, l'opinion est à vif sur ce sujet. Je compte sur vous pour enfoncer le clou.

J'ai eu envie de lui répondre qu'à force d'enfoncer des clous, il y avait longtemps que la poutre avait disparu, mais je me suis retenu. Il ne faut pas démoraliser les humanistes.

J'avais surtout une féroce envie de baiser. Sur la cloison de mon T2 bis, Sandra d'outre-tombe regardait Skander du Fayoum. Un pur objet de poésie, comme aurait dit le vieux Chon-Chon. Ce serait quand même sympa que la réalité vienne de temps en temps donner un coup de main à la fiction. Trop longtemps que ça fonctionne à l'envers...

Je me suis souvenu de ma rencontre avec Cora, exactement une semaine plus tôt, interrompue pour cause d'effraction de domicile et débarquement des forces de l'ordre. Cora était exactement le pur objet de réalité de première nécessité dont j'avais le plus urgent besoin. J'avais glissé son numéro de téléphone, qu'elle avait griffonné sur un bout de papier, dans la poche arrière de mon jean. Il suffisait de l'appeler. À la place, j'ai appelé ma mère.

— Allô, maman ?... Dans le linge que je t'ai donné, il y avait un jean beige... Est-ce que tu l'as lavé ?... Ah bon... merci, maman... Et merde !

REMERCIEMENTS

Je tiens à remercier mes premières lectrices Fabienne Gramaglia et Virginie Arthus-Bertrand pour leur amical enthousiasme.

J'adresse un grand merci à Thierry Bourcy pour son bel œil critique et un remerciement tout particulier à Violaine Chivot pour sa lecture vigilante et son aide très précieuse.

DANS LA COLLECTION MASQUE POCHE

John Buchan, *Les Trente-Neuf Marches* (n° 1)
Louis Forest, *On vole des enfants à Paris* (n° 2)
Philip Kerr, *Chambres froides* (n° 3)
Mrs Henry Wood, *Les Mystères d'East Lynne* (n° 4)
Boileau-Narcejac, *Le Secret d'Eunerville – Arsène Lupin* (n° 5)
Fred Vargas, *Les Jeux de l'amour et de la mort* (n° 6)
Taiping Shangdi, *Le Cheval parti en fumée* (n° 7)
Ruth Rendell, *Un démon sous mes yeux* (n° 8)
Alan Watt, *Carmen (Nevada)* (n° 9)
Frédéric Lenormand, *Meurtre dans le boudoir* (n° 10)
Boileau-Narcejac, *La Poudrière – Arsène Lupin* (n° 11)
John Connor, *Infiltrée* (n° 12)
Jeffrey Cohen, *Un témoin qui a du chien* (n° 13)
Barbara Abel, *L'Instinct maternel* (n° 14)
S.A. Steeman, *L'assassin habite au 21* (n° 15)
A. Bauer et R. Dachez, *Les Mystères de Channel Row* (n° 16)
Cyrille Legendre, *Quitte ou double* (n° 17)
Charles Exbrayat, *Vous souvenez-vous de Paco ?* (n° 18)
Émile Gaboriau, *L'Affaire Lerouge* (n° 19)
Danielle Thiéry, *Le Sang du bourreau* (n° 20)
Dorothy L. Sayers, *Lord Peter et l'Inconnu* (n° 21)
Jean d'Aillon, *Le Captif au masque de fer* (n° 22)
Neal Shusterman, *Les Fragmentés* (n° 23)
Gilles Bornais, *Les Nuits rouges de Nerwood* (n° 24)
Rex Stout, *Fer-de-Lance* (n° 25)
C.M. Veaute, *Meurtres à la romaine* (n° 26)
Reggie Nadelson, *Londongrad* (n° 27)
Boileau-Narcejac, *Le Second Visage d'Arsène Lupin* (n° 28)
Jo Litroy, *Jusqu'à la mort* (n° 29)
Maud Tabachnik, *La honte leur appartient* (n° 30)

Olivier Gay, *Les talons hauts rapprochent les filles du ciel* (n° 31)
Philip Kerr, *Impact* (n° 32)
Françoise Guérin, *À la vue, à la mort* (n° 33)
Dorothy L. Sayers, *Trop de témoins pour Lord Peter* (n° 34)
John Dickson Carr, *La Chambre ardente* (n° 35)
Charles Exbrayat, *Les Blondes et Papa* (n° 36)
Jean d'Aillon, *Les Ferrets de la reine* (n° 37)
Jean d'Aillon, *Le Mystère de la chambre bleue* (n° 38)
Frédéric Lenormand, *Le diable s'habille en Voltaire* (n° 39)
Patrick Cauvin, *Frangins* (n° 40)
PRIX DE BEAUNE 2014 (n° 41)
Jean d'Aillon, *La Conjuration des importants* (n° 42)
Denis Bretin, *Le Mort-Homme* (n° 43)
Margaret Millar, *Le Territoire des monstres* (n° 44)
Eoin McNamee, *Le Tango bleu* (n° 45)
Boileau-Narcejac, *La Justice d'Arsène Lupin* (n° 46)
Serge Brussolo, *Le Manoir des sortilèges* (n° 47)
Charles Haquet, *Les Fauves d'Odessa* (n° 48)
Jean d'Aillon, *La Conjecture de Fermat* (n° 49)
Olivier Gay, *Les mannequins ne sont pas des filles modèles* (n° 50)
Boileau-Narcejac, *Le Serment d'Arsène Lupin* (n° 51)
Serge Brussolo, *La Route de Santa-Anna* (n° 52)
Cyrille Legendre, *Nous ne t'oublierons jamais* (n° 53)
John Dickson Carr, *Trois cercueils se refermeront* (n° 54)
Frédéric Lenormand, *Crimes et condiments* (n° 55)
Jean d'Aillon, *L'Exécuteur de la haute justice* (n° 56)
Philippe Kleinmann et Sigolène Vinson, *Bistouri Blues* (n° 57)
Olivier Gay, *Mais je fais quoi du corps ?* (n° 58)
Danielle Thiéry, *Mauvaise graine* (n° 59)

Olivier Taveau, *Les Âmes troubles* (n° 60)
Rex Stout, *Les Compagnons de la peur* (n° 61)
Thierry Bourcy, *La Mort de Clara* (n° 62)
C. M. Veaute, *Mourir à Venise* (n° 63)
Charles Haquet, *Cargo* (n° 64)
Jean D'Aillon, *L'Énigme du clos Mazarin* (n° 65)
Barbara Abel, *Un bel âge pour mourir* (n° 66)
Mathias Bernardi, *Toxic Phnom Penh – PRA* (n° 67)
Serge Brussolo, *Tambours de guerre* (n° 68)
Patrick Weber, *La Vierge de Bruges* (n° 69)
Frédéric Lenormand, *Élémentaire mon cher Voltaire !* (n° 70)
Françoise Guérin, *Cherche jeunes filles à croquer* (n° 71)
Gilles Bornais, *La Diable de Glasgow* (n° 72)
Philippe Kleinmann et Ségolène Vinson, *Substance* (n° 73)
François-Henri Soulié, *Il n'y a pas de passé simple* (n° 74)

Composition réalisée par PCA – 44400 Rezé

JC Lattès s'engage pour l'environnement en réduisant l'empreinte carbone de ses livres. Rendez-vous sur www.jclattes-durable.fr
L'empreinte carbone en éq. CO_2 de cet exemplaire est de 850 g

Dépôt légal : avril 2016

Achevé d'imprimer en France en novembre 2020
par Dupliprint à Domont (95)
N° d'impression : 2020111926 - N° d'édition : 7341197/08